*Dieser Roman,
eine Hommage an die Mitglieder der einstigen »Weißen
Schwadron«, beruht auf Fakten, die vom »Ausschuß der
Vereinten Nationen für die Abschaffung der Sklaverei« und
von der Londoner »Anti-Slavery Society« publik gemacht
wurden, sowie auf Nachforschungen, die der Autor selbst
in Zentralafrika angestellt hat.*

Noch eine Stunde bis Sonnenaufgang, doch sie waren bereits unterwegs durch den dichten tropischen Wald. Der Regen prasselte auf die Wipfel der hohen Bäume, aber unten vernahm man nichts als ein Rauschen, denn das Wasser brauchte lange, um das dichte Dach aus Blättern und Zweigen zu durchdringen.

Sie wateten durch einen Bach, kamen durch Sumpfgelände mit Nipa-Palmen, überquerten einen zweiten und sogar noch einen dritten Bach, bis sie ganz nah vor sich im Buschwald die Silhouette eines Elefanten erkannten, der sich im fahlen Licht der Frühe rasch davonmachte.

Kurz darauf lichtete sich der Wald, und wenig später erreichten sie freies Feld – eine weite Savanne mit hohem Steppengras, vereinzelten Akazien und großen, baumartigen Büschen mit Stämmen ohne Rinde und dichtbelaubten Kronen.

Diese Landschaft wirkte so afrikanisch wie keine andere: eine ausgedehnte, sonnendurchglühte Ebene um die Mittagszeit, vom Zirpen der Zikaden eingeschläfert und von einer leichten, trockenen Brise bewegt. Je weiter David vorankam, desto mehr überkam ihn der Eindruck, daß er nun endlich das wahre Afrika entdeckte – das Afrika der Abenteuerbücher aus seiner Kindheit.

Plötzlich blieb Dóngoro stehen und deutete auf einen Punkt in etwa zweihundert Meter Entfernung. David kniff seine Augen leicht zusammen, erkannte aber nur, daß sich zwischen dem hohen Gras, das die Farbe von reifem Weizen hatte, irgend etwas bewegte. Da hörte er deutlich ein lautes

Krachen wie bei einem Zusammenprall, und dann sah er, was sich dort abspielte: Zwei Impala-Böcke kämpften nahe bei einem Akazienwäldchen, dessen Farbtöne von Sandgelb und silbrigem Rot über Grün bis zu Braun reichten.

David gab Ansok ein Zeichen, und der Eingeborene stellte den schweren Handkoffer ab. Zögernd blickte David auf die Hasselblad, entschied sich dann aber doch für die schnellere und leichtere Nikon. Er fand die Hasselblad zwar qualitativ besser, befürchtete jedoch, daß das Klicken des Auslösers die Tiere aufschrecken würde.

Langsam pirschte er sich Schritt für Schritt vor, als würde er etwas Verbotenes tun und sich an der Natur vergehen. So bewegte er sich zwanzig, dreißig, vierzig Meter vorwärts. Wieder prallten die beiden Antilopen aufeinander und wichen gleich darauf zurück, um neue Kraft zu schöpfen, was eines der beiden Tiere dazu nutzte, um den Gegner mit einem wütenden Brüllen zu erschrecken.

David drückte mehrmals auf den Auslöser, während er sich gleichzeitig im Schutz der hohen Sträucher bis auf weniger als fünfzig Meter näherte. Fasziniert blieb er stehen. Ihm war, als gäbe es auf der ganzen Welt nur ihn und die beiden Antilopenböcke, die den ewigen Kampf um Liebe und Tod kämpften. Mein Gott! Stundenlang hätte er beobachten und dabei alles vergessen können, sogar die Kamera, die an seinem Hals baumelte. Er war genauso hypnotisiert wie an dem Tag, als er *SIE* gleich einer Gazelle über die Rennbahn eines Stadions hatte laufen sehen . . .

Sprachlos und jeder Bewegung unfähig, hatte er die unglaubliche Vollkommenheit ihres Körpers betrachtet, während sie dahinzufliegen schien. Was für andere Menschen äußerste Anstrengung bedeutet hätte, schien für sie ein Kinderspiel zu sein.

»Sie müssen für mich noch einmal laufen«, hatte er sie danach gebeten, »ich konnte kein einziges Foto machen.«

»Tut mir leid, aber ich bin für heute mit meinem Training fertig.«

»›Paris Match‹, der ›Stern‹ und ›Tempo‹ werden Bilder von Ihnen bringen!«

»Ja, aber nur, wenn ich am Freitag gewinne . . .«

Er hob die Kamera, und plötzlich blieben die beiden Impalas wie auf ein geheimes Kommando gleichzeitig stehen; vielleicht hatte eine leichte Änderung der Windrichtung den Geruch der Menschen zu ihnen hinübergeweht. Die Tiere schauten in seine Richtung, und wie sie da standen, schien das eine ein Spiegelbild des anderen zu sein: in die Höhe gerecktes Geweih, argwöhnische Blicke, gespitzte Ohren, witternde Nüstern. Dann wandten sie sich ab. Als hätten sie gespürt, daß ihnen keine Gefahr drohte, entfernten sie sich langsam, um woanders ihren Kampf fortzusetzen.

Sie hatten denselben grazilen und leichtfüßigen Gang, mit dem *SIE* den langen Flur zu den Umkleidekabinen entlanggegangen war – ohne sich ein einziges Mal umzudrehen.

»He, warten Sie! Wie heißen Sie eigentlich?«

Sie hatte im dämmerigen Licht gelächelt und leise geantwortet: »Nadia.« Gleich darauf war sie verschwunden . . .

David kehrte zu den Eingeborenen zurück, die sich im Schatten eines alten Affenbrotbaumes niedergelassen hatten, der mit seinem dicken Stamm und der lächerlichen Form seines Wipfels nicht wie ein Verwandter der Eiche, des Wollbaumes oder der Sykomore, sondern eher wie ein riesiger Pilz aussah. Dieser pflanzliche Dickhäuter, mit Wasser vollgesogen wie ein Schwamm, spendete nicht mehr Schatten als eine Säule in der Wüste.

»Du bist schwankend und unsicher wie der Schatten des Baobab«, hatte sie eines Tages zu ihm gesagt, aber erst hier in der Grassteppe begriff er den Sinn ihrer Worte.

Er setzte sich neben Dóngoro, der ihm Brot, Wasser und Ziegenkäse von den *bamilenké* anbot. Wie die meisten *fulbé* oder *haussas* verachtete Dóngoro die *bamilenké,* aber ihre großen, stinkenden Käse schmeckten ihm vorzüglich.

Weder er noch Ansok hatten dem schönen Naturschauspiel des Kampfes zwischen den beiden Impala-Böcken die geringste Aufmerksamkeit geschenkt. Für sie als Jäger war nur ein totes Tier ein schönes Tier, und an den Antilopen interessierte sie lediglich das Fell und die Hörner. In Douala, Yaoundé oder Fort Lamy bekamen sie dafür bis zu zehn Dollar, und wenn sie die beiden Böcke jetzt nicht erlegten, dann nur, weil David es ihnen verboten hatte.

Es entging David nicht, wie unzufrieden die beiden darüber waren, daß sie die sichere Beute laufenlassen mußten, und er konnte es ihnen nicht einmal verdenken. Nie hätten sie ein Wild aus reiner Freude am Töten erlegt, aber zwanzig Dollar war für sie gewiß ein kleines Vermögen.

Bis zur Ankunft des weißen Mannes auf dem schwarzen Kontinent hatten die Afrikaner nur so viel gejagt, wie sie für ihre Kleidung und Ernährung brauchten. Nie wären sie auf den Gedanken verfallen, die großen Herden wilder Tiere, die die Grassteppen ihrer Heimat bevölkerten, wahllos zu vernichten und auszurotten. Es bedurfte der barbarischen Sitte der Weißen, nur zum Vergnügen zu jagen, um den verblüfften Eingeborenen klarzumachen, daß ein totes Tier offenbar einen Wert als »Trophäe« haben konnte. Doch mit ihrem schlichten Gemüt begriffen sie nie, was die Weißen so bewundernswert daran fanden, ein wehrloses Tier umzubringen; sie selbst hängten nur das Fell eines Tieres, das sie unter Lebensgefahr bezwungen hatten, an die Wand ihrer Hütte. Aber der exhibitionistische Wahn der Weißen war schuld daran, daß schon ein halbes Hundert der in Afrika beheimateten Tierarten ausgerottet war und daß weitere fünfzig Tierarten unmittelbar von der Ausrottung bedroht waren.

»Wenn wir schon unsere Hochzeitsreise nach Afrika machen, dann will ich wenigstens ein paar gute Fotos mitbringen. Im Oktober bringen wir ein Sonderheft über bedrohte Tierarten«, hatte David zu Nadia gesagt . . .

Und nun saß er hier, im Schatten eines Affenbrotbaumes, aß Ziegenkäse zum Frühstück und befand sich in Gesellschaft von zwei eingeborenen Jägern, die sich bestimmt schon darauf freuten, bald wieder einen Elefanten mit guten Stoßzähnen zur Strecke zu bringen . . .

Am frühen Nachmittag erreichten sie eine Bodensenke mit einem schmalen Bach, der wohl allen Tieren der Umgebung als Tränke diente. Lange folgten sie dem Bachlauf, bis sie schließlich neben einem Tümpel, der sich an einer flachen Stelle gebildet hatte, mehrere große, tellerrunde Spuren entdeckten. Die Abdrücke waren scharf umrissen, tief und frisch.

»Hier hat er heute vormittag gebadet«, meinte Ansok. »Er hat den schlammigen Boden aufgewühlt. Das Wasser ist noch immer trübe.«

Am Rand der Bodensenke entdeckte Dóngoro wenig später einen Haufen Exkremente. Ohne zu zögern, steckte er eine Hand hinein, um die Temperatur zu prüfen. »Er hat höchstens eine Stunde Vorsprung«, sagte er und zeigte auf die breite Spur, die in die Prärie hineinführte und der sie nun folgten.

Es war die Stunde der Siesta, die Zeit, zu der sich die Tiere im Schatten verkrochen. Reglos, wie zu Steinen erstarrt, standen sie da, oder sie scharten sich zusammen, Kopf an Kopf und Kruppe an Kruppe, um sich gegenseitig vor der Sonne zu schützen. Afrika lag dösend da, und das schrille Zirpen der Zikaden ließ die Hitze noch unerträglicher erscheinen. Bisweilen schwoll dieses von Millionen Insekten verursachte Geräusch wie eine Welle an, zerrte an den Nerven und war kaum auszuhalten, aber ebenso abrupt, wie er erstanden war, verebbte der Lärm auch jedesmal wieder.

»Der Gesang des Todes«, sagen die Leute hier dazu«, erläuterte Ansok. »Angeblich hat er schon viele Menschen zum Wahnsinn getrieben.«

Wieder ein Haufen Elefantenkot, der ihnen sagte, welchen Vorsprung das große Tier noch hatte. Der Abstand konnte nicht mehr groß sein, und Dóngoro legte jetzt ein geradezu aberwitziges Tempo vor. »Wenn wir ihn töten«, sagte er zu David, »könnten Sie die Stoßzähne behalten.«

»Ich bin nicht gekommen, um Tiere umzubringen, sondern um sie zu fotografieren.« David hätte gern gewußt, wie oft er das schon gesagt hatte. »Außerdem habe ich keinen Jagdschein.«

»Ach, das macht nichts, wirklich nicht! Hier fragt niemand danach.«

David schüttelte den Kopf. »Wenn das so weitergeht, gibt es bald in ganz Afrika keinen Elefanten mehr.«

»Für Elefanten gibt's hier keinen Platz«, erklärte Ansok, der hinter David ging. »Sie sind dem Fortschritt im Weg. Haben Sie eine Vorstellung davon, wieviel ein Elefant täglich frißt? Wenn solch ein Tier in eine Plantage einbricht, sind in einer einzigen Nacht fünfhundert Kilo Mais zum Teufel. Fünfhundert Kilo! Davon kann sich ein ganzes Dorf eine Woche lang ernähren!«

»Aber sie vergreifen sich selten an einer Plantage«, wandte David ein. »Wenn eine Ziege sich ins Haus verirrt und ein

11

paar Geldscheine frißt, müssen doch auch nicht gleich alle anderen Ziegen dran glauben.«

»Sie haben mich nicht verstanden«, beharrte der Eingeborene, »Afrika *will* nicht mehr das Land der Löwen und der Elefanten sein. Wenn euch Weißen diese Tiere so gut gefallen, dann nehmt sie doch mit nach Hause! Ihr werft uns immer vor, daß wir unsere Tiere ausrotten, aber ihr hättet sie auch nicht gern in euren Weizenfeldern!«

David verzichtete auf eine Antwort, er wußte, daß alle Diskussionen mit einem Einheimischen über die Zukunft des »neuen« Afrika irgendwann in eine Sackgasse führten. Statt dessen tat er so, als sei er ganz gefesselt von einer Anzahl riesiger Termitenhügel, manche bis zu fünf Meter hoch, die vor ihnen aufgetaucht waren. Der Elefant hatte den einen oder anderen beschädigt, und schon waren die »Arbeiter« unter den Termiten dabei, den Schaden zu reparieren, bevor die glühend heiße Tropensonne das kühle, dunkle Innere mit seinen ... zigtausend Gängen aufheizen konnte.

Unvermittelt schwenkte die Spur des Elefanten nach Norden, einem flachen, grasbewachsenen Hügel entgegen, und Dóngoro sagte mit ausgestrecktem Arm: »Er ist dahinter! Seien Sie vorsichtig. Es ist ein großer Elefantenbulle, und seine Stoßzähne wiegen bestimmt fünfzig Kilo.« Liebevoll tätschelte er den Kolben seiner Mannlicher 475. »Wollen Sie wirklich nicht, daß wir mitkommen?« fragte er ein wenig ratlos.

David machte eine abwehrende Handbewegung. Dann wühlte er in seinem Köfferchen zwischen den Kameras herum, entschied sich schließlich für das 500-mm-Teleobjektiv, steckte sich ein paar Filme in die Hosentasche, hängte sich die Nikon mit dem 100-mm-Objektiv als Ersatzkamera um den Hals und ging langsam die leichte Anhöhe hinauf, während sich hinter ihm die Eingeborenen wiederum irgendein schattiges Plätzchen suchten. Oben auf dem Hügel angekommen, drehte er sich um und ließ den Blick über das weite, flache Land schweifen. »Das hätte ihr gefallen«, murmelte er. »Es war ein weiter Weg bis hierher, aber es hat sich gelohnt.«

Als er sich langsam umdrehte, erblickte er rechts in einiger Entfernung die massige Gestalt des Elefanten. Das Tier schien damit beschäftigt, sich an einem Baumstamm die mächtigen Stoßzähne zu wetzen, hatte aber offenbar schon Witterung von dem Menschen bekommen, der dort oben auf dem Hügel stand, denn es ließ von seiner Beschäftigung ab, reckte den Rüssel in die Höhe, wedelte sich mit den riesigen Ohren Luft zu und blickte dem Eindringling entgegen.

Es schien den Elefanten nicht im geringsten zu erschrekken, daß ihn nur rund sechzig Schritte von dem Menschen trennten. Vielleicht war es Neugier, vielleicht aber auch Ärger über die Störung – jedenfalls machte das riesige Tier plötzlich angriffslustig ein paar Schritte auf den Fremden zu, doch es blieb bei dieser Drohgebärde. Mag sein, daß das metallische Klicken des Fotoapparates den Ausschlag gab; jedenfalls blieb der Elefant stehen, trompetete nur mehrmals so laut, daß die kleine Bodensenke, in der er stand, davon widerhallte, und wedelte mit den riesigen Ohren. David drückte immer wieder auf den Auslöser, und als er den Apparat endlich sinken ließ, wartete er ab, bis sich der Dickhäuter mit schwerfälligen, schaukelnden Bewegungen davonmachte. Nach einem Weilchen gab David seinen Leuten mit einem Wink zu verstehen, daß es Zeit für die Rückkehr war. Gutgelaunt ging er mit beschwingten Schritten den leichten Abhang hinunter. Ein anständiger Fußmarsch, ein erfrischendes Bad, ein Schluck zu trinken, ein gutes Abendessen ... und dann Nadia, dachte er zufrieden.

Herrgott, es gab wirklich in der ganzen Welt nichts Besseres für die Flitterwochen als Afrika!

Ansok hatte recht: In der Nähe trieben sich Löwen herum. Sie hörten sie im Dickicht brüllen, und ein Stück weiter vorn kreuzte plötzlich eine mächtige Mähne wie ein huschender Schatten den Pfad, so daß Dóngoro unwillkürlich sein Gewehr entsicherte. »Ich mag Löwen nicht«, meinte er. »Vor allem nicht, wenn sie so nah rankommen. Vor einem Monat haben sie unten an der Furt eine Frau getötet.«

»Es ist schlimm, wenn sich ein Löwe daran gewöhnt, Menschenfleisch zu fressen«, murmelte Ansok. »Es schmeckt ihm, und Menschen sind für ihn eine leichte Beute.«

David sagte nichts. Einen Augenblick lang machte er sich Sorgen, aber er verscheuchte sie, denn er war sich sicher, daß Nadia nicht unbewaffnet zu der Furt gehen würde.

Vor ihnen tauchte bewaldetes Gelände auf. Fluchend machten sie sich an diesen Teil des Rückweges, über kleine Flüsse hinweg und durch sumpfiges Gelände. Immer wieder mußten sie sich durch ein Gewirr von Lianen und Schlingpflanzen kämpfen, über gestürzte Baumriesen klettern oder über stinkende Tümpel springen.

Dóngoros und Ansoks Stimmung verschlechterte sich von Minute zu Minute. David begriff, daß sich die beiden nicht gern im Wald aufhielten, und das galt wohl für die meisten Afrikaner. Selbst jene Eingeborenen, die im Wald beheimatet waren, hüteten sich davor, sich zu tief in dessen Inneres vorzuwagen, denn sie glaubten, daß irgendwo im tiefen Dickicht die bösen Geister und die »Leopardenmenschen« hausten. Sie jagten und fischten nur innerhalb der Grenzen eines überschaubaren Territoriums und wichen dem Kampf mit den großen Raubtieren in der Beengtheit des Waldes aus. Die Lanze schien ebenso wie Pfeil und Bogen für die offene Steppe geschaffen. Dort fürchteten diese Menschen nichts und niemanden, aber im Urwald ließ das Brüllen eines Löwen sie erbeben, und sie zitterten vor Angst angesichts der Spur eines Leoparden.

An diesem Nachmittag jedoch schien tiefer Friede zu herrschen. Von Zeit zu Zeit prasselte ein Regenguß auf die dicht belaubten Wipfel der höchsten Bäume, aber schon wenig später erscholl wieder das Kreischen der Affen und das Gezwitscher unzähliger Vögel. Immer wieder wich der Urwald mit seinem dämmerigen Licht einem Stück nahezu unwegsamen *bícoro*. So nannten die Eingeborenen das dichte Unterholz aus Dorngestrüpp, Rispengras und Baumschößlingen, das auf ehemaligen, längst aufgegebenen Feldern nachgewachsen war.

Sie hatten sich gerade durch eines dieser *bícoro*-Gebiete gekämpft, als Dóngoro, der an der Spitze ging, stehenblieb und überrascht auf den schmalen Pfad wies. »Leute«, sagte er. »Seltsame Leute.«

»Warum seltsam?«

»Große, schwere Stiefel. Aus England oder Nigeria. Die anderen gehen barfuß. Sie haben es eilig und wollen nach Norden, zum Tschad . . .«

»Sind es vielleicht Wilderer?« fragte David aufs Geratewohl.

Ansok warf Dóngoro einen verstohlenen Blick zu, schüttelte den Kopf und meinte achselzuckend: »Kann sein, gut möglich.«

Sie setzten den Weg fort, und diesmal legte Dóngoro ein solches Tempo vor, daß die anderen kaum mitkamen. David störte dies wenig, denn er wußte, daß der schmale Pfad auf der anderen Seite des Waldes in einen Weg überging, der zu einem Eingeborenendorf führte, in dessen Nähe ihn ein Wohnwagen mit Klimaanlage, eisgekühltes Bier und ein breites, weiches Bett erwarteten . . .

Als sie sich den Hütten näherten, liefen ihnen ein paar Frauen entgegen, gestikulierten wild mit den Armen und riefen etwas, das David nicht verstand. Da er den gutturalen Dialekt dieser Leute nicht beherrschte, mußte er sich auf Ansok als Übersetzer verlassen. Der Gesichtsausdruck des Afrikaners hatte sich schlagartig verändert. »Ihre Frau ist verschwunden«, stieß er hervor. »Sie ist an die Furt zum Baden gegangen und nicht zurückgekommen.«

Plötzlich drehte sich alles vor Davids Augen, und er mußte sich auf Dóngoro stützen. »Das ist doch nicht möglich!« brachte er schließlich hervor. »Das darf nicht sein! Wann ist sie fortgegangen?«

»Um die Mittagszeit. Die Männer aus dem Dorf suchen nach ihr.«

»Allmächtiger Gott!« Er lief zum Wohnwagen, getrieben von der unsinnigen Hoffnung, sie dort anzutreffen, denn etwas in ihm weigerte sich, das zu glauben, was man ihm soeben gesagt hatte. »Nadia! Nadia!«

Aber Nadia war nicht da.

Er ließ sich auf das Bett sinken. Frauen und Kinder drängten sich in das Innere des Wohnwagens, schnüffelten neugierig in jedem Winkel herum, drehten den Wasserhahn der Dusche auf und kramten in dem kleinen Lebensmittelschrank. Mit ausdrucksleeren Augen sah er dem Treiben zu, nahm aber nicht eigentlich wahr, was um ihn herum vor sich ging. Er versuchte, sich auf irgend etwas zu konzentrieren, wußte aber nicht, worauf er sich konzentrieren sollte. Als er schließlich sah, daß eine dicke, verschwitzte Frau sich anschickte, eine von Nadias Blusen zu probieren, als gäbe es hier etwas zu erben, weil die Besitzerin nie zurückkehren würde, wachte er wie aus einem bösen Traum auf. Er riß der Dicken das Kleidungsstück aus der Hand, scheuchte sie und die ganze zeternde Schar ins Freie und schlug die Tür zu.

Sekundenlang stand er reglos da, die Stirn an die Wand gelehnt. Er mußte sich zusammenreißen, um nicht vor Schmerz laut loszuheulen. Nach einer Weile nahm er einen schweren Revolver aus einem Wandschrank, steckte ihn sich in den Gürtel und trat hinaus in die Nacht.

Dóngoro und Ansok kauerten draußen vor der Tür. Sie hatten Laternen mitgebracht und waren bewaffnet. Der eine umklammerte seine großkalibrige Mannlicher, der andere hielt eine alte, doppelläufige Jagdflinte in der Faust. Schweigend machten sie sich auf den Weg zur Furt, doch kaum hatten sie fünfhundert Meter zurückgelegt, da erblickten sie eine schattenhafte Gestalt, die ihnen entgegenkam. Sie blieben stehen.

»Geht nicht hin«, sagte der Mann, der eine lange Lanze in der Hand hielt. »Es ist alles vergeblich.«

David wünschte, er hätte diese Worte nie gehört. »Ein Löwe?« fragte er mit versagender Stimme.

Der Krieger machte eine verneinende Geste. Im schwachen Schein der Laternen glaubte David in seinem undurchdringlichen Gesicht den flüchtigen Ausdruck von Mitleid zu erkennen, als er sagte: »Sklavenhändler.«

»Sklavenhändler?« Der Konsul schüttelte den Kopf und warf seinem Gegenüber einen ungläubigen Blick zu. Raschelnd kramte er zwischen seinen Papieren und fand schließlich das goldene Feuerzeug, mit dem er sich eine lange Zigarette anzündete. Er wollte Zeit gewinnen.

»Das glaube ich nicht«, sagte er nach einer Weile. »Ich will nicht unhöflich sein, aber ich kann es einfach nicht glauben. Wahrscheinlich hat sich Ihre Frau im Wald verlaufen, oder sie ist beim Baden in der Furt ertrunken. Es kann natürlich auch sein, daß sie von einem Löwen gefressen wurde oder in eine Fallgrube der Eingeborenen gestürzt ist. Aber was Sie da eben behauptet haben – nein, das glaube ich nicht.«

»Wir sind den Spuren vier Tage lang gefolgt, bis zum Mbére-Fluß, einem Nebenfluß des Logone. Es handelt sich um sieben Männer und mindestens zwanzig Gefangene. Ich konnte eindeutig die Abdrücke der Stiefel meiner Frau identifizieren.«

Der Konsul stand auf und ging im Zimmer auf und ab, die Hände auf dem Rücken. Er blieb vor dem großen Fenster stehen, blickte auf die Dächer von Douala hinaus, betrachtete die weiten Flußauen des Wouri und ließ den Blick zum gigantischen Kegel des Kamerun-Berges wandern.

»Mir ist schon vor einiger Zeit etwas über den Sklavenhandel zu Ohren gekommen«, gestand er ein. »Solche Gerüchte nahm ich zur Kenntnis wie diese Geschichten über Kannibalismus bei den Stämmen im Norden des Landes oder die gräßlichen Rituale der ›Leopardenmenschen‹, aber hier in Afrika würde niemand einen Weißen rauben, töten, fressen oder opfern, weil wir Weißen ›gezählt‹ sind, wie es hierzulande heißt. Jedesmal, wenn einer von uns verschwindet, kommt es zu schlimmen Repressalien seitens der Behörden. Deshalb kostet es mich Mühe zu glauben, daß man Ihre Frau entführt hat. Es wäre das erste Mal, daß sich Sklavenhändler an einer Weißen vergreifen würden.«

»Meine Frau ist Afrikanerin.«

David hatte das fast beiläufig gesagt, in ganz normalem Tonfall, und er sah, wie der Rücken des anderen Mannes sich bei diesen Worten versteifte. Totenstille herrschte im Raum. Als der Konsul sich endlich umdrehte, war ihm seine Bestürzung deutlich anzusehen; er hatte die Gelassenheit des Diplomaten verloren, und er geriet fast ins Stottern, als er sagte: »Es tut mir leid, und ich nehme zurück, was ich vorhin gesagt habe. Falls ich Sie gekränkt habe, bitte ich Sie . . .«

»Oh, machen Sie sich keine Sorgen«, fiel ihm David ins Wort. »Sie wußten eben noch nicht Bescheid.«

Sie schwiegen wiederum eine Zeitlang. Der Konsul nahm in seinem Bürosessel Platz und griff nach einem Federhalter. »Also gut«, seufzte er. »Fangen wir an. Wie heißt Ihre Frau?«

»Nadia – Nadia Alexander, geborene Segal.«

»Geburtsort?«

»Abidschan, Elfenbeinküste.«

»Alter?«

»Zwanzig Jahre.«

»Wie lange sind Sie schon verheiratet?«

»Zwei Monate. Dies ist unsere Hochzeitsreise.« Davids Stimme versagte, und er mußte sich zusammenreißen, um weiterreden zu können. »Mein Gott!« entfuhr es ihm. »Alles war so wunderbar, und jetzt ist es der reinste Alptraum! Ich *muß* sie finden! Ich muß sie wiederhaben, koste es, was es wolle!«

Der Konsul schüttelte nachdenklich den Kopf. »Ich will hier nicht den Pessimisten spielen, aber machen Sie sich keine allzu großen Hoffnungen. Wenn es stimmt, daß die Sklavenhändler nach Nordosten ziehen, dann wollen sie mit ziemlicher Sicherheit zur arabischen Halbinsel. Wenn sie die erst einmal erreicht haben, dann ist alles zu spät. Von dort kommt niemand zurück. Jahr für Jahr verschwinden in Arabien Tausende von afrikanischen Sklaven. Bitte, glauben Sie nicht, daß ich Sie unnötig quälen möchte. Ich möchte nur, daß Sie der Realität ins Auge schauen. Wenn ich Ihnen einen Rat geben darf: Setzen Sie alles daran, Ihre Frau zu finden, bevor man sie über das Rote Meer schafft. Wenn sie erst einmal drüben ist, bleibt sie auf alle Zeiten verschwunden.«

»Aber wie soll ich das machen? Afrika ist riesig. Wie und wo kann ich sie finden.«

»Auf diese Frage weiß ich keine Antwort. Sie befindet sich jetzt irgendwo im Kamerun, im Tschad oder in der Zentralafrikanischen Republik, und vielleicht will man sie in den Sudan oder nach Äthiopien schaffen.«

»Aber das Gebiet ist fast so groß wie Europa!«

»Ja, und deshalb rate ich Ihnen, sich mit dem Gedanken vertraut zu machen, daß Sie Ihre Frau für immer verloren haben. Ich weiß, daß man sich nur ungern geschlagen gibt, aber am besten tun Sie so, als wäre Ihre Frau gestorben.«

»Sie ist nicht tot, sie lebt!« rief David aus. »Ja, sie ist am Leben, und ich werde notfalls hundert Jahre nach ihr suchen. Ich werde alles tun, um sie zu retten! Ich werde sie finden, das schwöre ich!«

»Ich bewundere Ihren Mut und Ihre Entschlossenheit, lieber Freund, und ich verspreche Ihnen, daß ich alles daransetzen werde, um Ihnen zu helfen – nicht nur dienstlich, sondern auch privat. Wie Sie wissen, ist der Botschafter in Yaoundé, doch ich werde mich mit ihm sofort in Verbindung setzen. Wir werden Druck auf die hiesige Regierung ausüben, alle Garnisonen in Alarmbereitschaft versetzen lassen und die Grenzpolizei mobilisieren. Außerdem werde ich mich an meine Kollegen im Tschad und in der Zentralafrikanischen Republik wenden. Ich rate Ihnen auch, den Botschafter der Elfenbeinküste zu informieren. Verfügt die Familie Ihrer Frau in Abidschan vielleicht über Beziehungen?«

»Ja. Nadias Vater war Professor an der Sorbonne und gründete gemeinsam mit dem jetzigen Präsidenten Houphouet-Boigny die Demokratische Partei der Elfenbeinküste. Er hat sich zwar aus der Politik zurückgezogen, aber ich glaube, daß er noch ein paar Freunde in der Regierung hat.«

»Dann sorgen Sie dafür, daß er alle Hebel in Bewegung setzt. Präsident Boigny genießt in Afrika von allen Politikern den größten Respekt.«

»Glauben Sie wirklich, daß sich etwas auf diplomatischem Weg erreichen läßt?«

»Das weiß ich nicht. Ich lebe seit sieben Jahren in Afrika, aber noch immer setzen mich manche Dinge, die hier passieren, in Erstaunen. Ich gebe mir redliche Mühe, aber ich verstehe diese Menschen nicht. Ob es uns nun gefällt oder nicht – dies ist eine andere Welt als unsere, und wir wissen nie, wie die Leute hier auf ein bestimmtes Problem reagieren. Tausende von Frauen, Kindern und Männern werden alljährlich von Sklavenhändlern geraubt, andere werden von Kannibalen getötet oder primitiven Gottheiten geopfert. Dennoch scheint sich niemand darum zu kümmern. Andererseits setzt man ein ganzes Heer in Bewegung, um einen armen Teufel zu fangen, der in einem Wutanfall seinen Herrn erschlagen hat. Leider haben das Leben, der Tod oder die Freiheit eines Menschen hier nicht denselben Wert wie in Europa oder Amerika.« Der Konsul machte eine nachdenkliche Pause. Nachdem er seine Zigarette ausgedrückt hatte, fuhr er fort: »Versuchen Sie, Ruhe zu bewahren. Noch heute nachmittag werde ich alles veranlassen, um etwas über den Verbleib Ihrer Frau zu erfahren. Glauben Sie mir, wir werden alles Menschenmögliche tun. Wie steht es um Ihre Finanzen?«

»Ich habe ein paar Ersparnisse, aber ich kann jede erdenkliche Summe beschaffen – und wenn ich mein ganzes Leben schuften muß, um meine Schulden abzuzahlen. Ob sich wohl mit Lösegeld etwas ausrichten läßt?«

»Daran habe ich auch schon gedacht. Übrigens bin ich überzeugt, daß wir mit der Hilfe unserer hier ansässigen Landsleute rechnen können. Das Problem besteht nicht darin, die Summe für ein Lösegeld aufzubringen, sondern darin, mit den Entführern Kontakt aufzunehmen. Logischerweise werden sie die bewohnten Gegenden meiden. Ich will noch heute mit den zuständigen Behörden reden. Wo kann ich Sie finden?«

»Im ›Hôtel des Relais Aériens‹, Zimmer 114.«

Der Konsul erhob sich und begleitete David zur Tür. »Ruhen Sie sich jetzt aus«, ermahnte er ihn. »Man sieht Ihnen an, wie erschöpft Sie sind. Ich werde Sie auf dem laufenden halten.«

Kaum war David auf der Straße, hielt ein Taxi neben ihm,

aber er winkte ab. Tief in seine Grübeleien versunken, ging er Richtung Akwa-Platz und hatte keine Augen für die vielen Radfahrer, die nach der Arbeit nach Hause fuhren, für die zahllosen Prostituierten, die schon die Gehsteige bevölkerten, oder für den prächtigen Sonnenuntergang jenseits des Kamerun-Berges.

Es war kaum zwei Wochen her, daß er und Nadia am Swimming-pool des Hotels gesessen und den Sonnenuntergang betrachtet hatten, aber schon kam es ihm wie eine Ewigkeit vor. Sie hatten im Freien zu Abend gegessen und beobachtet, wie die Pirogen der Eingeborenen zum Fischen auf den Fluß hinausfuhren oder gemächlich auf die Hütten am anderen Ufer zusteuerten.

»Hier hat sich anscheinend seit zweitausend Jahren nichts geändert«, hatte David gesagt. »Die Leute angeln, jagen und leben so wie ihre Vorfahren in biblischen Zeiten.«

»Das täuscht«, hatte sie ihm widersprochen. »Zwar könnte man meinen, daß hier alles beim alten geblieben ist, aber in der ganzen Geschichte hat sich noch nie ein tiefgreifenderer Wandel vollzogen als in den Köpfen und Seelen von uns Afrikanern. Man hat die Menschen aus den Wäldern herausgeholt und sie von ihren Feldern vertrieben, und sie haben in den Städten ein Dasein kennengelernt, das auf sie zunächst einen unwiderstehlichen Reiz ausübt, aber für Afrika hat damit eine Epoche des Niedergangs und des Verfalls begonnen.«

»Daraus kann man niemandem einen Vorwurf machen. Niemand hat diese Menschen dazu gezwungen«, gab David zu bedenken.

»Richtig«, nickte sie, »niemand hat sie gezwungen, aber du weißt genau, daß die meisten Eingeborenen wie Kinder sind. Die Kolonialmächte haben ihnen eine Menge Dinge beigebracht, für die sie nicht reif waren.«

»Du bist doch auch damit fertig geworden! Warum schaffen es die anderen nicht?«

»Ich habe in Paris studiert. Zwar bin ich Afrikanerin und habe die Hälfte meines Lebens in Afrika verbracht, doch niemand würde mich als typische Afrikanerin bezeichnen. Ich genoß immer eine gesunde Ernährung und besuchte gute Schulen. Gerade an diesen beiden Dingen mangelt es hier besonders. Überall auf der Welt gibt es hungernde Kinder ohne Schulbildung, aber in Afrika gibt es davon besonders viele.«

»Glaubst du, daß du etwas zur Lösung dieser Probleme beitragen kannst?«

»Nein, als Einzelner kann man nichts machen. Niemand weiß, wie es weitergehen soll. Aber da ich das Glück hatte, eine Universität besuchen und Dinge lernen zu dürfen, die anderen Menschen in meinem Kontinent zugute kommen könnten, ist es meine Pflicht, diese Kenntnisse und Fähigkeiten zu ihrem Wohl anzuwenden.«

Nach diesen Worten hatte David Nadia über den Tisch hinweg leicht auf die Lippen geküßt und sich dabei fast das Hemd mit Tomatensoße bekleckert. »Bitte, wende deine Kenntnisse und Fähigkeiten vor allem auf mich an«, hatte er gesagt. »Und auf unsere Kinder, sobald wir welche haben.«

Sie hatte nicht gleich geantwortet, sondern einen Schluck Wein genommen, das Glas anschließend seelenruhig auf den Tisch gestellt und ihn dabei unverwandt angeblickt. »Fängst du etwa schon an, mich unter Druck zu setzen? Vergiß nicht unsere Abmachung: Wir sind verheiratet, aber ich darf mich weiterhin um meine eigenen Angelegenheiten kümmern.«

»Ist dir das so wichtig?«

»Zweihundertfünfzigtausend Menschen sind während der letzten Trockenzeit umgekommen, und weitere sechs Millionen sind in Lebensgefahr. Es ist durchaus möglich, daß die Wüste in dreißig Jahren drei oder vier Länder, die an mein Land grenzen, verschlungen haben wird. Glaubst du wirklich, daß mir das egal ist?«

Nein, das hätte er nie behauptet, und es gab für ihn auch keinen Grund, über Nadias Worte erstaunt zu sein. Er hatte vom ersten Augenblick an Bescheid gewußt, genau gesagt seit jenem Abend, als sie sich zum Essen hatte einladen lassen, in dessen Verlauf sie fast nur über das Problem des Wassermangels und des Versteppens weiter Landstriche in Afrika gesprochen hatte. »Drei Millionen Rinder sind verdurstet, obwohl sich unter ihnen in vierhundert Meter Tiefe ein schier unerschöpfliches Wasserreservoir befindet«, hatte sie damals gesagt und ihn dann listig angelächelt. »Wäre das nicht ein großes Thema für eine Reportage?«

»Warum zapft man diesen Wasservorrat nicht an?«

»Weil er so tief unter der Erde ist und weil uns die Mittel fehlen, um ihn nutzbar zu machen. Unter der Sahara fließen eine Unzahl unterirdischer Ströme. Sie warten geradezu darauf, angezapft zu werden, wir brauchen nur Techniker und Experten. Wenn man aus zehntausend Metern Tiefe Erdöl fördern kann – warum scheitert man dann beim Wasser an vierhundert Metern?«

Dies war Davids erste Reise nach Afrika. Er war gekommen, um einen verdurstenden Kontinent zu fotografieren, einen Kontinent, dessen Rettung ein paar hundert Meter unter der Erdoberfläche schlummerte. Und er war um Nadias willen gekommen.

Nadia . . . Wie hatte ihn diese Frau derartig in ihren Bann schlagen können? Es war nicht nur die Schönheit ihres Körpers, die vollkommene Harmonie ihrer Gesichtszüge und ihrer Gesten, nein, das war nicht alles. Wichtiger noch waren ihre Persönlichkeit, ihre Charakterstärke, ihr Lebenswille, ihre Hilfsbereitschaft, ihre Hingabefähigkeit, ihre Einsatzbereitschaft und ihre Zuversicht. Ohne zu zögern, wäre sie gegen riesige Windmühlen angetreten, stets war sie zu Anstrengungen bereit, die weit über ihre Kräfte gingen.

Für Nadia gab es nichts Unwichtiges im Leben. David hingegen war bisher fast alles absurd, nichtig und sinnlos erschienen. Hauptsache, er machte gute Fotos! Dabei wußte er, daß Fotos letztlich nur die trügerische Verewigung schöner Augenblicke darstellen, und es war ihm klar, daß es manch einen dieser »schönen Augenblicke« eigentlich gar nicht gegeben hatte, jedenfalls nicht so, wie er ihn fotografiert hatte, denn stets hatte er die Wirklichkeit mittels Spezialfiltern, Beleuchtungseffekten oder einem besonderen Objektiv zurechtfrisiert.

David war intelligent genug, um zu verstehen, daß das hervorstechendste Merkmal seiner Persönlichkeit ausgerechnet im Fehlen einer echten Persönlichkeit bestand. Dasselbe ließ sich über seinen Charakter sagen. Er wußte es und er akzeptierte es.

So war das seit seiner Kindheit gewesen – seit er begriffen hatte, daß niemals er, sondern immer die anderen das Sagen hatten. Niemand schien auf ihn zu hören, und trotz seiner Körpergröße vermochte er sich nicht Respekt zu verschaffen.

Er konnte kluge Meinungen und Standpunkte vertreten, aber dann ließ er sich von einem anderen, der nur unsinniges Zeug daherredete, in den Schatten stellen. Schon bald kam er dahinter, daß er nicht gern kämpfte, sondern lieber jemandem recht gab, der nicht recht hatte, statt sich auf aussichtslose Diskussionen einzulassen. Am Ende gab immer *er* nach, egal, um welches Problem es gerade ging.

Als er dann eines Tages Nadia, dieser wunderbaren jungen Frau begegnete, die von einem fremden Kontinent stammte, andere Ideen im Kopf und auch ein anderes Temperament hatte, da ließ er sich ganz von ihr gefangennehmen, ohne sich jedoch jemals gänzlich aufzugeben, denn er erkannte zwar, daß sie all das verkörperte, was er selbst gern gewesen wäre, doch zugleich schrak er davor zurück und blieb, wie er war.

Und jetzt saß er hier im Garten des Hotels, betrachtete das Lichtergefunkel auf dem Fluß und versuchte, sich mittels einer Flasche Cognac davon zu überzeugen, daß er zum ersten Mal im Leben die Kraft aufbringen würde, unverdrossen ein Ziel zu verfolgen. Ja, er würde bis ins Innere Afrikas eindringen und um jeden Preis das Gelübde einlösen, Nadia zu befreien.

Angst hatte er nicht, das wußte er. Jahrelang hatte er sich als Jüngling die quälende Frage gestellt, ob seine Charakterschwäche nicht einfach auf Feigheit beruhte. Später, als die Zeitschrift ihn zu Kriegsschauplätzen und in Erdbebengebiete schickte, als ihm die Kugeln um die Ohren pfiffen und er in Lebensgefahr schwebte, später begriff er, daß er nicht feige war: Wie hätte er sonst so locker und ohne zu zittern die Kamera halten können? Nein, Angst hatte er nie gekannt, das war nie das Problem gewesen. Er fürchtete sich vielmehr davor, nicht den nötigen Schwung für das schwierige Unternehmen aufzubringen, eine Frau – und noch dazu eine Afrikanerin – in den Weiten dieses Kontinents ausfindig zu machen.

Was würde sie an meiner Stelle tun? Wie würde sie den Kampf gegen diese schier unbezwinglichen Windmühlen eröffnen? fragte er sich. Wie soll ich ein paar geisterhafte Gestalten dingfest machen, die sich in der Endlosigkeit der Steppen und Savannen verstecken, in den Wäldern und Wüsten des geheimnisvollsten, am wenigsten erforschten Kontinents?

Angesichts der Ungeheuerlichkeit der Aufgabe und der Tatsache, daß er nicht wußte, wie er sie anpacken sollte, wäre er fast verzagt. Gewiß, er hatte einen ersten Schritt unternommen – und dann einen zweiten, einen dritten, aber wohin ging die Fahrt?

O Nadia, Nadia! Wo bist du?

Sie rührte sich nicht und machte nicht das geringste Geräusch. Vor sich erkannte sie eine schattenhafte Gestalt, die lautlos auf sie zuschlich. Da hob sie beide Arme über den Kopf und wartete ab.

O David, David! Wo bist du?

Der Mann glitt geschmeidig auf sie zu, doch da stolperte er über den Fuß einer schlafenden Frau. Nachdem er sich vergewissert hatte, daß sie nicht aufgewacht war, machte er noch ein paar Schritte und blieb kaum einen Meter von Nadia entfernt stehen. Dort verharrte er wie erstarrt, aber wahrscheinlich versuchte er die Dunkelheit mit den Augen zu durchdringen, um sicherzugehen, daß sein Schlag das Ziel nicht verfehlte und daß alles rasch und ohne Aufsehen ablief.

Mit pochenden Schläfen zählte sie die Sekunden. Die hocherhobenen Arme wurden ihr schwer, das Gewicht der Ketten zerrte an ihnen; fast war sie sich sicher, daß der Mann das Hämmern ihres Herzschlags hören konnte.

Sie empfand so etwas wie Dankbarkeit, als der Angriff endlich erfolgte und sie mit ganzer Kraft zurückschlagen konnte. Der nächtliche Besucher stieß einen unterdrückten Schrei aus, schlug die Hände vors Gesicht und stürzte rücklings zu Boden. Sie schob ihn mit dem Fuß so weit wie möglich fort, lehnte sich dann wieder an den Baum und starrte mit weit aufgerissenen Augen in die Finsternis hinaus.

So viele Tage waren nun schon vergangen, daß es ihr vorkam, als wäre sie ihr Leben lang mit Ketten gefesselt gewesen. Nur mit Mühe konnte sie sich an etwas anderes erinnern als an die stundenlangen Gewaltmärsche, bei denen der

Mann an der Spitze das Tempo bestimmte. Ständig hatte sie aufpassen müssen, nicht in ihren Vordermann hineinzurennen oder mit dem kleinen Mädchen zusammenzustoßen, das hinter ihr ging. Hitze, Durst und Erschöpfung mußte sie ertragen und zudem ständig den Schlägen ausweichen, die der Sudanese mit dem dicken Griff seiner langen Peitsche austeilte, denn natürlich wollte er die Haut seiner »Ware« nicht verletzen.

Nachts, wenn Nadia unter einem Baum oder in der unendlichen Weite der Savanne im Gras lag, fand sie kaum Schlaf, denn sie mußte auf der Hut sein vor den Angriffen ihrer ausgehungerten Bewacher, die sich am liebsten auf sie gestürzt hätten, kaum daß ihr arabischer Herr eingeschlafen war. Und frühmorgens wurde es so kalt, daß Nadias von der Schlaflosigkeit erschöpfter Körper zu erstarren drohte, während sie mit Schrecken einem weiteren Tagemarsch entgegenblickte.

Der Mann zu ihren Füßen rührte sich nicht. Hatte sie ihn etwa umgebracht? Sekundenlang verspürte sie den unbezähmbaren Wunsch, sich neben ihn zu knien, die Kette um seinen Hals zu schlingen und zuzudrücken, bis er erstickte. Dann hätte sie wenigstens verhindert, daß er noch mehr Frauen raubte, sie während des Marsches peitschte oder nachts zu vergewaltigen versuchte.

Er war es gewesen, der sich an der Furt auf sie gestürzt und sie mit einem einzigen Schlag niedergestreckt hatte, ohne ihr auch nur eine Chance zu lassen, nach ihrer an einem Baum lehnenden Waffe zu greifen. Urplötzlich war er aus dem Dickicht aufgetaucht, wie ein Leopard, der sich an der Tränke auf ein Tier stürzt. Als die anderen den Rand des Gewässers erreicht hatten, hatte sie, Nadia, schon in Ketten am Ufer gelegen.

»Gute Arbeit, Amin«, hatte ihn der Sudanese gelobt. »Sehr gute Arbeit. Das ist die beste Negerin, die uns jemals ins Netz gegangen ist . . .« Dann hatte er Nadia befohlen aufzustehen. Zufrieden und mit dem Gesichtsausdruck eines Experten war er mehrmals um sie herumgegangen, hatte seine Zähne zu einem Kaninchenlächeln entblößt und gesagt: »Du bist ja wirklich ein Prachtstück, Mädchen! Ich müßte blöd sein und mir einen anderen Beruf suchen, wenn der Scheich für dich nicht zehntausend Dollar rausrücken würde.« Er hatte den Arm ausgestreckt und ihre feste, hohe Brust betastet, hatte seine Hände an ihr herabgleiten lassen und lüstern ihren wohlgerundeten, festen Hintern getätschelt. »Schade, daß ich mich nicht gleich hier an Ort und Stelle mit dir vergnügen kann, aber der Scheich bringt mich um, wenn er dahinterkommt, daß ich mich an seiner Ware vergehe.« Dann hatte er sich seinen Männern zugewandt, sechs bewaffneten Negern, die die Szene mit gierigem Blick beobachtet hatten, ohne jedoch die lange Reihe der aneinandergeketteten Gefangenen aus den Augen zu lassen. »Wer die hier anrührt, dem schneide ich die Kehle durch«, hatte er gedroht. »Mit den beiden da drüben könnt ihr machen, was ihr wollt, und meinetwegen auch mit der Dicken da hinten, aber der Rest ist tabu, und die hier dürft ihr nicht mal anschauen!«

»Aber wahrscheinlich ist die längst keine Jungfrau mehr«, hatte Amin protestiert. »Wie sollte der Scheich etwas merken?«

»Weil sie es ihm selbst erzählt, Dummkopf!« Der Sudanese hatte sich Nadia zugewandt. »Bist du noch Jungfrau, Hübsche?«

Nadia war sich darüber im klaren, daß es nichts nützen würde, wenn sie erzählte, daß ihr Mann ein Weißer und drüben in Europa eine wichtige Persönlichkeit war.

»Ja«, hatte sie gelogen. »Und wenn du mich freiläßt, wird dir mein Vater zehntausend Dollar zahlen.«

Der Sudanese war in schallendes Gelächter ausgebrochen. »Oh, zum Teufel, ich weiß nicht, welche der beiden Lügen die größere ist! Aber damit du siehst, daß ich gerecht bin, werde ich weder die eine noch die andere überprüfen. Ich will davon ausgehen, daß du noch Jungfrau bist . . .«

»Es stimmt! Mein Vater würde dir diesen Betrag zahlen!«

»Wer hat schon mal eine Negerin gesehen, die im Urwald badet und zehntausend Dollar lockermachen kann? Du weißt ja nicht mal, wieviel Geld das ist!«

»Hast du schon einmal eine Negerin im Urwald gesehen, die solche Kleider wie ich trug? Und die eine solche Waffe besaß? Ich bin Nadia, die Tochter von Mamadou Segal, einem Professor an der Universität von Abidschan. Ich habe in Paris und London studiert, spreche fünf Sprachen, deine einge-

29

schlossen, und wenn du mich nicht freiläßt, wirst du es dein Leben lang bereuen!«

»Der Teufel soll mich holen! Da haben wir ja eine richtige Perle gefunden, Amin. Wieviel der Scheich wohl für ein solches Geschöpf bezahlen würde? Freu dich, Mädchen, du wirst nicht irgendeine Sklavin sein. Der Scheich macht dich bestimmt eine Zeitlang zu seiner Favoritin. Weißt du, was das heißt? Er hat alles: Gold, Diamanten, Perlen, Luxuslimousinen, Privatflugzeuge … Auf seinen Ländereien sprudelt das Erdöl wie anderswo das Wasser, und aus allen Teilen der Welt kommen die mächtigsten Männer angereist, um mit ihm zu verhandeln. Was er an einem Tag verdient, kann er in einem ganzen Jahr nicht ausgeben. Er wird dich mit Geschmeide überhäufen, dir die schönsten Kleider kaufen und dir das Essen auf goldenen Tellern servieren lassen. Und deine Söhne werden Prinzen sein!«

»Fahr zur Hölle, du Hurensohn!«

Der Sudanese hatte die Peitsche gehoben, doch dann hielt er mit erhobenem Arm inne. »Nein, Suleiman wird nicht so dumm sein, dich auszupeitschen, du Negerin! Suleiman betreibt dieses Geschäft schon seit vielen Jahren und hat sich schon Schlimmeres anhören müssen. Los, wir brechen auf!« hatte er seinen Treibern befohlen. »Bei Einbruch der Nacht will ich möglichst weit fort von hier sein.«

Und am Abend waren sie in der Tat weit fort gewesen, und danach hatte sich die Entfernung mit jedem Tag vergrößert. Auf dem Logone-Fluß war es mit einem kleinen Schiff stromabwärts gegangen, Tag und Nacht. Anschließend hatte sie der Gewaltmarsch tief in die Steppe hineingeführt; sie hatten sich von Wäldchen zu Wäldchen bewegt, stets auf der Suche nach Deckung im Schutz von Bäumen und dichtem Unterholz, fernab von Wegen und menschlichen Ansiedlungen. Ihre Route war durch keine Fußspuren und keine Wegweiser vorgezeichnet, aber Amin schien die Strecke wie die Linien seiner Handflächen zu kennen.

Die Karawane war durch eine Anzahl weiterer Sklaven vergrößert worden, darunter vier Knaben, der Jüngste kaum zehn Jahre alt, und zwei Schwestern, die nicht mit Weinen aufhören wollten.

Suleiman hatte oft zufrieden gelächelt. »Zweiundzwanzig,

30

und fast alles ist gute Ware! Wenn die Hälfte bei lebendigem Leib das Rote Meer erreicht, ist diese Reise ein gutes Geschäft gewesen. Paßt mir gut auf die hübsche Schwarze auf! Sie allein deckt schon alle Kosten. Ich will, daß sie gesund und wohlbehalten in Sawakin ankommt!«

Aber trotz dieser warnenden Worte lag jetzt Amin zu Nadias Füßen, blutüberströmt und ohnmächtig. Der schwarze Sklaventreiber hatte nicht auf Nadia verzichten wollen, und man hätte meinen können, daß er glaubte, auf sie ein Anrecht zu haben, weil er sie gefunden hatte. In dieser Nacht hatte sie ihn noch einmal abwehren können, aber wie viele solcher Nächte lagen noch vor ihr?

O David, David! Wo bist du?

Langsam graute der Morgen. Amin lag noch immer reglos da wie ein Toter. Während das Licht der Morgenfrühe die Umrisse der Baumwipfel nachzeichnete, konnte die mit Ketten gefesselte Nadia allmählich die schmale rote Blutspur im Gesicht des Schwarzen erkennen.

Urplötzlich erschienen die schweren Stiefel von Suleiman neben dem dahingestreckten Neger. Der Sudanese betrachtete den Ohnmächtigen schweigend, blickte dann Nadia an und fragte: »Hast du das getan?«

Sie nickte wortlos und krümmte sich zusammen, denn er hatte die Peitsche gehoben.

Doch nicht ihr galten die Peitschenhiebe, sondern dem Besinnungslosen. Immer wieder schlug der Sudanese erbarmungslos zu. »Verdammter Nigger!« fluchte er. »Sohn der großen Hure! Ich hatte es dir verboten! Jawohl, *verboten*!«

Die Peitschenhiebe schnitten dem Schwarzen ins Fleisch, aber der Sudanese schlug so lange weiter, bis Amin vor Schmerz zu sich kam. Brüllend und mit einer Geschmeidigkeit, die man ihm nach seiner Ohnmacht nicht zugetraut hätte, sprang er auf die Füße und verschwand zwischen den Bäumen, gefolgt von seinem wutschnaubenden Herrn.

»Ich bring dich um!« schrie Suleiman und versuchte, den Flüchtigen einzuholen. »Ich schneide dir die Eier ab, wenn du es noch einmal versuchst! Hast du gehört? Ich werde dich kastrieren, du dreckiger Nigger!«

Der Sudanese keuchte heftig, als er nach einer Weile zurückkam, stellte sich vor seine Sklaven und Treiber, die die Szene in furchtsamem Schweigen mitverfolgt hatten, und verkündete: »Ich werde jeden kastrieren, der es wagt, diese Frau zu berühren.« Er zog seinen langen Dolch aus der Scheide. »Ich weiß nicht, wie viele Schwarze ich damit schon entmannt habe, aber alle Eunuchen im Palast des Scheichs sind durch *meine* Hand zu Eunuchen geworden, und es würde mir nichts ausmachen, noch weiteren hundert die Hoden abzuschneiden. Ich werde euch lehren, euch zu beherrschen, ihr Schweine! Ihr denkt nur daran, euch wie die wilden Tiere mit Weibern auf der Erde zu suhlen. Los, wir marschieren weiter!« Er ließ seine Peitsche dicht über dem Rücken eines Sklaven knallen. »Setzt euch in Bewegung, ihr schwarzen Söhne der Hölle, ihr unnützes Pack!«

Mühsam erhoben sich die Geschundenen und nahmen den langen Marsch wieder auf.

Das Telefon klingelte so schrill, daß er dachte, ihm würde der Kopf zerspringen nach dieser durchzechten, schlaflosen Nacht. Er hob ab, und eine Stimme sagte: »Mr. Alexander? Hier Bloom, der Konsul. Ich hole Sie in zwanzig Minuten ab. Ihr Flugzeug startet in einer Stunde.«

»Und wohin geht die Reise?«

»In den Tschad.« Der Konsul legte auf.

Pünktlich auf die Minute bog eine große schwarze Limousine um die Ecke und hielt vor dem überdachten Eingang des Hotels. Der Chauffeur verstaute Davids Koffer, und David selbst nahm im Fond des Wagens neben dem Konsul Platz.

»Warum in den Tschad?«

»Die Polizei behauptet, daß die Sklavenhändler das Gebiet der Zentralafrikanischen Republik meiden, weil dort die Überwachung ziemlich effektiv ist. Die Route der Sklavenhändler verläuft vielmehr quer durch den Tschad, zwischen Bousso und Fort Archambault hindurch und danach durch die Wüste, in Richtung Sudan. Für manche Karawanen ist die Reise in Khartoum zu Ende, andere ziehen bis Äthiopien weiter, aber für die meisten heißt das Ziel Sawakin. Die Stadt ist das Sprungbrett nach Arabien. Falls Kommissar Lomué weiß, wovon er redet, brauchen die Leute, die Ihre Frau entführt haben, für die Durchquerung des Tschad mehr als zwanzig Tage.«

»Welche Hilfe ist von den Behörden im Tschad zu erwarten?«

»So gut wie keine. Die in der Wüste lebenden mohammedanischen Stämme haben sich gegen die Regierung in Fort

33

Lamy erhoben, genauer gesagt gegen die Vorherrschaft der dunkelhäutigen Bewohner des südlichen Landesteils, also der *massa* und *moudang*. Nur dank der inoffiziellen Unterstützung durch französische Fallschirmjäger kann sich Präsident Tombalmaye an der Macht halten. Wenn es sie nicht gäbe, würden die Tuareg-Krieger den Schwarzen eher heute als morgen die Kontrolle über das Land entreißen. Verständlicherweise ist Präsident Tombalmaye deshalb wohl kaum bereit, Teile seiner Streitkräfte auf die Suche nach Ihrer Frau zu schicken.«

»Verstehe.«

Der Konsul tätschelte ihm beschwichtigend den Arm. »Nur nicht den Mut verlieren«, sagte er. »Noch gibt es Hoffnung. Man hat mir versichert, daß ein Geheimbund, der sich selbst Ébano-Gruppe nennt, zumindest noch teilweise existiert. Er hat gewissermaßen das ideologische Erbe der berühmten ›Weißen Schwadron‹, die in Libyen den Sklavenhandel bekämpfte, angetreten.«

Sie waren am Flughafen angekommen. Der Chauffeur begab sich mit dem Koffer zum Schalter der *Air Afrique*, während David und Konsul Bloom an der kleinen Bar in der Flughafenhalle Platz nahmen.

»Lassen Sie sich von mir einen Rat geben und essen Sie etwas«, meinte der Konsul besorgt. »Das Flugzeug macht drei Zwischenlandungen, aber es gibt nirgends genug Zeit für ein anständiges Essen.«

»Ich habe keinen Hunger.«

»Dann zwingen Sie sich zum Essen! Sie dürfen den Kopf nicht hängen lassen. Vor Ihnen liegen monatelange Strapazen und viele Enttäuschungen. Vielleicht müssen Sie sich irgendwann geschlagen geben, aber bis es soweit ist, halten Sie sich stets eines vor Augen: Die Sklavenhändler müssen dreitausend Kilometer zurücklegen, bis sie mit Ihrer Frau am roten Meer sind, und das ist kein Katzensprung.«

David war gerade mit seinem Schinkenomelett fertig, als aus einem scheppernden Lautsprecher sein Flug aufgerufen wurde.

Die Reise wurde zu einer Art Lektion in afrikanischer Geographie. Nach Verlassen der Küstenregionen ging es über dicht bewaldete Gebiete in Richtung Yaoundé weiter, und dann folgte ein fast einstündiger Flug über nicht enden wollenden tropischen Regenwald, der irgendwann in flaches, grünes Grasland überging. Auf der Höhe von Maroué begann dann die bräunliche Savanne. David beobachtete von seinem Fensterplatz aus die wechselvolle Landschaft, und er fragte sich, wo in dieser Weite sich wohl Nadia befinden mochte. Vielleicht hört sie dort unten das Flugzeug und schaut herauf, dachte er. Aber natürlich war es genausogut möglich, daß sie auf einem Schiff jenen Fluß dort hinabfuhr oder daß man sie in dem Wäldchen da drüben versteckt hielt . . . Afrika war so groß, ein gigantischer und scheinbar menschenleerer Kontinent!

Kilometer auf Kilometer grünen Graslandes zogen unter ihm vorbei. Er sah gelbliche Steppen und fruchtbares Land, das sich wunderbar für den Anbau von Baumwolle, Flachs und Mais geeignet hätte, aber niemand bestellte diese Erde, kein Ochse, kein Zugtier oder Traktor war zu erkennen. Die Bewohner Afrikas waren in die Städte gezogen, wo sie sich in armseligen Elendsvierteln zusammenscharten, und dort gab es nichts als Not, Elend und Krankheit – und eine tiefgreifende moralische Entwurzelung, einen Totalverlust aller angestammten Werte, der durch keinen neuen Sittenkodex wettgemacht wurde.

Nach ihrer Ankunft in den Städten beeilten sich die einstigen Urwald- und Steppenbewohner, sich mit ihresgleichen zusammenzutun, das heißt möglichst mit Menschen aus derselben Gegend oder gar Mitgliedern desselben Stammes oder derselben Glaubensgemeinschaft. Eine Zeitlang respektierten sie dann noch ihre alten Gesetze, aber nach und nach wurden sie unter dem Druck der Arbeitslosigkeit und Not ihrem eigenen Ursprung untreu, so daß sie sich in Asoziale verwandelten, denen nichts und niemand etwas bedeutete und die immer nur darauf aus waren, irgendwie ihren Hunger und ihre sonstigen Bedürfnisse zu stillen.

So wurden diese Menschen Teil eines schwarzen Proletariats, das noch elender war als das weiße, denn für den Schwarzafrikaner, der in die Städte zog, war zuerst einmal alles neu, und er konnte unmöglich wissen, wie er mit Problemen fertig werden sollte, vor die ihn eine fremdartige Zivilisation unversehens stellte. Das war der Grund, warum Städte wie Lagos, Ibadan, Dakar, Douala, Abidschan, Libreville und viele andere von solchen unglückseligen Wesen wimmelten, während Afrika – das *echte* Afrika – vielerorts scheinbar unnütz und menschenleer darniederlag . . .

Weit vorn tauchte am Rand der sonnenverbrannten Steppe ein silbernes Glitzern auf: Es war der große Tschad-See, das geographische Herz des Kontinents, Grenze zwischen Wüste und Steppe. Das Gewässer erstreckte sich nach Nordwesten, so weit das Auge reichte.

See! Welch hochgestochenes Wort für etwas, das in Wirklichkeit nichts weiter als der größte Tümpel der Welt war, ein zwanzigtausend Quadratkilometer großer Wasserspritzer inmitten eines endlosen Flachlandes, so seicht, daß er an keiner Stelle tiefer als zwei Meter war. Die Eingeborenen hätten von einem Ufer zum anderen waten können, ohne schwimmen zu müssen.

Als die Sahara noch eine riesige Wiese gewesen war, als Nadias Vorfahren, wie sie selbst erzählt hatte, noch die Landschaften des Tassili und des Tibesti bevölkert hatten – da war der Tschad-See der größte der Welt gewesen, aber dann kam eine lange Zeit der Dürre, und die Wüste rückte vor, bis der See nur noch ein Fünfzigstel seiner ursprünglichen Fläche hatte und in einer der unbekanntesten, unwirtlichsten und heißesten Gegenden der Welt lag.

»Er ist so flach«, hatte Nadia David versichert, »daß der *harmatan* genannte Wind das Wasser in kleinen Wellen bis zu vier Kilometer landeinwärts vor sich hertreibt. Die Eingeborenen müssen dann ihre armselige Habe in ihren Hütten zurücklassen und alles daransetzen, sich und ihre Herden schleunigst in Sicherheit zu bringen.«

Eine Ansammlung schmuckloser, weiß und lehmbraun gestrichener Häuser an der Stelle, wo ein breiter, von vielen Inselchen gesprenkelter Fluß in den See mündete, erregte jetzt Davids Aufmerksamkeit. Das Flugzeug, das Kurs nach Norden genommen hatte, kehrte in einer weiten Schleife nach Süden zurück und verlor rasch an Höhe.

Dann kam über Bordlautsprecher die Nachricht, daß die Maschine gleich in Fort Lamy, der Hauptstadt der Republik Tschad, landen würde. David hatte ein unangenehmes, beklemmendes Gefühl, als er sich bewußt wurde, daß er all seine Hoffnungen darauf gesetzt hatte, in diesem gottverlassenen Winkel des Planeten irgendwie Hilfe auf seiner Suche nach Nadia zu finden. »So ungefähr muß das Ende der Welt aussehen«, murmelte er vor sich hin und war sich sicher, daß er damit nicht weit von der Wahrheit entfernt war.

Als sich die Tür der alten Caravelle endlich öffnete, drang ein Schwall glühendheißer, trockener Luft ins Innere der Maschine, als hätte man eine Ofentür aufgemacht. David hatte das Gefühl, daß diese Luft seine Lunge versengte, und zugleich traf blendendweißes, flirrendes Licht seine Augen wie ein heftiger Schlag. Widerstrebend verließ er das Flugzeug und hastete über die zementierte Rollbahn der schützenden Kühle des modernen Flughafengebäudes entgegen.

»Mein Gott!« seufzte er erleichtert, als ihn endlich die große Ankunftshalle aufnahm, »das hier muß die Pforte zur Hölle sein!«

Ein dunkelhäutiger Beamter mit impertinentem Blick, der eine dicke Jacke trug, obwohl der Schweiß in Strömen an ihm herablief, blätterte argwöhnisch in Davids amerikanischem Paß. »Sie sind Journalist, Monsieur Alexander?«

»Nein, nicht ganz. Ich bin Fotograf.«

»Aber Sie arbeiten für eine Zeitschrift? Welches ist der Grund für Ihren Besuch?«

»Ich bin auf der Suche nach meiner Frau. Sie wurde im Kamerun von Sklavenhändlern entführt, und die Behörden von Douala haben mir versichert, daß die Karawane wahrscheinlich Ihr Land durchqueren wird.«

Der Beamte setzte eine Miene auf, als hätte David versucht, ihn für dumm zu verkaufen. Er klappte den Paß zu, ohne ein Einreisevisa hineinzustempeln, und richtete sich unmerklich auf, als würde er dadurch mehr Autorität gewinnen. »Tut mir leid, Monsieur«, erklärte er, »aber Sie müssen Ihre Reise fortsetzen. Wir haben mit dem, was europäische Journalisten über die inneren Vorgänge unseres Landes berichten, traurige Erfahrungen gemacht. Ich habe Anweisung, niemanden einreisen zu lassen, der kein spezielles Visum unserer Botschaft in Rom vorzuweisen hat.«

»Aber was wird aus meiner Frau!« protestierte David.

»Monsieur«, sagte der andere mit einer Spur von Ungeduld, »was Sie mir da erzählen, ist der absurdeste Vorwand, der mir je zu Gehör gekommen ist. In Ihrem Paß steht, daß Sie Junggeselle sind.«

»Wir haben erst vor zwei Monaten geheiratet.« David zögerte. »Meine Frau ist . . . Afrikanerin.«

Der dunkelhäutige Staatsdiener schien verblüfft. Er dachte ein paar Sekunden nach und schaute David dann forschend in die Augen, als wollte er sich vergewissern, daß der Fremde ihn nicht anlog. Dann schlug er den Paß wieder auf und prüfte ihn erneut. David hatte eine plötzliche Eingebung. Er kramte in seinem Aktenkoffer herum und zog Nadias Paß heraus. »Das ist meine Frau«, sagte er.

Der Beamte nickte wortlos. Er blätterte in beiden Pässen herum und erteilte David schließlich das Einreisevisum. »Glück gehabt!« meinte er.

Als David auf der Suche nach einem Taxi in die Sonne hinaustrat, traf ihn die Gluthitze wieder wie ein Schlag. In dem Auto war es kochendheiß, und als sich das Vehikel in Richtung Stadt in Bewegung setzte, spendete die durch die geöffneten Wagenfenster hereinströmende Luft keinerlei Kühle. »Ist es hier immer so heiß?« fragte er erschrocken.

»Das ist noch gar nichts«, grinste der Fahrer. »Jetzt ist hier Winter . . . Zu welchem Hotel wollen Sie, Monsieur? Zum ›Chadienne‹, zum ›Chari‹ oder zum ›Hôtel du Chad‹?«

David wunderte sich über die Einfallslosigkeit der Namen, enthielt sich aber einer ironischen Bemerkung und fragte zurück: »Welches ist das beste?«

»Das ›Chadienne‹ ist das teuerste, und in einigen Zimmern gibt es eine Klimaanlage, die Tag und Nacht funktioniert. Im ›Chari‹ ißt man am besten. Die Besitzerin, eine französische Madame, kocht sehr gut und ist außerdem eine schöne Frau . . .«

»Bringen Sie mich zum ›Chadienne‹.«

»Wie Sie wünschen, Monsieur. Sie haben eine gute Entscheidung getroffen. Das Hotel ist komfortabel, und man hat von dort aus einen wunderbaren Blick über den Fluß.« Der Mann verstummte für eine Sekunde, sprach dann aber gleich weiter: »Gefällt Ihnen Fort Lamy, Monsieur?«

»Ich habe noch nichts von der Stadt gesehen.«

»Ach ja, natürlich!« Er schüttelte den Kopf. »Es wird Ihnen hier gefallen. Ein bißchen heiß ist es zwar, aber sonst ist un-

sere Hauptstadt in Ordnung, Monsieur. Sie ist das wahre
Herz Afrikas. Hier trifft man Leute aus allen Teilen des Kontinents: arabische Händler aus Libyen und Algerien, *haussas*-
Kaufleute aus Kano, Sudanesen und Senegalesen, die hier
eine Ladung Natron abholen, das aus dem See gewonnen
wird, diebisches Gesindel aus dem Kamerun, das heimlich
über den Fluß kommt, *pamues* und *fangs,* die aus Guinea und
Gabun heraufgekommen sind, *fulbé*-Hirten mit großen Herden – und sogar Kongolesen . . .«

Je näher sie dem Stadtzentrum kamen, desto mehr wurde
offenkundig, wie recht der Fahrer hatte: Da sah man einen
pechschwarzen Buschmann neben einer verschleierten, hellhäutigen *saharaui* hocken, während auf der Straße barbusige
Schönheiten aus anderen Teilen Afrikas vorbeigingen,
schwere irdene Gefäße auf dem Kopf balancierend. In Fort
Lamy lebten Bantus, Tuareg, *budumas,* Araber, Ägypter, Franzosen, Griechen und Leute aus Dahomey auf engstem Raum
zusammen, sie vermischten sich miteinander und trieben
Tauschhandel nicht nur mit Waren, sondern auch mit Sitten
und Gebräuchen.

Hätte man sich in Amerika eine ähnliche Stadt vorstellen
können? Eine Stadt, in der Indianer aus den Wäldern, Hirten
aus den Anden, Fischer von den Ufern der Karibik, Viehtrei-
ber aus Texas, Geschäftsleute aus New York, Stars aus Holly-
wood, Eskimos aus Kanada und Bewohner von Patagonien
und Feuerland friedlich nebeneinander lebten? Oder eine europäische Hauptstadt, in der es von andalusischen Zigeu-
nern, Schotten mit Dudelsack, Lappen aus Norwegen, Türken mit Turbanen, Lords aus England, Bauern aus den Weiten Rußlands, Kuhhirten aus Tirol und *aizkolaris* aus dem
Baskenland wimmelt – und jeder in seiner typischen Tracht?

Das war der Eindruck, den Fort Lamy erweckte, diese
Stadt, in der ganz Afrika lebendig war. Es gab ja auch ein
Afrika des Rassismus in Johannesburg, das Afrika der Löwen
und Safaris in Kenia, ein drittes, von Bürgerkriegen zerrisse-
nes Afrika im Kongo und in Nigeria, ein viertes in Ägypten
mit Pyramiden, ein fünftes zwischen Moscheen und Massen-
tourismus in Marokko, ein sechstes zwischen Dürrekatastro-
phen und Erdölrausch wie in der Sahara, ein siebentes, ein
achtes und ein neuntes Afrika – und viele, viele mehr . . .

Während der Taxifahrer pausenlos die Hupe betätigte, um sich einen Weg durch das Gewimmel von Radfahrern und Fußgängern zu bahnen, begriff David, daß er sich hier tatsächlich im Herzen des Schwarzen Kontinents befand – und zum ersten Mal dämmerte es ihm auch, daß es in diesem Kontinent tatsächlich noch Sklavenhändler gab.

Sie umrundeten den »Platz der Unabhängigkeit« und kamen an jenem wuchtigen Denkmal vorbei, das daran erinnerte, daß hier in Fort Lamy die sogenannte Leclerc-Expedition gegen Rommels Panzer ihren Anfang genommen hatte. Die Fahrt führte ein Stück am Flußufer entlang und endete an der kiesbestreuten Auffahrt des von einer Gartenanlage umgebenen ›Hôtel Chadienne‹.

»Ich kann jederzeit kommen, wenn Sie ein Taxi benötigen, Monsieur«, erbot sich der Fahrer. »Es ist hier in Fort Lamy nicht immer leicht, ein Taxi zu finden, und ich empfehle Ihnen, nicht zu Fuß zu gehen. Die Sonne kann für Weiße sehr schädlich sein. Wann soll ich Sie abholen, Monsieur?«

»Morgen, um acht Uhr. Sagen Sie, wissen Sie, wie ich mit einem Mitglied der Ébano-Gruppe Kontakt aufnehmen kann?«

»Die Ébano-Gruppe?« wunderte sich der Mann. »Nein, Monsieur, wie soll ich das wissen? Ich . . . ich glaube, ich hab morgen früh doch keine Zeit«, fügte der Schwarze rasch hinzu und ließ den Motor an. »Ich hatte ganz vergessen, daß ich schon einen Auftrag habe . . .«

Tatsächlich gab es in dem Hotel Zimmer mit einer Klimaanlage, die Tag und Nacht funktionierte. David machte den Versuch, ein Bad zu nehmen, aber er ließ davon ab, als er sah, daß bräunliches Wasser aus dem Hahn lief. Offenbar kam es direkt aus dem Fluß, und man schien davon eher schmutziger als sauberer zu werden. So mußte er sich mit einer warmen Dusche begnügen, denn das Wasser wurde nicht kühler, mochte er es noch so lange laufen lassen. Dann ruhte er sich ein wenig auf dem Bett aus, starrte an die Decke und lauschte den Stimmen und dem Gelächter der Frauen, die unten am Fluß Wäsche wuschen. Aus der Ferne klang das im *kokoto*-Dialekt gesungene Lied eines Eingeborenen herüber, der in seinem Kahn stand und mit einer langen Stange bedächtig flußaufwärts stakte.

40

David mußte an den Nachmittag denken, als Nadia und er in Kotonou angekommen und im ›Hôtel de la Plage‹ abgestiegen waren. In ihrem Zimmer hatte eine ähnliche Atmosphäre geherrscht, und auch die Hintergrundgeräusche waren fast die gleichen gewesen. Nachdem sie gebadet hatten, liebten sie sich bis zur Erschöpfung und lagen danach da, starrten an die Decke, lauschten dem Geplapper der Frauen draußen auf der Straße und dem Lied eines Fischers, der am Strand saß, seine Netze flickte und aus voller Kehle sang.

»Hast du dir die Liebe mit mir so vorgestellt?« hatte David gefragt.

»Nein, aber am liebsten möchte ich gar nicht damit aufhören.«

»Und wer hindert uns daran weiterzumachen?«

Sie hatten sich wieder geliebt, immer und immer wieder . . .

Der Mann in seinem Kahn sang noch immer. David trat ans Fenster und beugte sich hinaus. Unter normalen Umständen hätte ihn diese Umgebung zutiefst beeindruckt. Der glutrote Ball der untergehenden Sonne wurde halb von dem üppigen Wipfel eines Wollbaumes verdeckt, auf den trägen Fluten des Stromes trieben Papyrus-Flöße, dicke Baumstämme und schläfrige Kaimane, während die weißen Reiher in hellen Scharen durch die Lüfte flatterten und gravitätische, graugefiederte Stelzvögel sich unzählige Male scheinbar ehrfürchtig verneigten, um ihren langen, spitzen Schnabel im sandigen Gestade eines Inselchens oder im Morast des Ufers zu versenken. Irgendwo schnaubte ein Flußpferd.

Vor nicht allzu vielen Jahren hatte es in allen Seen und Flüssen von Flußpferden nur so gewimmelt, und die Wasserflugzeuge, die zwischen Fort Lamy und Douala verkehrten, kenterten immer wieder, nachdem sie mit einem dieser großen Tiere zusammengestoßen waren. Jetzt gab es keine Wasserflugzeuge mehr, und nach allem, was man hörte, konnte es auch nicht mehr lange dauern, bis die Großwildjäger und Wilderer endgültig mit den Flußpferden aufgeräumt haben würden . . .

Mein Gott, dachte David, warum muß gerade *dieses* Afrika zugrunde gehen! Warum tut man das diesem stillen, schönen Land mit seinem herrlichen Tierbestand an? Warum räumt man nicht unter den Sklavenhändlern auf, und warum bekämpft man nicht Hunger, Krankheit und Ungerechtigkeit?

Als der Sonnenball ganz verschwunden war, ging David hinunter in die Bar, wo um diese Zeit noch nichts los war, bestellte sich einen Whisky und trank ihn ohne Eile. Der Barkeeper, ein hoch aufgeschossener, sommersprossiger Franzose in einem grünen Bolerojäckchen, stand hinter der Theke und polierte Gläser. Nachdem er seinen Gast eine Weile unauffällig beobachtet hatte, erkundigte er sich schließlich: »Söldner?«

David, der in sein Whiskyglas gestarrt hatte, blickte auf und fragte verständnislos zurück: »Wie bitte?«

»Sind Sie Söldner? Es sind schon ein paar angekommen ... Angeblich will die UNO Frankreich zwingen, alle Fallschirmjäger von hier abzuziehen. Dann muß Präsident Tombalmaye auf Söldner zurückgreifen. Vor denen hat man hier großen Respekt. Wir werden sie gut gebrauchen können, um uns die verdammten Tuareg vom Leib zu halten.«

David machte eine abwehrende Geste. »Nein, ich bin kein Söldner.« Er zögerte kurz und fragte dann: »Haben Sie eine Ahnung, wo ich die Ébano-Gruppe finden kann?«

»Die Ébano-Gruppe?« Der Barkeeper hatte instinktiv die Stimme gesenkt, obwohl außer ihnen beiden sich niemand in der Bar befand.

»Nein, keine Ahnung, wo die sich aufhält – falls es sie überhaupt noch gibt. Was haben Sie vor?«

»Ich brauche Hilfe. Sklavenhändler haben im Kamerun meine Frau entführt.«

»*Merde!* Das ist verdammt kompliziert.« Der Mann hatte aufgehört, an seinen Gläsern herumzupolieren, stützte sich mit beiden Händen auf die Theke und beugte sich vor. »Laufen Sie hier bloß nicht rum und fragen mit lauter Stimme nach der Ébano-Gruppe. Manche Leute könnten das in die falsche Kehle kriegen.«

»Warum?«

»Das will ich Ihnen sagen: Manche halten diese Leute für einen Haufen imperialistischer Spione, andere für kommunistische Kriegshetzer, und wieder andere behaupten, die Leute von der Ébano-Gruppe hätten den Geheimauftrag, den Konflikt zwischen den Mohammedanern im Norden und den

Animisten im Süden des Landes anzuheizen. Ein paar sind sogar fest davon überzeugt, die Ébano-Gruppe setze sich aus zionistischen Agenten zusammen, die Ägypten von hier aus in den Rücken fallen sollen.«

»Es gibt sie also wirklich?«

»Lauter Gerüchte«, meinte der Franzose achselzuckend. »Hier im Tschad gibt es mehr Gerüchte als richtige Nachrichten. Mag sein, daß die Sklavenhändler das ganze Gerede über die Ébano-Leute in Umlauf gesetzt haben, aber vielleicht ist sogar etwas dran. Möglicherweise existiert die Gruppe überhaupt nicht mehr – oder sie hat nie existiert.«

»Wie soll man wissen, was wahr ist?«

»Wahr?« Der Barkeeper lachte kurz und höhnisch. »In diesem Land der Gerüchte und der Klatschgeschichten ist nichts schwieriger zu finden als die Wahrheit. Vielleicht könnte ich Ihnen auf Bestellung einen Eisbären besorgen, aber die Wahrheit?« Er fing wieder an, seine Gläser zu polieren. »Mit der Wahrheit verhält es sich hier im Tschad wie mit dem Regen: Er kommt nicht, und wenn er dann doch mal kommt, verändert er alles, verursacht Katastrophen und verdunkelt sogar die Sonne.«

»Könnten mir hundert Franc ein bißchen weiterhelfen?«

»Schon möglich.«

»Dann können Sie damit rechnen.«

»Ich bin immer am Rechnen«, grinste der Franzose und fügte nach einer kurzen Pause hinzu: »Hier geht's so richtig um acht Uhr abends los. Kommen Sie zu mir, bevor Sie schlafen gehen. Aber erwähnen Sie nicht in aller Öffentlichkeit die . . . na, Sie wissen schon. Erzählen Sie auch niemandem von der Entführung Ihrer Frau. Ich weiß nicht allzu gut Bescheid, aber es heißt, daß die Sklavenhändler mit vielen Leuten unter einer Decke stecken. Es ist eine Art Mafia. Man hilft sich gegenseitig, und wenn rauskommt, daß ein Fremder gegen einen von ihnen ermittelt, machen ihn die anderen fertig. Hier in Fort Lamy kann theoretisch jeder in den Sklavenhandel verwickelt sein – die griechischen Kaufleute, die portugiesischen Transportunternehmer, die *haussa*-Händler, die arabischen Tuchhändler, die ägyptischen Geschäftsleute, die nigerianischen Importeure und die hiesigen Regierungsbeamten.«

»Auch Sie?«

Der Franzose hielt das Glas und das Geschirrtuch hoch. »Glauben Sie, ich würde hier Gläser polieren, wenn ich meine Finger im Menschenhandel hätte?«

David begriff, daß er ein bißchen zu weit gegangen war. Er schwieg verdattert und war innerlich fast ein bißchen dankbar, als zwei verschwitzte, staubbedeckte Weiße, die unschwer als Jäger zu identifizieren waren, die Bar betraten, an der Theke Platz nahmen, eiskaltes Bier bestellten und mit allen Anzeichen des Ärgers von einem großen Nashorn zu reden begannen, das ihnen offenbar im letzten Augenblick entwischt war.

»Dreihundert Kilometer!« sagte der ältere der beiden mit dröhnender Stimme zu dem Barkeeper, als wollte er diesen zum Zeugen seines Mißgeschicks machen. »Verflucht, da fährt man unzählige Kilometer durch diese höllische Gegend, kommt vor Durst fast um und schluckt Staub – und am Ende haut das Biest einfach ab! Eine ganze Woche ist zum Teufel!«

David schlürfte seelenruhig an seinem Whisky und beobachtete unauffällig die Männer, die jenen Typus von weißem Jäger verkörperten, der hier in Afrika schon fast so etwas wie eine Reliquie war, ein lebendes Fossil, das aus einer längst vergangenen Epoche stammte, aus der Zeit von *Die grünen Hügel Afrikas* oder *Schnee am Kilimandscharo*. Es war die Zeit der großen Safaris und der Abenteuer gewesen, als man die Tiere der Wildnis nur so zum Spaß abgeknallt hatte, aber es war auch die Epoche romantischer Legenden gewesen, obwohl man gerade damals begonnen hatte, nach und nach die großartigste Fauna auszurotten, die diese Erde hervorgebracht hatte.

Dies war der Menschenschlag, den Nadia abgründig haßte; es waren Männer, die sich noch immer an die Vorstellung klammerten, daß Afrika nichts weiter als ein riesiges Jagdrevier war, in dem es von gefügigen *boys* wimmelte und von Gewehrträgern, die sich ständig mit einem servilen »Sehr wohl, *bwana!*« verneigten.

»Irre!« hatte Nadia einmal empört ausgerufen, als sie sich über dieses Thema unterhielten. »Das sind Leute, die hierherkommen, um unsere Elefanten und Nashörner auszurotten.

Sie bringen diese großen, edlen Tiere aus sicherer Entfernung um, und für sie ist es nur eine von vielen Möglichkeiten, den eigenen Frust abzureagieren.«

»Ich glaube nicht, daß das auf alle zutrifft«, hatte David eingewandt. »Es gibt auch welche, für die die Jagd ein Vergnügen und ein Abenteuer ist.«

»Ein Abenteuer? Was hat der Tod von dreißigtausend Elefanten im Jahr mit Abenteuer zu tun? Nein, dies ist eine kriminelle Betätigung von Feiglingen, die sich nicht trauen, auf Menschen zu schießen, weil sie sonst hinter Gitter oder an den Galgen kämen. Lauter Irre!«

Jedesmal, wenn sie an diesem Punkt anlangten, verzichtete David auf alle weiteren Einwände und ließ zu, daß Nadia sich ihren Zorn von der Seele redete. Jetzt, wo er diese beiden Typen dort sitzen sah, fiel es ihm viel leichter, ihre Haltung zu verstehen. Schmutzig, müde, sonnenverbrannt, staubbedeckt und ein Bier nach dem anderen herunterkippend, versuchten diese Jäger, den Barkeeper in Staunen zu versetzen, indem sie ihm haarklein erzählten, wie sie über eine Woche lang ein Rhinozeros mit einer Kugel zwischen den Rippen verfolgt hatten.

Die beiden redeten sehr laut; offenbar versuchten sie, David in das Gespräch hineinzuziehen und auf diese Weise die Zuhörerschaft zu vergrößern, die sie brauchten, um mit ihren wahren oder erfundenen Heldentaten prahlen zu können. David hielt sich jedoch zurück und ignorierte sie, zumal er an ihrer Redeweise und ihren Gesten eine Aggressivität wahrnahm, die er verabscheute.

Jäger gab es in dieser Welt mehr als genug – David ging ihnen mit einem geradezu pathologischen Abscheu aus dem Weg. Manche jagten Frauen hinterher, andere dem Glück, Geschwindigkeitsrekorden oder der Bildung, aber alle waren sie stets dazu aufgelegt, lauthals von den Nashörnern zu erzählen, die sie erlegt hatten, von den Frauen, mit denen sie ins Bett gegangen waren, den genialen Schachzügen, die sie sich hatten einfallen lassen, den vielen Rennen, bei denen sie mitgefahren waren, und den umfassenden Kenntnissen, über die sie angeblich im Bereich der Literatur, der bildenden Kunst oder Wissenschaft verfügten.

In Gegenwart solcher Menschen fühlte sich David wie ein

eingepferchtes Stück Vieh. Manchmal kam er sich auch wie der klassische Typus des beflissenen Zuhörers vor, der imstande war, stundenlang scheinbar hingerissen dem nicht enden wollenden Gequatsche anderer Menschen zu lauschen, ohne den Mut aufzubringen, auf dem Absatz kehrtzumachen und zu gehen – oder den Schwätzer mit ein paar offenen Worten zum Teufel zu schicken.

Dies war schon immer eine der Charaktereigenschaften gewesen, die er an sich am meisten gehaßt hatte, nämlich seine Unfähigkeit, zu rebellieren und ein paar unhöfliche Worte zu sagen, die einen Mitmenschen verletzen konnten, egal, um wen es sich bei diesem Mitmenschen handelte. An dem Tag, an dem er sich dazu überwinden könnte, ironisch zu sein oder – einfacher noch – die Ironie eines anderen Menschen gelassen zu ertragen, erst an dem Tag wäre David einigermaßen mit sich selbst zufrieden. Erst dann würde in ihm allmählich der Glaube reifen, daß er sich doch noch zu dem Menschen wandeln könnte, der zu sein er sich stets gewünscht hatte.

»Du bist einfach zu gut, das ist alles«, hatte Nadia ein ums andere Mal zu ihm gesagt. »Und du läßt zu, daß man das für Mangel an Charakter oder für Dummheit hält. Zeig es ihnen doch einfach! Zeig ihnen ab und zu die Krallen!«

»Vielleicht sollte ich damit gleich bei dir anfangen.«

»Warum nicht? Glaubst du, daß sich dadurch zwischen uns etwas ändern würde? Meinst du etwa, eine erbitterte Diskussion könnte bewirken, daß ich dich weniger liebe?«

»Vielleicht würdest du mich sogar mehr lieben!«

»Wohl kaum.«

»Dann lassen wir lieber alles so, wie es ist. Ich kann mich nicht ändern, niemals!«

Doch nun, wo er hier in dieser Bar herumsaß und, ohne es zu wollen, diesen großmäuligen Jägern zuhörte, fragte sich David, ob er sich tatsächlich nie ändern würde oder ob dieser Wandel nicht schon längst begonnen hatte.

Jetzt empfand er Haß, einen Haß, den er bei sich nie für möglich gehalten hätte. Es war ein Haß, der es ihm zum ersten Mal gestattete, hart und grausam über jenen Menschenschlag zu urteilen, der ihm Nadia entrissen hatte.

Er fragte sich, ob er fähig wäre, einen anderen Menschen

zu töten, und er fand darauf keine Antwort. Er wußte nur, daß er Nadia schnell finden mußte, denn sie war von Menschen geraubt worden, für die das Leben oder der Tod eines anderen keine Bedeutung hatte. Vielleicht würde er, David, dadurch irgendwann in eine Lage gebracht, die ihn vor die Wahl stellte, zu töten oder selbst getötet zu werden. Dies einfach zu ignorieren und sich selbst etwas vorzumachen führte zu nichts, das war ihm inzwischen klargeworden.

Amin hatte sich am Rand der Baumgruppe niedergelassen und betrachtete mit ausdrucksloser Miene den Sonnenuntergang. Als die Kolonne ihn eingeholt hatte und anhielt, wies er nach vorn und sagte: »Dort verläuft die Landstraße, und dahinter ist der Chari-Fluß. Die Gegend ist sehr dicht besiedelt.«

»Ich weiß«, nickte der Sudanese.

»Zwischen Fort Archambault und Fort Lamy gibt es viel Verkehr – Lastwagen auf der Straße, Flöße und Kähne auf dem Fluß . . .«

»Dann marschieren wir eben bei Nacht.«

Amin zeigte auf den armseligen Haufen der Gefangenen, die erschöpft ins dürre Gras gesunken waren. »Lieber morgen Nacht«, meinte er. »Wir werden uns sehr beeilen müssen, damit wir bei Tagesanbruch nicht mehr in der Nähe des Flusses sind.«

»Mir gefällt diese Stelle nicht. Hier könnte uns jemand sehen und in Bousso Meldung erstatten.«

Amin wies mit einer Handbewegung auf die beiden Knaben, die am Ende der Kolonne marschiert waren. »Die halten das Tempo nicht durch. Wir müßten sie unterwegs zurücklassen.«

Suleiman erwiderte nach einem Blick auf seine Karawane: »Ich verliere lieber die beiden als alle zusammen.« Er wandte Amin den Rücken zu und befahl den anderen Treibern: »Gebt ihnen jetzt was zu essen und ruht euch dann aus! In zwei Stunden geht es weiter.«

Protestgemurmel erhob sich, aber Suleiman knallte mit der

Peitsche und brüllte: »Ruhe! Wir werden die ganze Nacht marschieren, und wer nicht mitkommt, dem schneide ich eigenhändig die Kehle durch. Ist das klar? Ich werde nicht zulassen, daß einer von euch den ganzen Haufen aufhält. Also beißt die Zähne zusammen und werdet nicht langsamer, sonst wird das die letzte Nacht eures Lebens!«

Er ging vor Nadia in die Hocke und fuhr fort: »Es würde mir sehr leid tun, wenn ich gezwungen wäre, dir den Hals umzudrehen, Schwarze, denn du allein bist mehr wert als der ganze Haufen.«

»Bevor ich aufgebe, bist du schon längst am Ende!« zischte Nadia.

»Gut möglich. Man könnte meinen, du hättest dein Leben lang nichts anderes getan als marschieren, laufen und springen. Aber du hast sogar Zeit gefunden, zu studieren und Sprachen zu lernen. Ja, du bist ein seltenes Juwel, Schwarze! Ich hab noch nie eine Frau gesehen wie dich, und wäre ich zwanzig Jahre jünger, würde ich dich nicht an den Scheich verkaufen, sondern dich für mich behalten!« Er nahm den hohen Turban ab und begann auf Flöhe Jagd zu machen. Jedesmal, wenn er eines der kleinen Tiere zwischen zwei Fingernägeln zerquetschte, erzeugte das ein leises Knacken. »Leider bin ich schon ziemlich alt und müde«, fuhr er fort. »Ich möchte so bald wie möglich damit aufhören, im Eiltempo von einem Ende Afrikas zum anderen zu rennen. Vielleicht kann ich mich endlich in Sawakin niederlassen, Perlen an die Pilger verkaufen, die nach Mekka ziehen, im Kreise meiner Enkel meinen Lebensabend genießen und aufs Rote Meer hinausblicken.«

»Und wie viele Menschenleben sind dafür geopfert worden? Wie viele Frauen, Kinder und Männer hast du verkauft, um dir einen ruhigen Lebensabend zu sichern?«

Suleiman zuckte die Achseln und fuhr fort, Flöhe zu zerquetschen. Ohne aufzublicken antwortete er: »Es waren ja nur Sklaven, und der Prophet – gelobt sei sein Name! – hat die Sklaverei nicht verboten. Bekanntlich darf ein Herr mit seinen Sklaven machen, was er für richtig hält.«

»Mohammed hat die Sklaverei nie gebilligt, im ganzen Koran findet sich nicht ein einziges Wort zu ihrer Rechtfertigung.«

»Ja, aber sie wird auch mit keinem Wort verboten – und für mich ist das eine stillschweigende Billigung.«

Mit diesen Worten machte sich Suleiman heißhungrig daran, die Reste einer gebratenen Gazelle zu verzehren, die Amin am Vortag erlegt hatte. Jedesmal, wenn Suleiman einen Knochen abgenagt hatte, warf er ihn den Gefangenen zu, die sich darauf stürzten, in der Hoffnung, ein Fetzchen Fleisch oder einen verschmähten Knorpel zu ergattern. Währenddessen schüttete einer der Treiber jedem Gefangenen eine kleine Ration Hirse in die offene Hand, und diese verschlangen die karge Mahlzeit so rasch wie möglich, bevor ein Nachbar auf die Idee kam, ihnen ein Teil davon streitig zu machen. Danach gab es für jeden einen Schluck Wasser aus einer speckigen, übelriechenden *gerba*. Damit war die tägliche Nahrungsaufnahme abgeschlossen, und jeder versuchte ein wenig Schlaf zu finden, um sich für den bevorstehenden Gewaltmarsch zu stärken.

Schon funkelten unzählige Sterne am Himmel, und über dem Horizont erschien schüchtern der zunehmende Mond. Zu dieser Stunde stand Amin auf. Dieser dunkelhäutige, schlanke und sehnige Mann schien keine Müdigkeit, keinen Hunger und keinen Durst zu kennen. Er war nicht nur der Kundschafter, der immer eine halbe Stunde Vorsprung hatte und nach potentiellen Opfern, aber auch nach drohenden Gefahren Ausschau hielt, nein, er übernahm auch noch viele andere schwierige Aufgaben. Beispielsweise hielt er nachts fast pausenlos Wache, erlegte tagsüber mit Pfeil und Bogen Wild und fand trotz alledem noch die Zeit und die Energie, um an irgendeinem der Gefangenen seine sexuellen Gelüste zu stillen.

Seit dem Tag, an dem ihn sein Herr ausgepeitscht hatte, war er Nadia aus dem Weg gegangen. Ihr entging jedoch nicht, daß er sie unablässig beobachtete. Seine kleinen, bösartigen Augen schienen ihre dürftige Kleidung zu durchdringen. Es waren Augen, von denen manche steif und fest behaupteten, daß sie sich niemals schlossen – am Tag nicht und auch nicht nachts.

Selbst Suleiman empfand Amins Gegenwart als beunruhigend, das wußte Nadia, denn einmal hatte sie heimlich mit angehört, wie Suleiman auf arabisch gegenüber einem seiner

Männer, einem spindeldürren Libyer namens Abdul, geäußert hatte: »Irgendwann müssen wir uns diesen verfluchten Neger vom Hals schaffen. Schade um ihn. Noch nie hatte ich einen besseren Anführer und kundigeren Fährtensucher, aber wenn ich ihm nicht zuvorkomme, bringt er mich um . . . Dieser verflixte Hurensohn hat den Teufel im Leib!«

»Es heißt von ihm, daß er sich nachts in ein wildes Tier verwandelt. Angeblich hat ihn ein Medizinmann in Dahomey verzaubert, und seitdem geistert er nachts als ›Leopardenmensch‹ herum!«

»Ich hab nie an die Zauberei der Schwarzen geglaubt. Schon Mohammed hat uns davor gewarnt. Aber falls er mir trotzdem nachts als wildes Tier über den Weg läuft, knalle ich ihn einfach ab. Sogar ein echter Leopard wäre gegen meine Remington wehrlos . . .«

Der Fußmarsch ging weiter – in höllischem Tempo und mehr als drei Stunden lang ohne Verschnaufpause. Der schweigsame Amin bestimmte die Richtung, und er tat dies mit solcher Sicherheit, als besäße er einen sechsten Sinn.

Suleiman und seine Männer stolperten in der Dunkelheit fluchend über Wurzeln und niedriges Gebüsch. Ab und zu stürzte einer der Gefangenen, und manchmal wurden dann alle anderen mit umgerissen, denn sie waren ja an dasselbe lange Seil gefesselt. Das gab jedesmal ein lautes Gejammer, und es bedurfte vieler Drohungen und Peitschenschläge, bis Suleiman wieder Ordnung in seine Karawane gebracht hatte.

Irgendwann brach der jüngere der beiden Knaben entkräftet zusammen, schleppte sich aber noch ein paar Meter auf allen vieren weiter. Der Libyer ging zu ihm, zog ihn hoch und versuchte ihn mit den Worten anzutreiben: »Na los, komm schon, laß dich nicht unterkriegen! Bis zur Straße ist es nicht mehr weit«, doch der Junge erwiderte schluchzend: »Laßt mich hier, ich kann nicht mehr!«

»Geh weiter, du Dummkopf!« drängte der Libyer. »Begreifst du nicht, daß man dich umbringt, wenn du aufgibst?«

So ging es immer weiter, bis die Finsternis der Nacht von zwei Lichtern zerteilt wurde, die zuerst hoch über ihren Köpfen hinweghuschten und dann, nachdem eine leichte Stei-

gung überwunden war, weit in das ebene Grasland hinein-
leuchteten und rasch näher kamen. Gleichzeitig war das immer lauter werdende Brummen eines starken Motors zu vernehmen. Sofort befahl Suleiman den Treibern und den Sklaven, sich flach auf den Bauch zu legen.

Von Süden her, aus der Richtung, wo Fort Archambault liegen mußte, tauchte ein zweites, schwächeres Scheinwerfer-
paar auf, das offenbar zu einem leichteren Fahrzeug gehörte.
Im hohen, trockenen Gras liegend, beobachteten Wächter
und Gefangene, wie sich die Lichtbündel einander näherten.
Wenig später fuhr ein Lastwagen an ihnen vorbei, keine fünfzig Meter entfernt. Einen Kilometer weiter begegnete er dem
zweiten Fahrzeug, einem Jeep, der eine Minute später ebenfalls mit unverminderter Geschwindigkeit an ihnen vorbei-
fuhr und in nordöstlicher Richtung verschwand.

Sobald wieder alles ruhig war, stand der Sudanese auf und
befahl: »Los, weiter!«

Mühsam rafften sich die Gefangenen auf, nur der jüngere
der beiden Knaben blieb am Boden liegen, denn seine Beine
wollten ihn nicht mehr tragen. Der Libyer betrachtete ihn mit
prüfenden Blicken, schüttelte den Kopf und sagte zu Suleiman: »Der macht keinen Schritt mehr, und ich kann ihn auch
nicht die ganze Nacht auf dem Rücken schleppen.«

»Mach ihn los!« befahl der Sudanese.

Der Libyer wollte den Befehl ausführen, aber Amin gebot
ihm mit einer Handbewegung Einhalt. »Warte!« sagte er.
»Laß mich das erledigen. Dort vorne muß der Fluß sein. Ich
komme gleich nach.«

Suleiman blickte ihn streng an und sagte: »Hast du wirklich nichts anderes im Kopf? Aber meinetwegen mach mit
ihm, was du willst!«

Die Karawane zog weiter; angeführt von Suleiman und
dem Libyer, überquerte sie die Landstraße. Amin blieb bei
dem am Boden liegenden Knaben, den man von seinen Fesseln befreit hatte, und wartete ab, bis er sicher war, daß die
Entfernung groß genug war. Erst dann wandte er sich dem
Jungen zu, der ihn aus dunklen, weit aufgerissenen Augen
anstarrte. Er hatte etwas von einer zu Tode geängstigten Gazelle, die vom Prankenschlag eines Leoparden niedergestreckt worden ist und den zweiten, tödlichen Hieb erwartet.

Ganz langsam beugte sich Amin vor, ließ sich auf ein Knie nieder und betrachtete sein Opfer aus nächster Nähe. Der Junge atmete heftig und keuchte leise, aber vor lauter Angst schien er außerstande, zu weinen oder zu schreien, als sich Amins Hand auf ihn hinabsenkte und ihn zu streicheln begann.

Der *kuskus* von Madame war wirklich exquisit; er konnte sich mit jenem der feinsten Restaurants von Tanger oder Casablanca durchaus messen. Sogar gepflegte Weine gab es hier, verschiedene aus dem Ausland importierte Käsesorten und vor allem ein angenehmes Ambiente: rote Tischtücher, Möbel aus dunklem Holz, Lampenschirme aus Pergament und eine hervorragende Klimaanlage.

»Schade, daß der Rest von dem Hotel nicht mithalten kann«, meinte David bedauernd.

»Ich steige nur selten in Hotels ab, und deshalb bin ich hier lieber als im ›Chadienne‹. Das Essen dort hängt mir zum Hals raus«, sagte Thor Ericsson. Er nahm noch einen Schluck Kaffee, trocknete sich den hellblonden Schnurrbart mit der Serviette und steckte sich eine Zigarre an. Der flackernde Feuerschein erhellte sekundenlang sein zerfurchtes Gesicht und die dunklen Schatten unter seinen wasserhellen Augen.

»Also gut«, fuhr er fort. »Es wäre absurd, weiterhin meine Identität vor Ihnen geheimzuhalten. Ich leite hier in Fort Lamy eine Importfirma, aber gleichzeitig bin ich der hiesige Delegierte des ›Ausschusses der Vereinten Nationen für die Abschaffung der Sklaverei‹. Sie verstehen sicherlich, daß dieser Titel mich zwar ehrt, daß ich ihn aber aus Gründen der persönlichen Sicherheit geheimhalte. Es gibt hier im Tschad höchstens zwanzig Personen, die über meine eigentliche Aufgabe Bescheid wissen, und ich möchte Sie bitten, Stillschweigen darüber zu bewahren.«

»Ich gebe Ihnen mein Wort«, versicherte David. »Können Sie mir helfen?«

Der Schwede machte eine schwungvolle, aber ziemlich nichtssagende Handbewegung. »Wie soll ich das wissen? Unglücklicherweise verfügt der ›Ausschuß für die Abschaffung der Sklaverei‹ ähnlich wie die Londoner ›Anti-Slavery Society‹ und alle anderen staatlichen oder privaten Organisationen dieses Typs über viel zu geringe Mittel, um ihre guten Absichten realisieren zu können. In moralischer Hinsicht können Sie auf meine volle Unterstützung rechnen, aber was Sie brauchen, ist etwas anderes, nämlich ein ganzes Heer von Leuten, um Steppen, Savannen und Wüsten zu durchkämmen.«

»Könnten Sie vielleicht etwas bei der Regierung des Tschad erreichen?«

»Das bezweifle ich. Es wäre bestimmt leichter, inoffizielle Hilfe von den hier stationierten französischen Streitkräften zu erhalten. Es gibt hier ein Truppenkontingent von Legionären und Fallschirmjägern, die den Auftrag haben, Stämme aus dem Norden des Landes in Schach zu halten. Mal sehen, ob ich Oberst Bastien-Mathias dazu bringen kann, uns ein paar Männer und Flugzeuge zu überlassen.«

David wartete ab, bis der Kellner den Cognac in großen, vorgewärmten Schwenkern serviert hatte. Dann nahm er einen kleinen Schluck und betrachtete nachdenklich seinen Gesprächspartner. Schließlich gab er sich einen Ruck und fragte: »Ich habe von der Ébano-Gruppe gehört. Was wissen Sie von diesen Leuten?«

Diesmal ließ sich Thor Ericsson viel Zeit mit dem Cognac, bevor er sich endlich zu einer Antwort entschloß. »Ich war auf diese Frage gefaßt«, gestand er. »Es war mir ziemlich klar, daß Sie irgendwann von der Gruppe hören würden.«

»Es gibt sie also?«

Ericsson antwortete bedächtig: »Ja, ich glaube schon.«

»Wo kann ich sie finden?«

Der andere hob mit einer fatalistischen Geste die Schultern. »Wer soll das wissen? Die Ébano-Gruppe ist wie der Schatten eines Adlers, der nie zweimal auf dieselbe Stelle fällt.«

»Stimmt es, was man über diese Leute erzählt?« fragte David gespannt.

»Was hat man Ihnen denn erzählt? Daß sie Spione, Terrori-

sten oder israelische Agenten sind? Hören Sie nicht drauf!«
Ericsson schüttelte den Kopf. »Niemand weiß, wer sie wirklich sind, warum sie kämpfen und in wessen Auftrag.« Er lächelte ironisch. »Nicht einmal ich . . .«

»Könnte es sich in Wirklichkeit um eine Neuausgabe der ›Weißen Schwadron‹ handeln?«

Thor Ericsson überlegte lange, bevor er antwortete: »Nein, das glaube ich nicht. Die ›Weiße Schwadron‹ hat aus ihren Aktivitäten nie ein Geheimnis gemacht, und ihr Hauptquartier befand sich mitten in Tripolis. Jeder konnte hingehen und sich dort umsehen. Das waren millionenschwere Söhne aus guten Familien, die sich aus Abenteuerlust und Freiheitsdurst diesem Kampf verschrieben hatten. Sie gingen keiner Gefahr aus dem Weg, und viele von ihnen sind wie Helden gestorben. Ich bezweifle, daß die Ébano-Gruppe, dieser geisterhafte Haufen, der sich immer im dunkeln hält, irgend etwas mit der ›Weißen Schwadron‹ zu tun hat. Wenn das, wofür sie kämpfen, nobel und ehrenwert ist, warum verbergen sie sich dann?«

»Und Sie selbst, Mr. Ericsson? Wenn Sie tatsächlich der Delegierte des ›Ausschusses für die Abschaffung der Sklaverei‹ sind – warum glauben Sie dann, sich verstecken zu müssen?«

Der Schwede rutschte auf seinem Stuhl herum und wirkte fast ein bißchen verärgert. »Das ist nicht dasselbe«, protestierte er. »Wenn ich hier an die große Glocke hänge, wer ich bin, dann könnte es gut sein, daß mich irgendein Sklavenhändler in einer der schmalen Gassen umbringt. Die Kerle sind bewaffnet und immer auf alles gefaßt. Deswegen lassen sie auch nie durchblicken, wer sie sind und was sie tun, nicht einmal mir gegenüber.«

»Aber ich muß trotzdem dahinterkommen! Logischerweise klammere ich mich an jeden Strohhalm.«

»Natürlich. Ich wünsche Ihnen Glück, aber es dürfte Ihnen schwerfallen, bei Ihrer Suche Erfolg zu haben. Die Ébano-Gruppe wird seit über einem Jahr praktisch totgeschwiegen. Falls es sie überhaupt noch gibt, dann müssen diese Leute in einer abgelegenen Gegend der Wüste untergetaucht sein. Ist Ihnen eigentlich klar, wie groß der Tschad ist? Größer als Spanien und Frankreich zusammen! Aber in diesem Land leben nur vier Millionen Menschen, und die sind über eine riesige Fläche verstreut. Es gibt nur wenig Flugplätze, Straßen, Wege und sonstige Kommunikationsmittel. Wenn die Gruppe nicht will, daß man sie findet, ist jede Suche vergeblich.«

»Dasselbe kann man von den Leuten sagen, die meine Frau entführt haben«, wandte David ein. »Aber ich schwöre Ihnen, daß ich sie trotzdem finden werde! Angenommen, die Ébano-Gruppe befindet sich wirklich irgendwo in der Wüste. Dann ist sie von einem gewissen Nachschub an Waffen, Munition und Nahrungsmitteln abhängig. Das sind Menschen und keine Gespenster, sie müssen sich irgendwie am Leben halten. Wer weiß, vielleicht haben sie sogar irgendwo eine Familie.«

»Eine Familie?« wiederholte Ericsson und hielt mitten in der Bewegung inne, mit der er seine lange, dünne Zigarre an die Lippen hatte führen wollen. Man sah ihm an, daß er in Gedanken ganz weit fort war, obwohl sein Blick starr auf ein paar *haussas* gerichtet war, die unter den Bäumen am »Platz der Unabhängigkeit« kleine geschnitzte Holzstatuen verkauften. »Nein, ich glaube nicht, daß einer von ihnen hier in Afrika eine Familie hat«, sagte er nachdenklich. »Aber . . .«

»Aber was?« fragte David aufs höchste gespannt.

Der Schwede blickte ihn an, und er schien nicht sehr überzeugt, als er sagte: »Es ist nur ein Gerücht, und hier im Tschad . . .«

»Ja, ich weiß«, fiel David ihm ins Wort, »hier im Tschad wimmelt es von Gerüchten. Was wollten Sie sagen?«

»Nun, vor ein paar Jahren tauchte hier in Fort Lamy eine hübsche junge Frau auf, die eine Zeitlang da drüben in dem Haus auf der anderen Seite des Platzes wohnte. Später gründete sie eine Art Kindergarten an der Landstraße, die zum Friedhof führt. Es wurde getuschelt, sie sei die Geliebte eines Ministers, der sie irgendwo in Tripolis in einem Nachtlokal aufgegabelt hatte. Der Minister floh eines Tages mit einer Menge Geld außer Landes, aber die junge Frau blieb hier, und der Skandal schien sie nicht im geringsten zu berühren. Damals deutete jemand mir gegenüber an, sie sei in Wirklichkeit die Geliebte eines Mitglieds der Ébano-Gruppe. Mein Informant behauptete sogar, ihr Geliebter besuche sie alle drei bis vier Monate und würde nach ein paar Tagen wieder verschwinden. Aber wie gesagt, das kann genausogut nur eine von diesen Klatschgeschichten sein.«

»Wie komme ich zu diesem Kindergarten?«

Thor Ericsson warf einen Blick auf seine Uhr. »Halb zwei. Um diese Zeit sammelt sie meist mit ihrem Kleinbus die Kinder auf, und um zwei geht der Unterricht weiter. Kommen Sie, ich bring Sie hin!«

»Bekommen Sie keine Probleme, wenn Sie sich in diese Sache einmischen?«

»Gut möglich«, antwortete der Schwede und drückte seine Zigarre im Ascher aus. »Wer hat Sie eigentlich zu mir geschickt?«

»Ich habe versprochen, das nicht zu verraten. Jemand hat zu mir gesagt: Dieser Ericsson heuert entweder Söldner an, handelt mit Sklaven oder ist heimlich im Auftrag der UNO hier. Gehen Sie zu ihm und versuchen Sie, es selbst herauszufinden!«

»Und was wäre, wenn ich mit den Sklavenhändlern unter einer Decke stecke?«

David verzichtete auf eine Antwort, er schien diese Frage nicht einmal zu erwägen. Hastig trank er den letzten Rest Cognac aus und schob das Glas beiseite. »Könnte es sein, daß auch Europäer in diese Geschäfte verwickelt sind?«

»Leider scheint das so zu sein«, bestätigte Ericsson. »Sie sind zwar nicht direkt beteiligt, indem sie beispielsweise selbst auf Menschenjagd gehen, aber es heißt, daß ein paar Europäer in Kairo, Khartoum und Addis Abeba die Fäden in der Hand halten. Dazu kommen die Piloten, die den Transport auf der letzten Etappe der langen Reise übernehmen, weiterhin Kapitäne von Schiffen und Lastwagenfahrer. Die wichtigsten unter den Europäern muß man jedoch auf dem internationalen Parkett suchen. Jedesmal, wenn die UNO Schritte gegen jene Länder unternehmen will, die die Sklaverei stillschweigend dulden, ist jemand da, der die Sache sabotiert, jemand, der vielleicht bei allen anderen Anlässen die Fahne der Freiheit, der Gleichheit und der Menschenrechte schwenkt. Wollen Sie wissen, warum das so ist?« Der Schwede machte eine kurze Pause, als wolle er die Spannung erhöhen. »Der Grund dafür ist das, was die ganze Welt in Bewegung hält, mein Freund: Erdöl!«

»Erdöl?« fragte David verblüfft.

»Genau. In allen Emiraten und Scheichtümern der arabischen Halbinsel sprudelt Erdöl, und es gibt kaum einen Scheich oder Emir, der keinen Gefallen an Sklaven hätte. Denen geht es nicht nur um die Versorgung ihres Harems mit frischer Ware oder um die Befriedigung ihrer lästerlichen Vorliebe für zarte Knaben, nein, wir haben es hier mit einer alten Tradition zu tun, der der Wunsch nach Überlegenheit zugrunde liegt. Trotz vergoldeter Cadillacs, Hunderten von Frauen und einer Heerschar von Schmeichlern leiden diese arabischen Scheichs nämlich im Grunde an einem großen Komplex. Innerhalb weniger Jahre hat das Erdöl sie, die früher die Anführer von ein paar schmutzigen, nomadisierten Hirten waren, zu den allmächtigen Herren der Welt gemacht, und sie können sich erlauben, die zivilisierten Nationen unter Druck zu setzen, indem sie damit drohen, den Ölhahn zuzudrehen. Im Grunde ihrer Seele sind sie sich jedoch trotzdem ihrer eigenen Ignoranz bewußt, und ihnen ist auch klar, daß sie ohne fremde Hilfe das Erdöl, dessen sie sich so sehr rühmen, nicht einmal fördern könnten. Diese Leute reisen nach Europa und verspielen im Kasino von Monte Carlo Unsummen, aber sie spüren, daß man sie ein bißchen wie dressierte Zirkusaffen behandelt. Sie wissen, daß sie in ihren Wüstenländern wieder am Hungertuch nagen müßten, wenn ihr Erdöl eines Tages nicht mehr benötigt würde.«

»Aber was hat das alles mit der Sklaverei zu tun?«

»Sie genießen es, über andere Menschen zu verfügen und nach ihrem Gutdünken über sie zu bestimmen. Es gefällt ihnen, in einem Augenblick des Überdrusses einen anderen Menschen einfach umbringen zu können, denn das stillt die höchsten Machtgelüste, zu denen sie fähig sind. Wußten Sie, daß einige dieser Herren junge, kräftige Männer kaufen, schnelle Läufer, auf die sie dann zu ihrem Vergnügen Jagd machen, als handelte es sich um Antilopen?«

»Nein, das kann ich nicht glauben, selbst wenn Sie mir Ihr Ehrenwort geben.«

»Wenn Sie mal nach London kommen, gehen Sie nach Vauxhall Bridge 49, dritter Stock, und fragen Sie dort nach Colonel Patrick Montgomery, dem Sekretär der ›Anti-Slavery Society‹. Bestellen Sie ihm einen Gruß von mir. Er kann Sie informieren und Ihnen absolut echte Dokumente und haarsträubende Fotos vorlegen. Wir leben in einer modernen Welt mit Reisen zum Mond, sexueller Revolution und hohem Marihuana-Konsum, aber es ist auch eine Welt, in der sich kaum jemand darüber schämt, daß es noch Millionen von Sklaven gibt. Allein in Afrika werden Jahr für Jahr dreitausend Menschen versklavt und an diese Unholde in Arabien verkauft.« Ericsson stand auf. »Wir gehen jetzt besser. Es ist Zeit, und außerdem verdirbt mir dieses Thema jedesmal die Laune.«

Sie traten auf die belebte Straße. Ericssons Auto, ein altersschwacher, blauer Simca, war direkt vor dem Hotel geparkt. Darin fuhren sie am Flußufer entlang in Richtung Norden. Vor ihnen tauchte eine Kuhherde auf, die gemächlich dahintrottete. An ein Vorbeikommen war nicht zu denken, und so mußten David und der Schwede sich mit Geduld wappnen, bis sich die Hirten endlich dazu herabließen, den Weg freizugeben.

»Sie gehören zum Stamm der *fulbé*«, erläuterte Ericsson, »stolze, unberechenbare Kerle. Für sie bedeutet Freiheit und Unabhängigkeit, die Straßen und Wege mit ihren Tieren zu blockieren und die weißen Autofahrer zur Verzweiflung zu treiben. Man braucht nur einmal auf die Hupe zu drücken, damit sie mit Steinen und Knüppeln über einen herfallen. Schließlich ist dies ja *ihr* Land. Solche Probleme bringt eben die Entkolonialisierung mit sich.«

»Sind Sie etwa der Meinung, daß dieses Land weiterhin von Frankreich abhängen sollte?«

»Nein, nein, das hab ich damit nicht sagen wollen. Und versuchen Sie jetzt bitte nicht, mich in eine dieser ausweglosen Diskussionen zu verwickeln! Aha, da drüben ist ja das Haus!«

Sie hielten vor einem gelb gestrichenen, einstöckigen Gebäude inmitten eines hübschen, parkähnlichen Gartens, aus dem helle Kinderstimmen drangen. Ein kleines Negermädchen von vielleicht zwölf Jahren kam herbeigelaufen, um den beiden Männern das Gartentor zu öffnen.

»Ist Mademoiselle Miranda da?« fragte Ericsson das Mädchen.

Die Kleine wies mit einer Kopfbewegung nach hinten. Da-

vid und der Schwede folgten ihr über einen schmalen, kiesbestreuten Weg zu einem Teil des Gartens, in dem sich an die
fünfzig Kinder tummelten, die sich fast alle um eine junge,
grauäugige Frau mit lockerem Haar geschart hatten, die gerade mit ihrer angenehm klingenden Stimme ein Kinderlied-
chen sang.

Beim Anblick der beiden Männer verstummten sie fast ein
wenig verschämt, aber nach einigen Sekunden der Unschlüs-
sigkeit ging sie quer durch die Kinderschar den beiden Besu-
chern entgegen. »Was führt Sie zu mir?« fragte sie.

»Ich bitte um Verzeihung, Mademoiselle«, begrüßte sie der
Schwede, »aber wir würden gern mit Ihnen unter vier Augen
sprechen. Es ist wichtig.«

Die junge Frau gab dem kleinen Negermädchen ein Zeichen, sich um die anderen Kinder zu kümmern, ging den beiden Männern voran ins Haus und führte sie in ein winziges
Büro mit bunten Blumentapeten, wo sie hinter einem kleinen
Schreibtisch aus hellem Holz Platz nahm. »Bitte, schießen Sie
los!« forderte sie ihre Besucher auf.

Ericsson machte den Mund auf, um etwas zu sagen, aber er
überlegte es sich anders und überließ David das Wort: »Am
besten erklären Sie es . . .«

»Ich werde mich kurz fassen«, begann David. »Meine Frau
ist im Kamerun von Sklavenhändlern entführt worden. Wir
wissen, daß diese Leute auf dem Weg zum Sudan und nach
Arabien den Tschad durchqueren werden. Ich bin mit der Absicht hergekommen, meine Frau zu finden und zu befreien.«

Miranda Brehm betrachtete die beiden Männer mit einer
Mischung aus Überraschung und Interesse. »Und wie wollen
Sie das bewerkstelligen?«

»Ich bin in der Hoffnung hergekommen, daß Sie mir helfen
können.«

»Ich?« fragte sie verwundert. »Wie stellen Sie sich das
vor?«

»Wahrscheinlich ist alles ein Mißverständnis«, erwiderte
David, »und ich möchte Sie jetzt schon bitten, mir zu verzeihen, falls ich mich getäuscht habe, aber verstehen Sie bitte
meine Situation: Ich bin völlig verzweifelt, und ich lasse deshalb nichts unversucht.«

»Ehrlich gesagt verstehe ich Sie nicht ganz, Monsieur . . .«

»Alexander, David Alexander«, stellte sich David vor und
fuhr ein wenig verwirrt fort: »Sehen Sie, die Sache ist die, daß
ich unbedingt die Ébano-Gruppe finden muß.« Er zögerte
und sagte dann kurz entschlossen: »Jemand hat mir versichert, daß Sie mich mit der Gruppe in Verbindung bringen
könnten.«

»Mit *wem* soll ich Sie in Verbindung bringen können?«
fragte Miranda Brehm verblüfft. »Tut mir leid, Monsieur,
aber jemand muß sich mit Ihnen einen Scherz erlaubt haben!
Die Sache mit Ihrer Frau ist furchtbar traurig, und ich finde es
unerhört, daß man in Ihnen eine solch unbegründete Hoffnung erweckt hat. Doch vielleicht kann ich Ihnen auf andere
Weise behilflich sein? Einige der mir anvertrauten Kinder haben sehr einflußreiche Eltern; ich empfehle Sie gern an diese
weiter, falls Ihnen damit geholfen ist.« Mit anmutigen Bewegungen zündete sie sich eine Zigarette an, und David bemerkte, daß ihre Hand kein bißchen zitterte. »Was diese
Gruppe anbetrifft, so weiß ich nichts über sie, höchstens ein
paar belanglose Klatschgeschichten.«

David, der sie schweigend anblickte, versuchte zu ergrün-
den, was in ihrem Kopf vorging. Sie hielt seinem Blick stand
und wirkte dabei gänzlich unbefangen. Die Sekunden verstrichen, und abgesehen vom Singsang der Kinder im Garten
herrschte tiefe Stille. Schließlich seufzte David vernehmlich
und stand auf. »Na gut«, sagte er resigniert. »Ich nehme an,
daß keine Frau in einer solchen Situation einer anderen Frau
die Hilfe verweigern würde. Es tut mir leid, Sie behelligt zu
haben, Mademoiselle. Auf Wiedersehen!«

»Auf Wiedersehen – und viel Glück, Monsieur!«

Sie traten ins Freie. Miranda Brehm blieb sitzen, rauchte
und beobachtete, wie die beiden den Gartenweg entlang zum
Auto gingen und einstiegen.

Sie waren erst ein kurzes Stück gefahren, als Ericsson starr
geradeausblickend sagte: »Sie lügt!«

Sie betrachtete den ruhig nach Norden, zum Tschad-See fließenden Strom. Der Gedanke, daß David dreihundert Kilometer flußabwärts irgendwo in einem Zimmer lag und schlief, in einem Zimmer, dessen Fenster auf diesen Chari-Fluß gingen, vergrößerte ihren Schmerz, erfüllte sie jedoch zugleich auch mit Hoffnung.

Schon graute der Morgen, und sie hatten noch immer nicht übersetzen können. Zwar hatten Amin, der Libyer und die anderen beiden Bewacher die ganze Nacht das Flußufer abgesucht, aber sie hatten keinen Kahn, kein Floß oder sonst ein Wasserfahrzeug auftreiben können, das sich für eine Überquerung des von Krokodilen wimmelnden Stroms geeignet hätte. Am Ende, als schon der Tag heraufdämmerte, hatte Suleiman befohlen, die Tür eines kleinen Pfahlbaus, der nur durch einen schwankenden Holzsteg mit dem Ufer verbunden war, aufzubrechen. Dort wohnten zwei alte, ausgemergelte Leute, die in der dunkelsten Ecke des kleinen Raumes hockten und verängstigt in die Mündung des großkalibrigen Jagdgewehres blickten, das der Sudanese auf sie gerichtet hielt.

»Raus mit der Sprache, Alter!« herrschte er den Greis an. »Wo ist dein Boot?«

»Meine Söhne sind damit fort«, flüsterte der Alte kaum hörbar. »Sie sind zum See gefahren. Um diese Jahreszeit werden dort alle Boote für den Transport von Natronsalz benötigt.«

Suleiman drehte sich zu Amin um. »Stimmt das?«

Der Schwarze zuckte die Achseln. »Kann sein. Jedenfalls

gibt es im Umkreis von zehn Kilometern nichts, das einem Boot ähnlich sieht. Um diese Zeit arbeiten die Minen von Kanem wirklich auf vollen Touren.«

»Warum hast du nicht vorher daran gedacht, du Idiot? Wofür wirst du eigentlich bezahlt?«

Amin tat so, als hätte er den Tadel nicht gehört. »Das ist kein großes Problem«, meinte er. »Wir müssen nur ein Floß bauen und nachts übersetzen.«

»Weiter nichts?« fragte der Sudanese höhnisch. »Und womit sollen wir das Floß bauen? Willst du anfangen, hier, wo uns jeder sehen kann, Bäume zu fällen? Sollen wir jedem, der hier vorbeikommt, sagen: ›Keine Sorge, wir haben da drüben in der Hütte nur zwanzig Sklaven versteckt und wollen die irgendwie über den Fluß schaffen!‹ Stellst du dir das so einfach vor?«

Amin gab sich weiterhin den Anschein, nicht zugehört zu haben, und als er zu sprechen begann, wirkte er eher wie jemand, der mit sich selbst redete, aber trotzdem war ihm anzumerken, wie sehr er seinen Herrn verachtete. »Diese Hütte ist aus Holz«, sagte er und stampfte ein paarmal mit dem Fuß auf. »Die Möbel, die Trennwände, der Fußboden – alles aus Holz, genau wie die Baumstämme, auf denen das Haus steht. Es ist gutes Holz, und es wird gut schwimmen.« Er blickte die Alte an. »Los, geh raus an den Fluß und wasch deine Wäsche! Wenn jemand vorbeikommt und Fragen stellt, sag ihm, daß dein Mann gerade einen Tisch baut und sehr beschäftigt ist. Laß dir nicht einfallen, etwas anderes zu sagen, sonst schießt dir dieser Kerl hier, der auf dich aufpassen wird, eine Kugel in den Kopf, und ich schneide deinem Alten die Kehle durch! Verstanden?«

Die Augen der Greisin füllten sich mit Tränen. Wortlos stand sie auf, hob ein kleines Wäschebündel auf, das in der Ecke lag, und ging hinaus ans Flußufer.

»Los, an die Arbeit!« befahl Amin. »Heute abend wollen wir das Floß zu Wasser lassen.«

Sie machten sich mit Macheten, Eisenstangen und improvisierten Hämmern unter Amins Leitung ans Werk, und man hätte meinen können, daß der Schwarze sein ganzes Leben lang nichts anderes gemacht hatte, als aus ein paar Holzstükken und Seilen Flöße zu bauen.

Bald waren fast alle Fußbodenbretter verbraucht, und die Sklaven mußten sich folglich so gut es ging auf dem Balkengerüst der Hütte im Gleichgewicht halten, wie Hühner auf der Stange. Dies war der erste Tag seit langem, an dem sie nicht endlos weit marschieren mußten, aber an Ruhe und Erholung war trotzdem nicht zu denken. Bisweilen kam es vor, daß jemand vor lauter Müdigkeit einschlief, das Gleichgewicht verlor und ins Wasser fiel. Dann riß er seinen Nachbarn, an den er gekettet war, mit in die Tiefe, doch jedesmal sorgte Suleiman mit ein paar Peitschenhieben dafür, daß die Gestürzten schleunigst von den anderen wieder aus dem Wasser gezogen wurden.

Nadia hatte die Arme um einen dicken Balken geschlungen, blickte stundenlang auf den Fluß hinaus und betrachtete die Steppe jenseits des Flusses, die träge in der Sonne liegenden Krokodile, den majestätischen Flug der Reiher und die Schwimmvögel, die dann und wann nach einer Beute tauchten. Hoch oben, am Rand einer großen Wolke, kreiste unermüdlich ein Falke.

Wie oft schon hatte sie sich mit David an irgendeinem Flußufer in der brütenden Mittagshitze nach einem erfrischenden Bad im kurzen, weichen Gras oder sogar im Wasser selbst den Freuden der Liebe hingegeben?

»Was ist, wenn gerade jetzt ein Krokodil kommt?« hatte er gefragt, und sie hatte lachend geantwortet: »Dann frißt es eben uns beide! Aber geh jetzt um Gottes willen nicht weg, bleib bei mir!«

Und er war bei ihr geblieben, ganz nah, und sie hatten sich geliebt, bis sich alles um sie herum zu drehen schien. Keuchend, seufzend und stöhnend hatten sie sich aneinandergeklammert, bis am Schluß das Wasser über ihnen zusammenschlug.

Und jetzt hockte sie hier auf diesem Balken, umarmte einen Baumstamm und starrte auf das fließende Wasser hinaus. Wie oft hatte sie schon ihre Scham überwinden und ihre intimsten Bedürfnisse unter den Augen von zwanzig Leidensgefährten verrichten oder mit ansehen müssen, wie jene, nach Schweiß und Schmutz stinkend und den Gestank der ihnen zunächst kauernden Gefangenen in der Nase, vor aller Augen dasselbe taten.

Was hätte sie nicht für ein Stückchen Seife gegeben! Wie gern hätte sie sich in den Fluß fallen lassen, der zwei Meter unter ihr dahinströmte, um sich von Kopf bis Fuß zu waschen! Welch ein Gedanke! Danach würde sie sich ins Bett legen, zwölf Stunden schlafen, sich von David mit einem heißen Kaffee wecken und anschließend liebkosen lassen, wie nur er es verstand . . .

Plötzlich hatte sie das sichere Gefühl, daß es um dieses Glück für immer geschehen war, und sie dachte daran zurück, als wäre nicht ihr, sondern einer fremden Frau dieses Glück widerfahren. Zugleich sträubte sich noch immer etwas in ihr, das, was hier geschah, für wirklich zu halten. Ihr war, als durchlebte sie einen grauenhaften Alptraum, aus dem sie jederzeit erwachen konnte. Ja, ich werde aufwachen, und er wird neben mir liegen, dachte sie. Dann erzähl ich ihm von diesem absurden Traum, und er wird mich auslachen . . .

Es war jedoch kein Alptraum, und Aufwachen bedeutete Hunger, Durst, Ketten, Peitschenhiebe, Amins lüsterne Augen und quälende Gedanken an die Zukunft. Zukunft! Allmächtiger Gott! Zukunft war für sie, im Harem irgendeines Scheichs zu verschwinden, eines Lüstlings, der mit ihr tun würde, was ihm behagte, um seinen abgestumpften Sinnen einen Nervenkitzel zu verschaffen.

Nadia hatte schon gehört, daß Eifersucht, Schlägereien, ja sogar Mord und Totschlag so manchen Harem gefährlich machten wie einen Dschungel. Schöne Favoritinnen und andere Frauen, deren Reiz schon verblaßt war, lieferten sich nicht enden wollende Kämpfe um die Gunst und die Fügsamkeit jeder »Neuerwerbung«. Ein berühmter türkischer Sultan in Konstantinopel hatte einst in seinem Harem ein geheimes Guckloch anbringen lassen, durch das er genüßlich beobachten konnte, was seine vielen Frauen taten, wenn er ihnen irgendein junges, unerfahrenes Ding vorwarf. Für ihn, der längst seine Manneskraft eingebüßt hatte, war der Anblick der keifenden und miteinander ringenden Frauen eines der letzten Vergnügen, die ihm Allah im Leben gönnte.

Was würde geschehen, wenn sie, Nadia, in England und Paris erzogen, hinter den Toren eines dieser mittelalterlichen Harems verschwand? Bei lebendigem Leib werde ich das Rote Meer nicht überqueren, gelobte sie sich. Ich werde nicht zulassen, daß ich in Arabien einem dieser Lüstlinge in die Hände falle . . .

Ein kalter Schauer lief ihr über den Rücken. Sie ahnte, daß Amin sie von hinten anstarrte. Sie wandte sich um, und da stand der Schwarze tatsächlich, durchbohrte sie mit seinen Blicken und streichelte mit den Fingerspitzen die kleine Narbe, die auf seiner Stirn zurückgeblieben war.

»Mußt du mich denn immer anstarren?« fuhr sie ihn wütend an. »Ich habe es satt, daß du um mich herumschleichst!«

»An dem Tag, an dem du mich nicht mehr siehst, wirst du tot sein«, erwiderte Amin mit seltsam sanfter Stimme, wandte ihr den Rücken zu und betrachtete zufrieden das grob zusammengezimmerte Floß. Ohne Suleiman anzublicken, sagte er laut hörbar: »Wir können sie alle in zwei Fuhren rüberschaffen. Bald wird es dunkel, dann lassen wir das Floß zu Wasser.«

Scheinbar absichtslos hatte er beim Reden ein paar Schritte gemacht und stand jetzt hinter dem Greis, der noch immer reglos dahockte. Blitzschnell schlang Amin dem Alten die Peitsche um den Hals und zog die Schlinge mit ganzer Kraft zu. Dabei waren seine Augen unverwandt auf Nadia gerichtet, die voller Entsetzen den Blick abwandte.

Der alte Mann machte röchelnd ein paar Zuckungen, doch schon sanken seine Hände, die sich in die Arme seines Mörders krallen wollten, kraftlos herab. Ohne den Griff zu lockern, befahl Amin dem Libyer: »Los, hol die Alte her!«

Oberst Henry Bastien-Mathias steckte zum x-ten Mal seine Pfeife in Brand und lehnte sich in dem wuchtigen Sessel hinter dem Tisch aus dunklem Eichenholz zurück. »Eigentlich kann ich kaum einen Mann entbehren«, meinte er, »aber ich will mein Möglichstes tun und schicke ein paar Leute auf die Suche nach Ihrer Frau. Außerdem werde ich mir den Kommandanten Amubú von der Gendarmerie vorknöpfen. Er wird bestimmt mitmachen. Immerhin hat er mir schon einen Offizier versprochen, der die Gegend kennt und uns die Situation erklären kann.«

»Ich bin Ihnen sehr dankbar«, beeilte sich Ericsson zu versichern. »Gegenüber Mr. Alexander hatte ich die Überzeugung geäußert, daß wir mit Ihrer Unterstützung rechnen können.«

»Leider werden alle unsere Anstrengungen nicht viel nützen, wenn die Sklavenhändler schon die Landstraße und den Fluß überquert haben. Das ist die Demarkationslinie, die wir einigermaßen überwachen können. Wenn sie die hinter sich haben, steht zu befürchten, daß nichts und niemand sie daran hindern kann, die Wüste zu erreichen.«

»Nicht einmal die Ébano-Gruppe?«

Der Oberst hielt ein weiteres Streichholz an seine Pfeife, stieß eine Rauchwolke aus und lächelte ironisch. »Was meine Fallschirmjäger nicht schaffen, das schafft auch diese Gruppe nicht, falls es sie überhaupt gibt.«

»Haben Sie nie mit ihr zu tun gehabt?« fragte David, der versuchte, ruhig und gefaßt zu wirken.

»Nein, nicht ein einziges Mal.«

Die Gegensprechanlage summte. Der Oberst beugte sich vor und drückte auf einen Knopf. »Ja?«

»Leutnant Lodé von der Gendarmerie.«

»Soll reinkommen.«

Gleich darauf klopfte es leise an der Tür. Ein sehr dunkelhäutiger, kräftiger und hochgewachsener Uniformierter trat ein und salutierte. »Stehe zu Ihren Diensten, Herr Oberst! Kommandant Amubú schickt mich.«

Der Oberst wies auf einen Sessel. »Setzen Sie sich, Leutnant. Dies sind Mr. Alexander und Mr. Ericsson. Wissen Sie über den Grund für diese Unterredung Bescheid?«

»Jawohl, Herr Oberst.«

»Gut. Wie beurteilen Sie die Lage?«

»Ich kann noch nicht viel dazu sagen, Herr Oberst. Immerhin wissen wir mit absoluter Sicherheit, daß die Route der Sklavenkarawanen aus Nigeria, Kamerun, Guinea, Gabun, Dahomey und Togo quer durch unser Territorium führt. Genau gesagt führt sie zwischen Fort Archambault und Bousso hindurch, das heißt, sie meidet die Grenze im Süden mit ihren Militärpatrouillen und die dichter besiedelten Gegenden um Fort Lamy.«

»Und kann man eine Sklavenkarawane in dieser Gegend finden?« wollte David wissen.

»Es sind fast dreihundert Kilometer nahezu unbesiedeltes Land, Monsieur. Die Sklavenhändler kennen jede Erdspalte, jedes Rinnsal und jede Höhle. Wir müßten ständig eine Menge Soldaten patrouillieren lassen, aber unglücklicherweise kämpfen unsere Truppen im Norden . . .«

»Ist Ihnen in den letzten Tagen irgend etwas von einer solchen Sklavenkarawane zu Ohren gekommen?« fragte der Oberst weiter, während er auf dem Stiel seiner Pfeife herumkaute.

»Ja, eine ist mit Sicherheit unterwegs«, bestätigte der Leutnant. »Vor zwei Tagen wurde südlich von Niellin in der Nähe der Landstraße die Leiche eines Knaben gefunden. Er war vergewaltigt und erdrosselt worden. Aus den Narben auf seinem Gesicht zu schließen, stammt er nicht aus dieser Gegend. Der Sergeant in Niellin ist sich nicht ganz sicher, aber er meint, daß eine bestimmte Stammesgruppe der *bamilenké* im Kamerun solche Gesichtsnarben trägt. Ich warte im Moment auf Fotos von dem toten Jungen, um den Fall untersuchen zu können.« Der Leutnant unterbrach sich und wischte sich möglichst unauffällig den Schweiß ab, der ihm über Stirn und Nase lief. »Falls der Junge wirklich aus dem Kamerun stammte, dann haben ihn Sklavenhändler hierhergeschleppt.«

Oberst Henry Bastien-Mathias kratzte sich mit der Pfeife, die schon wieder ausgegangen war, an der Schläfe und tastete gedankenverloren nach einem neuen Streichholz. »Gut«, meinte er schließlich bedächtig. »Vielleicht beweist das wirklich, daß dort eine Sklavenkarawane durchgezogen ist.« Er warf David einen aufmunternden Blick zu. »Natürlich kann man nicht mit absoluter Sicherheit sagen, daß ihre Frau auch dabei ist.«

»Ja, das wissen wir erst, wenn wir die Karawane gefunden haben«, stimmte ihm der Leutnant bei. »Sklavenhändler sind sich alle sehr ähnlich, jeder von ihnen ist imstande, einen kleinen Jungen zu vergewaltigen und zu ermorden.«

»Mir fällt gerade etwas ein«, sagte David. »Im Kamerun machte mich ein Eingeborener auf die Fußabdrücke von zweien der Sklavenhändler aufmerksam. Er meinte, die Stiefel stammten mit Sicherheit aus einer Fabrik in Nigeria, und sie seien im französischsprachigen Afrika sehr selten. Ich habe in meinem Hotel Fotos dieser Abdrücke und auch eines von den Fußabdrücken meiner Frau. Vielleicht ist es von Nutzen, sie mit den Spuren in der Nähe des toten Knaben zu vergleichen.«

Der schwarze Leutnant lächelte erfreut: »Ausgezeichnet, Monsieur! Wenn Sie mir diese Fotos geben, werde ich sofort alles Weitere veranlassen. Ich werde noch heute nach Niellin aufbrechen und schicke Ihnen abends ein Telegramm. Außerdem werde ich eine Patrouille mit genauen Anweisungen losschicken.« Er wandte sich dem Oberst zu. »Kann ich mit Ihrer Hilfe rechnen?«

»Ja, ich schicke Ihnen morgen einen Zug Fallschirmjäger, drei Jeeps und einen Hubschrauber. Passen Sie gut darauf auf; es ist der einzige Hubschrauber, den wir haben!«

Der Leutnant nickte zufrieden. »Das wird reichen, Monsieur. Ich versichere Ihnen, daß sie nicht durchkommen werden – sofern sie nicht schon durch sind!«

»Und was ist, wenn sie schon durch sind?« fragte David mit mühsam beherrschter Stimme.

Der Leutnant hob bedauernd die Schultern. »Afrika ist groß ...«

fußspurenvergleich positiv stop ihre gattin hat chari-fluß mittwoch überquert stop folge ihrer spur stop leutnant lodé stop

David zerknüllte das Papier und wollte es schon in eine Ecke schleudern, doch dann besann er sich und blieb mit geballter Faust stehen. Lange stand er so da, gegen die schmale Theke der Rezeption gelehnt, und starrte wie hypnotisiert die Schlüsselfächer an.

Der Empfangschef warf ihm einen halb verständnislosen, halb besorgten Blick zu. »Schlechte Nachrichten, Monsieur?«

David tauchte aus seinen düsteren Grübeleien auf, schüttelte den Kopf und trat hinaus in den Garten. Dort betrachtete er den Fluß, der dunkel, matt schimmernd und träge wie eh und je dahinfloß. Nur dann und wann wurde die Stille von einem aufgeregten Plätschern unterbrochen. Vielleicht stammte es von einem fliehenden Fisch oder von einem Kaiman, der den Fisch verfolgte.

Noch nie hatte David so viele Sterne am Himmel funkeln gesehen. Sie erhellten ein wenig das schmale, morastige Ufergestade, die Mimosen und die leise raschelnden Akazien, die sich kokett in Wassertümpeln spiegelten. Irgendwo quakte ein großer Frosch.

Aber David hatte kaum Augen und Ohren für die Landschaft, denn er war im Geiste weit fort und verspürte zugleich im Magen eine seltsame Leere. Es war Angst, das wußte er, eine Art kaltes Grauen angesichts der immer stärker werdenden Überzeugung, daß er Nadia nie wiedersehen würde. »Afrika ist groß« – diese Worte des Leutnants hallten in ihm wider wie ein abschließendes Urteil, das von jemandem stammte, der es wissen mußte. »Afrika ist groß« – das klang nach »lebenslänglich« oder »Todesstrafe«.

Rechterhand erklang aus einem dunklen Winkel des Gartens das unterdrückte Lachen einer Frau, und dann hörte man die eiligen, gemurmelten Beteuerungen eines Mannes.

David setzte sich in einen Schaukelstuhl, steckte sich eine

Zigarette an und versuchte Ordnung in seine Gedanken zu bringen.

Von Leutnant Lodé war wenig zu erwarten, und in die französischen Fallschirmjäger, die der Oberst ihm unterstellt hatte, durfte er auch keine allzu großen Hoffnungen setzen. Diese Männer würden sich darauf beschränken, die Gegend ein paar Tage lang zu durchkämmen und würden dann ruhigen Gewissens und im Bewußtsein, ihre Pflicht getan zu haben, in ihre Quartiere zurückkehren. Auch von Thor Ericsson und der vielleicht gar nicht existierenden Ébano-Gruppe waren keine Wunder zu erwarten. Was getan werden konnte, mußte er, David, ganz allein tun.

Wenn doch wenigstens Jojó hiergewesen wäre! Jojó wußte immer genau, wie man ein Problem angehen mußte, ob es sich nun um ein Interview mit einem südamerikanischen Präsidenten oder um die Beschaffung irgendeines Transportmittels bis direkt zu einem Kriegsschauplatz handelte.

Ständig betrunken, arbeitsscheu und überall aneckend, hatte dieser Jojó zugleich eine Gabe besessen, die ihm, David, fehlte: Er konnte andere Menschen für sich einnehmen, die verzwicktesten Probleme lösen und ungeschoren aus den seltsamsten Verwicklungen hervorgehen, in die er immer wieder auf alle erdenkliche Arten hineingeriet. Ob als Mitarbeiter eines Käseblättchens, als Skandalreporter oder später als arrivierter Kriegsberichterstatter – Jojó Salvador gehörte zu jenen wieselflinken Menschen, die mit allem fertig wurden und sich nie unterkriegen ließen. David hatte sich während der gemeinsamen Reisen mit Jojó fast glücklich gefühlt, denn er mußte sich um nichts Sorgen machen, sondern immer nur auf den Auslöser drücken, wenn Jojó ihm ein Zeichen gab.

Sie waren tatsächlich ein perfektes Gespann gewesen: der eine mit seiner künstlerischen Ader und der andere mit seinem Ideenreichtum. Der eine war ein bißchen zu groß geraten und der andere ein bißchen zu klein geblieben. Der eine war ernst und schweigsam, der andere extrovertiert und redselig. Es war Jojó Salvador gewesen, der David schon in der ersten Stunde der Bekanntschaft mit Nadia prophezeit hatte: »Die wirst du heiraten! Ich kenne dich, und deshalb weiß ich es genau.«

Wenn Jojó jetzt hier wäre, hätte er sich schon tausend Methoden ausgedacht, absurde und machbare, um Nadia zu finden. Längst hätte er drei Präsidenten und ein ganzes Heer auf Trab gebracht, längst hätte er sich mit mindestens zwanzig Söldnern angefreundet, die sich in den Straßen von Fort Lamy herumtrieben oder im »Chadienne« Bier trinkend auf der Terrasse herumsaßen. Mit seinem ansteckenden Enthusiasmus hätte er sie mühelos zu der abenteuerlichen Unternehmung überredet, eine Frau aus den Händen gefährlicher Sklavenhändler zu befreien.

Ob Söldner, Säufer, Zuhälter, Hafenarbeiter, peruanische Landarbeiter, norwegische Fischer oder chinesische Kulis – das waren seine Leute, in ihrer Mitte fühlte er sich wohl und von ihnen wurde er gemocht. Wenn sie nicht sowieso alte Freunde waren, dann schloß er im Handumdrehen mit ihnen Freundschaft. Mit seinem herzerfrischenden Lachen hatte er sie sofort in der Tasche, und in zehn Sprachen radebrechend nahm er sie für sich ein.

Es wollte David noch immer nicht in den Kopf, daß Jojó den unverzeihlichen Fehler gemacht hatte, auf den Golan-Höhen auf eine Mine zu treten und sich selbst in die Luft zu sprengen. Noch immer nicht konnte er sich damit abfinden, daß es nun nicht mehr möglich war, Jojó ein Telegramm mit dem kurzen Text *komm, ich brauche dich* zu schicken, egal, wo er, David, sich gerade befand.

»Monsieur Alexander?«

»Ja, was gibt's?«

Der Negerjunge wies mit einer Kopfbewegung auf das Hotel: »Sie werden am Eingang erwartet, Monsieur.«

»Von wem?«

»Das weiß ich nicht, Monsieur. Der Empfangschef hat mich hergeschickt.«

David folgte dem Kleinen. Drinnen in der Halle wartete niemand auf ihn. Der schwarze Portier blickte auf und zeigte hinaus auf die Straße.

David trat wieder ins Freie. Der Garten lag verlassen da, aber ganz weit hinten, jenseits der Büsche flammten kurz hintereinander mehrmals die Scheinwerfer eines Autos auf. David ging hin und sah, daß es sich um einen bulligen, sandfarbenen Jeep handelte. Hinter dem Steuer erkannte er undeut-

lich eine Gestalt. Er trat näher und blickte durch das Seitenfenster.

»Guten Abend! Sie wollen mich sprechen?«

»Wenn Sie mitkommen wollen, dann sofort und ohne jemanden zu benachrichtigen. Vielleicht bleiben wir eine Woche weg, vielleicht aber auch einen ganzen Monat, und ich
kann Ihnen nicht garantieren, daß etwas dabei heraus-
kommt.«

»Meinen Sie im Ernst, daß ich alles auf diese eine Karte
setze?«

»Es ist die einzige, die Sie im Ärmel haben.«

»Und was ist mit der Gendarmerie und den französischen
Fallschirmjägern?«

»Die können Sie getrost vergessen. Von denen ist nichts zu
erwarten. Ericsson wird sich um sie in Ihrer Abwesenheit
kümmern.«

»Ich sollte ihm wenigstens Bescheid sagen.«

»Morgen früh wird ihn jemand informieren. Ich habe alles
veranlaßt.«

Er zögerte noch immer. »Warum tun Sie das?«

»Sie haben den Grund selbst genannt«, erwiderte die Gestalt mit einer Spur von Ungeduld in der Stimme. »Kommen
Sie nun mit oder nicht? Es wird eine lange Reise.«

Er ging um das Auto herum, machte die Tür auf und stieg
ein. »Fahren wir!«

Der Motor sprang an, und das Armaturenbrett warf einen
geisterhaften Lichtschein auf das hübsche Gesicht von Miranda Brehm, die nun den Gang einlegte und Gas gab. Die
Räder drehten auf dem kiesbestreuten Weg ein bißchen
durch, doch gleich darauf lag das Hotel mit seinem Garten
hinter ihnen, und es ging nach Norden.

Zehn Minuten später fuhren sie bereits die Landstraße in
Richtung Abeché entlang. Lange sprachen sie nicht. Jeder
hing seinen Gedanken nach und starrte geradeaus in den vom
Licht der Scheinwerfer erhellten Dunst. Es war David, der das
schwer auf ihnen lastende Schweigen brach. »Ich gebe zu,
daß es Ihnen gelungen ist, mich zu täuschen«, sagte er. »Nach
dem Besuch bei Ihnen kam ich mir vor wie jemand, der sich
gründlich lächerlich gemacht hat.«

»Ich freue mich, daß mir das gelungen ist«, erwiderte sie.

»Übrigens ist mir noch immer nicht klar, wie Sie an diese Information herangekommen sind. Ich war überzeugt, daß ich mein Geheimnis perfekt gehütet hatte.«

»Ja, aber es gibt im Leben immer einen neugierigen Nachbarn. Ericsson war nicht davon abzubringen, daß Sie uns was vorgemacht haben.«

»Ich gehe davon aus, daß er so klug ist, alles für sich zu behalten. Für mich steht viel auf dem Spiel.«

»Das kann ich mir denken. Aber Sie haben vorhin meine Frage nicht beantwortet: Warum tun Sie das?«

»Sie haben diese Frage schon selbst beantwortet: Keine Frau würde es über sich bringen, eine andere Frau in einer solchen Lage im Stich zu lassen. Mir ist klar geworden, daß ich sonst nie wieder in Frieden schlafen könnte.«

»Wo fahren wir hin?«

Miranda drehte ihm ein klein wenig den Kopf zu, um ihn von der Seite anzublicken, aber sie ließ deswegen keinen Augenblick lang die Straße aus den Augen. Lächelnd meinte sie: »Wohin? Ich würde wer weiß was dafür geben, wenn ich es selbst wüßte. Ehrlich gesagt habe ich keinen blassen Schimmer.«

»Wie bitte?«

»In der Wüste gibt es Leute, die der Gruppe freundlich gesonnen sind. Ich vertraue darauf, daß wir jemanden finden, der uns sagt, wo wir diese Gruppe finden können.«

»Ich fing schon an zu glauben, die Gruppe sei in Wirklichkeit nichts als eine Legende.«

»Das trifft in vielerlei Hinsicht zu.« Miranda ließ einige Sekunden verstreichen und fügte dann mit einem bitteren Unterton hinzu: »Auf jeden Fall *werden* sie eines Tages zu einer Legende – nachdem man sie alle ausgerottet hat!«

»Warum glauben Sie, daß man diese Leute ausrotten wird?«

»Ich glaube es nicht, sondern ich weiß es genau.« Mit einer Handbewegung wies sie nach hinten und sagte mit einer Stimme, die keinen Widerspruch duldete: »Sie sollten jetzt schlafen. Später müssen Sie mich am Steuer ablösen. Wenn Sie die Rückenlehne zurückklappen, gibt das eine ziemlich bequeme Liegefläche. Und für den Fall, daß Sie Hunger haben, bedienen Sie sich einfach. Es ist von allem reichlich da.«

»Das sehe ich. Wir sind ausgerüstet, als wollten wir ganz Afrika durchqueren!«

»Wer schlecht vorbereitet in die Wüste fährt, kommt nie zurück. Es bleiben sogar viele auf der Strecke, die an alles gedacht haben.«

David legte sich hin und schloß die Augen. »Gute Nacht«, verabschiedete er sich von Miranda.

Vor ihnen verlor sich die Landstraße in der Finsternis, Kilometer um Kilometer führte sie tiefer in Düsternis und Verlassenheit.

Er wachte auf, als der Jeep durch ein so tiefes Schlagloch fuhr, daß er fast gegen das Dach geschleudert wurde. »Verdammt!« fluchte er.

»Tut mir leid, aber ausweichen war unmöglich.«

Noch halb im Schlaf, warf er einen Blick auf die Uhr und strengte sich anschließend an, draußen etwas zu erkennen. »Was ist aus der Straße geworden?« fragte er.

»Die haben wir verlassen. Sie werden sich daran gewöhnen müssen, daß wir während der restlichen Fahrt ziemlich gebeutelt werden.«

»Halb fünf! Sie hätten mich früher wecken sollen. Bestimmt sind Sie furchtbar müde.«

»Stimmt.« Mit diesen Worten nahm sie den Fuß vom Gaspedal und brachte den Wagen an einer Stelle, wo der Weg ein bißchen breiter war, zum Stehen. Ohne die Scheinwerfer auszuschalten, stieg sie aus, machte ein paar Schritte und reckte sich.

David beobachtete sie schweigend. Sie war eine schöne Frau, trotz Männerhemd und Blue jeans. Sie hatte prachtvolles, kastanienbraunes, schulterlanges Haar, das sie ab und zu mit viel weiblicher Anmut wie eine lange Mähne schüttelte. Genußvoll eine Zigarette rauchend, betrachtete sie den Sternenhimmel.

David stieg ebenfalls aus und stellte fest, daß es ziemlich kalt war. »Donnerwetter!« rief er. »Kaum zu glauben, daß wir mitten in Afrika sind.«

»Vor Tagesanbruch wird es hier ziemlich kühl. In der Wüste braucht man was Warmes zum Anziehen. Dort gibt es

nicht selten an einem einzigen Tag einen Temperaturunter-
schied von bis zu vierzig Grad.«

Sie rauchten schweigend und fühlten sich dabei wie die
beiden einzigen Menschen auf der Welt, denn die beunruhi-
gende Stille in der Steppe wurde nicht durch das leiseste Geräusch unterbrochen. Plötzlich knackte der sich abkühlende
Motor des Jeeps, und es kam ihnen so laut vor, als wäre eine
Granate explodiert.

»Diese absolute Stille ist wirklich eindrucksvoll«, meinte
David.

»Mir gefällt sie.«

»Und ich hätte lieber, daß irgendwo in der Ferne eine Grille
zirpt. Ich komme mir vor wie auf dem Mond. Schauen Sie
sich den Himmel an! Hier versteht man, daß unsere Erde tatsächlich nur ein winziges Staubkörnchen ist, das in dieser
Unendlichkeit herumschwebt.«

»Erschreckt Sie das?«

»In gewisser Hinsicht, ja. Ich fand den Gedanken daran, wie
klein wir sind, schon immer beklemmend.« Er unterbrach
sich kurz, ließ den Zigarettenstummel fallen und trat ihn mit
dem Absatz aus. »Vielleicht ist meine Frau nicht weit von
hier, betrachtet dieselben Sterne und klammert sich an die
Hoffnung, daß ich irgendwann auftauche und sie befreie.«

Nach kurzem Schweigen fuhr er niedergeschlagen fort:
»Und ich weiß nicht, wie ich das anstellen soll.«

»Sie werden Mittel und Wege finden.«

»Glauben Sie das wirklich? Mir kommen allmählich Zweifel. Wenn ich einen Blick auf die Landkarte werfe, sage ich
mir jedesmal: Es ist gar nicht so schwer, irgendwo in dieser
Gegend *müssen* sie sein. Wenn ich mich dann aber umblicke
und mir klar wird, daß das Gelände, das ich mit dem Blick
umfassen kann, auf der Karte nicht größer ist als eine Steck-
nadelspitze, verläßt mich der Mut.«

»Haben Sie mal als Kind Verstecken gespielt?« fragte sie
scheinbar zusammenhanglos.

»Ja, natürlich.«

»Dann erinnern Sie sich bestimmt auch daran, daß es oft
unmöglich war, jemanden zu finden, solange er sich mucks-
mäuschenstill verhielt. Sobald sich einer bewegte, verriet er
sich selbst. Die Leute, hinter denen wir her sind, sind immer

78

in Bewegung, und zwar in eine bestimmte Richtung: nach Nordosten. Egal, ob sie Haken schlagen oder im Zickzack marschieren, der Kurs ist immer derselbe: Nordosten.« Miranda warf noch einen letzten Blick auf den Sternenhimmel und wandte sich dann dem Auto zu. »Helfen Sie mir, den Tank zu füllen! Danach fahren wir weiter. Am Armaturenbrett hängt ein Kompaß. Vergessen Sie nicht: immer nach Nordosten!«

»Wollen Sie mir nicht sagen, wer diese Leute sind?« fragte David und machte sich daran, den Inhalt eines der Reservekanister in den Tank zu füllen.

Sie zögerte und meinte schließlich: »Nein, noch nicht.« Sie schraubte den Tankdeckel zu, ging einmal um den Jeep herum und streckte sich dann auf dem Liegesitz aus. »Machen Sie sich wegen der Schlaglöcher keine Sorgen. Wenn ich schlafe, dann schlafe ich.«

Eine Minute später war sie bereits eingeschlafen, und David hörte dicht neben sich ihren ruhigen, tiefen Atem. Sie wirkte so entspannt, als wäre sie daheim in Fort Lamy.

Nach einer halben Stunde begann der Himmel sich im Osten unmerklich grau zu färben. Am Horizont zeichnete sich immer deutlicher ein schmaler Streifen ab, der Himmel und Erde voneinander zu trennen schien. Seine obere Begrenzung wurde mit zunehmender Helligkeit zu einer gezackten Linie vor dem rötlichen Morgenhimmel. Das war die Silhouette der dicht an dicht stehenden Akazien, Wollbäume und Dornenbüsche.

Ein Weilchen später – die Sonne war gerade aufgegangen – machte eine Antilope direkt vor dem Jeep einen unglaublichen Satz quer über den Weg und verschwand linkerhand in der Steppe. Plötzlich schienen unmittelbar vor den Rädern des Fahrzeugs Dutzende von diesen Tieren aus dem Boden zu wachsen. Sie rasten mit Sprüngen davon, die so aussahen, als würden Gummibälle vom Boden abprallen; kaum hatten sie den Boden berührt, da schnellten sie schon wieder in die Luft.

David hatte fast den Eindruck, als hätten sich hier alle vierundzwanzig Antilopenarten Afrikas versammelt. Gern hätte er jede Art mit ihrem Namen zu benennen gewußt, und das galt auch für die zahllosen Vögel, die sich mit schwerfälligem

Flügelschlag in die Lüfte erhoben oder scharenweise davon-
liefen: rote Fasane, Guinea-Hühner, dunkel gefiederte Rebhühner, flinke Strauße, scheue Nashornvögel, aasfressende
Marabus und Dutzende anderer Arten, die er noch nie im Leben gesehen hatte und die ihn so fesselten, daß er kaum noch
auf den Weg achtete, der in Wahrheit nichts anderes war als
eine Fahrspur, die andere Autos hinterlassen hatten.

Am frühen Vormittag ließen sich die weißschwänzigen
Gnus blicken, einige Zebras und sogar eine Herde wilder
Rinder, von denen David aus dieser Entfernung nicht zu sa-
gen wußte, ob es sich um Büffel oder um besonders kräftige
Kühe mit mächtigem Gehörn handelte.

Eine Abzweigung des Weges führte zu einer Ansammlung
von Eingeborenenhütten auf einer kleinen Bodenerhebung,
und ein Stück weiter vorn überholte David einen schwarzen
Jungen, der ein paar unansehnliche Ziegen vor sich hertrieb.

Die Hitze nahm rasch zu, und die Vegetation wurde zuse-
hends spärlicher. Eine Stunde lang erblickte David keinen
einzigen Baum, nicht einmal die kümmerlichste Akazie, und
mit jeder Minute wurde die Staubwolke, die das Auto hinter
sich aufwirbelte, dichter.

Gegen zehn Uhr verlor sich der Weg dann in einer endlos
erscheinenden Ebene. Hier gab es nicht die geringste Bodenerhebung und keinen einzigen Busch, aber zwischen den
Steinen erblickte David schon hier und dort losen, lockeren
Sand, den der Wind dicht über dem Boden vor sich hertrieb.

Der Zeiger, der die Kühlwassertemperatur anzeigte, näherte sich einem kritischen Punkt. David hielt vorsichtshalber
an. Er stieg aus, nahm einen der Wasserkanister und schüttete den Inhalt in den Kühler. Als er aufblickte, bemerkte er,
daß Miranda ihn beobachtete.

»Leider habe ich vergessen, Sie darauf hinzuweisen, daß
wir für den Kühler nur Wasser aus Brunnen oder Bächen ver-
wenden sollten«, sagte sie. »Von dem Wasser, das wir mitgebracht haben, hängt unter Umständen unser Leben ab.«

»Seit Stunden habe ich keinen Bach gesehen«, erwiderte er.
»Ich glaube, wir haben die Wüste erreicht.«

Sie betrachtete prüfend die Umgebung. »Noch nicht ganz,
aber ab jetzt sind wir ganz auf uns selbst angewiesen. Sind
Sie hungrig?«

»Ziemlich.«

»Gut. Essen Sie etwas, aber drehen Sie sich bitte nicht um. In dieser verdammten Ebene gibt es kein Fleckchen, wo eine Frau vor neugierigen Blicken sicher ist.«

Sie sprang aus dem Auto, reckte Arme und Beine und ging ein Stückchen in der Richtung zurück, aus der sie gekommen waren. Wenig später, als sie zurück war, nahm sie dankbar das Sandwich und die Tasse Kaffee entgegen, die David ihr anbot.

»Wir wollen es uns schmecken lassen«, sagte sie gutgelaunt. »Wahrscheinlich ist das unser letzter Bissen ohne Sand. In dieser Wüste ist der Sand übrigens staubfein. Er schafft es sogar, in Thermosflaschen einzudringen.«

»Kennen Sie sich hier gut aus?«

»Gut genug, um mich genauso zu verirren wie alle anderen.« Sie nahm einen großen Schluck und schüttelte den Kopf. »Nein, ehrlich gesagt kenne ich die Wüste nicht sehr gut, aber ich vertraue einfach darauf, daß wir unseren Mann kennen. Ohne ihn sind wir aufgeschmissen.«

»Wen meinen Sie?«

»Er ist ein Targi, und man nennt ihn Malik den Einzelgänger. Hier in der Wüste kennt ihn jeder.«

»Und weiß er, wo sich die Gruppe aufhält?«

»Wenn er es nicht weiß, kann er es herausfinden.«

David dachte kurz nach. In seiner Stimme schwang Bitterkeit mit, als er sagte: »Das klingt wie eine Geschichte ohne Ende. Zuerst mußte ich Sie finden, damit Sie mir helfen, einen gewissen Malik zu finden, der uns helfen soll, die Gruppe zu finden, die ihrerseits mir helfen soll, meine Frau zu finden. Was meinen Sie, wie weit ist uns die Sklavenkarawane voraus?«

»Es können Tage, aber auch Wochen sein. Sie haben mich das schon mal gefragt.«

»Ja, ich weiß, aber mir kommt das alles so absurd vor, so . . .«, er zögerte, ». . . so *primitiv*. Im Zeitalter des Radars und der Düsenflugzeuge tappen wir hier wie blind in der Wüste herum!«

»Wir sind eben in Afrika. Hier nützen Ihnen weder Radar noch Düsenflugzeuge. Der Raub Ihrer Frau war tatsächlich ein ›primitiver‹ Akt, und deswegen müssen wir uns mit Methoden behelfen, wie sie hier seit Jahrtausenden gang und gäbe sind.«

»Es ist wirklich zum Verrücktwerden!«

»Vielleicht, aber damit warten Sie besser noch. Lassen Sie mich jetzt ans Steuer. Ruhen Sie sich aus und denken Sie an nichts. Ihre Frau braucht Sie, und zwar in bester Verfassung.«

Lange Zeit fuhren sie schweigend durch die tischebene Landschaft. Die Sonne, die sich dem Zenit näherte, brannte herab, als wollte sie das Fahrzeug in einen Backofen verwandeln und die beiden Insassen wie Wachs schmelzen.

»Ich weiß nicht, was schlimmer ist: hier drinnen gebraten zu werden oder bei heruntergelassener Windschutzscheibe am Staub zu ersticken«, meinte Miranda irgendwann. Sie hatte ihre lange Haarmähne unter einem breitkrempigen Hut verstaut, und David warf einen bewundernden Blick auf ihren schlanken Hals. Sie hatte sehr weiße Haut mit vereinzelten Sommersprossen, aber er mußte sich eingestehen, daß ihn nie wieder eine solche Haut reizen könnte, seit er Nadia kannte. Sie ist wie gebleicht oder tot, dachte er, man ist darauf gefaßt, daß sie sich eiskalt anfühlt.

»Woran denken Sie gerade?« wollte Miranda wissen.

»Ich . . . ach, nichts weiter . . .«, stammelte er verlegen.

»Haben Sie mich gerade mit Ihrer Frau verglichen?«

»Wie kommen Sie darauf?«

»Das ist doch logisch«, erwiderte sie lächelnd, ohne ihn anzusehen. »Es kränkt mich übrigens nicht. Wenn Sie sie lieben, dann ist sie in Ihren Augen allen anderen Frauen überlegen. Wissen Sie was? Ich bin schon lange in Afrika, und ich fange allmählich an zu glauben, daß die Schwarzen unserer Rasse in mancherlei Hinsicht etwas voraus haben. Sie sind nicht nur in körperlicher Hinsicht schöner, sondern sie haben auch Tugenden, die wir Weißen nie besitzen werden, weil wir nie gelernt haben, solche Tugenden zu schätzen.«

»Zum Beispiel?«

»Ihre Naivität und Unschuld . . . ihre Lebensfreude . . . ihre Güte . . .«

»Viele Menschen halten Schwarze für hinterlistig und grausam. Angeblich haben sie Spaß daran, anderen Schaden zuzufügen.«

»Das stimmt nicht. Nur ein Schwarzer, der von den Weißen verdorben worden ist und der unter den Weißen gelitten hat, ist imstande, einem anderen Menschen Böses anzutun. Wir quälen die Bewohner dieses Erdteils schon seit so langer Zeit, daß niemand mehr zu sagen weiß, ob es hier überhaupt noch Menschen gibt, die *nicht* unter uns gelitten haben.«

»Gehören Sie etwa zu den Leuten, die behaupten, wir Weißen hätten an allem schuld, was in Afrika passiert?«

»An fast allem. Vergessen Sie nicht, daß wir im Lauf der Geschichte fünfzehn Millionen Sklaven verschleppt haben, die nie ihre Heimat und ihre Familien wiedergesehen haben. Fünfzehn Millionen! Dabei sind noch nicht einmal die Afrikaner mitgerechnet, die in den von den Sklavenhändlern provozierten kriegerischen Konflikten ums Leben gekommen sind. Können Sie sich vorstellen, was das für einen Kontinent bedeutete, der bis dahin gewissermaßen außerhalb der Geschichte existiert hatte? Die traumatische Erfahrung war so furchtbar, daß sie auch mit der größten Anstrengung nicht zu bewältigen gewesen wäre; doch als wäre das alles nicht genug, brach die Kolonialzeit an . . .«

»Mir ist, als hörte ich Nadia. Dies ist ihr Lieblingsthema – die Ausbeutung der Schwarzen durch die Weißen.« Er kramte nach einem Päckchen Zigaretten, steckte zwei an und reichte ihr eine. »Natürlich kommt bei Nadia noch die Ausbeutung von Weißen durch Weiße dazu«, fuhr er fort. »Und die Ausbeutung der Schwarzen durch andere Schwarze. Nadia gibt ohne weiteres zu, daß manche Menschen ihrer Hautfarbe noch rassistischer sind als wir Weißen. Hier in Afrika gibt es nicht nur Haß zwischen Nationen, sondern zwischen Völkerschaften, Stämmen, Sippen und sogar Familien. Glauben Sie, daß man das auch von uns gelernt hat?«

»Ich weiß es nicht. Um das zu entscheiden, müßten wir uns mit der Frühgeschichte dieses Kontinents befassen, aber alle Geschichtsbücher sind von Weißen geschrieben worden.«

Sie schwiegen. Vor ihnen am Horizont zeichnete sich immer deutlicher eine gewellte Linie ab, sehr weich und sanft, als befände sich dort vorn, so weit das Auge reichte, ein versteinertes Meer.

»Das ist sie! Die Sahara! Wissen Sie eigentlich, was das Wort bedeutet?«

»Nein«, gab er zu.

»Es bedeutet ›Land, das nur dazu taugt, durchquert zu werden‹. Klingt das nicht beeindruckend?«

»Ja, ziemlich. Aber wir wollen uns hier ja wirklich nicht für immer häuslich niederlassen.«

Lächelnd wandte sie ihm das Gesicht zu. Ihre Augen funkelten schelmisch, als sie sagte: »Wer hätte sich vorgestellt, daß jemand wie Sie, der an Schnee und Eis gewöhnt ist, sich eines Tages hier wiederfinden würde? Normalerweise hätten Sie sich mit einer sehr blonden, hellhäutigen Frau verheiraten müssen, mit der Sie im Winter übers Wochenende Skifahren gegangen wären . . .«

»Und Sie? Was bringt Sie dazu, in dieser gottverlassenen Gegend kleinen Kindern das ABC beizubringen? Sie gehören . . .«

». . . in einen Nachtklub in Tripolis«, fiel sie ihm ins Wort, »oder in Rom, Paris, Beirut oder sonstwo in der Welt. Dort könnte ich Nacht für Nacht frivole Liedchen trällern und meine ›Kunden‹ dazu bringen, mir eine Flasche Champagner zu spendieren, deren Inhalt ich dann heimlich in irgendeinen Blumentopf kippen würde. Heimlich müßte ich dann durch den Hinterausgang fliehen, wenn irgend so ein spendabler Typ darauf pochen würde, mit mir ins Bett zu gehen. Glauben Sie wirklich, daß das besser wäre als ein Häuschen in Fort Lamy, eine halbe Hundertschaft Gören und abends ein schöner Sonnenuntergang über dem Chari-Fluß?«

»Sie leben wirklich gern hier?«

»Sie können sich gar nicht vorstellen, *wie* gern! Haben Sie *Die Wurzeln des Himmels* gelesen?«

»Ja, vor langer Zeit.«

»In gewisser Hinsicht bin ich wie Minna, die alles zurückläßt, um Morel zu folgen und mit ihm für das Überleben der Elefanten zu kämpfen. Sie liebte die Freiheit, die Weite, die wilden Tiere . . . Jeden Freitag, wenn ich meinen Kindergarten zuschließe, steige ich in den Jeep und fahre durch die Savanne und die Steppe bis an den Rand der Wüste, um ganze Herden von Elefanten und Antilopen, Zebras und Büffeln, aber auch Scharen unzähliger Vögel zu beobachten, die in einem nicht enden wollenden Zug Afrikas Himmel überqueren. Oft werde ich dann traurig, weil es keinen Morel gibt, dem ich mich in seinem Kampf für die hiesige Tierwelt anschließen könnte.«

»Sie fahren hier allein in der Gegend herum?«

»Ja, fast immer allein.«

»Ist das nicht gefährlich?«

»Mag sein, aber passiert ist mir bis jetzt noch nichts! Auf jeden Fall ist das Risiko viel kleiner als in irgendeiner Großstadt. Im New Yorker Central Park, in einer römischen Vorstadt oder im Hafenviertel von Hamburg wäre ich schon dreimal überfallen worden.«

»Aber meine Frau ist hier entführt worden! Hier, mitten in Afrika! Ist Ihnen bekannt, daß weiter unten im Süden, im Kamerun, bei manchen Stämmen noch immer kanibalische Feste stattfinden? Und daß in Dahomey jedes Jahr Hunderte von Frauen verschwinden, weil sie Elegbá, der Göttin der Fruchtbarkeit, geopfert werden?«

»Ja, das weiß ich, und ab und zu wird sogar ein Tourist von einem Löwen gefressen, doch das ändert nichts an der Tatsache, daß in New York an einem einzigen Tag mehr Menschen eines gewaltsamen Todes sterben als hier im Tschad in einem ganzen Monat. Und wenn die Leute in New York nicht gewaltsam umgebracht werden, dann gehen sie an Lungenkrebs zugrunde, fallen ihren schwachen Nerven zum Opfer oder erliegen einer Herzattacke.«

»Wollen Sie für immer in Afrika bleiben?«

»Warum nicht? Solange es noch ein paar Elefanten, Antilopen und Vögel gibt, ist dies die schönste Gegend der Welt.«

»Aber es steht schlecht um diesen Kontinent. Wassermangel, Jäger, Überbevölkerung – von den grünen Hügeln Afrikas ist nicht mehr viel übrig. Bald gibt es nur noch Wüste, Großstädte und Brachland.«

»Bis es soweit ist, ist schon längst der Rest der Menschheit zugrunde gegangen.«

David war nicht ihrer Meinung, aber er verzichtete auf eine Erwiderung. Afrika würde eher untergehen als Südamerika mit seinen großen tropischen Regenwäldern am Amazonas, das war für ihn eine ausgemachte Sache, denn er glaubte, daß die Zerstörung in Afrika schneller voranschritt als in Südamerika – trotz des größeren Bevölkerungszuwachses auf dem amerikanischen Subkontinent. Aber dies war wohl nicht der geeignete Augenblick für eine Diskussion über Ökologie und Naturschutz. Wie immer bei solchen Anlässen zog David es vor zu schweigen. Statt dessen hing er seinen eigenen Gedanken nach und beobachtete zugleich durch die Windschutzscheibe, wie jene unwirtliche Landschaft immer näher kam, und er fühlte sich dabei, als wäre er im Begriff, kopfüber in einen abgrundtiefen Brunnen zu springen. Dennoch hatte er die Hoffnung noch nicht ganz aufgegeben, eine Spur zu finden, die ihn zu Nadia führen würde.

Mit einem Ruck verjagte er alle finsteren Gedanken, denn ihm war klar, daß Pessimismus in dieser Lage zu seinen schlimmsten Feinden zählte. Pessimismus und übertriebene Euphorie – diese beiden Extreme hatten schon immer sein Wesen bestimmt, es waren Extreme, zwischen denen sein Gemüt so abrupt hin- und herschwankte, als würde in seinem Inneren eine Lampe in rascher Folge ein- und ausgeschaltet.

»Du bist schwankend und unsicher wie der Schatten des Baobab . . .«

David lächelte ein wenig, als er sich an Nadias Worte erinnerte, und er versuchte sich vorzustellen, was wohl in diesen Augenblicken in ihrem Kopf vorging. Ob sie ihn wohl für fähig hielt, sie zu finden und zu befreien? Im Grunde war er überzeugt, daß Nadia ihn immer für ein großes Kind gehalten hatte, welches sie gegen eine allzu feindliche Welt verteidigen mußte. Er hatte sich in dieser Rolle wohl gefühlt, als Fotograf hatte er sich seiner Kunst gewidmet und es ihr überlassen, die tausend kleinen Probleme des Alltags zu bewältigen. Es war wie ein Spiel gewesen, bei dem er immer mehr nachgegeben hatte, während Nadia die Zügel immer fester in die Hand nahm. Doch jetzt . . .

Jetzt mußte sich Nadia mit der Vorstellung vertraut machen, daß ihre Errettung einzig und allein von dem Menschen abhing, den sie selbst daran gewöhnt hatte, allen Problemen aus dem Weg zu gehen. Zuerst war es Jojó und dann sie gewesen, die ihm die Möglichkeit gab, sich nach und nach aller Verantwortung zu entledigen – und nun wurde er unversehens mit der verantwortungsvollsten Aufgabe konfrontiert, die er sich jemals hätte ausdenken können.

Wenn ich es nicht schaffe, sie zu befreien, wenn es mir nicht gelingt, mit der Situation fertig zu werden und eine Lösung zu finden – was wird sie dann bis ans Ende ihrer Tage von mir denken? fragte sich David.

Der erste Teil dieser Frage war schon bitter genug, aber noch bitterer war der zweite: *Was würde Nadia bis an den Rest ihrer Tage von ihm denken?*

Über all dies grübelte David nach, während er im Jeep sich durchschütteln ließ. Und er mußte sich eingestehen, daß er keine Angst vor der Wüste hatte, die immer näher kam, sondern daß er Angst davor hatte, vor dieser Wüste Angst zu bekommen.

Es war die größte und geräuschvollste Libelle, die man in dieser Gegend jemals am Himmel erblickt hatte. Wo sie vorbeikam, ergriffen die Tiere panikartig die Flucht. Scharenweise stiegen die Vögel in den tiefblauen Himmel auf, um sich zwischen den Wolken zu verbergen, andere tauchten im Sturzflug hinab und versteckten sich im hohen Gras oder hinter Büschen.

Leutnant Lodé saß neben dem Piloten und beobachtete trotz der mörderischen Hitze mit größter Konzentration eine Elefantenherde. Die riesigen Tiere trotteten mit hocherhobenen Rüsseln dahin, und nicht weit von ihnen jagte eine hundertköpfige Schar von aufgeschreckten Gnus durch die Steppe. Dort unten zeigte sich Afrika noch einmal so, wie es die Vorfahren des Leutnants gekannt hatten, aber er hatte keine Augen für diese Schönheit, sondern war nur darauf bedacht, in dem weiten Flachland ein winzigkleines Detail zu entdecken, eine Spur von etwas, wonach er angestrengt suchte.

»Hier müssen sie irgendwo sein«, sagte der Pilot, ein kleiner französischer Sergeant mit Adlerblick, ein ums andere Mal. »Sie *müssen* hier irgendwo sein, dies ist ihre Route, und viel weiter können sie noch nicht gekommen sein.«

»Schauen Sie mal, wie hoch hier das Gras ist«, entgegnete der Leutnant. »Und überall gibt es kleine Baumgruppen, von den Bodensenken und den Hügeln ganz zu schweigen. Diese Leute können zwischen Hunderten von Verstecken wählen.«

»Irgend etwas wird sie verraten.«

»Ja, das glaube ich auch. Auf jeden Fall fliege ich so lange weiter, bis uns der Treibstoff ausgeht«, erwiderte der Sergeant. »Dafür werde ich ja schließlich bezahlt.«

»Schauen Sie mal, da drüben!«

»Ja, ich sehe es – ein Trampelpfad. Was ist damit?«

»Gehen Sie näher ran! Mal sehen, ob wir da ein paar Spuren entdecken.«

Sie gingen so tief hinunter, bis sie knapp acht Meter über dem Pfad hingen, der sich zwischen den Büschen hindurchschlängelte. Leutnant Lodé zog einen großen Feldstecher aus dem Futteral. »Da sind Fußabdrücke von Menschen!« rief er aufgeregt und wies nach unten.

»Soll ich landen?«

Der Leutnant nickte, und die leichte *Alouette* setzte gleich darauf in einer Wolke von Staub und trockenem Laub auf. Mit einer Behendigkeit, die man ihm bei seiner Statur nicht zugetraut hätte, sprang der Leutnant aus der Maschine, lief ein Stück den schmalen Pfad entlang, kniete sich hin, wühlte in der Erde und warf eine Handvoll in die Luft. Als er zum Hubschrauber zurückkehrte, lächelte er zufrieden.

»Das sind sie!« rief er dem kleinen Franzosen so laut ins Ohr, daß er den Motorenlärm des sich langsam in die Lüfte erhebenden Hubschraubers übertönte. »Ich lass mir die Eier abschneiden, wenn diese Spuren älter als einen Tag sind!«

»Und was machen wir jetzt?«

»Wir fliegen den Weg entlang, immer geradeaus! Ich hab Lust, dem Kerl, der den kleinen Jungen vergewaltigt und die beiden Alten erwürgt hat, eigenhändig den Hals umzudrehen. Auf geht's!«

Zwischen hohem Gebüsch am Hang eines Hügels, keine drei Kilometer entfernt, hockten Suleiman, der schwarze Amin, Abdul und der Libyer und beobachteten die Bewegungen des Helikopters, dessen Motorgeräusch bis hierher zu hören war.

»Die sind hinter uns her«, meinte der Libyer.

»Aber warum?« wunderte sich Suleiman. »Was haben wir mit den Militärs zu schaffen? Wahrscheinlich suchen sie nach Guerilleros.«

»Nein, sie sind hinter uns her«, beharrte Abdul. »Wir hätten die beiden Alten nicht umbringen sollen – und den klei-

nen Jungen auch nicht.« Er warf Amin einen gehässigen Blick
zu.

»Seit wann kümmern sich die Militärs um solche Dinge?
Ich sage dir, die suchen nach Guerilleros!«

»Und nebenbei schnappen sie uns«, mischte sich Amin ein.
»Ich glaube, Abdul hat recht. In dieser Gegend hat es noch nie
Guerilleros gegeben. Die suchen uns wirklich . . .«

»Komisch, daß die um zwei alte Leute und einen kleinen
Jungen einen solchen Wirbel machen!«

»Vielleicht gibt es noch einen anderen Grund«, mutmaßte
der Libyer.

»Und der wäre?«

Der Libyer wies mit einem Kopfnicken auf die Gruppe der
Sklaven, die sich auf seinen Befehl in das hohe Gras einer Bodensenke gekauert hatten. Seine Augen waren unverwandt
auf Nadia gerichtet.

»Sie?« sagte der Sudanese erstaunt. »Warum sie?«

»Sie hat es selbst gesagt: Ihr Vater ist ein mächtiger Mann.
Man braucht sie ja nur anzuschauen. Sie ist nicht wie die anderen, nein, das ist sie wirklich nicht.«

»In der ganzen Welt gibt es keine Schwarze, um derentwe-
gen die Franzosen einen solchen Wirbel machen würden.«

»Wenn wir hier noch lange rumhocken und quatschen, machen die uns ausfindig«, warnte Amin. »Da kommen sie
schon! Was sollen wir jetzt machen?«

»Versteckt euch! Und sobald sie auf Schußweite heran
sind, knallen wir sie ab. Zielt auf den Piloten! Auf den Piloten
– verstanden?«

Sie nickten wortlos, und Abdul gab den Befehl an die anderen Männer weiter. Zwei von ihnen stellten sich neben den
Gefangenen auf, das Gewehr im Anschlag, um jeden eventu-
ellen Versuch, Aufmerksamkeit zu erregen, im Keim zu ersticken. Die anderen gingen irgendwo zwischen Büschen und
Steinen in Deckung.

Das Brummen des Hubschraubers wurde lauter. Langsam
kam die glänzende, rotlackierte Maschine näher. Eine Herde
Gazellen raste in unmittelbarer Nähe vorbei. Das fliegende
Monstrum hatte die Tiere derartig erschreckt, daß eines von
ihnen fast den Sudanesen über den Haufen gerannt hätte.

Der Hubschrauber verlangsamte noch mehr sein Tempo

und hing schließlich dicht über dem Boden reglos in der Luft. Leutnant Lodé suchte den schmalen Pfad mit seinem starken Fernglas ab. Kein Grashalm entging seiner Aufmerksamkeit. »Sie können nicht weit sein!« rief er. »Irgend etwas sagt mir, daß sie ganz in der Nähe sind.«

»'ne Spürnase wie ein Polizist, was?« lachte der Sergeant.

»Spotten Sie nur! Ich spüre, daß sie hier sind, das schwöre ich. Wenn nur das verdammte Gras nicht so hoch wäre!«

»Wir könnten es anstecken.«

Der schwarze Leutnant blickte den Franzosen verblüfft an. »Was haben Sie da gesagt?«

»Daß wir das Gras anstecken könnten. Wenn die sich versteckt haben, können wir sie wie Kaninchen ausräuchern. Das ist eine Methode aus dem Guerillakrieg.«

»Aber diese Leute sind keine Guerilleros! Was passiert, wenn die Gefangenen bei lebendigem Leib gebraten werden?«

»Stimmt, da haben Sie recht.«

»Vorwärts!« befahl der Leutnant. »Fliegen Sie ganz langsam weiter. Die Spuren sind gut auf dem Weg zu erkennen. Sie führen zu dem Hügel da drüben.«

Der Franzose bewegte behutsam einen Hebel, und die zerbrechliche *Alouette* setzte sich wieder in Bewegung. Als sie den Hügel erreicht hatten, krochen sie dicht über dem Boden wie ein Insekt den Hang hinauf. Unter ihnen wurden die trokkenen Grashalme vom Luftwirbel des Rotors platt an den Boden gedrückt.

»Da sind sie!« schrie der Pilot, als er urplötzlich die hoch aufgerichtete Gestalt eines Schwarzen im Gebüsch erblickte. Das waren seine letzten Worte, denn zwei Schüsse durchschlugen in kurzer Folge das Glas der Kanzel und trafen ihn mitten in die Brust. Seine Hände glitten vom Steuerknüppel, und der Hubschrauber kam ins Trudeln. Einen letzten Versuch machte der kleine Sergeant noch, aber es war zu spät: Sein Blick trübte sich, und er sank zur Seite, während der Hubschrauber mit gefährlicher Neigung abschlierte.

Völlig überrascht versuchte Leutnant Lodé den Steuerknüppel herumzureißen und den Helikopter unter Kontrolle zu bringen, aber es gelang ihm nicht. Eine dichte Staubwolke wurde rings um ihn her aufgewirbelt, und gleich darauf erstarb der Motor. Nach dem pausenlosen Dröhnen stellte sich eine schwere, lastende Stille ein.

Sekundenlang saß der Leutnant wie betäubt da, ohne zu begreifen, was geschehen war. Dann entrang sich ihm zu seiner eigenen Überraschung ein klagender Laut, und als er sich mit der Hand über den Kopf fuhr, stellte er fest, daß er blutete. »*Merde!*« entfuhr es ihm. »Sie haben uns erwischt, Sergeant!«

Doch der Sergeant antwortete nicht, und da begriff Lodé, daß der Mann tot war. Wie betäubt zog er seinen schweren Dienstrevolver aus dem Gürtel, stieß die kleine Tür des Hubschraubers auf und stolperte ins Freie.

Ein Kugelhagel empfing ihn. Er spürte, wie ein Geschoß seinen Oberschenkel streifte. Humpelnd rannte er den Abhang des Hügels hinab. Es war die reinste Karnickeljagd.

Lange dauerte es nicht, dann lag der Leutnant keuchend auf dem Rücken, von mehreren Kugeln durchbohrt. Der Revolver war ihm aus der Hand gerutscht. Als er einen verschlagen blickenden Neger auf sich zukommen sah, nahm er alle Kraft zusammen und tastete nach der Waffe – vergeblich.

Immer mehr Männer umringten ihn, sahen schweigend zu, wie er mit dem Tod rang. Zuerst beugten sich ein paar Schwarze über ihn, dann zwei Araber und schließlich eine kleine Gruppe von Personen – Frauen, Kinder und Männer, alle in Ketten – auf deren Gesichtern der Ausdruck unendlicher Trauer und Trostlosigkeit lag.

Der Blick des sterbenden Leutnants wanderte von Gesicht zu Gesicht, bis er auf dem Antlitz einer jungen Frau verharrte, die ganz vorn in der Reihe der Gefangenen angekettet war. »Nadia?« flüsterte er kaum hörbar.

Sie zuckte zusammen, nickte dann schweigend.

Leutnant Lodé bot seine letzten Kräfte auf, um ihr zuzulächeln. »Er wird dich finden«, hauchte er. »Ich weiß, daß er dich finden wird.«

Dann brach sein Blick. Er war tot.

Sie fuhren über tischebenes, ausgedörrtes, von Steinen über-
sätes Land. Die Sonne brannte gnadenlos auf sie herab, und
sie fürchteten, irgendwann den Verstand zu verlieren. David
fand die Hitze so unerträglich, daß er kaum noch Atem zu
schöpfen wagte, denn die glühendheiße Luft drohte ihm die
Lunge zu versengen. »Was meinen Sie, wieviel Grad haben
wir?« fragte er matt.

»Keine Ahnung«, antwortete sie, »aber nicht weit von hier,
in Azizia, ist die bislang höchste Temperatur der Welt gemes-
sen worden – sechzig Grad Celsius im Schatten.«

»Wir sollten dem Motor eine Pause gönnen«, schlug er
vor, »sonst macht er bald schlapp.« Er zwang sich zu einem
Lächeln und fügte hinzu: »Sofern *wir* nicht vorher schlapp-
machen!«

Sie brachte das Fahrzeug neben einer hohen Düne zum Stehen. Aus Aluminiumrohren und einer großen Plane montier-
ten sie ein Sonnendach und stellten es auf. Es spendete genügend Schatten, um sie gegen die Mittagssonne zu schützen.

»Sie haben wirklich an alles gedacht«, meinte er, als er sah,
wie sie aus einer Ecke des Jeeps eine kleine Gasflasche und
einen Feldkocher hervorholte.

Sie blickte auf, lächelte und fing an, Konservendosen auf-
zumachen. »Stimmt, aber es ist trotzdem ratsam, nach einem
Stück Wild Ausschau zu halten«, meinte sie. »Gegen Abend
sieht man hier nicht selten Hasen, Rebhühner und Gazellen.«
Sie wollte noch etwas sagen, hielt jedoch plötzlich inne und
starrte auf einen Punkt am Horizont, der so klein war, daß
man ihn für einen Busch hätte halten können, sich jedoch

langsam auf sie zubewegte. Nach einiger Zeit war deutlich die Gestalt eines Menschen zu erkennen.

»Da kommt jemand«, sagte sie. »Unglaublich, daß ihm bei dieser Hitze nicht der Schädel platzt!«

Während ihr Mittagessen auf dem Kocher langsam heiß wurde, blickten sie dem Unbekannten erwartungsvoll entgegen. Schließlich stand Miranda auf, ging zum Jeep, entnahm ihm eine schwere Remington 30/06 und eine doppelläufige Jagdflinte, lud die Waffen und fragte David: »Welche möchten Sie?«

David nahm achselzuckend eines der Gewehre.

Der Unbekannte war nun schon ganz nahe. Seine Gangweise verriet eine gewisse Scheu, und auf seinem Gesicht lag eine Mischung aus Neugier und Furcht, als er auf den Jeep zusteuerte.

Es war ein Schwarzer, dessen Gesicht von parallel verlaufenden Narben entstellt war. Hochgewachsen, schlank und noch ziemlich jung, ging er dennoch vornübergebeugt, als trage er eine schwere Last auf den Schultern. Er war in zerlumpte Kleidung von undefinierbarer Farbe gehüllt, und auf seinem Rücken baumelten eine ziemlich ramponierte *khoorgs*, in der er wahrscheinlich einen kleinen Vorrat an Hirse transportierte, sowie eine zerknautschte, tropfende, halbleere *gerba* aus Ziegenleder.

»*Salam aleikum wa Rahman Allah!*« murmelte er und blieb vor dem schattenspendenden Sonnensegel stehen.

»*Asalam aleikum!*« antwortete Miranda und lud ihn mit einer Handbewegung ein, sich zu ihnen in den Schatten zu setzen, aber der Schwarze blieb reglos und sichtlich verwirrt stehen.

»Setz dich!« wiederholte David die Einladung.

Der Mann zögerte. »Ich kann nicht, ich bin ein *bellah*«, sagte er schließlich.

Verblüfft drehte sich David zu Miranda um und warf ihr einen fragenden Blick zu.

»Das ist ein Sklavenvolk«, erklärte sie. »Sie dürfen nicht bei den Herren sitzen.«

»Wußtest du das nicht?« wunderte sich der Neger.

»Alle Menschen sind gleich«, erwiderte David. »In meiner Heimat gibt es keine solchen Unterschiede.«

Der Mann schien ihm keinen Glauben zu schenken, doch nach einer weiteren Aufforderung trat er unter das Zeltdach und nahm im Schatten Platz. Er schwieg ein Weilchen, dann erkundigte er sich: »Du meinst, du und ich wären in deinem Land gleich?«

»Natürlich. Dort sind alle Menschen frei.«

»Und es gibt keine Sklaven?«

»Nein.«

»Und keine Herren?«

»Natürlich nicht.«

»Das ist unmöglich!« meinte der Schwarze im Brustton der Überzeugung.

Miranda, die inzwischen die Mahlzeit in drei Portionen geteilt hatte, mischte sich in das Gespräch ein: »Doch, es ist möglich. Es gibt Länder, fern von der Wüste, in denen man keine Herren und Sklaven kennt – und auch nicht die Rasse der *bellahs*.«

Mit diesen Worten streckte sie dem Afrikaner einen Blechteller hin, aber der Gast machte keinerlei Anstalten, ihn ihr abzunehmen. »Magst du kein Fleisch?« fragte sie schließlich.

»Ich hab noch nie welches gegessen, und ich hab beim Essen auch noch nie bei den Herren gesessen.«

»Wir sind nicht deine Herren«, wies ihn Miranda in einem Tonfall zurecht, der keinen Widerspruch duldete. »Iß!«

Der Schwarze gehorchte, schaufelte hastig das Essen mit den Fingern in seinen Mund und riß dabei die Augen weit auf.

Miranda versorgte ihn so lange mit Essen, bis er gesättigt war, und das dauerte ein Weilchen. Am Ende rülpste er laut zum Zeichen der Dankbarkeit und stellte sich seinen Gastgebern vor: »Ich bin Mohammed. Meine Eltern und alle meine Vorfahren waren Sklaven der Tuareg. Ich kann kaum glauben, daß es woanders keine Sklaven gibt.«

»Du könntest dir deine Freiheit erkaufen und so sein wie dein Herr, stimmt's?« sagte Miranda. »In unseren Ländern ist es so, als hätten sich alle die Freiheit gekauft.«

»Aber wer macht dann die schwere Arbeit?« wunderte sich der Mann.

»Die Reichen haben Angestellte, die für ihre Arbeit bezahlt

werden. Wenn sie mit der Bezahlung nicht zufrieden sind oder schlecht behandelt werden, können sie woanders hingehen und sich einen neuen Arbeitgeber suchen.«

Der Schwarze dachte lange über ihre Worte nach. Man sah ihm an, daß er die größte geistige Anstrengung seines bisherigen Daseins unternahm. »Mein Herr ist arm«, meinte er nach einer Weile. »Deshalb schickt er mich nach Abéché auf Arbeitssuche. Er hat mir das Töpfern beigebracht. Vielleicht verdiene ich so viel, daß ich selbst durchkomme und ihm ein bißchen Geld schicken kann.«

»Du arbeitest, und er bekommt das Geld?« fragte David verblüfft.

Mohammed nickte und sagte mit Nachdruck: »Er ist mein Herr.«

»Und du läßt dir das gefallen?«

»Wenn ich nicht gehorche, verfolgen mich die Leute aus seinem Stamm. Vielleicht holen sie mich nur zurück, aber es kann auch gut sein, daß sie mich umbringen.«

»Geh doch zur Polizei und zeige sie an! Die Behörden werden dich beschützen und dir deine Freiheit garantieren.«

»Mein Herr würde zu einem Marabut gehen, und der würde mir mit seinen Zauberkräften den Tod schicken. Ja, der *gri-gri* eines Herren kann einen Sklaven töten, auch wenn der Sklave hundert Tagereisen weit läuft.«

»Was ist ein *gri-gri*?«

»Ein böser Geist«, flüsterte der Schwarze, als könnte ihn jemand in der menschenleeren Weite hören. »Böse Zauberei, mit der sich nur die Herren auskennen.«

»In Wirklichkeit handelt es sich um eine stillschweigende Übereinkunft zwischen den Tuareg«, erläuterte Miranda. »Wenn ein Sklave seinem Herrn davonläuft, kann er von jedem anderen Mitglied dieser Herrenrasse getötet werden, und dann behauptet man kurzerhand, es sei ein *gri-gri* gewesen. Auf diese Weise hält man diese armen Leute in ständiger Furcht. Es ist ganz egal, wie weit ein *bellah* auf der Flucht kommt – irgendwo wartet ein Dolch auf ihn, der seinem Ausflug in die Freiheit unweigerlich ein Ende macht. Deshalb bleiben diese Leute lieber Sklaven, obwohl sie es nach den Buchstaben des Gesetzes nicht sind.«

Mohammed war verstummt, und man sah ihm an, daß allerlei widerstreitende Gedanken und Gefühle in ihm tobten, denn soeben hatten seine scheinbar unerschütterlichen Überzeugungen einen argen Stoß erhalten. Dies war sein erster Zusammenprall mit der Zivilisation auf dem Weg in die große Stadt, und was für zivilisierte Menschen selbstverständlich war, nämlich die Gleichheit zwischen den Menschen, wirkte hier, irgendwo in der Sahara, unvorstellbar, obwohl es bis Fort Lamy mit seinem internationalen Flughafen nur ein paar hundert Kilometer waren.

Nach einer Weile blickte Mohammed auf, und als er zu sprechen anfing, überlegte er sich sorgfältig jedes Wort: »Wenn du mich beschützt, dann erreicht mich der *gri-gri* vielleicht nicht, und ich werde frei sein. Darf ich mit dir gehen?«

David warf Miranda einen fragenden Blick zu, aber sie schüttelte energisch den Kopf. »Tut mir leid, aber wir können dich nicht dahin mitnehmen, wo wir hinwollen.«

»Dann muß ich also ein Sklave bleiben?«

Sie mußte sich eines plötzlichen Schuldgefühls erwehren. »Das hängt nur von dir ab«, sagte sie fast schroff.

Mohammed schüttelte traurig den Kopf. »Ich habe Angst«, gestand er.

David und Miranda betrachteten ihn schweigend. Ihnen war klar, daß er es nie wagen würde, sich die Freiheit einfach selbst zu nehmen.

Schließlich kam David der rettende Gedanke. »Hör zu«, sagte er. »Geh nicht nach Abéché, sondern nach Fort Lamy. Dort fragst du nach Monsieur Thor Ericsson. Sag ihm, David Alexander habe dich geschickt. Dann wird er dir die Freiheit geben.«

»Ich will nicht die Freiheit von einem Weißen«, wehrte Mohammed ab. »Die Weißen sagen zu mir, du bist frei, aber für meinen Herren bin ich trotzdem ein Sklave.«

»Er wird dir nicht sagen, daß du frei bist. Er wird dir Geld geben, damit du dich freikaufen kannst.«

»Geld?« staunte der Schwarze. »Warum?«

»Weil ich ihn darum bitten werde. Ich gebe dir einen Zettel für ihn mit, dann gibt er dir Geld. Du gibst das Geld deinem Herrn und bist frei.«

»Aber ich koste viel«, warnte Mohammed. »Ich bin stark, jung und verstehe mich auf ein Handwerk.«

»Wieviel bist du denn wert?«

»Mindestens vierzigtausend alte Franc.«

»Er wird sie dir geben«, sagte David mit Nachdruck.

Mohammed verstummte und schien nachzudenken, tausenderlei Dinge zu erwägen. Vielleicht blickte er auf sein bisheriges Dasein zurück, vielleicht stellte er sich aber auch sein zukünftiges Leben als freier Mensch vor. Urplötzlich und völlig überraschend warf er sich vor David zu Boden, begann, seine Füße zu küssen, und stammelte dabei alle schmeichelhaften Worte, die er kannte. Er flehte Allah an, David mit Gnadenbeweisen zu überhäufen und seine Nachkommenschaft unter seinen besonderen Schutz zu nehmen. »Ihr werdet viele schöne Söhne haben«, schloß er. »Sie werden die Freude eures Alters sein.«

Miranda und David schauten sich ein wenig betreten und zugleich amüsiert an. Es kostete sie einige Mühe, den armen Kerl, dessen Gesicht tränenüberströmt war, zum Aufstehen zu bewegen.

»Jetzt beruhige dich erst einmal!« sagte Miranda zu ihm. »Ich möchte von dir wissen, wie ich hier in der Gegend einen Targi namens Malik der Einzelgänger finden kann.«

Mohammed war bei der Nennung von Maliks Namen sichtlich beeindruckt. »Wie kann ein *bellah* wissen, wo sich der berühmte *amahar*, der sich selbst den traurigen Namen Malik gegeben hat und der dem ruhmreichen Volk des *kel-tagelmust* angehört, in diesem Augenblick aufhält?«

David blickte ihn verständnislos an. »Ich habe nichts begriffen«, gestand er.

»Ein *amahar* ist ein Edler«, erklärte Miranda. »Und *kel-tagelmust* heißt bei ihnen soviel wie ›Diener‹ oder ›Sklave‹. Diesen Namen hat er sich selbst gegeben, weil er von seinem richtigen Namen nichts mehr wissen will.«

»Weshalb?«

»Es heißt, daß seine *khaima* eines Nachts von Sklavenjägern überfallen wurde. Sie brachten seine Frau um und entführten seine Söhne. Seit jenem Tag hat er sich aus Scham darüber, daß er seine Familie nicht schützen konnte, von seiner Sippe losgesagt, den für sein Volk typischen Gesichtsschleier abgelegt, auf seinen Namen verzichtet und sich statt dessen in Malik umbenannt. Diesen Namen will er so lange

98

tragen, bis er seine Söhne wiedergefunden oder ihre Entführer getötet hat.«

»Malik der Einzelgänger zieht ständig durch die Wüste«, fügte Mohammed hinzu. »Er ist wie ein Schatten in der Nacht, und er sucht unermüdlich nach Karawanen von Sklavenhändlern.«

»Und wie können wir ihn finden?«

»Geht in die Richtung, aus der ich gekommen bin«, antwortete der Schwarze. »Drei Tagemärsche von hier hat eine Familie vom Volk der *kel-tagelmust* ihre Zelte aufgeschlagen. Vielleicht wissen sie etwas.«

»Drei Tagemärsche!« rief David entgeistert aus. »So weit müssen wir noch fahren?«

»Keine Sorge«, beruhigte ihn Miranda. »Wenn wir gleich losfahren, kommen wir vielleicht noch heute abend an.« Sie wandte sich Mohammed zu und fragte: »Immer in Richtung Mekka?«

»Ja, immer in Richtung Mekka«, bestätigte er.

»Mit diesen Leuten hat man keine Probleme«, meinte sie lächelnd. »Bei ihnen heißt es immer: in Richtung Mekka, in entgegengesetzter Richtung von Mekka, rechts von Mekka oder links von Mekka.« Sie machte sich daran, den kleinen Kocher und die Gasflasche wegzuräumen. »Ich kann mir nicht erklären, wie zum Teufel sie es schaffen, aber sie wissen sogar mit geschlossenen Augen, wo Mekka liegt.«

David kramte hinten im Jeep herum, fand schließlich einen Bleistift und ein Stück Papier, schrieb eine kurze Mitteilung für Thor Ericsson und reichte sie Mohammed. »Geh in Fort Lamy zum erstbesten Polizisten und bitte ihn, dich zu dieser Adresse zu bringen. Glaubst du, daß du das schaffst?«

»Ja, ganz bestimmt, Herr!«

Sie bauten das Sonnendach ab, stiegen in das Auto und David ließ den Motor an. Der Schwarze machte vor Schreck einen Satz rückwärts, und als der Jeep anfuhr, quollen ihm vor Staunen fast die Augen aus dem Kopf. Er stand wie angewurzelt da, starrte dem Fahrzeug hinterher, das in Richtung Mekka davonfuhr, schüttelte nach einer Weile den Kopf und blickte sich so erstaunt um, als wäre er gerade aus einem Traum erwacht. Dies war der aufregendste Tag in seinem Leben – und außerdem wahrscheinlich der Tag, an dem sich

sein weiteres Schicksal und das seiner Nachkommen entschieden hatte.

Er betrachtete den Zettel, den er in der Hand hielt, ver-
steckte ihn dann zwischen den Falten seines Turbans und
machte sich auf den Weg – in entgegengesetzter Richtung
von Mekka.

Die Gefangenen und ihre Bewacher schufteten wie besessen, hoben mit Hilfe improvisierter Schaufeln und zugespitzter Holzpfähle ein tiefes Erdloch aus. Nicht einmal die Frauen blieben von der Plackerei verschont. Nadia spürte, wie ihr ein Gemisch aus Schweiß und Sand, der von den Rändern der Kuhle auf sie herunterrieselte, über den Rücken floß.

Es waren drei angsterfüllte Stunden, und der Sudanese, der jeden verfluchte, der mit der Arbeit kurz innehielt, um Atem zu schöpfen, machte von seiner Peitsche noch öfter als sonst Gebrauch. Er wollte dies alles so schnell wie möglich hinter sich bringen und weiterziehen.

»Los, raus da!« befahl er, als es endlich so weit war. »Das reicht. Raus aus dem Loch!«

Stoßend und schiebend kletterten die Gefangenen aus der Grube, verhedderten sich in der langen Kette, und manche von ihnen stürzten zurück in die Tiefe, andere mit sich reißend. Als sie endlich alle oben waren, führte der Sudanese sie zu dem Hubschrauber, der nur noch ein verbogenes Stahlgerippe war. »Los, strengt euch an!« befahl er. »Alle auf einmal! Jetzt!«

Aber der Hubschrauber rührte sich keinen Millimeter. Dabei mußte er einen ganzen Meter bewegt werden, bis er von selbst in die Grube fiel!

»Was ist?« brüllte der Sudanese. »Was für miese Sklaven seid ihr eigentlich?« Die Peitsche klatschte mit solcher Wucht auf nackte Rücken, daß die Getroffenen sich vor Schmerz zu Boden warfen. »Strengt euch an, hab ich gesagt, ihr Nichtsnutze!«

101

Ein umgestürzter Baumstamm wurde herbeigeschleppt und unter dem Hubschrauber hindurchgeschoben, und um die Hebelwirkung zu verstärken, hockten sich zwei der Bewacher auf das vordere Ende des Stammes.

»Eins . . . zwei . . . drei!«

Alle Muskeln spannten sich, Arme, Beine, Schultern; alle Hände, alle Finger verkrampften sich – und der schwere Hubschrauber bewegte sich, stürzte nach einer Vierteldrehung in die Grube.

Da war ein gellender Schmerzensschrei zu vernehmen, und als sich die Staubwolke verzogen hatte, sahen sie das Entsetzliche: Einer der beiden Wächter, die gewissermaßen als Gegengewicht gedient hatten, lag unter dem Hubschrauber, brüllte wie von Sinnen und versuchte, das Ungetüm aus Stahl, das ihm beide Beine zerquetscht hatte, hochzuheben.

Abdul und Amin sprangen auf einen Wink des Sudanesen hinunter in das Erdloch, um nachzuschauen, wie es um den Verwundeten stand, aber so sehr sie sich auch gegen das Hubschrauberwrack stemmten – es gab keinen Zollbreit nach.

Der schwarze Wächter jammerte und stöhnte: »Meine Beine sind gebrochen! Ich muß bis an mein Lebensende hinken!« klagte er.

Amin kletterte aus der Grube und ging zu Suleiman. »Wenn wir ihn rausholen wollen, müssen wir rings um ihn die Erde ausschachten, aber die ist da unten verdammt hart!«

»Wie lange würde es dauern?«

»Drei bis vier Stunden.«

»Bist du verrückt? So viel Zeit können wir nicht verlieren. He, ihr da! Bringt die beiden Leichen her! Und du da unten, sei endlich still, verdammt noch mal!«

»Es tut so weh, Herr!« stöhnte der Unglückliche. »Es tut so furchtbar weh!«

»Du hast es bald geschafft . . . Abdul! Sorg dafür, daß das Loch sofort zugeschaufelt wird, und tarnt die Stelle mit Zweigen und Büschen! Niemand soll ahnen, daß darunter eine von diesen Maschinen liegt.«

Der Libyer wies mit einer Kopfbewegung auf den Verunglückten. »Und er?«

»Der ist so gut wie tot. Mit zwei gebrochenen Beinen würde er sowieso nicht sehr weit kommen. Schüttet ihn einfach zu!«

Der Betroffene hatte den Befehl gehört und fing aus Leibeskräften an zu schreien. »Nein, Suleiman!« bettelte er. »In Allahs Namen bitte ich dich: Laß mich nicht lebendig begraben!«

Inzwischen hatten zwei Schwarze die Leichen von Leutnant Lodé und dem französischen Sergeanten herbeigeschafft. Suleiman nickte kurz mit dem Kopf, wies mit dem Kinn auf die Grube, und die Toten wurden hineingeworfen.

Unten schob der Verunglückte den Körper des Leutnants, der auf ihn gefallen war, beiseite und fuhr mit seinem Gezeter fort: »Denk dran, daß ich dir einmal das Leben gerettet habe, Suleiman! Allah ist mein Zeuge! Wenn du mir jetzt nicht hilfst, wird dich deine Undankbarkeit in die Hölle bringen!«

Suleiman grinste höhnisch. »Es gibt schon soviel, was mich in die Hölle bringen wird«, spottete er, und mit einer herrischen Geste befahl er: »Los, schüttet ihn zu, damit er endlich still ist!«

Amin gehorchte als erster, warf augenzwinkernd eine Schaufel Erde auf das Gesicht des unrettbar Verlorenen und sagte lachend: »Pech für dich! Man muß eben verlieren können. Erinnerst du dich noch an die *targia*, die wir uns vor kurzem vorgeknöpft haben? Du hast ihren Kopf im Dünensand eingegraben, aber nur ihren Kopf, damit du es in aller Ruhe mit ihr treiben konntest, wie du selbst sagtest. Sie hat Sand geschluckt, bis sie tot war, die Arme!«

»Hurensohn!« zischte der andere haßerfüllt. »Die Idee kam von dir – und du hast dich auch an ihr vergriffen!«

»Ja, aber da war sie schon tot.«

Die anderen Sklaventreiber hatten sich ebenfalls darangemacht, Sand in die Grube zu schaufeln – der Mann dort unten wurde langsam bei lebendigem Leib begraben, während die Sklaven entsetzt die grausige Szene beobachteten. Suleiman hatte sich unter einen Busch gesetzt, wischte sich mit dem Ende seines Turbans den Schweiß vom Gesicht und nahm hin und wieder einen kleinen Schluck Wasser aus einer *gerba*.

»Möge Allah mich in seinem Schoß aufnehmen!«

schluchzte der Verunglückte. »Möge er mir gnädig sein und mir alle Missetaten verzeihen!«

Gleich darauf ertönte der trockene Knall eines Schusses, und der Kopf des Mannes sank in den Sand.

Der Sudanese bedachte Abdul, der den Gnadenschuß gegeben hatte, mit einer spöttischen Handbewegung. »Bist wohl auch nicht mehr so hart wie früher, Libanese, was?« meinte er.

»Vielleicht braucht eines Tages jeder von uns einen, der ihm einen letzten Dienst erweist«, lautete die Antwort.

Die anderen schaufelten weiter, und nachdem das Flugzeug und die drei Leichen völlig mit Sand bedeckt waren, tarnten sie die Stelle mit Grasbüscheln und Zweigen. Anschließend senkte sich eine derart vollendete Stille über die Steppe, daß man sie zu hören vermeinte. Alle, die Sklaven und ihre Bewacher, sanken erschöpft zu Boden, um ein wenig auszuruhen, doch bereits nach ein paar Minuten erhob sich Suleiman schwerfällig, ließ seine Peitsche knallen und befahl: »Vorwärts! Der Weg ist noch weit!«

Doch niemand rührte sich.

»Vorwärts, habe ich gesagt!« brüllte der Sudanese. »Hier können wir nicht bleiben!«

»Sie sind am Ende ihrer Kräfte«, schaltete sich Abdul ein. »Sie brauchen unbedingt ein bißchen Ruhe.«

»Ruhe? Damit noch so ein Flugzeug kommt und unsere Spuren findet? Los! Amin, du gehst voran!«

Amin sprang federnd auf die Beine, als wäre er aus einem langen, erholsamen Schlaf erwacht, und endlich rafften sich auch die anderen Sklaventreiber auf, nahmen ihre Waffen und stießen mit dem Stiel ihrer Peitschen die Gefangenen in die Rippen. Diese blieben jedoch mit störrischer Miene sitzen.

»Was geht hier vor?« schnauzte der Sudanese.

Die Sklaven schauten sich furchtsam, aber entschlossen an, und schließlich ergriff einer von ihnen, ein riesiger Schwarzer aus dem Stamm der *ashanti*, den die anderen Mungo nannten, das Wort: »Heute gehen wir nicht mehr weiter. Du kannst uns mit Knüppeln totschlagen lassen, aber wir gehen lieber so zugrunde, als daß wir irgendwo unterwegs zusammenbrechen.«

Der Sudanese, der den Blick über die kleine Schar schweifen ließ, begriff, daß diese Leute fest entschlossen waren, keinen Fuß mehr vor den anderen zu setzen. Kopfschüttelnd meinte er: »Na gut, wenn ihr euch wie die Esel benehmen wollt – mir soll's recht sein. Einen Esel kann niemand zwingen, wenn er nicht laufen will.« Er machte eine kleine Pause und fuhr dann mit erhobener Stimme fort: »Aber ich kann es, ich, Suleiman! Abdul! Den Beutel!«

Abdul nahm allen Mut zusammen. »Tu es nicht!« bat er. »Laß sie ausruhen, sie haben es verdient.«

»Den Beutel, habe ich gesagt!«

Abdul ging zu der Stelle, wo das Gepäck und die Verpflegung lagen, und kam mit einem kleinen Lederbeutel zurück, den er seinem Herrn aushändigte. Dieser blickte von einem Gefangenen zum anderen, wies schließlich mit dem Finger auf Mungo und sagte: »Du, weil du für die anderen gesprochen hast . . . und die ältere von den beiden Schwestern . . . und der da hinten auch.« Er drehte sich um und gab dreien seiner Männer ein Zeichen. »Mungo zuerst. Haltet ihn gut fest!«

Die Männer stürzten sich auf den Schwarzen, der sich angsterfüllt gegen sie wehrte, aber es dauerte nicht lange, bis er auf dem Bauch lag und sich nicht mehr rühren konnte. »Was hast du vor?« schrie er, als er spürte, wie ihm Suleiman mit einer heftigen Handbewegung die Hose herunterriß. »Was willst du mit mir tun, du Hurensohn?«

»Beruhige dich!« sagte der Sudanese grinsend, »es ist nicht das, was du glaubst.« Ohne weitere Umstände griff er in den Lederbeutel, zog eine lange, dünne, feuerrote Pfefferschote hervor, schnüffelte aus sicherer Entfernung daran, und augenblicklich rannen zwei dicke Tränen über seine Wangen.

»Bei den *huris*, die uns der Prophet im Paradies verheißen hat!« rief er aus. »Noch nie hat jemand eine solch köstliche Pfefferschote genossen!« Mit einer raschen Handbewegung schob er die Gesäßbacken des Negers auseinander und steckte ihm die Pfefferschote in den Darm.

Mungo stieß einen bestialischen Schrei aus, schlug wild um sich, schleuderte die beiden Sklaventreiber, die ihn noch immer festhielten, in den Staub, fuhr in die Höhe und begann, wie von Sinnen Luftsprünge zu machen.

Der Sudanese wälzte sich vor Lachen mit tränennassem Gesicht im Gras. »Es ist todsicher!« rief er. »Es funktioniert immer! Mit dem Ding hinten drin rennt er quer durch die Wüste! Los, der nächste!«

Zwei der schwarzen Wächter warfen sich auf die ältere der beiden Schwestern, die kläglich zu weinen anfing. Ohne mit seinem Gehopse aufzuhören, rief Mungo zwischen schmerzlichen Schreien und gequältem Stöhnen mit erhobenen Armen: »Nein, tut es nicht! Laßt es nicht zu! Geht lieber weiter! Um Gottes willen, geht weiter! Es ist die Hölle, die reinste Hölle!«

Die Sklaven rafften sich mühsam auf, und im Eiltempo ging es weiter, immer hinter Amin her. Suleimans schallendes Gelächter folgte ihnen. Der Sudanese hatte sich unter einem Baum zu Boden sinken lassen und hielt sich den krampfhaft zuckenden Bauch. »Es ist todsicher«, gluckste er immer wieder, »es funktioniert immer!«

Gegen vier Uhr nachmittags holten sie einen Reiter ein, der, geruhsam auf dem schaukelnden Rücken eines schönen *mehari* sitzend, ohne Eile durch die Wüste ritt.

»*Asalam aleikum!*« grüßten sie ihn.

»*Asalam aleikum*«, wurde der Gruß erwidert.

»Ist dies der richtige Weg zum Lager der Leute vom *kel-tagelmust*?«

»Ja, der Weg ist richtig«, antwortete der Mann. »Und das Lager gehört meinem Vetter, dem Kaid Ali. Ich bin unterwegs zu ihm. Mein Name ist Mulay, ich bin vom ›Volk der Lanze‹. Wenn ihr mir mit eurem Fahrzeug folgen könnt, kommen wir vor Einbruch der Nacht an.«

»Unser Fahrzeug ist schneller als dein Kamel«, meinte David unvorsichtigerweise.

Mulay vom ›Volk der Lanze‹ lachte amüsiert und spornte sein *mehari* an. Das Tier fiel in einen raschen Trott und lief schnurstracks zwischen Büschen hindurch und über Dünen hinweg. Immer wieder mußte der Jeep einen großen Umweg machen, um einigermaßen mit dem Reiter, der dann und wann für eine Weile verschwand, Schritt zu halten.

Am Ende, als die beiden im Jeep schon seit einer halben Stunde nicht einmal mehr die Staubwölkchen gesichtet hatten, die von den Hufen des Kamels aufgewirbelt wurden, fanden sie ihn unter einem baumartigen Strauch sitzend und eine lange, schlanke Pfeife rauchend. Schweigend kletterte er nach einer Weile wieder auf den Rücken seines *mehari* und setzte den Weg in leichtem Trott fort, wobei er alle Stellen mied, die den Jeep vor Probleme gestellt hätten.

»Wirklich nobel«, meinte David. »Er hat nicht ein einziges Mal mit seinem Triumph geprahlt.«

»Alle Tuareg sind nobel«, erwiderte Miranda mit vorgeschobenem Kinn. »Sie sind die edelste, hochmütigste und stolzeste Rasse Afrikas, wenn nicht der ganzen Welt. Die letzten fahrenden Ritter des Planeten und die einzigen, die noch frei sein werden, wenn schon alle anderen Menschen nur noch Nummern sind.«

»Ich glaubte, sie seien wilde Barbaren.«

»Barbaren?« wunderte sie sich. »Sie leben zwar primitiv, sind aber selbst alles andere als primitiv. In allen afrikanischen Städten trifft man Leute, die zwar Taxis fahren oder in Büros arbeiten, dabei aber eine geradezu steinzeitliche Mentalität haben. Mit den Tuareg ist das anders. Sie sind imstande, philosophische Fragen zu erörtern, und können sogar den anspruchsvollsten theoretischen Argumenten folgen. Siedelt man sie in die Stadt um, führen sie ihr Leben mit derselben Natürlichkeit weiter wie in der Wüste. Das ist wirklich verblüffend, und jemand hat sogar behauptet, die Tuareg seien die Nachkommen von europäischen Kreuzfahrern, die sich einst nach einer Schlacht im Heiligen Land in der Wüste verirrten.«

»Glauben Sie das?«

»Warum nicht? Wäre es Ihnen lieber, wenn sie von Karthagern abstammten, die das von Scipio angerichtete Massaker überlebten? Die Wüste birgt viele Geheimnisse. Warum sollten wir uns über den Ursprung der Tuareg den Kopf zerbrechen?«

Inzwischen hatte der vorausreitende Mulay eine kleine, aus Ziegen und Kamelen bestehende Herde erreicht, die von einem dunkelhäutigen Jungen aus dem Volk der *bellah* gehütet wurde, und ohne abzusteigen stellte Mulay ihm ein paar Fragen, worauf der Junge nach Süden wies.

Als Miranda und David den *targi* eingeholt hatten, meinte dieser lachend: »Er behauptet, bis zum Lager meines Vetters sei es nicht mehr weit. Und er hat mir erzählt, daß dort hinten jenseits der Dünen in einer *grara* eine Herde Gazellen grast. Die Frauen meines Vetters würden uns einen köstlichen *kuskus* kochen, wenn wir ihnen eine Gazelle brächten. Leider ist mir die Munition ausgegangen. Habt ihr Waffen?«

108

Die beiden Weißen sprangen aus dem Jeep. Miranda zog die Remington aus dem Futteral und hielt David das Gewehr hin, aber dieser lehnte kopfschüttelnd ab. »Er macht das bestimmt besser«, meinte er und nickte dem *targi* zu.

Nach einem Fußmarsch von etwa zehn Minuten legte der kleine Junge einen Finger auf die Lippen und zeigte auf eine Düne ganz in der Nähe. »Bewegt euch nicht nach dem ersten Schuß«, befahl Mulay. »Dann können wir mehr als eine erlegen.«

Auf allen vieren krochen sie mühsam den sandigen Abhang hinauf, und da waren sie – ein stattlicher Bock, der von der Spitze seines Geweihs bis zu den Hufen gewiß anderthalb Meter maß, und sieben weibliche Tiere, davon drei mit Nachwuchs. Miranda, David und der Junge verharrten reglos wie Statuen, während der *targi* mit der Geduld eines Chamäleons, das auf eine Fliege Jagd macht, das Gewehr anlegte und in aller Ruhe zielte.

Der Schuß krachte. Eines der Weibchen, das kein Junges hatte, brach mit zerschmettertem Genick zusammen. Die Detonation hatte die Stille wie ein Donnerschlag zerrissen, und dennoch: Die Gazellen standen starr und steif und wirkten so unbeeindruckt, als wäre nichts geschehen. Zwar hörten sie auf zu grasen und hoben die Köpfe, doch Angst war ihnen nicht anzumerken. Der Schuß hatte für sie keinerlei Bedeutung, denn solange diese Tiere einen Feind nicht sahen oder Witterung von ihm aufnahmen, gab es für sie keinen Grund zur Beunruhigung. Die Gazelle, die der getroffenen Artgenossin zunächst gestanden hatte, ging hin und schnüffelte, aber das tote Tier hätte ebensogut schlafen oder ausruhen können. Das Blut, das aus der Wunde im Hals strömte, sagte der Neugierigen nichts.

Erst nachdem die Tiere wieder zu grasen begonnen hatten, schob Mulay den Verschlußhebel des Gewehres zurück und lud nach. »Die da gehört uns!« flüsterte er und wies nach vorn. »Aber ich brauche sie lebendig.«

Die Szene wiederholte sich und hätte sich noch weitere zehnmal wiederholen können, wäre Mulay nicht aufgesprungen und zu der zweiten von ihm erlegten Gazelle hingelaufen, während er in der einen Hand seine rasierklingenscharfe *gumia* schwenkte.

Der Rest der Herde hatte bei der ersten Bewegung der Menschen auf der Düne die Flucht ergriffen. Behende sprangen die Tiere über Sträucher, Grasbüschel und Steine, rannten davon, als wollten sie das Echo des letzten Schusses einholen. Nun kannten sie für alle Zeiten den todbringenden Knall und den Geruch von Schießpulver.

Mulay hüpfte fast so flink wie die Gazellen. Mit flatternder *djellabah* fiel er über das waidwunde Tier her, packte es am Gehörn, drehte den Kopf nach Mekka und schnitt ihm die Kehle durch. Ohne diese rituelle Handlung hätte es ihm seine Religion untersagt, vom Fleisch der Beute zu essen.

Eine Stunde später – die Sonne ging schon unter – erblickten sie vor sich ein halbes Dutzend *khaimas*, die von ihren Besitzern ohne ersichtlichen Grund an dieser Stelle mitten in der Wüste aufgeschlagen worden waren. Das Fleckchen Erde unterschied sich in nichts von vielen hundert Quadratkilometern im weiten Umkreis, doch gerade für diesen Ort und keinen anderen hatte sich der Kaid Ali vom *kel-tagelmust* entschieden. Und dort würde er bleiben, bis eine Wolke am Himmel erschiene, der er nachziehen könnte, oder bis ihn die Laune überkäme, zu einer anderen irgendwo in dieser unermeßlichen Ebene zu ziehen.

Kaid Ali trat vor den Eingang des größten der Nomadenzelte, um die Besucher zu empfangen.

»*Asalam aleikum!*« grüßten die Ankömmlinge.

»*Rashinat ullahi Allahin . . . Keif halah*«, erwiderte der *targi,* was soviel heißt wie: ›Möge Allahs Friede mit euch sein . . . Diese Hütte und alles, was mein ist, gehört auch euch‹, denn die Gastfreundschaft ist den Tuareg heilig. Einem Besucher bietet man alles an, was man sein eigen nennt, und man fühlt sich für seinen Schutz verantwortlich.

Der Kaid Ali gab Befehl, sofort kochendheißen Tee mit Keksen und Datteln zu servieren, wie es die Überlieferung gebot, und er bedankte sich würdevoll, als ihm die Gazelle überreicht wurde.

Lange Zeit drehte sich die Unterhaltung um belanglose Dinge, denn die Tuareg kennen keine Eile bei solchen Anlässen; bei ihnen gilt es als ungehörig, ohne lange Vorgespräche gleich zur Sache zu kommen.

Zur Stunde der abendlichen Mahlzeit betrat ein junges

Mädchen das Zelt, um die Speisen zu servieren. Es war gewiß nicht viel älter als zwölf Jahre, jedoch unübersehbar schwanger.

»Deine neue Ehefrau?« erkundigte sich Miranda mit gespielter Beiläufigkeit.

Der *targi* schaute sie verblüfft, fast schockiert an. »O nein!« protestierte er. »Das Kind ist natürlich von mir, aber sie . . .«, er zögerte, ». . . sie ist eine *bellah*.« Wieder unterbrach er sich. »Eine Dienerin«, schloß er.

»Eine Sklavin?«

»Nein, eine Dienerin«, wiederholte der Kaid Ali mit Nachdruck. »Ihr geht es gut hier, und wenn du sie mitnehmen würdest, wäre sie bald wieder hier. Dies ist ihr Zuhause, der einzige Platz, den sie kennt und wo sie hingehört. Das war schon für ihre Eltern und alle ihre Vorfahren so.«

Miranda lächelte schelmisch. »Und wenn sie nicht aus freien Stücken zurückkäme, dann würde sie der *gri-gri* wieder herbeischaffen, nicht wahr?«

»Der *gri-gri* ist ein Aberglaube der Schwarzen, weiter nichts«, erwiderte der *targi*. »Die *bellahs* sind Diener, weil sie es so wollen. Seit Tausenden von Jahren haben sie bei uns ihren Platz, und auf sich allein gestellt könnten sie nicht leben. Aber jetzt kommen die Europäer sogar hierher in die Wüste und wollen alles verändern.«

Er zündete seine *nargileh* an und nahm genüßlich ein paar Züge. »Ich kümmere mich um meine Diener, weil ihre Gesundheit und ihr Wohlergehen Teil meines eigenen Wohlstands sind«, fuhr er fort. »Ich werde nicht zulassen, daß sie verhungern, selbst wenn ich ihnen die Hälfte von allem geben muß, was ich besitze. Auch im Alter gehören sie genauso zu meiner Familie wie jetzt.«

»Aber das gibt dir noch lange nicht das Recht, ein Mädchen dieses Alters mit Gewalt zu nehmen!«

»Mit Gewalt?« wunderte sich der *targi*. »Von dem Tag an, an dem sie zur Frau wird, weiß eine *saharaui*, daß es ihr bestimmt ist, schon bald von einem unserer Männer genommen zu werden, sonst tut das ein Diener oder der erstbeste Reisende, der vorbeikommt. Dieses Mädchen hier freut sich, daß ihr Sohn mein Sohn ist, denn er wird frei sein und an den Vorrechten meiner Familienangehörigen teilhaben.«

Der Augenblick war gekommen, um das Gespräch in andere Bahnen zu lenken.

»Wir müssen Malik den Einzelgänger finden«, sagte Miranda nach einem kurzen Schweigen, das sie dazu genutzt hatte, einen Schluck Tee zu nehmen.

Der Kaid Ali betrachtete sie lange, und seine unergründlichen, fragenden Augen hatten einen seltsamen Ausdruck. Nachdem er übermäßig lange mit seinem Teeglas herumhantiert hatte, stellte er es auf ein großes Tablett aus getriebenem Kupfer. »Warum?« fragte er.

»Malik weiß, wo sich ein guter Freund von mir aufhält«, antwortete Miranda. »Wir möchten ihn bitten, uns zu ihm zu bringen.«

Der *targi* schenkte Tee nach. Seine mißtrauischen Augen wanderten langsam zuerst zu Miranda und dann zu David. »Warum?« wiederholte er.

Diesmal warf David Miranda einen fragenden Blick zu, und stillschweigend kamen sie überein, daß es am ratsamsten war, die Wahrheit zu sagen.

»Ich muß unbedingt meine Frau finden«, erklärte David. »Sie wurde im Kamerun von Sklavenjägern entführt, und wir glauben, daß ihr Freund . . .«, er wies auf Miranda, ». . . uns weiterhelfen kann.«

Der Kaid schüttelte den Kopf. »Ich kenne diesen Freund«, meinte er bedächtig. »Vor drei Tagen saß er hier bei mir und hat mir erzählt, daß du dich in Fort Lamy um die Kinder kümmerst. Er sagte auch deinen Namen . . .«

»Miranda.«

»Ja, Miranda. Es fällt mir schwer, europäische Namen zu behalten. Ehrlich gesagt, bemühe ich mich auch nicht sehr. Miranda!« sagte er wieder, als redete er zu sich selbst.

»Wie geht es ihm?«

»Oh, gut, sehr gut. Er sagte, er habe dich schon seit vier Monaten nicht mehr gesehen.« Der *targi* lächelte. »Das ist viel Zeit für zwei Verliebte. Und viel Zeit für eine Frau, die ganz allein in Fort Lamy wohnt.«

»Ich bin daran gewöhnt«, erwiderte Miranda leise. »Mein ganzes Leben besteht nur aus Warten.«

»Scott ist tot«, sagte der *targi* unvermittelt. »Er starb vor einem Monat, bei einer Schießerei . . .«

»Scott? O Gott! Er war sein bester Freund und sein ältester Kamerad.«

»Er war sehr traurig«, berichtete der Kaid, »sehr traurig. Allmählich fängt er an, sich zu fragen, ob er nicht dieselben Fehler macht, die so viele andere das Leben gekostet haben.«

»Er hat sich bemüht, aus den Fehlern zu lernen.«

»Ich weiß, aber trotzdem verliert er einen Mann nach dem anderen. Wie lange sie wohl noch durchhalten?«

Miranda antwortete nicht, und David konnte ihr ansehen, daß Scotts Tod sie sehr erschüttert hatte. Als sie sich eine Zigarette anzündete und nervös daran zog, zitterten ihre Hände. Sie versuchte, sich nichts anmerken zu lassen, aber es war vergebens. »Wo sind sie hin?« fragte sie schließlich.

»Nach Südosten. Ich nehme an, daß sie sich morgen am Brunnen von Emi-Hazaal mit Wasser versorgen. Vielleicht könnt ihr sie mit diesem Fahrzeug einholen, wenn sie dort die Nacht verbringen. Einer von meinen Dienern wird euch hinbringen. Braucht ihr Malik trotzdem noch?«

»Malik wird immer gebraucht. Weiß jemand, wie man ihn findet?«

»Malik zu finden fällt niemandem leicht«, sagte der Kaid. »Genau wie dein Freund führt er seinen eigenen Krieg, ganz allein, denn er hat auf alles verzichtet, was den anderen Menschen lieb und teuer ist: Frau, Kinder, Freunde, die Bequemlichkeit eines eigenen Heimes. Sein Rachedurst ist befriedigt, aber der Haß hat sich zu tief in dieses einst so großmütige Herz gefressen.«

»Niemand hat das Recht, auf diese Weise Allahs Werk zu zerstören«, schaltete sich Mulay ein. »Seit allzu vielen Jahren überläßt sich Malik nur diesem einen Gefühl. Er sollte zu seinem Volk zurückkehren, wieder seinen alten Namen und den Rang eines *amahar* annehmen, eine neue Familie gründen und unserem Volk starke Krieger schenken. Sein Mut darf nicht bei dieser nutzlosen Verfolgungsjagd vergeudet werden.«

»Das sagt sich leicht«, gab der Kaid zu bedenken, »aber wie soll man einen Mann verurteilen, der in seinen schlaflosen Nächten unablässig daran denken muß, daß seine Söhne vielleicht gerade irgendeinem abartigen Lüstling willfährig sein müssen. Welch unbändige Wut muß ihn erfüllen, wenn er an den Tag denkt, an dem seine Söhne entmannt wurden! Wie oft hat er sich wohl schon den Lauf seiner Flinte in den Mund geschoben, um endgültig Schluß zu machen, und wie oft hat ihn nur sein Wunsch nach Rache daran gehindert?«

»Aber was nutzt diese Rache noch?« wollte Mulay wissen. »Ich könnte verstehen, wenn ein Mann so lange nach seiner Frau suchen würde, wie noch Hoffnung besteht, aber nach so vielen Jahren . . . Nein, das ist wirklich sinnlos.«

»Dennoch können wir ihn nicht verurteilen, Mulay«, wies Kaid den anderen würdevoll, aber sehr bestimmt zurecht. »Die tiefsten Tiefen des Leidens auszukosten und uns vor Schmerz zu krümmen – das ist manchmal im Leben das einzige, was uns verbleibt.«

»Im Angesicht Allahs wird es zu einem abenteuerlichen Laster!«

»Gewiß, doch es ist Malik und seinem Laster zu verdanken, wenn die Sklavenhändler uns Tuareg mehr denn je fürchten und es nur selten wagen, durch unser Gebiet zu ziehen. Malik und diese Gruppe haben uns von der Plage befreit, so daß wir wieder in Ruhe schlafen können.«

Miranda stand auf, bat mit einer stummen Bewegung um Nachsicht und verließ die geräumige *khaima*. Draußen zündete sie sich eine weitere Zigarette an und schlenderte langsam auf eine kleine Düne zu. Millionen von Sternen an einem Himmel, über den noch nie eine Wolke gezogen zu sein schien, beleuchteten ihren Weg.

Sie hatte das dringende Bedürfnis, allein zu sein, über Scotts Tod nachzudenken und auch darüber, was dieser Tod für *ihn*, den sie so innig liebte, bedeuten mochte. Sie wollte sich jedoch auch ihren Träumereien überlassen – und ihrer Vorfreude auf den morgigen Abend. Vielleicht würden sie irgendwo auf einer Düne liegen und sich unter diesem selben Sternenzelt lieben.

Vier Monate lang hatte sie ihn nicht gesehen! Das war eine lange Zeit, aber es hätten genausogut noch vier Monate vergehen können, denn sie wußte nie, wann er plötzlich auftauchte und nachts leise an ihre Fensterscheibe klopfte.

In Hunderten von Nächten hatte sie auf dieses Zeichen gewartet, in der Dunkelheit hatte sie an die Zimmerdecke gestarrt und den Himmel angefleht, er möge bald kommen, sie in den Arm nehmen und sie für einige Minuten die Monate des Wartens vergessen machen.

Warum konnten sie nicht alle Nächte miteinander verbringen, bis ans Ende ihres Lebens? Sie hätte sich glücklich geschätzt, ihn begleiten zu können, mit ihm durch die Weiten der Steppe zu streifen, mit ihm unter freiem Himmel zu schlafen. Sie hätte die Gluthitze der Mittagszeit auf sich genommen, die ermüdenden Ritte auf einem Kamelrücken, den Wassermangel, den Durst, den Hunger und sogar den Tod manchen Freundes. Alles hätte sie erduldet, nur um an seiner Seite zu sein, um jede Minute mit ihm auszukosten, bevor ihn eine Kugel dahinraffte und ihn das Schicksal ereilte, das Scott und so vielen anderen bestimmt gewesen war: das Schicksal der »Weißen Schwadron«, damals im fernen Libyen . . .

Es war nicht seine Schuld gewesen! Herrgott, nein, er hatte nicht schuld gehabt, er nicht und auch sonst niemand. Die »Schwadron« war dem Untergang geweiht, weil diese Männer zu gutherzig, zu nobel und zu großzügig waren. Einer nach dem anderen fiel bei Schießereien oder im Hinterhalt, im offenen Kampf oder durch Verrat.

Und da war niemand, der an die Stelle eines Gefallenen trat. Wer hätte schon die Mittel und die Bereitschaft gehabt, Waffen und ein Kamel zu kaufen, in die Wüste zu ziehen und im Kampf gegen Sklavenhändler das eigene Leben aufs Spiel zu setzen? War es nicht viel verlockender, sich in St. Tropez oder Mallorca am Strand zu sonnen? Wer war schon so verrückt wie jene wunderbaren Irren, die einer nach dem anderen umkamen?

Niemals würde Miranda vergessen, was Brigitta eines Abends beim Betreten des *Golden Door* zu ihr gesagt hatte: »Schau dir diese vier Männer dort drüben genau an! Sie sind nämlich schon so gut wie tot. Sie gehören zur ›Weißen Schwadron‹.«

Sie, Miranda, war gerade aus Tripolis angekommen, und sie *wußte* nichts von der »Schwadron«, wie sie eigentlich mit ihren zwanzig Jahren von überhaupt fast nichts eine Ahnung hatte. Sie wußte nur, daß sie hier einer Bande von betrunkenen Seeleuten, ausländischen Erdölsuchern, italienischen Ingenieuren, schamlosen Militärs, korrupten Beamten und

Wüstenscheichs mit Sand in den Ohren ein paar freche Liedchen vorsingen sollte.

»Zehn Dollar am Tag und ein paar Prozent Umsatzbeteiligung, alles in allem fünfhundert Dollar im Monat – ohne die Extras . . .«

»Extras? Was verstehen Sie darunter?«

»Deinen Nebenverdienst, Mädchen! Tu nicht so begriffsstutzig!« Tatsächlich, es war nicht ratsam gewesen, sich begriffsstutzig zu zeigen. Mit fünfhundert Dollar kam man nicht sehr weit.

So war das gewesen – bis zu jenem Abend. *Schau sie dir genau an, sie sind nämlich schon so gut wie tot.*

Sie hatte sich den einen der vier Männer besonders gut angeschaut, und nun verbrachte sie ihre Zeit damit, nach ihm Ausschau zu halten und auf den Tag zu warten, an dem sie ihn ihr tot ins Haus brächten. Wenn es überhaupt so etwas wie ein Schicksal gab, dann war es Alec Collingwood vorbestimmt, sein Leben hier in der Wüste im Kampf gegen die niederträchtige Brut der Sklavenhändler zu verlieren.

»Damals, an dem Tag, als alles schiefging, war ich mit ihnen verabredet, aber du hast mich zurückgehalten.« Diese Worte hatte sie von ihm schon wer weiß wie oft gehört. »Meine Kameraden warteten auf mich, sie waren von kleinauf daran gewöhnt, auf mich zu warten. Ich war schon als Kind der ewige Nachzügler. Meinetwegen kamen wir im Kino zu spät, ich hatte schuld, wenn wir in der Schule wegen Zuspätkommens Strafarbeiten machen mußten. Ich bin der ewige Verlierer.« Bei diesen Worten pflegte er zu lächeln. »Es hagelte Kopfnüsse, aber ich war unbelehrbar. Wenn ich eines Tages meine toten Gefährten im Himmel wiedersehe, werden sie bestimmt über mich herfallen und mich verprügeln, weil ich sie mal wieder im Stich gelassen habe.«

»Wie kannst du so von Toten reden?«

»Weil ich selbst schon fast tot bin, meine Liebe! Ich habe es nicht verdient, als einziger noch am Leben zu sein. Wir waren vier, die vier Collingwoods: Aldous, Albert, Alfred und Alec. Ich kann mich nicht erinnern, jemals etwas ohne meine Brüder und Vettern getan zu haben . . . ›Bleib bei ihr‹, sagten sie damals zu mir. ›Bleib bei ihr, aber vergiß nicht: Wir sind am Donnerstag in Adrar verabredet! Bring die Munition mit, und bitte sei dieses Mal pünktlich!«« Alec hatte sein Gesicht im Kissen vergraben, damit sie seine Tränen nicht sah. »Ich war mal wieder zu spät!« hatte er nach einer Weile tonlos geflüstert. »Und da lagen sie, das Gesicht dem Himmel zugekehrt, von Geierschnäbeln zerfetzt und ohne eine einzige Patrone im Magazin. Ich hatte zehntausend Schuß Munition mitgebracht! Verstehst du jetzt, was ich meine, wenn ich sage, daß ich schon fast tot bin? Acht Jahre sind seit damals vergangen, als wir in Adrar verabredet waren . . .«

Das Lager des Kaid Ali lag hinter ihnen, kaum daß der Morgen graute. Linkerhand, am Horizont, begann ein Gebiet mit hohen Dünen, von denen einige höher als dreihundert Meter waren und aus hartem, goldgelbem Sand bestanden. Ihre sanft geschwungenen, launisch gefurchten Flanken gemahnten an eine riesige, erstarrte Welle, und man verspürte bei ihrem Anblick Lust, in atemberaubendem Slalom auf diesen Abhängen in die Tiefe zu gleiten.

Sie kamen jetzt in eine tischebene Gegend, die sich vor ihnen erstreckte, so weit das Auge reichte, und sie fühlten sich wie auf einem zugefrorenen Meer, ohne das geringste Anzeichen von Leben – wenn man einmal von den sogenannten »wandelnden Steinen« absah, Felsbrocken von bis zu hundert Kilo Gewicht, die sich in der Wüste vorwärts bewegten und eine breite Spur hinter sich ließen, wie monströse Schnecken, in deren Innerem eine seltsam zielstrebige Kraft wohnt.

»Wie ist das möglich?« staunte David. »Sie bewegen sich, obwohl nicht einmal drei Männer in der Lage wären, sie hinter sich herzuziehen.«

»Das ist eines der Geheimnisse der Wüste«, pflichtete ihm Miranda bei. »Einige Wissenschaftler glauben, daß es an den magnetischen Kräften der Erde liegt, andere nehmen an, daß die Steine vom Wind bewegt werden.«

»Es sind die Seelen jener, die nie begraben worden sind«, ließ sich der *bellah* vernehmen, der sie begleitete. »Sie müssen die Steine bis zu der Stelle schleppen, wo ihr Skelett liegt, und es unter einem steinernen Grabhügel bedecken. Erst dann ist ihnen ewige Ruhe vergönnt.«

Wenig später ließ der Dunst der Mittagshitze die Umrisse der hohen Dünen am Horizont verschwimmen. Allmählich verwandelte sich die Wüste in den Boden einer riesigen Bratpfanne.

»An dieser Stelle und um diese Stunde erscheint hier häufig eine Fata Morgana«, berichtete der dunkelhäutige *bellah*. »Da hinten links taucht manchmal eine kleine Insel auf. Mein Herr schwört, daß vor Jahren sogar ein Schiff vorbeigefahren ist. Was ist eigentlich ein Schiff?«

»Ein Schiff ist so ähnlich wie dieses Auto, aber es ist größer und fährt auf dem Meer.«

»Und was ist das Meer?«

Es schien nutzlos, sich auf eine Erörterung einzulassen, die der Bursche sowieso nicht verstanden hätte. Glücklicherweise wurde jedoch in diesem Augenblick seine Aufmerksamkeit durch eine Fata Morgana gefesselt. Links in der Ferne bildete sich zuerst ein grauer Fleck, der auf sie zutrieb und immer mehr die Form einer winzigen Insel annahm, die man auch für einen großen, fast geisterhaften Felsen hätte halten können, der aus dem flach über dem Boden lagernden Dunststreifen herausragte. Je näher diese trügerische Erscheinung kam, desto deutlicher war zu sehen, daß sie nicht den Boden berührte, sondern einige Meter darüber zu schweben schien. Sie fuhren ihr mit dem Jeep ein Stück entgegen, doch da verschwand die optische Täuschung, und dann erstreckte sich wieder die mit großen Steinen ebene Wüste bis zum Horizont.

»Hier kommen wir nie wieder raus! Wieviel Benzin haben wir noch?« fragte David.

»Genug, um bis ans Ufer des Roten Meeres zu fahren«, erwiderte Miranda lachend. »Ich sagte Ihnen doch schon, daß ich keine halben Sachen mache, wenn ich in die Wüste fahre.«

»Ich brauche zwei Tage, um meine Herde nach Emi-Hazaal zu treiben, wenn unser Brunnen mal versiegt«, meinte der *bellah*.

»Die Hälfte haben wir schon hinter uns.«

»Willst du damit sagen, daß du ab und zu durch diese Hölle marschierst?« fragte David staunend.

»Drei- bis viermal im Jahr«, bestätigte der Schwarze. »Das

ist nicht weiter schlimm. Schlimm wird es erst, wenn auch der Brunnen von Emi-Hazaal trocken ist.«

»Was machst du dann?«

Der Bursche machte eine Handbewegung, als verscheuche er schreckliche Erinnerungen. »Böse, sehr böse«, murmelte er. »Tage ohne einen Schluck Wasser. Der Mund ist trocken wie Sand, und da drin ist auch alles trocken.« Er tippte sich an den Kopf. »Das Vieh stirbt, und mein Herr ist wütend. Vierzig Tage läuft man bis zum Tschad-See. Dort muß man so lange warten, bis die Trockenzeit vorüber ist.«

»Vierzig Tage!« David kam kaum aus dem Staunen heraus, obwohl Nadia ihm schon vom Leben der »Söhne der Wolken« berichtet hatte.

»Sie laufen immer hinter der Wolke her«, hatte sie gesagt. »Und all ihr Sehnen und Hoffen ist darauf gerichtet, daß sich die Wolke irgendwo abregnet, ganz egal, wie weit sie dafür gehen müssen. Dann können sie nämlich Getreide aussäen und sich auf eine prächtige Ernte freuen.«

»Eine prächtige Ernte?«

»Ja, mit ein bißchen Wasser könnte man aus der Sahara einen paradiesischen Garten machen. Die Erde ist unglaublich fruchtbar, von den Gebieten abgesehen, die von Sand bedeckt sind, aber das ist nur ein geringer Teil der gesamten Sahara. Es gibt Flüsse aus Sand, so wie es anderswo Flüsse aus Wasser gibt. Ihre Lage, ihre Länge, ihre Breite und ihre Richtung sind bekannt. Jedenfalls wirst du in der Wüste oft Nomadenfamilien begegnen, die durch das ebene Land ziehen, die Augen fest auf eine schwere, niedrig hängende Wolke gerichtet. Sie folgen ihr tage-, ja sogar wochenlang, und dann kann es geschehen, daß sie morgens plötzlich nicht mehr da ist, weil ein Wind sie fortgeweht hat.«

Die »Söhne der Wolken« – das waren Menschen, die nicht von der Erde ablassen wollten, die sie unter ihren Füßen spürten, und hätte man ihnen das Paradies dafür gegeben. Sie brauchten nur nach Süden zu ziehen, um weite, goldgelbe Steppen zu finden, grünes Grasland mit Antilopen und Zebras und – noch weiter im Süden – feuchte Wälder. Doch sie zogen es vor, in ihrer Welt zu bleiben, wo es nur Sand und Durst gab.

»Warum sind sie so?«

Nadia hatte seine Frage mit einem Lächeln quittiert. »Es ist so, als wolltest du von mir wissen, warum das Meer blau ist, die Wolken weiß, und die Berge hoch.«

Endlich zeichnete sich am Horizont eine lange Reihe hoher Dünen ab, auf die sie zuhielten. Jetzt rumpelten sie wieder über Steine, Büsche und durch Schlaglöcher und vermißten schon bald die angenehme Monotonie der spiegelglatten Ebene, die sie hinter sich gelassen hatten.

Der Abend senkte sich bereits herab, als sie in der Dämmerung zwischen den Ausläufern von Dünen eine kleine Palmengruppe ausmachten. Als sie dort ankamen, war es finster geworden. Sie fuhren in die Oase hinein und hielten neben einem kleinen Tümpel. Hier herrschte tiefe Stille, und weit und breit war kein Mensch zu sehen. Die Wipfel der Palmen raschelten in der leichten Abendbrise.

Miranda machte eine unbeherrschte Bewegung, fluchte leise und schlug wütend mit der Faust auf die Kühlerhaube des Jeeps. »Verdammt, sie sind schon weg!«

Der *bellah* trat an den Rand des Tümpels, betrachtete im Scheinwerferlicht die Fußspuren im Schlamm und befühlte den Kot von Dromedaren, der überall herumlag. »Sie sind noch nicht lange fort«, sagte er. »Eine Stunde, vielleicht sogar weniger.«

Miranda ging zum Auto und betätigte immer wieder die Hupe. »Alec!« rief sie in die Nacht hinein. »Alec, ich bin's, Miranda!«

Sie erhielt keine Antwort. Da nahm sie mit grimmiger Miene hinten aus dem Auto die Jagdflinte, zog sie aus dem Futteral und feuerte beide Läufe kurz hintereinander ab.

Die Schüsse zerrissen die Stille der Nacht und verhallten in der Ferne, aber auch diesmal erhielt Miranda keine Antwort. Lange lauschte sie angestrengt. Am Ende verwahrte sie enttäuscht die Flinte im Auto und meinte resigniert: »Na gut, wir sollten wohl jetzt unser Lager aufschlagen.«

»Morgen können wir ihren Spuren folgen«, tröstete sie der Schwarze.

David und der *bellah* machten sich daran, ein Feuer anzuzünden und die Wasserkanister zu füllen, während Miranda das Abendessen vorbereitete. Später badeten sie alle abwechselnd; Miranda war zuerst an der Reihe. Als sie zurückkam und der flackernde Feuerschein auf sie fiel, glänzte ihr nasses Haar. Sie hatte ihre Wäsche gewaschen, und auf ihrem Gesicht lag ein zufriedenes Lächeln. »Immerhin kann man sich hier den Staub abwaschen«, meinte sie. »Meine Haut war derartig verkrustet, daß ich fast Angst hatte, der Tümpel könnte versanden.« Sie reichte David das Stück Seife, und als er sich in dem kleinen Gewässer wusch, fühlte er sich wie in eine andere Welt versetzt. Die Szenerie wurde nur vom Feuerschein erhellt, ringsherum herrschte tiefe Stille, und er konnte die Unendlichkeit der Wüste geradezu körperlich spüren. Über seinem Kopf ragten die Palmen wie Gefieder in den Himmel, an dem zahllose Sterne glitzerten.

Ein Satz kam ihm in den Sinn: »In der Wüste scheinen die Sterne so nahe zu sein, daß die Tuareg sie mit ihren Speeren aufspießen und die Speere anschließend in den Boden rammen, um ihre Wege zu erleuchten ...«

David hätte nicht mehr zu sagen gewußt, von wem dieser Satz stammte, aber hier, in der Oase von Emi-Hazaal, irgendwo im Tschad, im Herzen der Sahara, kam er ihm nicht mehr so abwegig vor.

Er mußte an eine ähnliche Nacht denken, damals in Canaima, im venezolanischen Guayana, als Jojó und er mit zwei Mädchen aus Caracas nackt am Fuß eines großen Wasserfalls gebadet hatten, beleuchtet vom Schein eines riesigen Lagerfeuers, das ihnen die Moskitos vom Leib halten sollte. Noch nie im Leben hatte er so viel gelacht, so viel Rum getrunken und so wild eine Frau geliebt wie in jener Nacht im weißen Sand, die Füße im lauwarmen, dunklen Wasser und von einem Gefühl der Freiheit, des Glücks und der Zufriedenheit erfüllt. Das war wohl seine letzte große »Orgie« als Junggeselle gewesen, denn kurz nach seiner Rückkehr hatte er Nadia kennengelernt, und von da an hatte er nur noch Augen für sie.

O Nadia, Nadia! Wo bist du?

Der *bellah* tauchte aus dem Schatten auf und setzte sich an den Rand des kleinen Tümpels, um geduldig abzuwarten, bis David mit seinem Bad fertig war. David watete ans Ufer, reichte dem schwarzen Burschen das Stück Seife und sah zu, wie er sich mit dem glücklichen Lachen eines Kindes, das sich über ein neues Spielzeug freut, im Wasser tummelte. Während sich David anzog, freute er sich am seltsamen Anblick des schwarzen Körpers, auf dem im rötlichen Feuerschein weißer Seifenschaum leuchtete. An den Stamm einer Palme gelehnt, überbrückte er die Zeit bis zum Abendessen und genoß die Vorfreude auf ein Stück gebratener Gazelle mit gedünsteten Bohnen aus der Konserve.

Sobald der Schwarze zurück war, machten sie sich mit Heißhunger über die Mahlzeit her. Auf Davids Frage antwortete der *bellah*, der Islam mit seinen Vorschriften bedeute ihm nichts, und deshalb mache er sich keine Gedanken darüber, ob zwischen den Bohnen Schweinefleisch sei oder ob die Gazelle tatsächlich so geschlachtet worden sei, wie der Koran es vorschrieb. »Religion ist eine Sache für Herren«, meinte er überzeugt. »Wir *bellahs* haben keinen Grund, Allah dankbar zu sein und ihm besondere Achtung entgegenzubringen. Wenn es ihn, der uns als Sklaven geschaffen hat, kränkt, daß wir Schweinefleisch essen, nun, dann schmeckt mir das Fleisch besonders gut.«

In diesem Augenblick erscholl irgendwo aus dem undurchdringlichen Dunkel eine rauhe Männerstimme: »Keine Bewegung, sonst schieße ich!«

Sie saßen wie erstarrt und wagten nicht, die geringste Bewegung zu machen. Eine schattenhafte Gestalt verließ vorsichtig den Schutz der Dunkelheit und näherte sich ihnen langsam.

Der glänzende Lauf eines Gewehres wurde als erstes im Feuerschein sichtbar, dann zwei starke, muskulöse Arme, anschließend ein schwarzer Umhang, der stark mit dem weißen Hemd und der weißen Hose aus Kamelhaar kontrastierte, und endlich die ganze hünenhafte Gestalt eines Mannes, der gewiß zwei Meter groß war. Von seinem Gesicht war nicht viel zu erkennen, denn er hatte einen schwarzen Vollbart und trug einen voluminösen Turban.

Miranda, die stocksteif mit dem Teller in der einen und dem Löffel in der anderen Hand dagesessen hatte, den Mund weit aufgerissen und den Blick starr ins Dunkle gerichtet, stieß hervor: »Mario! *Ma che cosa fai, cretino?* Hast du mir einen Schrecken eingejagt!«

Mario schaute sie sekundenlang an, als kostete es ihn Mühe, sie wiederzuerkennen, doch dann ließ er das Gewehr einfach fallen, machte ein paar rasche Schritte auf sie zu und hob sie in die Höhe, als sei sie federleicht wie eine Puppe. »Miranda!« rief er. »*Sei tu?*«

Nachdem sie sich freudestrahlend einen Kuß gegeben hatten, stellte er sie wieder auf die Erde und fragte: »Was machst du denn hier?«

»Das ist eine lange Geschichte. Wo ist Alec?«

Der Italiener wies nach Südosten. »Irgendwo da hinten. Wir haben die Schüsse gehört, und da hat er mich losgeschickt, um nachzusehen.« Er hob sein Gewehr auf, richtete den Lauf gen Himmel und drückte dreimal ab. Dann wartete er ein Weilchen und wiederholte das Ganze. »Gleich ist er da«, lachte er. »Mensch, der wird staunen!« Er wandte sich um und warf David einen fragenden Blick zu. Miranda wollte ihm alles erklären, aber Mario kam ihr zuvor und sagte: »Nein, laß mich raten. Dies ist . . .«, er machte ein angestrengtes Gesicht, ». . . dies ist Mr. Alexander, stimmt's?«

»Sind wir uns schon mal begegnet?« fragte David verwundert.

»Nein, wir kennen uns nicht persönlich, aber ich habe Ihre Fotos im ›Paris-Match‹ bewundert . . . Die Sache mit Ihrer Frau tut mir sehr leid«, fügte er hinzu.

»Sie wissen Bescheid?«

»Ja, der Radiosender ›Die Stimme des Tschad‹ brachte die Nachricht. Ganz Fort Lamy steht kopf. Der einzige Hubschrauber, der verfügbar war, ist wie vom Erdboden verschwunden.«

David spürte, daß sein Herz heftig pochte, als er fragte: »Nadia – weiß man etwas von Nadia?«

»Nein, nichts, aber man geht davon aus, daß das Verschwinden des Hubschraubers etwas mit ihr zu tun hat.«

Sie setzten sich, und Mario zeigte auf die Bratpfanne. »Ist vielleicht etwas übriggeblieben? Ich habe es schon aus einer halben Meile Entfernung gerochen!« Er drehte sich zu dem *bellah* um. »Tu mir einen Gefallen«, bat er. »Geh hin und hol meinen *arregan*. Er ist da drüben hinter den Dünen, heißt Salomé und ist ziemlich friedlich.«

Als der Schwarze in der Finsternis verschwunden war, streckte der Italiener lächelnd seine Hand aus und stellte sich vor: »Mario der Korse. Vierter in der Hierarchie der Gruppe und zweiter in Mirandas Herz«, scherzte er. »Sie hat mir versprochen, daß sie mich heiratet, falls Alec eines Tages genug von ihr hat. Das stimmt doch, Hübsche?«

»Vorher müßtest du dir allerdings den Affenpelz abrasieren, der deinen ganzen Körper bedeckt!«

»Es gibt viele Frauen, die so was mögen«, meinte er und kratzte sich an den Rippen. »Leider fühlen sich aber auch die Flöhe und Läuse darin wohl, verdammt noch mal!« Lächelnd blickte er David an. »Eigentlich hätten Sie gar nicht zu kommen brauchen. Nachdem wir von der Sache gehört hatten, haben wir uns sofort auf die Suche nach Ihrer Frau gemacht.«

»Wie kann ein Hubschrauber spurlos verschwinden?«

»Ja, das ist in diesen Tagen hier im Tschad die große Preisfrage. Sämtliche Militärflugzeuge fahnden nach der Maschine. Bis zu den Wäldern im Süden kann sie nicht geflogen sein, dazu war ihr Aktionsradius zu klein. Seltsam.« Marios Blick fiel auf die Riesenportion Essen, die Miranda ihm zubereitete. »Hör mal«, protestierte er, »das kann ich doch nicht alles essen!«

»Mach dir keine falschen Hoffnungen! Es gibt bestimmt noch ein paar andere, die den Braten gerochen haben und im Galopp hierher unterwegs sind.«

»Stimmt, und einer würde sogar *fliegen*, wenn er wüßte, wer die Köchin ist! *Mamma mia!* Geht heute nacht bitte möglichst weit weg, hier in der Wüste hört man euer Seufzen und Stöhnen meilenweit.«

»Geh zum Teufel!« schalt sie ihn errötend.

Irgendwo brüllte ein Kamel, und Mario spitzte die Ohren. »Gleich sind sie da!« sagte er aufgeregt. »Das war Marbella, Cristóbals *mehari*.«

»Ein Kamel, das *Marbella* heißt?«

»Ja, der Besitzer ist Andalusier, und das ist eine von seinen typischen Kindereien. Manchmal, wenn der Sand sich in der glühenden Sonne bis auf achtzig Grad erhitzt, sagt er im Scherz: ›Ich weiß nicht, worüber ich mich beklagen sollte. Ich sitze hier oben, und die Sonne scheint auf Marbella herab...‹«

Menschliche Stimmen, der schwere Atem von Reittieren und das leise, metallische Klirren von Zaumzeug drang jetzt an ihr Ohr; gleich darauf tauchten aus der Nacht sechs Reiter mit edlen Kamelen auf. Auf ein Kommando gingen die Tiere vorn in die Knie, und die Reiter sprangen ab. Der Anführer des kleinen Trupps fiel geradezu Miranda, die ihm entgegengelaufen war, in die Arme. Ohne ein Wort zu verlieren, küßten sich die beiden, während sich die anderen wie Raubvögel über die Bratpfanne und den Topf hermachten.

»Das nenn ich Essen!« brummte der dickste von ihnen mit vollem Mund. »Nicht zu vergleichen mit dem Fraß, den dieser verflixte Türke uns immer vorsetzt!«

»Wart nur ab, bis du mit dem Kochen an der Reihe bist!« erwiderte knurrend ein Mann mit einem riesigen Schnurrbart.

Mario, der seine Mahlzeit schon beendet hatte und den beiden amüsiert zuschaute, zeigte zuerst auf den einen, dann auf den anderen. »Der Fettwanst da mit der halben Glatze, das ist Cristóbal Pisaca«, sagte er. »Er ist Andalusier und außerdem Arzt der Gruppe. Und dieser hier, der uns seit fünfzehn Tagen zu vergiften versucht, das ist Razman, der Hochwohlgeborene, auch der Türke genannt. Die Nase, die aus dem Turban herausragt, gehört zu Howard dem Gringo, obwohl alles an ihm, was einem Gringo ähnelt – was sag ich: einem Menschen ähnelt – reiner Zufall ist.«

Jeder hob bei Nennung seines Namens den Löffel in die Höhe und machte eine gutgelaunte Geste, ohne mit Kauen aufzuhören. Die derben Scherze ihres Kameraden störten sie offenbar nicht.

»Dieser Mensch rechts von mir«, fuhr Mario fort, »heißt Hugh M'Taggart. Er ist der Sohn eines Lords und außerdem ein fürchterlicher Angeber. Der da drüben möchte nur mit ›O Excelentisimo y Reverendisimo Senhor Don Paulo Augusto do Nascimento Vargas da Costa‹ angeredet werden. Er kann sich rühmen, den längsten Namen und den kürzesten Schwanz von ganz Brasilien zu haben.«

Mario brach ab, als er sah, daß Miranda und der Anführer der kleinen Truppe engumschlungen näher kamen. Mirandas Liebster, blond, mittelgroß und tief gebräunt, stellte sich David selber vor: »Ich heiße Alec Collingwood. Ich kenne den Grund Ihres Kommens und möchte Ihnen versichern, daß Sie mit unserer Hilfe rechnen können. Einige von uns sind schon unterwegs und durchkämmen ein großes Gebiet.«

Er setzte sich im Stil der Tuareg mit gekreuzten Beinen hin und nahm dankbar den Teller entgegen, den Miranda ihm reichte. Seine ganze Art verriet sofort, daß er der aristokratischen Oberschicht Englands entstammte – es lag nicht nur an seinem lupenreinen Akzent und seinem sorgfältig gestutzten, honigblonden Schnurrbart, sondern an jeder seiner Bewegungen und Gesten. Insgesamt hätte er besser in einen Klub der Londoner City gepaßt als in eine Oase mitten in der Sahara. Er zog eine zusammengefaltete Landkarte aus der Tasche und gab sie Miranda, damit sie sie dicht am Feuer ausbreitete. Mit dem Finger zog er eine bogenförmige Linie und sagte: »Das ist das Gelände, das wir kontrollieren können, rund dreihundert Quadratkilometer Wüste bis fast an die sudanesische Grenze. Wenn wir uns mehr zumuten, riskieren wir, daß uns die Sklavenhändler nachts durch die Lappen gehen.« Er unterbrach sich kurz, aß einen Bissen und wischte sich mit einem Taschentuch den Mund ab. »Falls sie hier durchkommen, können wir sie abfangen«, fuhr er fort. »Wenn ihre Route jedoch weiter nördlich oder südlich verläuft, müssen wir sie bis in den Sudan hinein verfolgen, und das ist nicht nur gefährlich, sondern obendrein meist vergebens.«

»Wie groß ist die Chance, daß ich meine Frau wiederbekomme?« wollte David wissen.

Alec Collingwood schüttelte den Kopf. »Ich will Ihnen keine falschen Hoffnungen machen«, meinte er. »Seit Jahren führen wir diesen Kampf gegen den Sklavenhandel, aber es entkommen uns von diesen Kerlen mindestens so viele, wie wir fangen. Die Wüste ist so unendlich groß, und wir sind nur wenige – dieser kleine Haufen, den Sie hier sehen, und noch ein paar mehr.« Er wandte sich an Mario. »Wir könnten Malik gut gebrauchen.«

»Ach, Malik, Malik!« seufzte der Italiener. »Dieser verdammte *targi* zieht immer mutterseelenallein durch die Gegend und macht die Wüste auf eigene Faust unsicher. Wir werden an allen Brunnen und Wasserstellen eine Nachricht für ihn hinterlassen, aber auch dann kann niemand garantieren, daß er so gnädig ist, sich uns anzuschließen.«

»Vor zehn Tagen hab ich ihn von weitem gesehen«, brummte Howard unter seinem Turban hervor, der fast sein ganzes Gesicht verdeckte. »Ich hatte den Eindruck, daß er nach Orba unterwegs war.«

»In zehn Tagen kann dieser Malik nach Orba reiten, umkehren, vier Bösewichter töten, einen Ausflug nach Rom machen, eine Pizza in der Via Veneto essen und anschließend nach Tel Aviv reisen, um mit Moshe Dayan zu frühstücken. Sein dreckiger *arregan* steht nicht eine Minute lang still, und er selbst kann nächtelang im Sattel schlafen«, wußte Pisaca, der Arzt, zu berichten. »Der Typ könnte einem Medizinstudenten als Vorlage für eine Doktorarbeit über die menschliche Durchhaltekraft dienen.«

»Und mir könnte er verraten, wie er das macht«, murmelte Paulo Augusto do Nascimento Vargas da Costa. »Jedesmal, wenn ich auf meinem Kamel einschlafe, falle ich kopfüber runter.« Er sperrte den Mund auf und zeigte auf eine Lücke in seinem Gebiß. »Gestern nacht hab ich mir diesen Zahn ausgeschlagen.«

»Man muß auf einem Kamel geboren sein, um auf einem Kamel schlafen zu können«, sagte Alec mit Nachdruck.

Die Sonne stand sehr hoch am Himmel und heizte den Grund der schmalen Bodensenke auf, in der kein Lüftchen wehte. Abertausende von Insekten summten und zirpten in der drückenden Mittagshitze, in perfekter Abstimmung mal einen Ton höher, mal einen Ton tiefer: der »Gesang des Todes«. Dicke Schweißtropfen rannen über die reglosen Körper, die sich auf der Suche nach ein bißchen Schatten an den unteren Rand der Senke geschmiegt hatten.

Nadia versuchte eine Weile zu schlafen und den Durst, den Hunger und ihre Situation zu vergessen. Neben ihr schnarchte eine Frau, und ein Stück weiter lag Mungo, den Blick starr auf einen Himmel gerichtet, der so strahlend blau war, daß der Anblick in den Augen schmerzte. Oben, am Rand der Senke, saß Amin, den Karabiner griffbereit. Während die Stunden verstrichen, ließ er die Gefangenen nicht aus den Augen. Dieser Amin erfüllte Nadia mit Angst und Sorge, denn mit jedem neuen Tag verstärkte sich ihre Gewißheit, daß er sie belauerte und daß er wie ein Raubtier mit unendlicher Geduld die geringste Bewegung seines Opfers registrierte.

Sie hatte mit eigenen Augen gesehen, wie er die beiden Alten erdrosselte, und sie konnte sich ausrechnen, was er mit dem Knaben getan hatte. Jeder Blick, den er ihr zuwarf, war wie die stumme Drohung, daß er ihr dasselbe Los zugedacht hatte. Alle Worte und Gesten dieses schwarzen Sklaventreibers troffen geradezu vor Grausamkeit, sexueller Gier und Gewalttätigkeit, und verglichen mit ihm erschien sogar Suleiman trotz seiner Peitsche geradezu menschlich, ja gütig.

Wenn er mich nicht bekommt, wird er mich am Ende umbringen, sagte sie sich ein ums andere Mal. Er wird es tun, selbst auf die Gefahr hin, daß der Sudanese ihn zur Rechenschaft zieht.

Ja, vor diesem Amin mußte sie sich in acht nehmen. Sie hatte sich fest vorgenommen, mit dem Leben davonzukommen, denn sie war mittlerweile felsenfest überzeugt, daß David nach ihr suchte. Sie wollte bis zum letzten Augenblick durchhalten, bis zur Reise über das Rote Meer, und erst, wenn Afrikas Küste am Horizont verschwamm und keine Hoffnung mehr bestand, würde sie sich ins Wasser stürzen. Doch bis zu jenem Tag, bis zu jenem Augenblick wollte sie um jeden Preis überleben, wollte sich selbst gegen den Leibhaftigen zur Wehr setzen, solange noch die Möglichkeit bestand, David wiederzusehen, und stünde die Wahrscheinlichkeit auch nur eins zu einer Million.

»Er wird dich finden«, hatte der sterbende Leutnant gesagt. »Ich weiß, daß er dich finden wird . . .«

Diese Worte wiederholte sie immer wieder und versuchte sich einzureden, daß Sterbende manchmal Dinge sehen, die anderen Menschen verborgen sind. Wer weiß, vielleicht hatte der arme Mensch in seinen letzten Augenblicken einen Blick in die Zukunft getan.

Sogar Suleiman war offenbar ziemlich beeindruckt, denn er hatte mit dem Stiel seiner Peitsche auf den Leichnam gewiesen und sie, Nadia, gefragt: »Was wollte er damit sagen? Woher kennt er dich? Und wer soll dich finden?«

»Mein Vater wird mich finden – das war's, was der Leutnant sagen wollte. Ich hab dir schon einmal gesagt, daß mein Vater eine wichtige Persönlichkeit ist, ein Freund des Präsidenten der Elfenbeinküste und aller Politiker Afrikas. Die Streitkräfte schicken Hubschrauber los, um nach mir zu suchen, und man wird so lange nach dir fahnden, bis man dich gefunden hat. Und dann wird man dich erschießen, es sei denn, du läßt mich vorher frei.«

Der Sudanese schwieg und dachte nach. Nadia begriff, daß dies ihre Chance war. »Wenn du mich freiläßt, kehre ich zu den Meinen zurück, aber du kannst deine Reise fortsetzen. Vergiß mich und rette deine eigene Haut! Das würde dir sogar zehntausend Dollar einbringen. Glaubst du immer noch, daß mein Vater das Geld nicht hat? Wo es doch sogar in seiner Macht steht, mich mit Militärhubschraubern suchen zu lassen?«

Suleiman wickelte seinen Turban ab und begann, ganz in seine Gedanken versunken, Jagd auf Flöhe zu machen. Nach einer Weile blickte er sie durchdringend an und fragte: »Und wie käme ich an das Lösegeld ran? Wo würde man mir das Geld geben?«

»In Fort Lamy. Wenn ich dir ein Schreiben mitgebe, hast du innerhalb einer Woche eine Antwort – und das Geld. Ich werde auch dafür sorgen, daß man dir alle anderen Sklaven abkauft. Du würdest mehr verdienen, als wenn du sie nach Arabien bringst. Außerdem würdest du dir die Reise durch die Wüste ersparen, du müßtest dich nicht mit den Leuten herumschlagen, die nach dir suchen, und du würdest nicht riskieren, unterwegs deine Leute zu verlieren. Überleg es dir!«

»Das tu ich, das tu ich!« erwiderte Suleiman ungnädig. »Wenn ich dir nur glauben könnte! Diese verdammte Reise fängt an, mich zu ärgern, sie wird immer komplizierter.« Knackend zerquetschte er einen Floh zwischen seinen Fingernägeln. »Der tote Junge und die beiden Alten und jetzt dieser verdammte Hubschrauber! Am liebsten würde ich alles stehen- und liegenlassen!«

Amin war näher getreten und hatte schweigend zugehört. Sein Blick ruhte unverwandt auf Nadia, und sie begriff, daß er keinesfalls auf sie zu verzichten gedachte. »Du kannst sie nicht laufenlassen!« schaltete er sich mit schneidender Stimme ein. »Sie würde verraten, daß wir diesen Apparat vom Himmel geholt, einen Leutnant der Gendarmerie und einen französischen Sergeanten umgebracht haben. Man würde uns bis ans Ende der Welt verfolgen. Bevor du sie freiläßt, bring sie lieber um!«

»Verdammter Hurensohn!« zischte Nadia ihn an. »Wenn ihr mich umbringt, sucht man trotzdem weiter nach mir, und am Schluß seid ihr alle dran!«

»Stimmt, und deshalb machen wir am besten so weiter wie bisher«, erwiderte schlagfertig der Schwarze und fuhr, zu Suleiman gewandt, fort: »Sie werden uns niemals finden – jedenfalls nicht, solange *ich* euer Führer bin!«

Der Sudanese hatte für heute anscheinend genug Flöhe gefangen, denn er wickelte sich wieder den Turban um den Kopf und nickte zustimmend. »Du hast recht. Sie weiß zu viel über mich.«

Und jetzt, drei Tage danach, schnarchte der Menschenschinder unter einem Baum und fuhr jedesmal in die Höhe, wenn er aus der Ferne das Motorengeräusch eines Flugzeuges vernahm. Im Laufschritt begab er sich dann an den Rand der Bodensenke, knallte mit der Peitsche und brüllte: »Versteckt euch, ihr Lumpenpack! Da sind sie schon wieder!«

Während das Flugzeug, wie ein Raubvogel enge Kreise ziehend, immer näher kam und jede Handbreit der grasbewachsenen Steppe absuchte, flehte Nadia den Himmel an, der Pilot möge auch den breiten Graben nicht übersehen, auf dessen Grund sie kauerten. Jedesmal verspürte sie den Impuls, einfach den Abhang hinaufzuklettern und wild gestikulierend über das flache Land zu laufen, um die Flugzeugbesatzung auf sich aufmerksam zu machen, aber da sie an die anderen Gefangenen gefesselt war, wäre dies nur möglich gewesen, wenn alle mitgemacht hätten.

Die Hitze nahm zu. Es war kaum vorstellbar, aber es wurde tatsächlich mit jeder Minute, die verstrich, noch heißer, und auch das Summen der Insekten wurde lauter, bis es so schrill klang, daß es in den Ohren weh tat. Schlagartig verstummte es dann, als wäre die Welt stehengeblieben und als stünde der Untergang des Planeten unmittelbar bevor. Diese totale Stille war so beängstigend, daß man geradezu mit Erleichterung reagierte, wenn das schrille Geräusch wieder einsetzte.

Nadia vescheuchte eine fette Fliege, die sich auf ihrem von den eisernen Manschetten wundgescheuerten Handgelenk niedergelassen hatte, und da fiel ihr Blick auf etwas, das sich dicht bei Mungo zwischen den Steinen bewegte. Sie schaute genauer hin und begriff, daß es sich um eine *mapanare* von grünlicher Färbung handelte. Sie wollte schreien und Mungo vor der Gefahr warnen, aber dazu verblieb ihr keine Zeit, denn Mungo hatte einen Satz vorwärts gemacht, die kleine Giftschlange mit einer äußerst flinken Bewegung am Hals gepackt und sie in die Höhe gehoben.

Ein leises Zischen erfüllte die Luft. Der Körper der Schlange wickelte sich um den Unterarm des *ashanti*, aber

Mungo zeigte nicht die Spur von Furcht. Nachdem er sich überzeugt hatte, daß er die Beute sicher im Griff hatte, machte er ein paar rasche Schritte, stellte sich hinter Nadia, packte sie an den Haaren und riß ihren Kopf zurück. »Suleiman!« rief er. »Suleiman, du Hurensohn, komm her!«

Der Sudanese erschien oben am Rand der Böschung, erfaßte mit einem Blick die Situation und gebot Amin, der sein Gewehr in Anschlag bringen wollte, mit einer Handbewegung Einhalt. »Ruhig! Dieser Verrückte ist imstande, sie umzubringen, und wenn es auch das Letzte ist, was er im Leben tut . . . Was hast du vor?« richtete er das Wort an Mungo. »Wenn du ihr auch nur ein Härchen krümmst, sollst du es bis an dein Lebensende bereuen, das schwöre ich!«

Der *ashanti* schüttelte die giftige Viper in seiner Faust. Er stand jetzt ganz dicht hinter Nadia und ließ Amin, Abdul und die anderen Sklaventreiber, die nur auf ein Zeichen warteten, um sich auf ihn zu stürzen, keinen Augenblick aus den Augen.

»Wen die beißt, der lebt nicht mehr lange«, sagte er. »Es ist eine *mapanare*. Ein kleiner Biß in den Hals genügt, damit man nach einer Minute tot ist.«

»Was willst du?«

»Kette mich los und laß mich gehen!«

Suleiman schüttelte den Kopf. »Das geht nicht. Du würdest uns an unsere Verfolger verraten. Meinetwegen bring sie um.« Er wandte sich ab und verschwand.

»Warte!« rief der Neger ihm nach. »Warte, Suleiman!«

»Was willst du noch? Ich habe euch gründlich satt! Bring sie um, damit wir endlich Ruhe haben! Diese Frau hat uns nur Schwierigkeiten gebracht. Am liebsten würde ich euch alle da unten mit Erde zuschütten lassen und nach Hause zurückkehren, um mich ein bißchen auszuruhen. Verfluchte Reise!«

»Laß mich gehen! Ich schwöre, daß ich dich nicht anzeige!« versprach Mungo. »Was kümmern mich all diese Leute? Glaubst du etwa, daß ich meine Zeit verlieren und nach Fort Lamy laufen würde? Außerdem bin ich nicht viel wert, höchstens tausend Dollar.«

Amin trat zum Sudanesen und flüsterte ihm etwas ins Ohr. Suleiman hörte aufmerksam zu und nickte beifällig. »Also gut!« meinte er. »Versprich mir, daß du uns nicht verraten wirst!«

»Ich schwöre es! Ich schwöre es!« rief der *ashanti*.

Suleiman nahm einen schweren Schlüsselbund von seinem Gürtel und händigte ihn Amin aus. »Mach ihn los!« befahl er.

»Nein, nicht der!« heulte Mungo auf. »Ich traue ihm nicht. Gib Abdul die Schlüssel!«

Abdul nahm den Schlüsselbund, begab sich mit ein paar Sprüngen hinunter in die Bodensenke und ging auf Mungo zu.

»Schön langsam!« warnte der *ashanti*. »Vorsichtig, Abdul, sonst wirst du auch gebissen!«

Abdul blieb kurz vor Mungo stehen und streckte langsam einen Arm nach den schweren Handschellen aus, wobei ihn Mungo, der mit der einen Hand die Giftschlange umklammerte und mit der anderen Nadia am Hals gepackt hielt, argwöhnisch beobachtete und zugleich Amin und Suleiman nicht aus den Augen ließ. »Los, mach schon!« sagte er ungeduldig.

Abdul probierte einen Schlüssel aus, aber er paßte nicht zu dem Schloß. Nervös versuchte er es mit einem zweiten, aber auch der war nicht der richtige. Mungo schüttelte wütend den Arm, daß die Kette rasselte, und bei dieser Handbewegung streiften die Fänge der kleinen Schlange Nadias Hals.

»Paß auf, du Hurensohn!« brüllte Suleiman. »Willst du sie umbringen?«

Nadia, die wenige Zentimeter neben ihrem Ohr das Zischen der Schlange vernommen hatte, schloß die Augen und spürte, wie sich ihr buchstäblich alle Haare am Körper sträubten. Sie hatte nie Angst vor dem Tod gehabt, doch jetzt, wo sie an ihrer Schulter den zuckenden Schwanz und an ihrem Hals die Giftzähne des Reptils verspürte, bemächtigte sich ihrer eine derartige Panik, daß sie fast ohnmächtig geworden wäre. Sie wußte, was der Biß einer *mapanare* bedeutete. Sie hatte von Menschen gehört, deren Körper sich nach einem solchen Schlangenbiß wie bei einer verwesenden Leiche in seine Einzelteile auflöste, während das Blut durch alle Poren drang, die Augen aus ihren Höhlen traten und die Zunge schlaff aus dem Mund hing.

O David, David! Wo bist du?

Der Libyer riß sich zusammen. Er wählte einen dritten Schlüssel aus und machte einen erneuten Versuch, aber erst beim vierten Mal klappte es.

Als er sah, daß seine Hände nicht mehr gefesselt waren, schöpfte Mungo Zuversicht. Er bedeutete Abdul mit einer Geste, zurückzutreten, preßte sich eng an Nadia und befahl den anderen Sklaven: »Los, steht auf! Geht alle da hoch!«

Amin hob sein Gewehr. »Willst du die etwa alle mitnehmen?« fragte er.

»Nein, sie begleiten mich nur ein Stück«, erwiderte Mungo. »Bis ich außer Gefahr bin und weglaufen kann.«

Alle zusammen kletterten sie stolpernd und rutschend den Abhang hinauf. Oben angekommen, blickte sich der *ashanti* nach einer günstigen Fluchtrichtung um. »Sag deinen Leuten, sie sollen alle Patronen aus ihren Waffen nehmen und auf den Boden fallen lassen!« verlangte er. »Besonders du, Amin! Wirf sie weit fort!«

Suleiman gab seinen Leuten einen Wink, und diese gehorchten.

Zufrieden trat Mungo den Rückzug an, wobei er die anderen Sklaven, die die Szene wie hypnotisiert beobachtet hatten, als Deckung benutzte. Die Bewacher, die sich um ihren Herrn geschart hatten, rührten sich nicht. ·

»Los, weiter!« befahl Mungo, und die anderen folgten ihm.

»Weiter dürfen sie sich nicht entfernen!« rief ihm Suleiman nach. »Los, hau ab, sonst eröffnen wir das Feuer!«

Der *ashanti* blieb stehen. Fünfzehn Meter trennten ihn noch von der Stelle, wo das mannshohe Steppengras anfing. Er rechnete sich seine Chancen aus und lockerte den Griff um Nadias Hals. Als sie fühlte, daß sie wieder frei war, betastete sie ihren schmerzenden Hals.

»Tut mir leid«, entschuldigte sich Mungo. »Ich wollte dir nicht weh tun.« Behutsam wickelte er sich die *mapanare* vom Arm. »Ich schicke Hilfe!« versprach er.

»Vergiß nicht meinen Namen!« bat Nadia. »Und versuche, meinen Mann zu finden. Er heißt David Alexander und wird dich reichlich belohnen. Du bekommst von ihm viel Geld.«

»Ich werde ihn finden, das schwöre ich!« gelobte Mungo. »Du bist eine *ashanti*. Ich werde nicht zulassen, daß diese Schweine eine *ashanti* als Sklavin verkaufen.« Mit einer abrupten Bewegung schleuderte er die Schlange weit von sich und rannte los.

Suleiman brüllte einen Befehl. Seine Männer, Amin ausgenommen, griffen eilig nach ihren Waffen, luden so schnell es ging die Magazine und legten an, aber Mungo war schon verschwunden. Der Sudanese stieß eine Verwünschung aus, versetzte einem kleinen Erdhügel einen Fußtritt und befahl Abdul, die anderen Gefangenen zurückzuholen.

Amin suchte noch immer seelenruhig seine Munition zusammen. Als er alle Patronen gefunden hatte, lud er sein Gewehr, rückte seinen Gürtel zurecht, an dem eine lange Machete baumelte, nahm aus einer Feldflasche einen Schluck Wasser und verabschiedete sich mit einer knappen Handbewegung. »Zieht immer nach Norden weiter«, sagte er zu seinem Herrn. »Gegen Morgengrauen erreicht ihr eine Ebene mit vielen Termitenhügeln, und wenig später kommt ihr zu ein paar glatten, dunklen Felsen. Wartet dort auf mich.«

Ohne ein weiteres Wort machte er sich mit federnden Schritten an die Verfolgung des Flüchtigen.

Alec Collingwood blickte zu den Sternen auf, die heller zu funkeln schienen als je zuvor, und er lauschte den ersten Seufzern des Windes, der es morgens eiliger hatte als der neue Tag.

Der Wind gab in der Wüste immer das erste Lebenszeichen von sich, und seine Klagelaute waren wie eine Stimme, die die schlafenden Menschen und Tiere weckte. Es hieß, der Wüstenwind treibe das Wehklagen aller Mütter vor sich her, die jemals bei einer Stammesfehde ihre Söhne verloren hatten, und von dem Sand, den der Wind gegen die Nomadenzelte trieb, hieß es, es sei derselbe Sand, den jene Mütter auf die Gräber ihrer Söhne geworfen hatten.

Es gab so viele Sagen und Geschichten in der Sahara, und so viele Stammesfehden!

Tagsüber wurde der Sand so heiß, daß anscheinend sogar der Wind sich nicht mehr rühren konnte und kein Lüftchen ein Staubkorn aufwirbelte. Später, bei Sonnenuntergang, strich meist eine leichte Brise über die Sträucher und Grasbüschel, und um vier Uhr morgens, wenn die Kälte einsetzte, bemächtigte sich der Wind vollends des ebenen Landes, trieb mit ihm seine Willkür, ließ Dünen wandern, deckte Steine und Pflanzen zu, ließ Brunnen und Oasen versanden oder entblößte ganze Gebiete, die jahrhundertelang unter Wüstensand begraben gewesen waren.

Die Stunde vor Tagesanbruch war die schlimmste in seinen schlaflosen Nächten. Hunderte von ähnlichen Nächten hatten ihn gelehrt, daß er keinen Schlaf mehr finden würde, sobald der Wind erst einmal seine klagende Stimme erhoben hatte, und daß ihn ein neuer, strapazenreicher, von quälenden Erinnerungen angefüllter Tag erwartete.

Trug der Wind nicht vielleicht auch die Klagen seiner eigenen Mutter herbei? Und die seiner Tante Clara? Beide Frauen hatten ihre Söhne an diese Wüste verloren. Diese Männer waren nicht in Stammesfehden gefallen, jedoch in einem ähnlich absurden, vergeblichen und sinnlosen Kampf.

Immer wieder versuchte Alec in solchen Nächten Ordnung in seine Gedanken zu bringen und sich Schritt für Schritt die Umstände vor Augen zu halten, die schuld daran waren, daß er hier in der Wüste war und an Schlaflosigkeit litt.

Im Geist sah er sich und die anderen drei, wie sie in dem schottischen Herrenhaus einen friedlichen und wohlverdienten Sommer verbrachten: Sie ritten über Wiesen von sattem Grün, angelten in Bergbächen, jagten in Hochmooren und spazierten über dieselben Wege, auf denen sie sich schon als Kinder getummelt hatten, damals, als sie noch in einer Traumwelt lebten und der Schriftsteller P. C. Wren mit Werken wie *Beau Geste*, *Beau Ideal* und *Beau Sabreur* ihre Phantasie beflügelte. Wie oft hatten sie damals wohl »Wikingerbegräbnis« gespielt? Wie viele Nächte hatten sie wachend verbracht und darüber diskutiert, ob es noch die Sahara der Fremdenlegion, der Spahis und der kriegerischen Tuareg gab?

Die Jahre vergingen, und die vier Knaben wurden zu jungen Männern, die an der Universität studierten und bald gemeinsam – etwas anderes kam für sie überhaupt nicht in Frage – im Herzen Londons eine feine Kanzlei eröffnen würden: ALDOUS, ALBERT, ALFRED UND ALEC COLLINGWOOD. RECHTSANWÄLTE. Gewiß würden sie sich die feinste Klientel der City zu sichern verstehen, denn selbst in diesen Zeiten bedeutete der Name Collingwood noch viel in England. Aus dieser Familie waren im Verlauf von zwei Jahrhunderten berühmte Minister, Erzbischöfe, Generäle, Bankiers, Rechtsgelehrte und Mediziner hervorgegangen. Alles hatte damit angefangen, daß der wackere Kapitän Luke Collingwood, der Gründer der Dynastie, ein großes Vermögen erwarb, indem er, wie es in der Familienchronik hieß, »die sieben Meere befuhr«.

Und dann, während eines wohlverdienten Sommerurlaubs, kam eines Tages ein gewisser Sir George an, der sich gerade von einem Schuß in die Brust erholte, den ihm ein Sklavenhändler an der Grenze zwischen Libyen und dem Sudan verpaßt hatte. Dieser Sir George erzählte ihnen zum ersten Mal von der »Weißen Schwadron«, der er selbst angehörte, berichtete von tagelangen Patrouillen in der Wüste, von der Jagd auf Sklavenkarawanen und von der Kameradschaft zwischen Männern aus aller Welt, die sich in Tripolis zusammengetan hatten, um ihr Leben im Kampf für die Freiheit von ein paar armen Afrikanern aufs Spiel zu setzen.

Durch Sir George erwachte die phantastische Welt von *Beau Geste* zu neuem Leben. Er förderte erneut all das zutage, was die ganze Zeit in den Herzen der jungen Burschen geschlummert hatte, und offenbarte ihnen, daß die Sahara der alten Legende noch existierte. Er schilderte ihnen die Nächte im Schein eines Lagerfeuers und in Begleitung der Tuareg vom »Volk des Schleiers«, vom »Volk der Lanze« oder vom »Volk des Schwertes«, erzählte von Karawanen mit dreihundert Kamelen, die von Tanezruft quer durch die Wüste zum Tibesti zogen, von Millionen Sternen und vom Wind, der vor Tagesanbruch sein klagendes Lied anstimmte . . .

Ja, es war dieser Sir George gewesen, der ihnen das Gift in die Adern gespritzt hatte, er hatte ihnen die Augen geöffnet und sie darauf hingewiesen, daß es auch jetzt noch, mitten im 20. Jahrhundert, Sklavenhandel gab. Nach London zurückgekehrt hatte ihr erster Besuch nicht ihrem Klub gegolten, sondern der »Anti-Slavery Society« an der Vauxhall Bridge Nr. 49.

In der Folgezeit vertieften sie sich mit noch größerem Eifer in das Problem des Sklavenhandels, als sie sich vor Jahren von der Traumwelt eines P. C. Wren hatten betören lassen – bis zu jenem regnerischen Nachmittag im September, als Aldous, der auf einer Leiter in der Bibliothek hockte und gerade in einem Buch mit dem Titel *Geschichte des Sklavenhandels in Afrika* geschmökert hatte, plötzlich einen leisen Schrei ausstieß.

»He, Jungs, hört euch das mal an!« rief er aufgeregt.

Die anderen drei blickten von den Fotos und Texten auf, mit denen sie gerade beschäftigt waren, und Aldous begann vorzulesen:

»Der berüchtigtste Fall von Massenmord an Sklaven an

Bord eines Schiffes ereignete sich im September 1781 an Bord der in Liverpool registrierten *Zong*. Das Schiff war mit einer Ladung von 440 schwarzen Sklaven und mit 16 Mann Besatzung in São Tomé in See gestochen und in eine totale Flaute geraten. Eine Krankheit brach aus, der sieben Besatzungmitglieder und siebzig Afrikaner zum Opfer fielen. Die meisten der überlebenden Sklaven litten an Ruhr und waren derartig geschwächt, daß kaum noch Hoffnung bestand, sie mit gutem Erlös auf dem Sklavenmarkt in Jamaica zu verkaufen. Am 29. November – Westindien war schon in Sicht – eröffnete Kapitän Luke Collingwood seinen Offizieren, es gebe nur noch einen Wasservorrat von zweihundert Gallonen, und das reiche nicht bis zum Ende der Seereise. Wenn die Sklaven an Durst oder Krankheit zugrunde gingen, müßten die Reeder und er selbst den Schaden tragen, meinte er. Falls man jedoch einen sogenannten ›legalen Seewurf‹ fingierte und die Sklaven ins Meer stieß, würde die Versicherung für den Verlust aufkommen. Der erste Offizier verwahrte sich dagegen mit Nachdruck und wies darauf hin, daß noch genügend Wasser da sei und daß es vielleicht bald regnen würde, aber Kapitän Collingwood schlug alle an ihn gerichteten Appelle in den Wind. In einem später ausgefertigten amtlichen Schriftstück heißt es: ›Er befahl seiner Mannschaft, 132 Sklaven auszuwählen und sie nacheinander über Bord zu werfen. Am ersten Tag wurde eine ›Partie‹ von 54 Sklaven den Haien zum Fraß vorgeworfen. Am zweiten Tag waren es 42, und auch am 1. Dezember wollte der Kapitän noch immer nicht von seinem Vorhaben ablassen, obwohl in der Nacht ein kräftiger Regenschauer niedergegangen war und man genügend Wasser aufgefangen hatte, um sicher bis zum nächsten Hafen zu gelangen. Eine Woche später wurden 27 Neger gefesselt und gezwungen, vom Ende der Gangway ins Wasser zu springen. Weitere 10 Sklaven sprangen aus freien Stücken über Bord, nachdem sie es nicht zugelassen hatten, daß die Seeleute Hand an sie legten. Am 22. Dezember erreichte die *Zong* den Hafen von Kingston. Luke Collingwood verkaufte den Rest der Sklaven und ließ die, die niemand haben wollte, in Ketten auf der Mole zurück, wo sie elend an Hunger und Durst zugrunde gingen. Später, am letzten Tag seines Aufenthaltes in Kingston, gab er den meisten seiner Männer Landurlaub, ließ dann jedoch überraschend die Anker lichten und bezichtigte sie, ihn im Stich gelassen zu haben, ohne ordnungsgemäß abzuheuern. Dies war jedoch nur ein Vorwand, um sie um die Heuer eines ganzen Jahres zu betrügen. Collingwood hat sich auch wiederholt damit gebrüstet, die Käufer von an der Ruhr erkrankten Sklaven hereingelegt zu haben, indem er seinen Schiffsarzt veranlaßt habe, den Anus der Kranken mit Wergpfropfen zu verschließen. In Liverpool angekommen, forderte Luke Collingwood von der Versicherungsgesellschaft für jeden der 132 Sklaven, die er ins Meer hatte werfen lassen, 30 Pfund Sterling!«

Sie schwiegen lange und starrten entgeistert auf das Buch, das Aldous in der Hand hielt.

»Das ist unmöglich!« entfuhr es Alfred schließlich. »Das kann nicht *unser* Luke Collingwood gewesen sein!«

Aldous kletterte die Leiter hinab und legte das Buch auf den Tisch. »Meint ihr, daß es viele Kapitäne namens Luke Collingwood gegeben hat, die im 18. Jahrhundert ein Vermögen verdienten, indem sie ›die sieben Meere befuhren‹?« fragte er kopfschüttelnd. »Ich hab mich schon immer gewundert, was es mit dem Wahlspruch über unserem Stammbaum wirklich auf sich hat, und jetzt weiß ich es: ›Die sieben Meere befahren‹ – das bedeutete nichts anderes als rauben und morden auf die grausamste und abscheulichste Weise, die man sich überhaupt nur vorstellen kann.«

»Ich weigere mich, das zu glauben!« entrüstete sich Alfred. »Es ist einfach nicht möglich, daß der Wohlstand und das Ansehen unserer Familie auf so viel Niedertracht beruhen. Einen solchen Betrug kann man nicht zweihundert Jahre lang geheimhalten, nicht in England!«

»Ich fürchte, Aldous hat trotzdem recht«, schaltete sich Albert ein, der nur selten die Pfeife aus dem Mund nahm, um etwas zu sagen. »Unser bewunderter Urahne ist anscheinend eine ziemliche Kanaille gewesen.« Er machte eine Pause, paffte eine dicke Rauchwolke in die Luft, wies mit dem Mundstück seiner Pfeife auf seinen Bruder und fuhr fort: »Wenn du dir die Mühe machst, die Inventarliste aller Besitztümer durchzugehen, die jemals den Collingwoods gehört haben, dann wirst du neben Schlössern, Herrenhäusern, Landgütern und Handelshäusern ziemlich weit oben auf der

Liste auch den Namen eines Schiffes finden, der sich mir eingeprägt hat. Das Schiff hieß *Zong* und war in Liverpool registriert.«

Jeder wußte, was für ein gutes Gedächtnis Albert hatte. Er war ein Bücherwurm, der alles las, was ihm in die Hände fiel: Bücher, Aktenordner, Dokumente und Zettel mit Notizen. Albert war imstande, auswendig aus dem Strafgesetzbuch zu zitieren und die militärischen Dienstvorschriften herunterzusagen.

»Wir müssen uns in unserer Familie auf mehr als einen Herzinfarkt gefaßt machen«, meinte Alec. »Ich mach mir schon jetzt fast in die Hosen, wenn ich an den Ohnmachtsanfall von Tante Francis denke.«

»Ich kann nichts Komisches an der Sache finden«, erwiderte Aldous streng. »132 Morde, die auf das Konto unserer Familie gehen – das ist zuviel!«

»Sogar für eine englische Familie«, pflichtete Albert ihm bei.

Ja, es waren wirklich zu viele Morde, und viele Familienangehörige machten die Augen davor zu, trotz der Beweise, die Aldous und Albert wenig später vorlegten. Die fürchterlichsten Drohungen, darunter auch die, sie zu enterben, wurden gegen die vier Vettern ausgestoßen, so daß sie sich gezwungen sahen, für alle Zeiten Schweigen über das schändliche Geheimnis um den »alten Negerschinder« zu bewahren.

»Die Heldentaten und der Edelmut der anderen Vorfahren haben jeden Schandfleck getilgt, der möglicherweise die Anfänge unserer Familiengeschichte überschattet hat«, verkündete Großvater Arnold, der derzeitige Patriarch des Hauses Collingwood, nachdrücklich. »Über diese Angelegenheit wird kein Wort mehr verloren.«

Als sie wieder allein waren und niedergeschlagen die Köpfe hängenließen, meinte Aldous, daß es vielleicht an der Zeit sei, die »Heldentaten und den Edelmut der anderen Vorfahren« unter die Lupe zu nehmen, aber Albert war entschieden dagegen.

»Lieber nicht noch mehr Staub aufwirbeln«, riet er. »Wir können die 132 Sklaven nicht wieder zum Leben erwecken, aber falls wir feststellen, daß auch einer unserer anderen Ahnen ein Erzgauner war, dann könnten wir ebensogut gleich

anfangen, Ländereien und Schlösser an halb England zurück-
zugeben.«

Die Zeit verstrich, sie kehrten an die Universität zurück,
aber sie begriffen bald, daß sich alles geändert hatte. Die »vier
Collingwoods« hatten ihren Klassendünkel eingebüßt, aber
auch ihren Kameradschaftsgeist, ja sogar ihre Lebensfreude.

Jahrelang waren sie von Gleichaltrigen gehänselt worden,
weil sie, die »Collingwood-Vettern«, angeblich die Nase immer so hoch getragen hatten und sich zu jenen edelmütigen
Taten aufgerufen fühlten, zu denen eine noble Herkunft verpflichtet. Doch was war nun von all den hohlen Phrasen geblieben? Wie konnte man hocherhobenen Hauptes durchs
Leben gehen, wenn jedermann in einem Buchladen die em-
pörende Geschichte vom »alten Negerschinder« kaufen
konnte?

Es war Alfred, der eines Tages auf dem Heimweg den Einfall hatte: »Wir können nur eines machen«, sagte er. »Hun-
dertzweiunddreißig Schwarzen die Freiheit wiedergeben.«

»Was für ein Unsinn!«

»Warum? Du hast gehört, was Sir George gesagt hat. In Libyen kämpfen in der ›Weißen Schwadron‹ Männer aus aller
Welt und setzen ihr Leben für Sklaven aufs Spiel, ohne daß
jemand sie dazu zwingt. *Wir* haben jedoch einen triftigen
Grund: die Wiederherstellung des guten Namens unserer Familie, indem wir für jeden Menschen, den der alte Verbrecher
ins Meer werfen ließ, einem anderen die Freiheit wiedergeben.«

»Das ist wirklich Blödsinn!«

War es das? Wahrscheinlich, aber immerhin waren die vier
nicht davon abzubringen gewesen, in den Semesterferien
nach Nordafrika zu reisen. So kam es, daß sie eines Nachmittags im Juli ohne Voranmeldung in Tripolis im Hauptquartier
der »Weißen Schwadron« auftauchten und den wachhaben-
den Offizier baten, Aldous, Albert, Alfred und Alec Collingwood in die Reihen der »Schwadron« als Freiwillige ohne
Sold aufzunehmen, damit sie sich am Kampf gegen die Sklaverei in der Sahara beteiligen konnten . . .

Das Klagen des Windes wurde lauter, trauriger, angster-
füllter. Der Tag brach an.

Es wurde empfindlich kalt. Alec breitete seinen Umhang

über Miranda, die auf dem Rücken lag und selig lächelte. Geräuschlos stand er auf und ging zu der Stelle, wo Cristóbal Pisaca neben den Kamelen die letzte Nachtwache hielt. »Geh schlafen«, sagte er. »Ich übernehme den Rest.«

»Es lohnt sich nicht mehr. Warte, ich mach uns einen Kaffee«, erwiderte der andere und wies mit einem Kopfnicken auf den Jeep, in dem David schlief. »Glaubst du, daß wir sie finden werden?«

»Nein, das glaube ich nicht. Diese Leute können sich auf einer Breite von tausendfünfhundert Kilometern zwischen Libyen und Zaire einen Weg durch den Sudan aussuchen. Warum sollten sie ausgerechnet hier vorbeikommen und uns in die Arme laufen?«

Der Spanier lächelte. »Vielleicht, weil wir ihre Absichten erraten und deshalb ausgerechnet hier nach ihnen Ausschau halten.«

»Es ist, als würden sie mit uns Verstecken spielen.«

Alec sah Pisaca nach, der zum Lagerfeuer ging, die Glut schürte, anschließend eine riesige Kaffeekanne an der Quelle mit Wasser füllte und sie aufs Feuer setzte. Alec streichelte ein paarmal liebevoll den Kopf seines schönen *mehari*, das er *Zong* getauft hatte. Dann zog er ein langläufiges Gewehr aus einem reich verzierten Futteral und machte sich wie jeden Morgen daran, es zu putzen, obwohl er im fahlen Licht kaum den Abzug und das Schloß erkennen konnte.

Im Laufe der Zeit hatte er gelernt, die Waffe im Dunkeln zu reinigen, und er fand Gefallen daran, sie in jener frühen Morgenstunde auseinanderzunehmen, sie kühl und hart in seiner Hand zu spüren und über den Kolben zu streichen, als ginge es darum, einen alten Freund zu begrüßen. Zuinnerst hegte er die Hoffnung, daß er einmal Gelegenheit haben würde, diese Waffe gegen jene einzusetzen, die es über sich gebracht hatten, ein paar tapfere Männer umzubringen, denen die Munition ausgegangen war ...

Miranda tauchte aus dem Schatten auf, preßte sich an ihn, ohne auf Zongs eifersüchtige Proteste zu achten, und bestand darauf, daß er den Umhang mit ihr teilte. »Du bist ja ganz durchgefroren!« sagte sie. »Paß auf, daß du keine Lungenentzündung kriegst!«

»Das wäre wirklich komisch«, scherzte er. »Hier ruht Alec

Collingwood. Er starb in der Sahara an einer Lungenentzündung . . .«

»Hast du ein bißchen geschlafen?«

»Ja«, schwindelte er.

»Du siehst schlecht aus. Wenn du dich nicht schonst, hältst du nicht mehr lange durch«, warnte sie ihn und wies mit einem Kopfnicken auf die Gestalten, die zusammengekrümmt rund um das Feuer lagen. »Wenn du eines Tages mal nicht mehr da bist, geben sie auf.«

Er ging nicht auf ihre Worte ein, sondern hob den Kopf und blickte sie unverwandt an. »Scott ist tot«, entfuhr es ihm.

»Ich weiß«, sagte sie und fuhr ihm zärtlich übers Haar. »Willst du mit mir darüber reden.«

»Alles ist so konfus«, meinte er achselzuckend. »Einer nach dem anderen kommt um und verschwindet, als hätte er nie existiert. Manchmal ertappe ich mich dabei, daß ich mit ihnen rede.« Er ließ die Waffe sinken, die er gerade reinigte, und blickte zum Horizont, wo der Morgen graute. »Oft habe ich das Gefühl, daß die anderen neben mir reiten. Dann glaube ich, Alberts Pfeifenqualm zu riechen, und die Illusion ist so perfekt, daß ich mich in der Wüste umblicke, aber natürlich gibt es in vielen Kilometern Umkreis niemanden, der Pfeife raucht. Vor ein paar Tagen glaubte ich, Alfred lachen zu hören – und jetzt ist auch Scott bei ihnen! Warum?« In seinem Blick lag eine angstvolle Frage, als er Miranda anschaute. »Warum ist er bei ihnen? Er ist doch nicht durch meine Schuld gestorben!«

Sie zog ihn an sich, und als er seinen Kopf auf ihre Schulter legte, streichelte sie ihn wie ein trauriges Kind. »Du mußt vergessen«, drängte sie ihn. »Und du mußt aus dieser verdammten Wüste raus, die tagsüber sengend heiß und nachts eiskalt ist, sonst macht sie dich fertig! Komm mit mir, Alec, bitte! Komm mit mir für immer!«

Er schüttelte kaum merklich den Kopf. »Nein, ich kann nicht.«

Als hätte ihn die Erde ausgespuckt, war Amin plötzlich da und schleuderte etwas Rundes, Schweres, das er in der Hand gehalten hatte, mitten zwischen die kleine Menschengruppe. Es rollte Nadia vor die Füße: der Kopf eines Menschen! Mungos glasige Augen waren aus den Höhlen getreten, sein Mund war zu einem schaurigen Grinsen erstarrt, und am glatt vom Körper abgetrennten Hals klebte dunkles, geronnenes Blut.

»Hat noch jemand Lust auf einen Fluchtversuch?« Ohne eine Antwort abzuwarten, ging Amin zu einem Baum, an dem eine *gerba* hing, nahm einen großen Schluck, kletterte auf einen hohen Felsbrocken und blickte nach Norden in die weite Ebene hinaus.

Suleiman gab einem seiner Leute einen Wink und befahl: »Verscharr den verdammten Schädel, sonst sind bald die Geier hier und verraten uns.« Mühsam kletterte er zu Amin hinauf, stellte sich keuchend neben ihn und blickte in dieselbe Richtung. »Dieses Flachland gefällt mir nicht«, stieß er hervor. »Zu wenig Deckung.«

»Vor Tagesanbruch erreichen wir das Haus von Zeda-el-Kebir. Da können sich alle den Bauch vollfressen.«

»Kennst du ihn gut?«

»Ich bin schon zehnmal bei ihm gewesen, und es gab nie Probleme. Er wird uns Kamele und Proviant beschaffen.«

»Das Mädchen ist eine Menge wert.«

»Zeda ist zuverlässig. Wenn du zahlst, was er verlangt, macht er keine Schwierigkeiten.«

Suleiman hätte gern noch ein paar Fragen gestellt, aber er

wollte ungern zugeben, daß er auf Amin angewiesen war. Allmählich bereute er, daß er sich zu einer Route hatte verleiten lassen, die ihm nicht vertraut war. Falls der Schwarze vorhatte, ihn zu verraten oder von ihm verlangen würde, dieses Mädchen an ihn auszuliefern, würde er, Suleiman, sich in einer brenzligen Situation befinden – und für einen Kampf mit Amin fühlte er sich schon zu alt.

Vor zwanzig Jahren hätte dieser dreckige Neger ihm höchstens die Schuhe putzen dürfen, aber jetzt . . . Jetzt träumte Suleiman davon, sich in Sawakin zur Ruhe zu setzen. Er würde sich nur dem Perlenhandel widmen, den Schiffen hinterherblicken und die wohlverdiente Ruhe genießen, nachdem er so viele Jahre von einem Ende Afrikas zum anderen gezogen war.

Wie viele Jahre waren es eigentlich schon? Schwer zu sagen, aber auf jeden Fall waren es viele. Er hätte längst nicht mehr zu sagen gewußt, wie viele Sklaven er während dieses Zeitraums quer durch den Kontinent geschafft hatte. Wahrscheinlich waren es Hunderte bei Dutzenden von Reisen gewesen, Reisen, die manchmal überreichen Profit abgeworfen, ein andermal nur einen ganz normalen Gewinn eingebracht und bisweilen sogar mit einer Katastrophe geendet hatten, wie damals, als alle Gefangenen, schon in Sichtweite des Roten Meeres, elend auf dem Grund eines ausgetrockneten Brunnens umgekommen waren.

Dies war eine beschwerliche Art, sich seinen Lebensunterhalt zu verdienen, auch wenn man seit einiger Zeit die Rückreise von Kairo nach Lagos in einem bequemen Düsenflugzeug machen konnte. Aber der Hinweg!

Der Hinweg, das waren Monate scheinbar ziellosen Wanderns. Immer wieder mußte man sich verstecken, sich durch Wälder schlagen, Sümpfe, Steppen und Wüsten durchqueren. Immer saß einem die Angst im Nacken, immer fühlte man sich von tausend Augen belauert, jeden Augenblick konnte einen die Kugel treffen, die das Ende bedeutete, oder man konnte verhaftet werden und für den Rest seiner Tage hinter Gittern verschwinden.

Und zu allem Überdruß mußte er jetzt auch noch mit diesem Amin fertig werden! Amin war nichts als ein einfacher Karawanenführer, ein elender Neger, der es in früheren Zei-

147

ten nicht einmal gewagt hätte, in seiner, Suleimans, Gegenwart den Blick zu heben, doch jetzt stellte er eine Bedrohung dar, eine Gefahr, für die Suleiman sogar noch Geld aus seiner eigenen Tasche bezahlte.

Afrika hatte sich sehr verändert, zu sehr! Seit all die Länder unabhängig geworden waren, gebärdete sich die schwarze Rasse, die nur zu Sklaven taugte, als bestünde sie aus lauter Herren. Jetzt glaubte sogar schon ein einfacher Fährtensucher wie Amin, auf ein Juwel von Frau wie Nadia Anspruch erheben zu können – ein Juwel, das nicht einmal er, Suleiman, sich leisten konnte.

Warum mußte sich alles in der Welt derartig überstürzen? Seine Vorfahren hatten viele Generationen lang in Afrika vom Sklavenhandel gelebt, sie hatten die Eingeborenen, die sich kaum von Tieren unterschieden, aus stinkenden Sümpfen und feuchten Wäldern herausgeholt, um sie auf den Märkten von Sansibar, Khartum oder Mekka zu menschenähnlichen Wesen zu machen, und niemand hätte jemals zu behaupten gewagt, daß ihr Tun vor Allahs Augen keine Gnade fände.

Doch jetzt war im Verlauf eines einzigen Lebens alles anders geworden, und der scheinbar grenzenlose Kontinent, wie Suleiman ihn auf seinen ersten Reisen kennengelernt hatte, war zu einem aus vielen Ländern bestehenden Flickenteppich geworden, zu einem Labyrinth von Asphaltstraßen, zerteilt durch unzählige Grenzen, bewacht von grimmigen, nationalistischen Soldaten, die auf Fremdlinge schossen und jeden verfolgten, der die Grenze ihres Landes unerlaubt in der einen oder anderen Richtung überschritt.

Andererseits wurde das Geschäft mit Sklaven von Jahr zu Jahr lukrativer. Für einen Sklaven, der seinem Vater früher höchstens zweihundert Dollar eingebracht hätte, strich er, Suleiman, jetzt bis zu dreitausend ein. Die Erdölscheichs bezahlten in Sawakin und Port Said festangestellte Vertreter ihrer Interessen, die den Auftrag hatten, um jeden Preis die menschliche »Ware« aufzukaufen, die man ihnen anbot. Längst war es nicht mehr nötig, immer wieder den Preis auszurufen, den man für eine Sklavin forderte, und man brauchte auch nicht mehr zu befürchten, daß man nicht einmal das herausholte, was sie unterwegs an Verpflegung aufgegessen hatte. Suleiman konnte davon ausgehen, daß alles, was er auf seinen »Razzien« einfing, gekauft wurde – für harte Dollars, englische Pfund oder Bankschecks. Seine einzige Sorge bestand darin, möglichst erstklassige Ware aufzutreiben, damit sein gnädiger Herr, der Scheich, zufrieden war.

Nadia würde dem Scheich mit Sicherheit gefallen. Wahrscheinlich würde er ebenso viel Gefallen an ihr finden wie an jener Jugoslawin, die seine Leute damals aus Rom mitbrachten und die jahrelang seine Favoritin gewesen war – bis sie die unverzeihliche Dummheit beging, sich umzubringen.

Suleiman hätte sich eine solche Wahnsinnstat niemals zu erklären vermocht. Noch nie hatte er eine derartig mit Perlen und Juwelen behängte Frau gesehen, deren launischste Wünsche stets prompt erfüllt wurden. Sie verfügte über ein Gefolge von Sklavinnen und Eunuchen, und ihr gehörte ein ganzer Flügel des Palastes. Selbst die Favoritin des Sultans von Konstantinopel hatte nie ein solches Leben geführt. Dennoch hatte sich die Jugoslawin eines Morgens in ihrem mit goldenen Wasserhähnen ausgestatteten Badezimmer aus rosa Marmor erhängt.

Der arme alte Scheich war lange Zeit untröstlich gewesen. Er war schon zu alt, um den Liebesschmerz einfach abzuschütteln, und gewiß hätte es ein böses Ende mit ihm genommen, wäre da nicht jener Knabe aus Äthiopien aufgetaucht.

Die Liebe solcher Lustknaben – das wußte Suleiman – pflegte jedoch nicht sehr lange zu halten. Eine solche Liebe nährte sich von Küssen, Liebkosungen und neuen Entdeckungen, die eine Zeitlang die Leidenschaft schüren und dann im Überdruß enden. Selbst der sanfteste, zärtlichste und intelligenteste Ephebe vermochte seine Position als Favorit kaum jemals länger als ein paar Monate gegen eine schöne, raffinierte Frau zu behaupten. Außerdem wurden die meisten dieser Knaben, die sich der Liebe ihres Herrn sicher fühlten, schon bald allzu anspruchsvoll und egoistisch, abgebrüht und tyrannisch – und alle machten unweigerlich irgendwann den Fehler, den Bogen zu überspannen, so daß sie unendlich tief fielen und schließlich zugrunde gingen.

Ein Lustknabe, der aus dem Harem eines Scheichs verstoßen wurde – in der Mehrzahl handelte es sich um Kastraten –, ging danach noch eine Weile von Hand zu Hand, um irgendwann in einem armseligen Bordell zu landen oder sich in den übelsten Hafenkneipen herumzutreiben, bis ihm dann eines Nachts irgendein Sadist, der auf neuartige Erlebnisse scharf war, im rechten Augenblick die Kehle durchschnitt, um sich an seinen letzten Zuckungen zu ergötzen . . .

Ja, Nadia würde dem Scheich gefallen. Sobald sie ihren anfänglichen Widerwillen überwunden hätte, würde sie sich an ihr neues Leben gewöhnen, und mit ihrer Redegewandtheit könnte sie ihrem Herrn all das geben, was ihm früher jene blonde Jugoslawin gegeben hatte. Die Jugoslawin hatte in Rom studiert, doch dann verliebte sie sich eines Tages in einen Zuhälter, der sie überredete, mit einer »Balletttruppe« nach Beirut und nach Kairo zu reisen.

Genau wie Amin es vorhergesagt hatte, erreichten sie vor Tagesanbruch das »Masthaus« von Zeda-el-Kebir, der nichts von einem Löwen hatte, wie sein Name besagte, sondern eher wie eine betuliche Matrone wirkte.

Er empfing Suleiman und Amin mit allerlei Höflichkeitsfloskeln und ehrfürchtigen Verneigungen, und als er damit fertig war, erteilte er zwei ausgemergelten *bellahs* den Befehl, eine schwere Truhe beiseite zu rücken, unter der sich gut getarnt eine Falltür befand.

Eine Treppe führte zu einem breiten unterirdischen Gang hinab, an dessen Ende sich zwei geräumige Zimmer befanden, gegen die Geräusche der Außenwelt und die Blicke Neugieriger völlig abgeschirmt. Hier unten war die Luft feucht und frisch, und ein ziemlich kompliziertes Lüftungssystem sorgte dafür, daß ohne weiteres bis zu fünfzig Gefangene untergebracht werden konnten.

»Du wirst keinen Grund zur Klage haben«, beteuerte Zeda-el-Kebir immer wieder. »Deine Sklaven können sich hier in aller Ruhe erholen, und du wirst mit eigenen Augen sehen, wie sie mit jedem neuen Tag zunehmen. Das Wasser aus dem Brunnen ist gut, und sie erhalten hervorragendes Essen.«

»Wir können nur zwei Wochen hierbleiben«, sagte der Sudanese.

»Geduld, Geduld!« mahnte die männliche Matrone. »Jeder Tag, den ihr hier verbringt, erspart euch später, auf dem Weg durch die Wüste, eine Menge Zeit – und Geld! Kein magerer, geschwächter Sklave hat jemals den Marsch quer durch die Wüste überlebt.« Er verstummte kurz und lächelte mit ge-

151

bleckten Zähnen. »Und für Tote gibt es kein Geld, nicht wahr?«

Nachdem die Gefangenen untergebracht waren – die Männer in dem einen, die Frauen in dem anderen Raum –, kehrten Suleiman und Zeda-el-Kebir nach oben in das aus Lehm gebaute Haus zurück, wo unterdessen ein zerlumptes, traurig blickendes Weiblein eine aus Ziegenfleisch, Hirse und klebrig süßem Tee bestehende Mahlzeit bereitet hatte. Sie aßen schweigend und bereiteten sich im stillen auf die geschäftlichen Verhandlungen vor.

»Drei Dollar pro Kilo«, eröffnete Zeda-el-Kebir schließlich das Feilschen, aber sofort machte Suleiman ein Gegenangebot von zwei Dollar, was prompt eine ebenso nutzlose wie hitzige Debatte auslöste, bei der beide Beteiligten wußten, daß sie sich am Ende auf einen Preis von zweieinhalb Dollar pro Kilo Gewichtszunahme einigen würden. Als es endlich soweit war, gaben sie sich die rechte Hand, wobei die Finger des einen das Handgelenk des anderen umschlossen, wie es bei Beduinen üblich ist, die sich handelseinig geworden sind.

»Sobald sich morgen früh alle den Darm entleert haben, wiegen wir sie«, meinte Zeda. »Und am Tag deiner Abreise stellen wir sie nochmals auf die Waage.«

»Ich gebe dir vier Dollar für jedes Kilo, das das *ashanti*-Mädchen zunimmt«, erbot sich Suleiman spontan. »Aber dafür mußt du ihr besonders gutes Essen vorsetzen. Sie ist viel Geld wert.«

»Ja, das habe ich schon bemerkt«, gestand der andere ein, und seine Augen wurden schmal. »Sie ist die schönste Schwarze, die jemals über die Schwelle meines Hauses getreten ist. Was verlangst du für sie?«

»Zehntausend Dollar, aber ich warne dich: Falls du oder irgendeiner deiner Männer es wagen sollten, sich an ihr zu vergreifen, werde ich dir eigenhändig die Kehle durchschneiden, dein Haus in Brand stecken und deine Familie in die Sklaverei verschleppen. Verstanden?«

»Es gehört zu den Grundsätzen meines Geschäftes, daß die mir anvertraute Ware nicht angetastet werden darf. Seit zwölf Jahren wohne ich hier an der Karawanenstraße, und es hat noch keine einzige Beschwerde gegeben.«

»Und in diesen zwölf Jahren ist auch nie ein Verdacht auf dich gefallen?«

»Nein. Ich lasse nie zu, daß die Gefangenen bei Tag mein Haus betreten oder es verlassen. Dadurch vermeide ich nicht nur, daß jemand sie sieht, sondern selbst nach einer geglückten Flucht würde kein Sklave diesen Ort wiedererkennen. Für meine Umgebung bin ich Zeda, ein schlichter Bauer, der von Zeit zu Zeit seine Ersparnisse in den Handel mit Elfenbein steckt.«

»Und was ist mit der Ébano-Gruppe?«

»Die ist weit weg, irgendwo im Norden. Anscheinend ist es diesen Leuten lieber, Patrouillen in der Wüste zu machen. Wenn sie mich mal aufsuchen, empfange ich sie zuvorkommend und respektvoll – und dann setze ich sie auf irgendeine Karawane an, die mir ›verdächtig‹ vorgekommen ist, aber leider kommt nie etwas dabei heraus.«

Suleiman lächelte, lehnte sich an die Wand und sog genußvoll an seiner langen Wasserpfeife. Dann nickte er beifällig und meinte: »Hier werde ich mich wohl fühlen. Meine Beine sind nicht mehr so stark wie einst, und ich brauche mehr als jeder andere eine anständige Verschnaufpause.«

Als die *bellahs* große Töpfe voll Essen in Richtung Keller trugen, schnupperte der alte Sklavenhändler an dem Essen und schien zufrieden.

Hinter Zeda-el-Kebir kletterten die Diener die steile Treppe hinab und stellten je einen großen Topf mit Essen in das Zimmer der Männer und der Frauen. Teller und Besteck gab es nicht. Jeder Gefangene mußte in den Topf hineinfassen und den dickflüssigen, heißen und klebrigen Eintopf aus der hohlen Hand essen.

Zeda ergötzte sich an der Gier, mit der die Gefangenen aßen, und wandte sich schließlich an Nadia: »Ab morgen bekommst du besseres Essen. Dein Herr will, daß du besonders gut behandelt wirst.«

Sie antwortete nicht. Gern hätte sie das Angebot von sich gewiesen, aber ihr war nicht entgangen, daß sie mit jedem neuen Tag schwächer wurde. Ihr Magen rebellierte gegen das, was für die anderen Gefangenen, zumeist an Armut gewöhnte Menschen vom Land, eine akzeptable Mahlzeit darstellte. Die Mehrzahl ihrer Leidensgenossen schien sich von allen möglichen Dingen ernähren zu können: im Wald von Wurzeln und Beeren, in der Steppe von Eidechsen und Ratten. Aber mochte sich Nadia auch noch so anstrengen – ihr Magen begehrte dagegen auf, und oft erbrach sie das, was sie gegessen hatte, oder sie wurde plötzlich von anfallartigem Durchfall heimgesucht, der den beschwerlichen Fußmarsch zur Hölle werden ließ.

Oftmals, wenn sie versuchte, sich über ihre eigenen Gefühle gegenüber den anderen Gefangenen Rechenschaft abzulegen, empfand sie die Tatsache als quälend, daß sie sich nicht als eine von ihnen fühlte. Gewiß, sie waren alle Schwarzafrikaner und ihnen drohte die Sklaverei, doch sonst hatte sie nichts mit den anderen gemein. Die Mehrzahl dieser Menschen hatte sich schon jetzt mit der Gefangenschaft wie mit einer unverrückbaren Tatsache abgefunden, was vielleicht daran lag, daß ihnen von kleinauf das Bewußtsein eingeimpft worden war, daß es nur eine Frage des Zufalls sei, ob man im Leben zu den Freien oder zu den Unterjochten gehörte.

Seit frühester Kindheit hatten die Alten ihnen Geschichten von Sklavenhändlern erzählt, die einstmals bei ihren Beutezügen Tausende von Eingeborenen verschleppten, und die Großväter dieser Menschen hatten von ihren eigenen Vätern immer wieder Berichte über die furchtbaren Raubzüge von Stammeshäuptlingen aus den Küstengebieten gehört, die im Verein mit weißen Sklavenhändlern den afrikanischen Kontinent auf der Suche nach jenen zweihunderttausend Sklaven durchkämmt hatten, die alljährlich zu den Plantagen Amerikas verschifft wurden.

Fünfzig Millionen Afrikaner hatten auf die eine oder andere Weise die Folgen des Sklavenhandels zu spüren bekommen. Allein fünfzehn Millionen wurden nach Amerika in die Sklaverei verschleppt, und die gleiche Anzahl kam während der Razzien oder auf der Seereise über den Ozean ums Leben.

Aber für sie, Nadia, war Sklaverei ein historisches Phänomen, das an dem Tag hätte belanglos werden müssen, an dem seine Ursachen verschwanden. Für Nadia, deren Vater einer der Anführer auf dem Weg zur Unabhängigkeit seines Landes gewesen war, hatten gerade die Afrikaner ein besonderes

Recht darauf, frei zu sein, denn eben das war ihnen immer versagt gewesen. Sie wußte, daß sie sich nie mit ihrem Schicksal abfinden würde, daß sie nie die fatalistische Haltung ihrer Mitgefangenen einnehmen könnte. Eine solche Haltung war schon ihren Vorfahren, den *ashantis*, fremd gewesen, und deshalb war ihr Mut bei den Sklavenhändlern schon damals zur Legende geworden.

Koromanten nannte man sie, und es war bekannt, daß sie allen Strafen, ja sogar dem Tod trotzten. Wer *koromanten* nach Amerika exportieren wollte, der mußte wegen ihrer kriegerischen Gesinnung und ihrem aufsässigen Geist eine Sondersteuer in Höhe von zehn Pfund Sterling pro Kopf entrichten, weil alle Sklavenaufstände von ihnen angezettelt wurden. In Ketten gelegt und an Bord eines Schiffes eingepfercht, das ihn von seiner Heimat fortschaffte, gelang es manchem *koromanten*, der keinerlei Möglichkeit mehr sah, gegen seine Häscher zu kämpfen oder aufzubegehren, seinem Leben selbst ein Ende zu bereiten, indem er die schier übermenschliche Anstrengung unternahm, den Atem so lange anzuhalten, bis er erstickt war.

Die *ashantis* töteten sich also selbst, sobald ihnen ihre Machtlosigkeit bewußt wurde, wohingegen *ibos* und Afrikaner aus Gabun nicht selten an der sogenannten »starren Melancholie« zugrunde gingen. Dies war das Schrecklichste aller Gebrechen, an denen Sklaven während der Überfahrt nach Amerika erkranken konnten. Viele Stunden saßen sie mit angezogenen Beinen da, das Kinn auf den Knien, bis sie auf unerklärliche Weise starben. Ein Kapitän, der einen Sklaven in dieser Haltung an Deck hocken sah, war verpflichtet, ihn zum Aufstehen zu zwingen, ihn zu veranlassen, hin und her zu gehen, ihm ein wenig Rum einzuflößen und ihn auf allerlei andere Weise abzulenken, bis sich bei ihm wieder der Normalzustand eingestellt hatte.

Sie, Nadia, war eine *ashanti*, eine junge *koromantin*, und sie würde nicht zulassen, daß die »starre Melancholie« sie in die Knie zwang. Nein, sie würde bis zum letzten Augenblick für ihre Freiheit kämpfen, bis jede Möglichkeit zur Flucht ausgeschlossen wäre. Erst dann würde sie sich selbst das Leben nehmen, notfalls, indem sie bis zum Erstickungstod den Atem anhielte.

Aber wie sollte sie das bewerkstelligen? Welch unglaubliche Willenskraft und Körperbeherrschung gehörten dazu, damit nicht einmal im Zustand der Bewußtlosigkeit der Körper von sich aus atmete und Luft in die Lungen strömte?

Nachts, als sie allein war, probierte sie es aus, aber es wollte ihr nicht gelingen. Ich bin noch nicht dazu bereit, sagte sie sich, noch nicht, denn noch will ich leben, und es besteht noch Hoffnung, aber eines Tages wird es gehen.

Wäre sie dazu wirklich bereit? Würde ihr im letzten Augenblick der Mut fehlen? Die Frage erschreckte sie, denn mit zwanzig Jahren ist der Tod eine abwegige Vorstellung. Sie hatte viel über den Mut und die Feigheit von Selbstmördern gelesen, aber nie hätte sie geglaubt, daß sie sich eines Tages in derselben Situation befinden würde. War es Mut, ein Leben voller Unglück zu beenden, oder bedeutete es Feigheit angesichts von Lebensumständen, gegen die man nicht ankämpfen konnte? Was empfand sie wirklich?

Angst! Angst, weiter nichts. Trotz ihrer scheinbaren Kaltblütigkeit, trotz ihrer Selbstbehauptung gegenüber Amin, den Sudanesen und allen anderen, die sich an ihr hatten vergreifen wollen, ungeachtet ihres Entschlusses, sich einem traurigen Schicksal durch Selbstmord zu entziehen, war Angst, kalte, stumme Angst die alleinige Triebkraft all ihrer Handlungen, in jeder Minute ihrer Tage und Nächte.

Diese Angst richtete sich vor allem gegen etwas, das ganz allein ihr überlassen war: gegen den Freitod. Er hätte das Ende aller Träume bedeutet, denen sie jahrelang nachgehangen hatte; er hätte alle Illusionen zerstört, die sie sich seit dem Tag gemacht hatte, an dem sie David kennenlernte; er hätte alle Wünsche nach eigenen Kindern zunichte gemacht, die sie jemals gehegt hatte. Ihr Aufenthalt in dieser Welt wäre nur flüchtig gewesen, und sie hätte nicht die geringsten Spuren hinterlassen.

Sterben zu einem Zeitpunkt, wo alles erst richtig anfing, wo sie zu einer echten Frau erblühte, wo all das Früchte zu tragen begann, worauf sie sich so lange Zeit vorbereitet hatte – mit zwanzig Jahren sterben, bloß weil ein alter Sklavenschinder zehntausend Dollar einstreichen wollte und irgendein neureicher Scheich Frischfleisch brauchte!

»O Gott! Was ist mit dem 20. Jahrhundert los? Wo ist all

das geblieben, was ich in der Schule und an der Universität gelernt habe? Wo bleiben die Dinge, die wir Menschen uns angeblich im Lauf unserer zehntausendjährigen Kulturgeschichte erworben haben?«

Konnte man studiert haben und dennoch als Sklavin enden? War es möglich, daß jemand, der eine westliche Erziehung genossen hatte, in diesem Kellerloch wie ein Stück Schlachtvieh gemästet wurde? Gab es denn keine einzige Stimme, die sich gegen das Schicksal von Millionen Menschen erhob, Menschen, denen es schlechter ging als dem Vieh?

Sie lehnte ihren Kopf an die Wand aus gestampftem Lehm und schloß die Augen. Nein, sie konnte sich nicht beklagen, dazu hatte sie kein Recht! Was ihr hier widerfuhr, hatten schon Abertausende von Afrikanern auf sich nehmen müssen, und sie, Nadia, hatte nie die Stimme zu ihrer Verteidigung erhoben. Sie wußte, daß es auf dem schwarzen Kontinent noch immer Sklaverei gab. Sie hatte Berichte, Statistiken und andere Materialien gelesen, aber niemals hatte sie verstehen wollen, was sich tatsächlich hinter all diesen nüchternen Angaben verbarg. Für sie waren Afrikas Probleme immer nur die Probleme des »neuen« Afrika gewesen, nicht jedoch die jahrhundertealten Hypotheken, die noch immer auf dem Kontinent lasteten.

Jetzt verstand sie, daß sie zwar eine Menge über schwarze Gewerkschaftsbewegungen wußte, wenig jedoch über das uralte Problem der Sklaverei. Sie kannte sich aus mit den Reaktionen der eingeborenen Bevölkerung auf das Leben in einer ultramodernen Großstadt, aber über den Kannibalismus im Kamerun wußte sie so gut wie nichts. Sie war informiert über die Bewegung der *négritude*, über die dazugehörige Kunst, Musik und Literatur, aber von Leopardenmenschen, der Göttin Elegbá oder der Macht von Zauberern und Medizinmännern hatte sie kaum einen Schimmer.

Vielleicht hatte sie sich unbewußt geweigert, die Existenz jenes »anderen« Afrika zur Kenntnis zu nehmen, weil sie sich seiner so geschämt hätte, wie sich manche Kinder ihres Elternhauses schämen.

Ob sie es wollte oder nicht – jetzt mußte sie endlich zugeben, daß sie, Nadia, zwar eine *ashanti* mit Universitätsbildung war, daß sie jedoch zugleich auch geprägt war vom Urwald und vom Tamtam, vom Fell der Löwen und von den Sklavenkarawanen, von der Göttin Elegbá und vom Kannibalismus im Kamerun . . .

Ja, sie war Afrikanerin, und das 20. Jahrhundert stieß sie zurück – wegen ihrer schwarzen Haut.

Nach dem Frühstück breitete Alec auf der Kühlerhaube des Jeeps eine Landkarte aus und wartete ab, bis sich alle seine Männer mit erwartungsvollen Blicken um ihn geschart hatten.

»Howard und Mario, ihr übernehmt den Osten. Versucht mit unseren Jungs Kontakt aufzunehmen, die sich um den Brunnen von Sidi-el-Numia kümmern«, begann er. »Vargas und Pisaca, ihr übernehmt die Südflanke. David Alexander, Miranda und ich bilden die Mitte.«

Er zeigte mit dem Stiel seiner Reitpeitsche auf Razman. »Du wirst zusammen mit M'Taggart einen Abstecher zu den ›Masthäusern‹ machen!«

»Zu allen?« staunte der, den sie den Türken nannten.

»Ja, du hast genügend Zeit. Wenn diese Karawane von weit her kommt, wird man sich Zeit für eine lange Ruhepause gönnen, bevor man sich in die Wüste hineinwagt. Achtet vor allem auf die Häuser von Al-Goz, das verdächtige Bordell am Stadtrand von Guerada und auf Zeda-el-Kebirs Plantage.«

»Bei Zeda haben wir noch nie etwas gefunden.«

»Stimmt, der Rattenkopf ist schlau«, schaltete sich M'Taggart ein. »Aber ich glaube, daß er etwas zu verbergen hat. Niemand läßt sich freiwillig in solch einer unwirtlichen Gegend nieder.«

»Er beliefert die Karawanen«, meinte Razman und fügte nach einer kurzen Pause hinzu: »Aber der verdammte Hurensohn macht sich über uns lustig. Das letzte Mal bin ich fünf Tage lang im Galopp einer falschen Fährte gefolgt.«

»Dann hört nicht auf ihn«, riet Alec. »Beschränkt euch auf

einen Höflichkeitsbesuch, nehmt für eine Nacht seine Gast-freundschaft in Anspruch und sperrt die Augen weit auf!«

Der Türke nickte. »Und wo treffen wir uns wieder?«

»Hier, und zwar so bald wie möglich«, antwortete Alec mit spöttischem Lächeln. »Sofern ihr euch in Guerada nicht allzu-sehr von den leichten Mädchen bercircen laßt.«

Sie gaben sich die Hand, umarmten sich freundschaftlich und verabschiedeten sich mit dem nützlichen Ratschlag, gut auf die eigene Haut aufzupassen. Dann kletterte jeder auf seine Kamel. Jeweils zu zweit ritten sie davon.

Die Jagd hatte begonnen, und eine Stunde später war von ihnen nichts mehr zu sehen.

Howard und Mario ritten fast den ganzen Tag lang im Ga-lopp dahin, immer nach Nordosten. Abends machten sie sich etwas zu essen, und der Italiener blieb bei der Lagerstelle, während sein Kamerad weiter nach Sidi-el-Numia ritt.

Alec blieb bis zum frühen Nachmittag mit Miranda und David in der Oase. Dann sattelte er sein Reittier und sagte zu David: »Sie nehmen am besten den Jeep. Miranda bleibt hier in der Mitte des Kreises. Ich reite in Richtung Nordosten. Fahren Sie zwei Stunden nach Süden, verstecken Sie den Jeep dann zwischen Dünen, und klettern Sie selbst auf eine Düne. Halten Sie nachts die Augen offen, vor allem in den Stunden vor Tagesanbruch. Danach suchen Sie die Umgebung nach Spuren ab, die tags zuvor noch nicht da waren. Schlafen Sie zwischen elf Uhr vormittags und dem frühen Abend, und zünden Sie nie ein Feuer an.«

»Und was soll ich essen?«

»Kalten Proviant aus diesem Sack. Sobald Ihnen das Was-ser ausgeht, kommen Sie hierher und holen sich frisches. Wenn Sie mitten in der Nacht eine Karawane vorbeiziehen sehen, kommen Sie so schnell wie möglich hierher! Keine normale Karawane ist nachts unterwegs.«

»Und wenn ich tagsüber eine sehe?«

»Dann gehen Sie nicht zu nahe ran! Pisaca und ich oder zu-mindest einer von uns beiden würde sie auch entdecken. Wir stoßen dann zu Ihnen, um die Karawane gemeinsam abzufan-gen.« Er reichte ihm die Remington. »Schrecken Sie nicht da-vor zurück, notfalls von der Waffe Gebrauch zu machen! Ins-gesamt ist eine halbe Hundertschaft der ›Weißen Schwadron‹

bei Nacht hinterhältig ermordet worden. Halten Sie also die Augen offen, und behalten Sie den Finger am Abzug! Bevor Sie sich schlafen legen, sollten Sie sich immer vergewissern, daß niemand in der Nähe ist. Und suchen Sie sich zum Schlafen ein sicheres Versteck!«

»Leben Sie etwa immer so?«

»Nein, nur wenn wir von einer Karawane Wind bekommen und alles dransetzen, sie ausfindig zu machen.«

David schüttelte den Kopf, als kostete es ihn Mühe, Alecs Worte zu begreifen. »Aber warum macht ihr das?« hakte er nach. »Weshalb?«

»Jeder von uns hat einen anderen Grund«, erwiderte der Gefragte. »Für Howard ist es eine Möglichkeit, seine Liebe zu Gott unter Beweis zu stellen; für Mario – und vielleicht auch für M'Taggart – ist es ein Abenteuer... Ich selbst löse ein Versprechen ein, und Pisaca läuft vor seinen Kranken davon. Falls Sie es nicht schaffen, Ihre Frau wiederzufinden, und sich danach einsam und lebensmüde fühlen, dann schließen Sie sich vielleicht auch unserem Kampf an, um zu verhindern, daß andere Frauen dasselbe Schicksal ereilt.«

»Verstehe. Ich würde dann so etwas Ähnliches wie dieser Malik, stimmt's?«

»Ja, Malik ist bis zu einem gewissen Grad einer von uns«, nickte Alec und streckte ihm die Hand hin. »Viel Glück!« Er stieg auf seinen *arregan*, zwang ihn aufzustehen und wollte schon davonreiten, als David auf Miranda zeigte und ihn fragte: »Soll sie etwa ganz allein hierbleiben, ohne Kamel und ohne ein Fahrzeug?«

»Keine Sorge, sie kommt schon zurecht. Ich werde sie ab und zu besuchen, und auch Sie werden alle zwei bis drei Tage herkommen, um Wasser zu holen.«

Er gab seinem *arregan* mit dem Hacken seines nackten Fußes einen Stoß in die Seite – die Stiefel hatte er vor dem Aufsitzen ausgezogen – und ritt in leichtem Trott nach Nordosten davon.

»Die sind alle verrückt«, murmelte David. Er grübelte eine Weile vor sich hin, und dann, als erinnerte er sich plötzlich an etwas, fragte er Miranda: »Was hat es eigentlich mit diesen ›Masthäusern‹ auf sich?«

161

Razman der Türke und M'Taggart der Engländer brauchten zwei Tage, bis sie endlich von Ferne die schmutzigen Lehmmauern von Al-Goz sahen. Als sie nur noch eine halbe Stunde von den ersten der ärmlichen Behausungen entfernt waren, machten sie in einem Dünenfeld halt, und Razman tauschte seine bisherige Kleidung gegen eine ausgebleichte *djellabah* ein, wickelte sich einen voluminösen Turban um den Kopf und verdeckte das Gesicht mit einem blauen Schleier, wie er beim »Volk der Lanze« üblich ist.

In der Abenddämmerung machte er sich auf den Weg. Das kleine Dorf befand sich am Rande einer *seguia,* deren Bett fast das ganze Jahr über trocken war. Zwei Esel liefen im Kreis herum und trieben ein Schöpfwerk an; zwischen ihren Beinen spielte ein halbes Dutzend nackter Gören mit geschwollenen Bäuchen. Al-Goz war kaum mehr als eine Anhäufung von Lehmhütten, die so eng beieinanderstanden, daß man unwillkürlich auf den Gedanken kam, das Land müsse hier ein Vermögen kosten, wo sich doch in Wirklichkeit ringsum die endlose, herrenlose Wüste erstreckte.

Auf der anderen Seite der Ansiedlung befand sich das Lager der Nomaden – Tuareg und Tebas –, von denen sich die meisten vor vielen Jahren an dieser Stelle fest niedergelassen hatten, jedoch weiterhin dem provisorischen Charakter ihrer *khaimas* aus Kamelhaar den Vorzug gegenüber der Dauerhaftigkeit von Lehmhäusern gaben.

Ohne Hast durchquerte Razman das Labyrinth der Gassen. Er wartete noch ein wenig ab, bis die Nacht vollends hereingebrochen war, und klopfte erst dann leise an eine der vielen

Türen. Sie führte in ein Haus, das sich scheinbar in nichts von allen anderen Häusern unterschied.

In einem kleinen Fenster erschien der Kopf eines Männchens mit Adlernase und wäßrigen Augen. »Geschlossen«, rief ein dünnes Stimmchen.

Razman ließ den Schleier fallen, der sein Gesicht bedeckte, und sagte gleichzeitig mit lauter Stimme: »Der Riemen meiner Sandale ist gerissen. Ich möchte, daß du ihn reparierst.«

Der kleine Mann mit der Adlernase reckte den Kopf noch weiter aus dem Fenster hinaus, betrachtete mit kurzsichtigen Augen das Gesicht des Besuchers und öffnete dann die Tür zu seiner schmutzigen, unordentlichen Schusterwerkstatt, in der eine einzige, übelriechende Kerze ein schwaches Licht verbreitete.

»*Asalam aleikum!*« grüßte der Türke beim Eintreten.

»*Asalam aleikum!*« erwiderte der Schuster. »ich freue mich, dich wiederzusehen, *effendi*!«

Der Ankömmling ließ sich auf einen Hocker neben dem Arbeitstisch des Schusters sinken, streckte die Beine aus, zog aus irgendeiner Tasche ein Päckchen Zigaretten und eine lange, goldene Zigarettenspitze und nahm sich an der Kerze Feuer. »Rauchst du?« fragte er.

Der Alte nahm gierig und mit zitternden Händen eine Zigarette, zündete sie an und atmete den Rauch unendlich genußvoll ein. »Amerikanischer Tabak?« erkundigte er sich.

»Wie kannst du eine türkische Zigarette mit dem Schund verwechseln, den die Amerikaner rauchen?« empörte sich Razman.

»Verzeihung, *effendi*, Verzeihung!« stotterte der andere. »Ich bin ja nur ein armer Schuster, der nichts versteht.«

»Irgendwelche Neuigkeiten?« fragte der Türke unvermittelt.

Der Schuster schien ein paar Sekunden lang nachzudenken und schüttelte dann den Kopf. »Nein, nichts, *effendi*, wirklich nichts«, versicherte er. »Vor einem Monat lagerte draußen vor dem Dorf eine Karawane, aber du kannst mir glauben, daß sie sauber war. Vielleicht ein bißchen Haschisch, aber kein einziger Sklave.«

»Und jetzt? Hat sich in einem der ›Masthäuser‹ irgend etwas getan?«

»Nein, *effendi*, Abdallah hat dichtgemacht und ist nach Abeché gezogen. Der Ägypter wird bald dasselbe tun. Die Sklavenhändler wissen, daß ihr Al-Goz überwacht, deshalb gehen
sie kein Risiko ein.« Er räusperte sich. »Wenn sie mir auf die
Schliche kommen, schneiden sie mir die Kehle durch!« Mit
einer bittenden Geste beugte er sich vor. »Die Sache ist für
mich sehr gefährlich, viel zu gefährlich für das bißchen Geld,
das ihr mir zahlt.«

Razman schüttelte abwehrend den Kopf und erwiderte
grinsend: »Von Gefahr kann keine Rede sein, du alter Geizhals! Schon seit sechs Monaten habe ich von dir keine Information erhalten, die etwas wert war. Ich könnte mein Geld
genausogut aus dem Fenster werfen.«

»Es ist nicht meine Schuld, daß die Sklavenhändler ihre
Route geändert haben!« protestierte der Schuster. »Wie gern
würde ich dir gute Nachrichten bringen! Du weißt ja selbst,
daß ich dir sofort, als der Äthiopier . . .«

»Ach was, von der Sache mit der Karawane des Äthiopiers
zehrst du jetzt schon zwei Jahre!« schnitt ihm der Türke das
Wort ab. Er lehnte sich vor, drückte die Zigarette auf der
Holzplatte des niedrigen Tisches aus und zeigte mit der goldenen Zigarettenspitze auf sein Gegenüber. »Jetzt könntest
du dir eine hübsche Summe verdienen«, versprach er. »Du
mußt nur gut die Augen aufsperren und dich nicht nur hier
umhorchen, sondern auch im weiten Umkreis vom Dorf. Angeblich soll hier bald eine Sklavenkarawane mit einer wichtigen Gefangenen vorbeikommen. Sie ist eine schöne junge
ashanti von der Elfenbeinküste.« Er machte eine effektvolle
Pause, bevor er fast beiläufig sagte: »Wenn du uns rechtzeitig
informierst, erhältst du dafür fünfhundert Dollar.«

»Fünfhundert Dollar?« wunderte sich der Schuster. »Fünfhundert Dollar! Wie viele Francs sind das?«

Razman dachte darüber nach, aber da er nicht gut im Kopf-
rechnen war, gab er mit einer lässigen Handbewegung auf und
meinte lachend: »So viel, daß du dir drei junge Frauen
dafür kaufen kannst.«

»Wozu könnte ich junge Frauen gebrauchen?« murmelte
das alte Männchen mit dem Habichtkopf. »Ich möchte lieber
ein Fahrrad.«

»Ein Fahrrad?«

»Ja, eins von diesen Dingern, in die man Benzin hinein-
gießt und die von alleine fahren. Der Schmied hat schon
eins.«

Razman der Türke stand auf, ging zur Tür und drehte sich
zu dem Schuster um. »Du bekommst solch ein Fahrrad, wenn
du uns hilfst«, versprach er. »Du weißt ja, wo du mich findest.«

Er trat in die Nacht hinaus und zog die Tür hinter sich zu.
Nachdem er sich vergewissert hatte, daß sich kein Mensch in
der Nähe befand, ging er rasch zurück zu der Stelle, wo
M'Taggart auf ihn wartete.

Wortlos blickte der Engländer zu ihm auf.

»Leg schon mal Seife und ein Desinfektionsmittel bereit«,
scherzte Razman. »Wir wollen den Nutten in Guerada einen
kleinen Besuch abstatten.«

David beobachtete gebannt die scheinbar unschlüssige Echse, die sich in regelmäßigen Abständen vom Schatten in die Sonne und von der Sonne in den Schatten bewegte. Auf diese Weise versuchte sie, ihre Körpertemperatur zu regeln, denn sie hatte in ihrem Körper kein eigenes Kühlsystem, und so war ihr Leben geprägt von diesem unablässigem Hin und Her zwischen einem glühendheißen Fleckchen Erde und einem nicht sehr tauglichen Schlupfwinkel.

Schon bald würde die Sonne den Zenit erreichen und ihn, David, in eine Art tiefen Trancezustand versetzen, der nie und nimmer die Bezeichnung Schlaf verdiente. Unruhig und schwitzend würde er sich hin und her wälzen, geplagt von Alpträumen, die ihn später, im Wachzustand, noch stundenlang beschäftigen würden.

Abgesehen von der Echse regte sich nichts im weiten Umkreis. Nirgends eine Spur von Leben, ein Windhauch oder ein leises Geräusch, das in dieser Backofenhitze das lastende Schweigen brach. Die Tiere der Ebene hatten irgendwo Zuflucht gesucht, ließen unter dem Sand und unter Steinen, zwischen Wurzeln und Dornengebüsch den Tag verstreichen, dämmerten lethargisch den kühleren Stunden entgegen – und der Nacht.

Die Nacht! Stundenlang lag er nachts auf einer windgepeitschten Düne, strengte sich zitternd vor Kälte an, die schmerzenden Augen offenzuhalten und irgendwo in der Finsternis die Bewegung von Menschen auszumachen. Nachts wich die Stille tausend für ihn unheimlichen Geräuschen: Eine Hyäne lachte in der Ferne, eine Antilope jagte ir-

166

gendwo hin, ein *fennek* belauerte ein Opfer, Schlangen glitten mit leisem Zischen vorbei, und Steine zerbarsten knallend beim Abkühlen. Der Wind kam auf und stimmte sein endloses Klagelied an.

Gewiß, es gab auch tausenderlei Geräusche, die Davids Phantasie entsprangen: Er glaubte einen Beduinen zu hören, der sich an ihn heranschlich, um ihn zu ermorden; er vermeinte das metallische Klingen und Klirren des Zaumzeugs von Kamelen in einer Karawane zu vernehmen – und Nadias Stimme!

In wie vielen Nächten hätte er schwören mögen, daß sie es war? Er hätte sogar gewettet, daß sie ihn rief, daß sie irgendwo da vorne herumirrte und immer wieder rief: »David! Wo bist du?«

Ja, wo bin ich?

Hier bin ich, Liebste, mit offenen Augen blicke ich in die Nacht hinaus, harre ganz allein in der trostlosesten Landschaft dieser Welt aus und klammere mich an die aberwitzige Hoffnung, dich plötzlich zu erblicken und dich zu retten. Hier bin ich, Liebste, ich sehne mich nach deinem Körper an meiner Seite, und es verlangt mich, deine Lippen auf meinem Mund zu spüren, deinen verwirrenden Duft zu atmen. Hier bin ich, mutterseelenallein und ohnmächtig, wie nie zuvor ein Mann gewesen ist, und ich spüre, wie die kalte Wut Tag für Tag an meinen Eingeweiden zerrt und wie mein Haß immer größer wird, ohne daß ich ganz genau wüßte, *wen* ich hassen soll . . .

Dort lag er: halb wach und halb schlafend, als wären seine Tage und Nächte nur ein Traum. Er hatte das undeutliche Gefühl, allen Vorgängen gewissermaßen nur als Zeuge beizuwohnen und eine seltsame Geschichte mitzuerleben, deren Hauptperson ein anderer war, sein zweites Ich, auf dessen Beobachtung er sich beschränkte, während er schlief, Wache hielt oder gebannt einer scheinbar unschlüssigen Echse zusah.

Nichts, das man ein Ereignis hätte nennen können, nicht der geringste Hinweis auf menschliches Leben! Nur die Sterne leisteten ihm nachts Gesellschaft. Fast kam es ihm vor, als hätte sich alles gegen ihn verschworen.

Im Kampf gegen die Müdigkeit stellte er sich manchmal

vor, was er jetzt täte, befände er sich in Rom, Paris oder London, aber – mochte er sich auch noch so sehr anstrengen – nie konnte er sich selbst vollends davon überzeugen, daß jene Städte noch immer existierten und daß Millionen von Menschen in ihnen lebten und starben, umgeben von Automobilen und Neonlicht.

War dies wirklich die Erde, oder war er, ohne es zu bemerken, auf einem anderen Planeten gelandet?

Nur ein einziges Mal sah er sich nachts unversehens wieder ins 20. Jahrhundert versetzt, als aus großer Höhe und von weit her ein gedämpftes, monotones Dröhnen zu ihm drang und er zwischen Millionen von Sternen das grüne und das rote Positionslicht an den Tragflächen eines riesigen Flugzeuges entdeckte. Da erinnerte er sich, wie er selbst einmal über dieses Gebiet geflogen war, allerdings bei Tag, und wie er stundenlang auf die gelbliche, ewig gleiche Einöde in der Tiefe hinabgeblickt hatte. »Kannst du dir vorstellen, wie es wäre, hier abzustürzen?«

Nadia hatte nach unten geschaut und kaum merklich gelächelt. »Nein, das kann und will ich nicht, denn es macht mir Angst. Als Kind las ich einmal die Geschichte von einem Bombenflugzeug namens *Lady Be Good*, das im Krieg vom Kurs abkam und in der Wüste notlanden mußte. Die Besatzung marschierte eine Woche lang immer nur nachts und ruhte sich tagsüber aus.« Nach einer Weile hatte sie hinzugefügt: »Denk daran, falls du dich eines Tages in der Wüste verirrst. Das ist die einzige Methode, um nicht an Wassermangel zugrunde zu gehen.«

Ein Luftloch hatte sie für ein Weilchen verstummen lassen.

»Und was ist aus ihnen geworden?« hatte er dann gefragt.

»Aus wem?«

»Aus den Fliegern. Bis wohin haben sie es geschafft?«

»Nirgendwohin. Sechzehn Jahre später fand man ihre sterblichen Überreste hundert Kilometer vom Flugzeug entfernt, Richtung Mittelmeer. Aber bis zum Meer waren es noch weitere sechshundert Kilometer! Die Sahara kennt kein Pardon. Vor zehn Jahren verschwand eine Karawane mit tausend Menschen und eintausendachthundert Kamelen spurlos in ihrem Sand.«

Er hatte wieder auf die nackte, ausgedörrte Ebene hinabgeblickt. Wahrscheinlich gab es in jenen unendlichen Weiten
Regionen, die noch nie der Fuß eines Menschen betreten
hatte, und genau das hätten die Menschen nie tun sollen, seit
es die Sahara als Wüste gab. Es war ebenso absurd wie die
Tatsache, daß sich eine Eidechse ständig zwischen Sonne und
Schatten hin- und herbewegen mußte.

Er hatte nie begriffen, warum Menschen und Tiere sich gegen jede Logik an einen solch unwirtlichen Lebensraum
klammerten.

»Wie soll ein Tier wissen, daß es eine andere Art von Leben gibt?« hatte ihm Nadia geantwortet, als sie über dieses
Thema sprachen.

Sie hatte recht: Kein Tier konnte das wissen – aber die
Menschen?

Die Menschen zumindest könnten es wissen und blieben
trotzdem da, zogen auf ihren Reittieren zwischen der Wüste
und der Grassteppe hin und her, halb tot vor Durst und Hunger, und flüchteten sich nur dann in den Süden, wenn die
Lage hoffnungslos wurde. Sie kamen jedoch immer wieder
zurück, als wäre in der sandigen Wildnis ein Magnet verborgen.

War es vielleicht der Wunsch, sich frei zu fühlen? Oder
handelte es sich nur um das Bedürfnis dort zu sterben, wo
man zur Welt gekommen war? Es war wirklich wahr: Je primitiver der Mensch und je intakter seine Instinkte sind, desto
mehr klammert er sich an den Ort seines eigenen Ursprungs.
Wie sonst hätte man verstehen sollen, daß irgendein menschliches Wesen sein Dasein in einer solchen Hölle zu fristen
wünschte?

Und dennoch: Am Ende eines Tages, in der heiteren Klar-
heit der Nacht oder in der Schönheit der Morgenfrühe übte
die Sahara eine eigentümliche Faszination aus, der sich man-
cher Mensch nicht erwehren konnte, denn sie erfüllte seine
Seele, wie es keine andere Gegend dieser Welt vermochte,
und sie zwang ihn, später, im Rückblick, ein süßes Sehnen
nach menschenleeren Räumen zu empfinden. Vor allem jedoch zwang sie ihn, sich an jenes unbeschreibliche Gefühl
der Freiheit zu erinnern, das ihn ergriff, wenn er den Blick in
die Runde schweifen ließ und sich ganz allein auf der Welt

wähnte, winzig klein angesichts der überwältigenden Größe
dieser Landschaft, aber zugleich auch unendlich groß als al-
leiniger Herr dieser Ebene ohne Horizonte . . .

Die Echse suchte eilig den Schatten auf, um ihr Blut zu
kühlen, und David spürte, wie sich seine schweren Augenli-
der senkten und ihn eine süße Schläfrigkeit von der drückenden Mittagshitze erlöste.

In einem schmutzigen Tümpel südlich von Guerada wurden sie endlich den Puffgeruch los, ein Gemisch aus Schweiß, billigem Parfum, Safran – das zum Färben der Handflächen verwandt wurde – und Rhizinusöl.

Hugh M'Taggart hatte sich hinter einem Dornenbusch übergeben und ließ sich nun schwerfällig neben dem Türken zu Boden sinken. »Ich weiß nicht, ob die Getränke, der beschissene *kuskus* oder die Erinnerung an die schmuddelige Dicke daran schuld waren«, ächzte er und versuchte dann zu lächeln. »Aber manchmal muß man aus lauter Pflichtgefühl wirklich zu viel auf sich nehmen.«

Razman gab ihm einen freundschaftlichen Klaps auf die Schulter. »Du hast keinen Grund zur Klage«, grinste er. »Nach drei Monaten Wüste ist einem jede Frau recht.«

»Aber nicht die!« protestierte der andere entschieden.

Sie machten sich daran, ihre Kamele zu satteln.

»Glaubst du, daß es auch hier nichts gibt, das uns interessieren könnte?« fragte der Engländer.

»Ja, zumindest nicht in dem Bordell. Die Puffmutter hatte echtes Interesse daran, daß wir die ganze Nacht bei ihren Mädchen blieben. Wenn sich in ihrem Haus gewisse Leute verstecken würden, dann hätte sie bestimmt darauf geachtet, daß wir möglichst schnell unser Geschäft erledigen und weiterziehen würden.«

»Mir fällt es schwer zu glauben, daß sie auch daran verdient, Menschen zu *mästen*!«

»Wieso? Ist dir das kleine Mädchen mit dem Schleier aufgefallen? Ich will tot umfallen, wenn sie die nicht einem Sklavenhändler abgekauft hat, dessen Gefangene sie in ihrem Haus aufgepäppelt hat.«

M'Taggart mußte grinsen. »Hast du noch nie einen Puff in Brand gesteckt?« wollte er wissen.

Der Türke kratzte sich am Kopf. »Nein«, gab er zu. »Das ist das einzige, was ich in einem Bordell noch nicht gemacht habe, aber wenn du Lust drauf hast, probieren wir es auf dem Rückweg aus.«

Wenig später waren sie unterwegs zum abgelegenen Haus von Zeda-el-Kebir, der Landwirtschaft betrieb, ein paar Stück Vieh sein eigen nannte, Karawanen belieferte, mit Elfenbein, Fellen und kostbarem Tuch handelte.

Es wurde ein langer, beschwerlicher Tag. Schon bald ging die Savanne in eine trostlose, von großen Steinen bedeckte Ebene über, die funkelnd das Sonnenlicht reflektierte und den Reitkamelen Schwierigkeiten bereitete. Dies war eine feindliche Landschaft, karg und nackt, in der die zwei Farben Rot und Schwarz dominierten und die wie der Boden einer riesigen Bratpfanne wirkte, unter der noch vor kurzem ein Feuer gebrannt hatte.

Auf der anderen Seite, nicht weit vom Rand der eigentlichen Wüste entfernt, leuchtete das Grün eines fruchtbaren Fleckchens Erde herüber, in dessen Mitte zwei geduckte, eng aneinandergeschmiegte Lehmhäuser lagen.

Wortlos blickten sie hinüber, und nach einer Weile meinte M'Taggart: »Scheint harmlos zu sein.«

»Man hat uns schon gesehen«, erwiderte sein Kamerad. »Der Neger da drüben hat uns keinen Moment lang aus den Augen gelassen, als er drinnen Bescheid sagte.«

Langsam ritten sie auf die Häuser zu. Ein kleiner Mann mit einem Matronengesicht kam ins Freie gelaufen und eilte freudestrahlend und mit rudernden Armen auf sie zu. »Willkommen! Herzlich willkommen!« rief Zeda-el-Kebir immer wieder mit schmeichlerischer Miene. »Welche Ehre für mein Haus, den Besuch so hoher Herren zu empfangen!«

Sie betraten nach ihm einen Raum, der im Vergleich zu draußen kühl und schattig war, und als sich ihre Augen an das Halbdunkel gewöhnt hatten, erblickten sie einen Mann, der im hintersten Winkel des Zimmers auf großen Kissen lagerte und genüßlich an seiner Wasserpfeife sog.

»Gestattet mir, daß ich euch meinen Gast vorstelle, den ehrenwerten Suleiman Ben-Koufra, einen Kaufmann aus Al-Fasher im Sudan, mit dem ich hoffentlich bald ins Transportgeschäft mit Natronsalz einsteigen werde.«

»Natronsalz vom Tschad-See?«

»Richtig.«

Sie nahmen Platz. Zeda-el-Kebir klatschte in die Hände, und augenblicklich erschien ein altes Weib mit Tee und mit Gebäck, das ranzig schmeckte.

»Ich wäre nie auf die Idee gekommen, daß du dich für das Geschäft mit Natronsalz interessieren könntest«, meinte Razman. »Bisher hast du doch immer nur mit Elfenbein, Fellen und Seide gehandelt.«

»Ja, aber die Zeiten ändern sich. Außerdem hat mir mein Freund Suleiman einen guten Vorschlag gemacht, einen sehr guten sogar, nicht wahr, Suleiman?«

»Sehr wahr«, ließ sich der Gefragte erstmals vernehmen. »Im Sudan braucht man für das Vieh Jahr für Jahr mehr Futter, und . . .«

»Aber hieß es nicht, daß die große Dürre den Viehbestand im Sudan auf die Hälfte verringert hat?« fiel M'Taggart ihm ins Wort. »Das würde doch logischerweise bedeuten, daß die Nachfrage zurückgeht.«

Suleiman lächelte ungerührt. »Wir vertrauen auf Allah, die UNO und die USA. Sie werden uns bestimmt helfen, unseren Viehbestand wieder zu vergrößern.« Er nahm einen Zug aus seiner Wasserpfeife und wies dann mit dem Mundstück auf die beiden Fremden. »Welche Geschäfte führen euch in diese Gegend?« erkundigte er sich.

Der Mund des Türken gefror zu einem eisigen Lächeln. »Wir wollen nur ein paar Wanzen zerquetschen.«

»Oh, verstehe, verstehe!« nickte der Sudanese eifrig. »Ihr gehört wohl zu dieser mysteriösen ›Weißen Schwadron‹? So lautete doch der Name, nicht wahr?«

»Nein, wir nennen uns die Ébano-Gruppe«, stellte M'Taggart klar. »Es wäre unsinnig, dir das verschweigen zu wollen. Dein Freund Zeda weiß ja sowieso Bescheid.«

»Seltsam, seltsam.« Suleiman schüttelte nachdenklich den Kopf, nahm die Tasse Tee entgegen, die Zeda-el-Kebir ihm reichte, und blickte dann zu Razman auf. »Sagt mal«, fragte er, »was macht ihr normalerweise mit einem Sklavenhändler, den ihr gefangen habt?«

»Früher lieferten wir ihn an die Behörden aus, aber wir kamen bald dahinter, daß sie die Richter bestachen. Seitdem verschaffen wir selbst dem Gesetz Geltung.«

»Ist es nicht ein wenig seltsam, daß ein paar Ausländer in einem unabhängigen Land wie dem Tschad ihre Vorstellung von Gerechtigkeit durchzusetzen versuchen?«

»Der Präsident hat Vertrauen in unseren Gerechtigkeitssinn. Er möchte dieses Land von der Plage des Sklavenhandels befreien, und deshalb läßt er uns ziemlich freie Hand.«

. »Verstehe. Und welche Strafe verhängt ihr über einen Sklavenhändler?«

Razman blickte ihn durchdringend an. »Wie würdest du denn einen Menschen bestrafen, der Dutzende von Frauen, Kindern und Männern geraubt, vergewaltigt, kastriert, versklavt oder ermordet hat?«

Suleiman schien eine Weile über diese Frage nachzudenken. Schließlich meinte er im Brustton der Überzeugung: »Mit dem Tode!«

· Tiefes Schweigen folgte diesen Worten. Jeder nippte seelenruhig an seiner Teetasse, als grübelte er über die Weisheit dieses Urteils nach. Nach ein paar Minuten bemerkte der Sudanese, daß seine *nargileh* ausgegangen war, und er beugte sich vor, um sie erneut anzuzünden. Bisher hatte er im Stil der *saharaui* mit untergeschlagenen Beinen auf dem Boden gehockt, doch nun streckte er einen Fuß auf dem Teppich vor.

»Ein hübscher Stiefel«, bemerkte Razman.

»Ja, und sehr bequem«, pflichtete Suleiman ihm bei.

»Die Leute in Nigeria sind wirklich die einzigen in ganz Afrika, die anständige Stiefel machen.«

»Richtig. Erstklassiges Leder aus Kanu, Gummisohlen aus Benin, und das Ganze wird in einer Fabrik in Lagos ...« Ein Blick auf Razmans Gesicht ließ ihn verstummen. Seine Hand fuhr unter das Kissen, unter dem er seine Waffe versteckt hatte, aber M'Taggart war schneller und packte ihn am Handgelenk.

Ein Schuß knallte. Der Engländer sank nach vorn, sein Gehirn war glatt von einer Kugel durchschlagen worden. Sie war

174

von hinten in seinen Nacken eingedrungen und aus dem rechten Auge wieder ausgetreten. Razman sprang auf, seine Hand zuckte zum Revolver, aber Amin, der in der offenen Tür stand, schoß ein zweites Mal, und die Kugel zerschmetterte Razmans Arm, so daß er schlaff und unbrauchbar wie ein geknickter Ast herabhing. Die Wucht des Geschosses hatte Razman gegen die Wand taumeln lassen. Langsam ging er zu Boden, bis er dicht vor dem Sudanesen auf dem Teppich hockte.

Amin machte ein paar Schritte auf ihn zu. Schon krümmte sich sein Finger am Abzug des Gewehres, aber da gebot Suleiman ihm Einhalt: »Nein, warte!«

Der Türke las in Amins Augen funkelnde Mordlust und den schier unbezähmbaren Wunsch, auf den Abzug zu drücken. Schon glaubte er sein Schicksal besiegelt, doch packte Suleiman den Gewehrlauf, drückte ihn zur Seite, kniete sich vor den Verwundeten hin und herrschte ihn an: »Wo ist der Rest von eurer Gruppe?«

»Sie warten auf dich draußen in der Wüste, du Hurensohn!«

»Das kann ich mir denken, aber wo?«

»Du weißt genau, daß ich es dir nicht sagen werde.«

Suleiman wies auf den wartenden Amin. »Der da kann dich zum Sprechen bringen.«

»Meinetwegen, aber du wirst nie wissen, ob ich dir die Wahrheit gesagt habe. Die Wüste ist sehr groß. Meine Leute sind überall und nirgends.«

Suleiman schwieg. Er schien begriffen zu haben, daß dieses Verhör zu nichts führte. Amin stand noch immer da, den Finger am Abzug, und Zeda-el-Kebir flatterte händeringend und kleine Sprünge vollführend im Zimmer herum, wie ein Vogel im Käfig. »Ich bin ruiniert!« schluchzte er. »Dies ist bestimmt mein Ruin! Eine Leiche in meinem Haus!«

»Halt den Mund!« herrschte der Sudanese ihn an. »Sei still, und laß mich nachdenken.« Er wandte sich Amin zu: »Wann kann die Karawane marschfertig sein?«

»In einer Woche. Wir brauchen mindestens dreißig Kamele.«

»Gut. Ich werde selbst nach Guerada gehen und mich darum kümmern.« Er richtete das Wort an Zeda: »Wie lange braucht diese Gruppe, bis sie die beiden Männer hier vermißt?«

Das Männchen antwortete achselzuckend: »Ich weiß nicht, ich habe nicht die geringste Ahnung, aber verlasse bitte schnell dieses Haus, nimm deine Leute mit und auch diese beiden!«

»Wir begraben sie heute nacht in den Dünen.« Suleiman betrachtete Razman, der wie gebannt die Leiche seines Kameraden anstarrte. »Was empfindet man bei dem Gedanken, daß morgen schon die Würmer an einem nagen?« erkundigte er sich voller Häme.

Der Türke blickte auf. »Angst.«

»Angst?« Suleiman grinste verächtlich. »Und ich hatte immer geglaubt, daß Männer wie ihr keine Angst kennen. Nein, du kannst keine Angst haben, du *darfst* einfach keine Angst haben, sonst verliere ich jeden Respekt vor euch.«

»Wenn du hier sitzen würdest, mit einem kaputten Arm und drei von euch Scheißkerlen vor dir, dann würdest du bestimmt keine Angst haben, nein, du würdest dir die Hosen vollscheißen, du Drecksau!« schrie Razman. »Na los, sag schon deinem beschissenen Neger, er soll endlich abdrücken!«

»Was höre ich da?« lachte der Sudanese höhnisch. »Gefällt dir Amin etwa nicht? Schade, wirklich schade. Ich versichere dir nämlich, daß du ihm sehr gefällst. Amin läßt nichts aus – Männer, Frauen, Kinder . . . Das stimmt doch, Amin?« Suleiman packte Razman am Kinn und bog seinen Kopf zurück. »Weißt du, was ich entdeckt habe? Amin mag besonders gern Leute, die schon fast tot sind. Er liebt es, mit jemandem seinen Spaß zu haben, bei dem er der letzte ist. Das findet er erregend – nicht wahr, Amin?«

Amin schwieg. Der Türke war blaß geworden. Er biß die Zähne zusammen und preßte mit schmerzlich verzogenem Gesicht den Kopf gegen die Wand, doch dann sprang er plötzlich auf, als hätte er eine Sprungfeder in seinem Inneren; er flog geradezu durch die Luft. Er packte ungeschickt den Revolver, den Suleiman auf dem Kissen hatte liegenlassen, fuhr herum und brachte die Waffe in Anschlag, aber Amin war schneller. Zweimal drückte er ab, und zweimal wurde Razman in die Brust getroffen. Der Türke stand wie gelähmt da; er hatte nicht einmal die Kraft, den Arm zu heben. Er hustete, spuckte Blut, und in seinem Blick lag die unendliche Müdigkeit des nahenden Todes, als er mit einem Bitten in der Stimme zu Amin sagte: »Laß sie mich sehen!«

»Wen?«

»Sie. Ich will wissen, ob sie so ist, wie man sie mir beschrieben hat.« Wieder hustete er Blut. »Ich will wissen, ob sie es wert war.«

»Was ist so besonders an ihr?« heulte der Sudanese auf. »Warum suchen alle nach ihr?«

»Das würde ich selbst gern wissen, Alter«, murmelte Razman mit äußerster Anstrengung. »Laß sie mich sehen!«

Suleiman gab Amin einen Wink. Der Schwarze schob die Truhe beiseite, schlug den Teppich zurück und verschwand im Keller. Razman, der allen seinen Bewegungen mit den Augen gefolgt war, meinte kopfschüttelnd: »Wirklich ein gutes Versteck. Ja, ein gutes Versteck, aber du bist trotzdem geliefert! Ich schwöre dir, daß du schon so gut wie tot bist!«

Amin kam zurück. Er hielt Nadias Handgelenk umklammert und schleppte sie hinter sich her, bis sie vor dem Sterbenden standen. Razman betrachtete sie lange. »Ja, sie war es wert«, flüsterte er lächelnd. Danach sagte er nichts mehr. Sein Blick war auf einen Punkt gerichtet, der sich immer weiter von ihm entfernte. Dann sah er nur noch Schatten.

Miranda saß am Fuß einer Palme und las so seelenruhig in einem Buch, als befände sie sich nicht im Herzen der Sahara, sondern an der Côte d'Azur. David winkte ihr zu, sprang in voller Kleidung in den Tümpel und setzte sich ihr anschließend tropfend gegenüber.

»Irgendwelche Neuigkeiten?« fragte er.

»Nein. Und bei Ihnen?«

»Auch nichts. Die Wüste ist wirklich wüst und leer«, versuchte er zu scherzen.

»Noch ist nichts entschieden«, tröstete sie. »Wenn Alec recht hat, wird es eine ganze Woche dauern, bis sich die Sklavenhändler blicken lassen.«

»Mir kommt das alles allmählich wie eine Partie Schach vor.«

Miranda klappte das Buch zu, kramte nach einem Päckchen Zigaretten, steckte sich eine an und lächelte matt. »Mich erinnert es eher an eine Partie Dame.«

Sie stand auf, ging zu ihrem kleinen provisorischen Zelt, das sie aus einer Plane und ein paar Knüppeln gebaut hatte, und machte sich an ihrem Gaskocher zu schaffen. »Kaffee?« fragte sie.

David nickte und gesellte sich zu ihr. »Fühlen Sie sich hier nicht sehr allein? Haben Sie denn keine Angst?«

»Nein«, erwiderte sie. »Alec ist längst nicht so weit weg wie sonst. Er kommt alle zwei bis drei Tage, und das ist mehr, als ich lange Zeit von ihm gehabt habe. Ich würde alles dafür geben, wenn ich immer so leben könnte.« Sie blickte sich um. »Was bleibt mir noch zu wünschen übrig? Eine Oase ganz für mich allein, Wasser, in dem ich baden kann, und Zeit zum Lesen und zum Nachdenken.«

»Aber erschlägt Sie nicht der Gedanke an die Unendlichkeit der Wüste rings um Sie her?«

»Warum? Wüste bedeutet, daß es kaum Menschen gibt, und es sind immer Menschen gewesen, die mir Schaden zugefügt haben. Hier behelligt mich niemand, das können Sie mir glauben.« Mit einen Kopfnicken wies sie auf ihre Waffe. »Und falls doch mal jemand kommt, bin ich gut vorbereitet. Habe ich Ihnen eigentlich erzählt, daß das Mädchen, mit dem ich in London zusammenwohnte, einen Steinwurf vom Trafalgar Square entfernt von einem Typen in einem Aufzug vergewaltigt wurde? Eins versichere ich Ihnen: Wenn wir all die Menschen befragen würden, die mitten im Verkehr einer übervölkerten Großstadt ums Überleben kämpfen, dann würden die meisten lieber in dieser Oase sein. Für sie wäre es wie ein Erholungsurlaub.«

Er schwieg und schaute zu, wie sie Kaffee brühte. Als sie fertig war, reichte sie ihm lächelnd eine Tasse, und er zündete sich eine Zigarette an. »Wissen Sie, was ich vermisse?« fragte er nach dem ersten Zug. »Meine Kameras. Sie hätten mir gestatten sollen, sie mitzubringen. Mit ihnen könnte ich hier besser die lange Wartezeit totschlagen, ich könnte Eidechsen, Schlangen und Büsche fotografieren. Außerdem wäre das Teleobjektiv ein gutes Fernglas.«

Sie schwiegen längere Zeit, tranken ihren Kaffee aus und betrachteten die Wedel der höchsten Palme, die sich leise in der Brise wiegten.

»Warum diese Geheimnistuerei?« fragte David unvermittelt. »Ich habe die ganze Zeit darüber nachgegrübelt, aber ich finde keine Antwort darauf. Ehrlich gesagt, hielt ich die Ébano-Gruppe eine Zeitlang fast für etwas . . .«, er zögerte, ». . . etwas Illegales. Dabei gehört sie zum Besten und Edelsten, was Menschen bisher hervorgebracht haben. Warum also dieses Versteckspiel?«

»Aus reiner Vorsicht«, erklärte sie. »Die Geheimnistuerei ist nur eine Vorsichtsmaßnahme. Alec ist einer der wenigen Überlebenden der ›Weißen Schwadron‹, die regelrecht ausgerottet worden ist. Alle Welt kannte ihre Mitglieder, ihr Hauptquartier in Tripolis und die genaue Lage ihrer Vorposten bei Tefusa und Birket. Die ›Schwadron‹ ist an Verrat zugrunde gegangen, und die besten, edelsten und tapfersten Männer, die die Menschheit in diesem Jahrhundert hervorgebracht hat, mußten sterben, weil sie sich nicht genügend getarnt hatten. Als Alec in ihrem Geiste weitermachen wollte und hier im Tschad die Ébano-Gruppe gründete, unternahm er von Anfang an nichts gegen all die wirren Geschichten über Spionage, Guerilla, Sabotage, Kriegshetzer und so weiter.«

»Verstehe«, murmelte David. »Aber es ist trotzdem schade, daß die Welt nicht die Wahrheit erfährt.«

»Alec haßt es, im Scheinwerferlicht zu stehen. Er hat nicht die Mentalität eines Filmstars.«

»Vielleicht würden er und seine Leute aber mehr Hilfe erhalten! Und gleichzeitig würden die Menschen erfahren, daß es noch immer Sklavenhandel gibt.«

Miranda machte eine pessimistische Geste und schüttelte den Kopf. »Wer das noch nicht weiß, *will* es nicht wissen«, versicherte sie. »Jeden Monat bringt irgendeine Zeitung, Zeitschrift oder Presseagentur einen ausführlichen Beitrag über den Sklavenhandel, aber all die Worte sind in den Wind geschrieben. Kaum sind sie gelesen, da ist das Schicksal und das Leid der vielen Tausende, die in Ketten ihr Dasein fristen, schon wieder vergessen.« Sie schwieg lange und fuhr dann fort: »Die Menschen sind für den Schmerz anderer unempfindlich geworden und interessieren sich viel mehr für Brigitte Bardots derzeitigen Geliebten oder für Elizabeth Taylors neuen Diamanten.«

Er nickte zustimmend. »Das schlimmste daran ist, daß wir das erst kapieren, wenn wir selbst betroffen sind«, meinte er mit ironischem Lächeln. »Ich habe mein bisheriges Leben damit verbracht, Leute wie die Bardot oder die Taylor zu fotografieren, aber ich habe nicht ein einziges Bild von einem Sklaven veröffentlicht.«

»Niemand ist schuldig und niemand ist unschuldig.«

David zeigte nach Nordosten, dorthin, wo sich irgendwo Alec aufhielt. »Nur Menschen wie er sind frei von aller Schuld.«

»Ja, aber nur, was das Problem der Sklaverei in Afrika betrifft«, gab Miranda zu bedenken. »Doch was ist mit dem

Rassismus in Südafrika, der Vernichtung der Indianer-
stämme am Amazonas und der Diktatur in Chile, mit Folter
und Verbrechen? Sind wir nicht alle Komplizen, weil wir das
geschehen lassen?« Geistesabwesend ließ sie eine Handvoll
Sand durch die Finger rinnen. »Es gibt so viele Probleme, und
wenn wir sie alle zu lösen versuchten, würden wir bald im Ir-
renhaus landen.«

Er stand auf. »Na gut. Ich glaube, ich fülle jetzt besser meinen Wasserkanister und fahr zurück, bevor es dunkel wird.«

Miranda schenkte ihm einen Blick voller Sympathie. »Wie
fühlen sie sich da draußen in der Wüste?«

»Ich weiß nicht recht«, antwortete er achselzuckend. »Vielleicht weniger einsam als in der Stadt. Zumindest bin ich von
der Gewißheit erfüllt, Nadia hier näher zu sein. Ich weiß, daß
sie irgendwo ist, zu denselben Sternen aufschaut und an
mich denkt. Es ist, als würden wir miteinander reden.« Er
machte eine schwer zu deutende Geste. »Ich weiß nicht, ob
Sie verstehen, was ich meine, aber andere Menschen würden
mich nur daran hindern, mich ganz auf Nadia zu konzentrieren.«

»Glauben Sie nicht, daß es für Sie manchmal besser wäre,
sie weniger zu lieben?«

»Nein, das glaube ich nicht. Selbst wenn ich sie nie wiedersehe, hat mein Leben dennoch einen neuen Wert und einen
ganz anderen Sinn erhalten, seit ich sie kennengelernt habe.
Eines weiß ich mit Sicherheit: Ich werde sie bis ans Ende meines Lebens lieben, ob ich sie nun wiedersehe oder nicht.«

»Sie werden sie wiedersehen!« sagte Miranda überzeugt.
»Ich bin mir absolut sicher.«

Er sagte nichts, sondern ging zum Jeep, holte die Wasserkanister und füllte sie am Tümpel. Danach ließ er den Motor
an und winkte ihr zum Abschied zu. »Grüßen Sie Alec von
mir!«

»Viel Glück!«

David fuhr eine volle Stunde lang nach Süden, eine große
Staubwolke hinter sich herziehend und immer in den Spuren,
die der Jeep im Sand hinterlassen hatte. Längst kannte er jede
Einzelheit der Strecke.

Es wurde langsam Abend, die Hitze ließ nach, und die ersten Vögel, Wüstenmäuse, Kaninchen und Gazellen ließen

sich in der flachen Landschaft blicken. Vor ihm lag eine weitere lange Nacht, die er schlaflos durchwachen würde. Zehn Stunden lang würde er die Sterne betrachten und sich anstrengen, mit den Augen die Finsternis zu durchdringen. Zehn von Geräuschen, leisem Raunen und dem Flüstern geisterhafter Stimmen erfüllte Stunden!

Sie wogen sie in aller Frühe und stellten fest, daß sie im Durchschnitt rund fünf Kilo zugenommen hatten, was nicht viel war angesichts der Tatsache, daß sie bei ihrer Ankunft von Hunger und Durst ausgezehrt gewesen waren.

Suleiman zahlte den vereinbarten Preis und beglich die Rechnung für die Salzklumpen, das Wasser und die Verpflegung. Er zahlte auch für die »Belästigung«, die der Tod der beiden neugierigen Fremden mit sich gebracht hatte, sowie für die Beschaffung von ein paar Kameltreibern, die nicht zu viele Fragen stellten.

Die Sonne ging schon über den Dünen auf, als die Karawane, von Suleiman angeführt, sich endlich in Bewegung setzte.

Amin, Abdul und vier der anderen Bewacher aus Nigeria und Kamerun verabschiedeten sich vor dem Haus von ihrem Herrn. »Denkt dran!« ermahnte der Sudanese sie ein letztes Mal, »marschiert immer erst weiter, nachdem es abends völlig dunkel geworden ist.«

»Und du reite nicht zu schnell«, riet ihm Abdul. »Vergiß nicht, daß unter den Sklaven auch ein paar Frauen und Kinder sind. Wenn wir euch bei Tagesanbruch nicht erreicht haben, sind wir übel dran.«

Suleiman machte zum Zeichen, daß er das ohnehin wußte, eine großspurige Handbewegung. Dann spornte er sein Reitkamel mit dem Hacken an: »Los, vorwärts!«

Die anderen folgten ihm. Insgesamt waren es dreißig Tiere von traurigem Aussehen und geringem Gewicht, deren schlaffe Höcker hin und her schaukelten, ein Zeichen dafür, daß sie nur über eine geringe Reserve an Fett verfügten und folglich nicht sonderlich gut gerüstet waren für lange Tagemärsche ohne Wasser. Dazu kam, daß diese Kamele mit großen Salzklumpen überladen waren, unter denen sie bockig und unsicheren Schrittes dahintrotteten, jederzeit bereit, bei der geringsten Unachtsamkeit der Treiber ihre Last abzuwerfen, sich hinzulegen und nicht wieder aufzustehen.

Zeda-el-Kebir war beim Anblick dieser minderwertigen Kamele, die Suleiman aus Guerada mitbrachte, verblüfft gewesen. »Man hat dir die schlimmsten Krücken der ganzen Wüste verkauft. Wie konntest du dich nur so betrügen lassen?«

»Sie sind genau so, wie ich sie haben wollte«, erwiderte der Sudanese. »Die schwächsten, störrischsten und klapprigsten der ganzen Gegend.« Er lächelte listig. »Falls uns jemand nachspioniert, wird er sich bei solchen Kamelen nicht wundern, daß wir so langsam vorwärts kommen.«

Zeda-el-Kebir verstand offenbar sofort. »Ich muß zugeben, daß du der Schlaueste von allen Sklavenhändlern bist, die jemals über die Schwelle meines Hauses getreten sind«, sagte er anerkennend. »Alle wollten immer starke und schnelle Kamele haben, um möglichst rasch die Wüste zu durchqueren oder im Fall einer Gefahr fliehen zu können.«

»Ich bin eben ein alter Fuchs«, meinte der andere lachend.

Langsam, ganz langsam bewegte sich die Karawane in die Wüste hinein, begleitet von den aufmunternden Rufen der Zurückbleibenden und den Flüchen der Kameltreiber, denn anfänglich mußte immer wieder angehalten werden, weil die Salzladung des einen oder anderen Kameles verrutschte oder herunterfiel.

Als die Karawane nur noch ein kleiner Fleck in der Ferne war, ging Amin wieder ins Haus und stieg in den Keller hinunter, wo Abdul gerade die Ketten der Gefangenen überprüfte. Amin blieb vor Nadia stehen, die in einer Ecke hockte und das Gesicht erst zu ihm aufhob, als er sie mit dem Stiel seiner Peitsche dazu zwang.

»Suleiman ist fort«, lächelte er. »Jetzt befehle *ich* hier!« Sie betrachtete ihn lange. »Ich weiß«, meinte sie schließlich. »Aber bevor er ging, hat er mir nochmals versichert, daß er dir die Augen aussticht und dich irgendwo in der Wüste zurückläßt, falls du dich an mir vergreifst. Meinst du, daß sich das lohnen würde?«

»Das weiß ich nicht, Schwarze!« gab Amin zu. »Aber was ist, wenn ich dir hinterher die Kehle durchschneide und ihm sage, du seist mir unterwegs weggelaufen?«

Nadia wies mit dem Kinn auf Abdul. »Würde er schweigen?«

Amin ging vor ihr in die Hocke und blickte ihr in die Augen. Seine Stimme verriet keinerlei Gefühlsregung, als er sagte: »Ich werde dich zwingen, für mich die Beine breit zu machen, und wenn es das letzte sein sollte, das ich im Leben tue!« Er unterbrach sich und fuhr dann grinsend fort: »Es wäre alles viel leichter, wenn du freiwillig nachgeben würdest.«

Nadia starrte ihn sekundenlang an und dachte nach. Sie schien sich zu einem Entschluß durchzuringen. »Es gibt nur eine Methode, mich zu bekommen«, sagte sie. »Hol mich hier raus, dann verspreche ich dir, alles zu tun, was du von mir verlangst! Dann kannst du mich haben, bis du völlig erschöpft bist. Obendrein würde ich dafür sorgen, daß du die zehntausend Dollar erhältst.«

Amin war verblüfft. »Hältst du mich für dumm?« entfuhr es ihm.

»Dumm bist du nur, wenn du zuläßt, daß Suleiman mich übers Rote Meer schafft und verkauft. Was hättest du davon? Ich entgehe dir, und Suleiman gibt dir als Lohn eine Handvoll Münzen. Wenn wir jedoch zusammen fliehen, kannst du nicht nur mich haben, sondern auch das Geld.«

»Du würdest mit mir schlafen?«

»Warum nicht? Falls man mich als Sklavin verkauft, kann mich mein Besitzer jederzeit benutzen. An deiner Seite bliebe mir wenigstens die Hoffnung, eines Tages wieder frei zu sein. Ja, ich würde mich an die Abmachung mit dir halten«, schloß sie mit Bestimmtheit.

Amin kratzte sich am Kopf und dachte angestrengt nach. Da fiel sein Blick auf Abdul, der sie vom anderen Ende des Zimmers her beobachtete. Abrupt stand Amin auf und gab sich betont uninteressiert. »Ich werde darüber nachdenken«, versprach er. Dann kehrte er nach oben ins Haus zurück und setzte sich neben Zeda-el-Kebir, der mit trüben, weinerlichen

Augen Haschisch rauchte. Amin ließ sich von ihm einladen, und lange hockten die beiden Männer schweigend nebeneinander.

»Glaubst du, daß sie soviel Geld wert ist?« fragte Amin unvermittelt.

Zeda ließ sich viel Zeit, bevor er antwortete: »Doppelt so viel! Suleiman wird sie für zwanzigtausend Dollar verkaufen und so tun, als seien es nur zehntausend gewesen, wenn er euch ausbezahlt. Ein altes Schlitzohr, dieser Sudanese.«

Wieder herrschte Schweigen. Ein Beobachter hätte glauben können, die beiden seien eingeschlafen oder befänden sich weit weg in einer anderen Welt, doch noch einmal ergriff Amin das Wort. Langsam, aber mit viel Nachdruck sagte er: »Angenommen, jemand würde dir diese Schwarze zum Kauf anbieten – wieviel würdest du für sie geben?«

Das Männchen mit dem Matronengesicht sperrte eines seiner Augen einen Spalt weit auf und betrachtete seinen Gesprächspartner, als wollte er sich vergewissern, ob der es ernst meinte. »Falls mir jemand diese Sklavin noch einmal ins Haus bringen würde«, murmelte er mit monotoner Stimme, »wäre ich bereit, ihm dafür dreitausend Dollar auf die Hand zu zahlen und ihm weitere dreitausend zu garantieren, sobald ich sie in Sawakin weiterverkauft hätte.«

Er erhielt keine Antwort. Der Winkel des Zimmers, in dem sie saßen, hatte sich mit dichtem, bläulichem Qualm gefüllt und umhüllte die beiden Männer, die eine angenehme Schläfrigkeit überkam. Es war Zeda, der das Gespräch mit der beiläufigen Bemerkung abschloß: »Mit sechstausend Dollar könnte sich ein Schwarzer wie du weit ab von den Karawanenstraßen ein neues Leben aufbauen.«

Amin schwieg, und niemand hätte zu sagen vermocht, ob er noch wach war oder ob er schon schlief.

Langsam senkte sich die Abenddämmerung herab. Suleiman saß auf dem Rücken seines Kamels und beobachtete aufmerksam die Wüste ringsumher. Sein *mehari*, ein leichtfüßiges, langbeiniges Tier, war das einzige Kamel in der ganzen Karawane, das etwas taugte. Zeda hatte recht: Es war immer ratsam, sich eine Fluchtmöglichkeit offenzuhalten, für den Fall, daß man in eine Klemme geriet.

Endlich sah er das vor sich, wonach er Ausschau gehalten hatte – ein Dünengebiet, das nicht nur ein gutes Versteck abgab, sondern sich auch hervorragend dafür eignete, aus der Höhe alle Vorgänge im flachen Land zu beobachten. Er gab dem Karawanenführer das Zeichen, in gerader Linie weiterzuziehen, dann spornte er sein *mehari* an und ritt zu den Dünen hinüber.

Er hatte sich nicht getäuscht: Dieser Ort eignete sich ausgezeichnet für seine Zwecke. Nachdem er sich gründlich umgesehen hatte, kletterte er auf die höchste der Dünen, um die weitere Umgebung in Augenschein zu nehmen. Außer der Karawane, die gemächlich weiter nach Nordosten zog, war nichts Auffälliges zu erkennen, weder Mensch noch Tier. Er zog einen starken Feldstecher aus dem Futteral und suchte mit seiner Hilfe Meter für Meter den Horizont ab. Nach einer Weile lächelte er befriedigt. Dann rutschte er den sandigen Abhang der Düne wieder hinunter, kletterte auf sein *mehari* und setzte der Karawane nach.

Die Nacht brach schon herein, als er anzuhalten befahl. Seine Männer nahmen den Kamelen ihre Last ab, bauten Nomadenzelte auf und entfachten ein hübsches Feuer, das die ganze Nacht über lichterloh brennen würde und das die steile Böschung einer Düne gegen den aus Nordosten blasenden Wind und möglicherweise auch gegen neugierige Blicke aus derselben Richtung schützen würde. Aus der entgegengesetzten Himmelsrichtung jedoch, also aus Südwesten, wo sie hergekommen waren, würde jeder, der in dieser Nacht durch das flache Land ohne die kleinste Bodenerhebung zog, das Feuer schon aus vielen Meilen Entfernung sehen.

Als es ganz dunkel geworden war, gab Suleiman dreien seiner Männer, die schon ihre schlichte Abendmahlzeit beendet hatten, einen Wink. Der eine ergriff zwei Schaufeln und eine Spitzhacke, der zweite schulterte einen Beutel mit Marschproviant, der dritte hängte sich eine *gerba* voll Wasser um. So beladen verschwanden sie in der finsteren Nacht und gingen zu den Dünen zurück, an denen sie erst vor kurzem vorbeigezogen waren.

Seit den frühen Nachmittagsstunden hatte Amin aufmerksam die Wüste beobachtet, und sobald der Abend dämmerte, befahl er den Gefangenen in Zeda-el-Kebirs Keller, sich marschfertig zu machen. Als es wenig später dunkel war, gab er das Zeichen zum Aufbruch. Die beiden stärksten Männer unter den Sklaven mußten gemeinsam eine große, grobe, braungelbe Plane aus Zeltleinwand schleppen.

Bevor sich der kleine Zug in Bewegung setzte, hielt Zeda-el-Kebir Amin am Arm fest und raunte ihm zu: »Sechstausend Dollar sind viel Geld.«

Amin nickte nur zustimmend mit dem Kopf; dann setzte er sich an die Spitze der kleinen Gruppe und marschierte entschlossen los, immer Richtung Nordosten.

Schon nach ein paar Kilometern, als er erstmals lockeren Sand unter seinen Füßen verspürte, ließ er haltmachen. »Ein einziges Wort, ein Klagelaut oder ein Wimmern, und ich schneide demjenigen, der es gewesen ist, die Kehle durch!« drohte er den Sklaven, und seinen Männern gab er die Anweisung: »Macht kurzen Prozeß mit jedem, der nicht pariert!«

Sie marschierten die ganze Nacht hindurch, ohne eine einzige Rast und ohne jemals das scharfe Tempo zu verlangsamen. Wenn einer der Gefangenen Anzeichen von Schwäche zeigte, ging einer der Bewacher hin und drückte ihm leicht die Spitze seines Dolches in den Rücken. Amin, der vorausging, schien keinen Augenblick im Zweifel über die einzuschlagende Richtung. Er orientierte sich abwechselnd an den Sternen und den Spuren im Sand, die die Karawane hinterlassen hatte, aber meistens folgte er wie ein wildes Tier seinem Instinkt, der ihn stets den richtigen Weg finden ließ.

Gegen drei Uhr nachts erblickten sie weit vor sich am Horizont einen schwankenden Lichtschein wie von einem großen Lagerfeuer. Da lächelte Amin zufrieden und gönnte den Gefangenen zum ersten Mal eine kurze Verschnaufpause.

Der Wind kündigte schon den nahenden Morgen an, als sie das Dünengebiet erreichten. Die schattenhafte Gestalt eines Mannes, der dort auf sie gewartet hatte, trat ihnen in den Weg. »Amin!« rief der Mann leise.

»Hier bin ich«, antwortete der Gerufene.

»Hier lang!« sagte der andere und führte sie zielstrebig durch das Labyrinth der Dünentäler hindurch bis zu der Stelle, wo die anderen gerade mit dem Ausheben einer quadratischen, zwei Meter tiefen und vier Meter breiten Grube fertig geworden waren. Sie machten am Rand der Grube halt, und Abdul trennte die männlichen Gefangenen von den weiblichen. Die Männer mußten sofort in die Grube, während man den Frauen und Kindern erlaubte, sich oben im Sand auszustrecken. Einer der Kameltreiber teilte Wasser aus, ein anderer gab den Gefangenen etwas zu essen. Dann nahmen beide ihre Schaufeln und die Spitzhacke und gingen rasch in der Richtung davon, wo irgendwo die Karawane lagerte. Als sie dort ankamen, dämmerte schon der Morgen.

Suleiman, der am Feuer saß und Tee trank, blickte ihnen entgegen. »Alles in Ordnung?« erkundigte er sich.

»Ja, alles in Ordnung. Niemand wird sie entdecken.«

Suleiman stellte sein Teeglas auf einen glatten Stein und stand auf. »Wir brechen auf«, ordnete er an. »Aber laßt euch Zeit.«

Eine Stunde später hatten sie das Lager abgebrochen und die Kamele beladen. Die Reise ging weiter nach Nordosten.

Hinter dem Kamm der höchsten Düne verborgen, beobachteten Amin und Abdul den Aufbruch der Karawane und suchten mit den Augen die nähere Umgebung ab, um sicherzugehen, daß kein anderer Mensch in der Nähe war.

»Ich glaube, daß wir hier nichts zu befürchten haben«, meinte schießlich der Libyer.

Amin wandte sich um, um zu der großen Grube zurückzukehren, wo der Rest seiner Männer die Gefangenen bewachte. »Es ist trotzdem besser, wenn wir sie gut verstecken«, sagte er.

»Aber warum? Warum sollen sie unnötig leiden?«

Amin warf Abdul einen verächtlichen Blick zu, als halte er ihn keiner Antwort für würdig, doch dann schien er sich mit Geduld zu wappnen und erwiderte: »Hör zu, du Dummkopf, wenn sich diese Leute daran gewöhnen, im Freien zu lagern, und wenn wir sie dann eines Tages doch in einer Grube verstecken, dann gehen sie mit Sicherheit davon aus, daß jemand in der Nähe ist, der nicht zu uns gehört – und dann fangen sie an zu schreien, um auf sich aufmerksam zu machen.« Amin machte eine Pause, damit Abdul über seine Worte nachdenken konnte. »Wenn wir sie jeden Tag zwei Stunden lang einsperren«, fuhr er fort, »und wenn wir jeden, der den Mund aufmacht, windelweich knüppeln, dann wissen sie nie, ob sie routinemäßig in die Grube müssen oder weil jemand kommt. Ist das klar?«

»Ja«, nickte Abdul. Er zeigte auf Nadia und fragte: »Muß die auch in die Grube?«

»Natürlich«, antwortete Amin und ließ sich den sandigen Abhang der Düne hinunterrutschen. »Heute sperren wir sie ein, bevor es richtig heiß wird – weil heute der erste Tag ist.«

Unten angekommen, rief er die anderen Sklaventreiber zu sich und befahl ihnen, die große, zusammengerollte Plane an den Rand der Grube zu legen und ihr Ende mit Steinen und Sand zu beschweren. Nachdem die Frauen und die Kinder zu den Männern in die Grube geklettert waren, blieb unten so wenig Platz, daß die Gefangenen nur mit eng vor die Brust gezogenen Knien sitzen konnten. Von oben erblickte man lediglich ihre dichtgedrängten Krausköpfe und ihre furchtsam aufgerissenen Augen.

Ein kleiner Junge begann zu weinen, worauf Amin mit der Spitze seiner Peitsche auf ihn zeigte und drohte: »Wenn du nicht sofort still bist, komm ich runter und dreh dir den Hals um!«

Nadia legte dem armen Bürschchen einen Arm um die Schultern, zog ihn an ihre Brust und versuchte, ihn zu beruhigen. Der Kleine schluchzte noch ein Weilchen, aber allmählich versiegten die Tränen.

Oben machten sich die Bewacher daran, die Plane über die

Grube zu breiten, doch da hatte einer von ihnen eine Idee, die ihm witzig vorkam: Er stellte sich hin und bepinkelte die Gefangenen. Amin und die anderen lachten, aber Abdul ging zu dem Mann hin und versetzte ihm einen solchen Knuff, daß er in den Sand fiel. »Aufhören!« herrschte er den Mann an. »Denen geht es schon dreckig genug!«

»War doch bloß ein Scherz!« verteidigte sich der schwarze Sklaventreiber.

»Glaubst du, daß denen da unten zum Scherzen zumute ist? Los, deckt das Loch endlich zu!«

Sie breiteten die Plane über die Grube, beschwerten ihre Ränder mit Sand und streuten anschließend eine feine Sandschicht darüber, obwohl es eigentlich nicht nötig gewesen wäre, denn die Plane war ohnehin von heller Farbe. Als sie fertig waren, hätte ein Uneingeweihter selbst aus einer Entfernung von nur zehn Metern nie vermutet, daß sich unter jener Stelle rund zwanzig Frauen, Kinder und Männer verbargen. Gefolgt von Abdul, kletterte Amin erneut auf die höchste der Dünen und betrachtete das Werk von oben. »Sehr gut«, meinte er zufrieden. »Wenn wir jetzt noch unsere Fußspuren verwischen, können sogar Adleraugen nichts entdecken.«

Sie schloß die Augen, um das Elend nicht sehen zu müssen, aber sie konnte nicht verhindern, daß ihr zwei heiße, salzige Tränen auf die Knie tropften. Zum ersten Mal empfand sie so etwas wie Selbstmitleid wegen des harten Schicksals, das ihr zugedacht war. Sie saß eingequetscht zwischen zwei Dutzend Leidensgefährten, die in dieser Enge kaum einen Muskel bewegen konnten. Auch ohne die Sonne, die oben allmählich den Sand erhitzte, erstickten sie fast an ihrer eigenen Körperwärme, die sich in der Grube staute. Mühsam rangen sie nach Luft, und die ganze Zeit mußten sie sich sagen, daß ihre Bewacher keinen Augenblick zögern würden, sie hier unten notfalls so lange versteckt zu halten, bis sie alle elend zugrunde gegangen wären.

Nadia konnte kaum mehr als ihre beiden Hände erkennen, und das einzige Geräusch, das sie wahrnahm, war der keuchende Atem der Frau, die rechts neben ihr hockte und sich so eng an sie preßte, daß nur schwer zu sagen gewesen wäre, wo die eine aufhörte und wo die andere anfing.

Sie erinnerte sich daran, was sie über die Beförderung von Sklaven per Schiff gelesen hatte, damals, als die Kapitäne bis zu fünfhundert Kinder, Frauen und Männer in die Laderäume pferchten, »wie Bücher im Regal oder Besteck im Besteckkasten«. Es hatte Nadia schon immer Mühe gekostet, derartigen Berichten Glauben zu schenken, doch während sie jetzt in dieser Grube kauerte, dämmerte ihr, daß Menschen noch viel grausamer sein konnten, als sie es sich jemals vorgestellt hatte.

Die Frau neben ihr fing an, sich zu bewegen. Nadia hatte

den Eindruck, daß sie mit den Armen rhythmische Bewegungen vollführte, als versuchte sie, die Handschellen an ihren Gelenken durchzuscheuern. »Hör auf damit!« flüsterte sie. »So kommst du niemals frei!«

»Ach, sei still und laß mich in Ruhe!« erwiderte die Frau ungeduldig und fuhr fort, die Handgelenke aneinander zu reiben. Ihr Atem ging immer heftiger. Manchmal hielt sie für kurze Augenblicke inne, und es gab Momente, in denen Nadia ihr anzumerken glaubte, daß sie alle Kraft zusammennehmen mußte, um nicht zu schreien.

Die Hitze nahm ständig zu, und schon bald wurde der Geruch nach Schweiß, Kot, Urin und Angst schier unerträglich. Wieder schloß Nadia die Augen, hielt sich mit einer Hand die Nase zu und strengte sich an, sich von ihrer eigenen Phantasie ganz weit fort in die Vergangenheit, zu Tagen des Glücks zurückversetzen zu lassen.

Kälte! Wie gern hätte sie jetzt Kälte gespürt! Sie erinnerte sich an die Winter in Paris, erinnerte sich an ihren eigenen dampfenden Atem, an ihre kalten Hände, an das Geräusch ihrer Stiefel auf dem festgetrampelten Schnee, an das Gewicht der Schneebälle, mit denen sie irgendeinen Freund beworfen hatte. Kälte!

Sie erinnerte sich an die Eislaufbahn im »Hôtel Ivoire« in Abidschan und an Davids Staunen, als er sich unversehens aus einer Welt voller dunkelhäutiger Menschen und mit vierzig Grad im Schatten in eine weiße Landschaft versetzt sah, in der eine Anzahl von Nadias Landsleuten, für die Schnee und Eis normalerweise etwas schier unerreichbar Fernes waren, sich mit Schlittschuhlaufen vergnügten.

»Eine Eislaufbahn mitten in Afrika?«

»Warum nicht?« hatte sie lachend geantwortet. »Habt ihr euch in Europa nicht etwa in den Kopf gesetzt, unsere Elefanten an euer Klima zu gewöhnen? Kannst du übrigens Schlittschuhlaufen?«

Welch absurde Frage für einen Menschen, der gewissermaßen mitten im Schnee geboren worden war und von kleinauf das Schlittschuhlaufen und das Skifahren erlernt hatte! Begeistert zog er sie hinter sich her aufs Eis, und während der nächsten beiden Stunden fühlte sie sich wieder so wie bei ihrer ersten Begegnung oder – später – daheim bei ihm, als er sie seinen Eltern vorgestellt hatte. Lieber Gott, wie verrückt und komisch das alles gewesen war! Schon beim Aussteigen aus dem Auto hatte sich ihre schwarze Haut vom Schnee wie eine Fliege in einem Topf voll Schlagsahne abgehoben. Am Gesichtsausdruck der alten Dame hatte Nadia unschwer erraten können, daß David in seinen Briefen wohl Wunderdinge über ihre Schönheit, ihren Charakter und ihre hohe Intelligenz berichtet, offenbar jedoch eine Erwähnung ihrer Hautfarbe vergessen hatte.

In den ersten Minuten hatten sich die verwirrten Eltern sichtlich nur schwer mit der Realität abfinden können, doch dann hatte Davids Vater gesagt: »Ich muß zugeben, daß Nadia das schönste Geschöpf ist, das ich jemals gesehen habe. Was meinst du, Emma?«

»Ich meine, daß unser Sohn David allem Anschein nach zuviel Zeit in der Dunkelkammer zugebracht hat«, hatte die Mutter mit glücklichem Lachen gescherzt. »Nimm es mir nicht krumm, meine Liebe! Ich hätte nie davon zu träumen gewagt, daß mir unser Dummerchen eines Tages eine so wunderschöne Tochter ins Haus bringen würde.«

Die beiden Frauen waren sich um den Hals gefallen ...

Nadia spürte, daß eine warme, klebrige Flüssigkeit an ihrem rechten Bein herablief. Sie wandte sich der Frau neben ihr zu, die jetzt nicht mehr so schrecklich keuchte. »Was machst du da?« zischte Nadia entsetzt.

Die Antwort war ein unverständliches Gemurmel, fast ein leises Röcheln. Die Frau bewegte sich, und nun rieselte die warme Flüssigkeit nicht mehr an Nadias Bein hinab. Der kleine Junge auf ihrer anderen Seite war in einen unruhigen Schlaf verfallen. Sie streichelte seinen Kopf und versuchte erneut in ihre Erinnerungen einzutauchen. Sie hätte unmöglich zu sagen gewußt, wie viele Stunden sie in der finsteren Grube verbracht hatten, als endlich die Plane entfernt wurde. Sand rieselte auf Nadia hinab, und die grelle Sonne traf ihre Augen mit spitzen Dolchen aus Licht, so daß sie die Hände vors Gesicht schlagen mußte.

»Raus!« befahl Amin. »Na los, macht schon!«

Die Gefangenen standen mühsam auf; halb betäubt und schweißverklebt begannen sie leise zu jammern und um einen Schluck Wasser zu betteln.

»Kommt hoch, dann bekommt ihr was zu trinken«, sagte Amin zu ihnen. »Beeilt euch!«

Nadia versuchte, die Frau, an die sie gekettet war, in die Höhe zu ziehen, aber sie schien sich zu sträuben. »Komm!« drängte sie, erhielt jedoch keine Antwort. Sie wartete ab, bis sich ihre Augen vollends an das Licht gewöhnt hatten, und beugte sich dann über die Reglose.

»Los, steh auf, sonst werden wir ausgepeitscht!« sagte sie bittend, doch dann erstarrte sie plötzlich und mußte sich zusammenreißen, um vor Grauen nicht laut zu schreien. Die Frau hockte in einer großen Blutlache, die noch nicht ganz im Sand versickert war, und starrte mit leblosen Augen in den wolkenlosen Himmel hinauf. Sie hatte sich mit den Handschellen die Schlagadern an den Gelenken durchgescheuert! Barmherziger Gott!

Amin hatte offenbar die Lage sofort erfaßt, denn mit einem Sprung war er neben Nadia, zog einen großen Schlüsselbund aus der Tasche und befreite die Tote von den Ketten, nachdem er mehrere Schlüssel probiert hatte. Nadia versetzte er einen rüden Stoß und befahl ihr, den sich ängstlich umblickenden Gefangenen zu folgen und aus der Grube zu klettern. »Raus!« kommandierte er. »Alle Mann raus!« Er stellte sich wieder neben Abdul, und die beiden betrachteten von oben den zusammengekrümmten Leichnam.

»Suleiman wird wütend sein«, meinte der Libyer. »Wenn das so weitergeht, erreicht niemand von denen das Rote Meer.«

»Ab morgen soll einer von unseren Männern mit einer Laterne bei den Gefangenen bleiben«, ordnete Amin an. Mit ein paar Schritten war er bei Nadia, die wenige Meter entfernt in den Sand gesunken war und den Blick nicht von dem Blutfleck an ihrem Bein losreißen konnte.

»Warum hast du nicht Bescheid gesagt?« fuhr Amin sie wütend an.

»Konnte ich es denn ahnen?« erwiderte sie im selben Tonfall, doch dann beherrschte sie sich und fügte leise hinzu: »Ja, ich hätte daraufkommen können. Was sonst kann man da unten schon tun?« Sie blickte ihn starr an: »Ein zweites Mal würde ich es nicht ertragen. Wenn du willst, daß wir beide fliehen, dann ist es jetzt soweit.«

Armin ging vor ihr in die Hocke. »Du bist also fest entschlossen?« fragte er. »Und du wirst alles tun, was ich von dir verlange?«

Sie nickte wortlos.

Aber Amin schien sich nicht entschließen zu können. Instinktiv witterte er eine Falle. »Du versuchst doch nicht etwa, mich reinzulegen?« fragte er mit drohendem Unterton.

Sie blickte ihm unverwandt in die Augen. »Mir ist nur eins wichtig, nämlich, daß ich nicht nach Arabien geschafft werde. Etwas Schlimmeres gibt es für mich nicht. Laß uns zusammen fliehen, aber bald!« Sie überlegte kurz. »Wenn wir erst mitten in der Wüste sind, ist alles zu spät.«

Amin überwand seine letzten Zweifel und nickte entschlossen. »Morgen«, versprach er. »Morgen, irgendwann in der Nacht.« Er richtete sich langsam auf und kehrte zu Abdul zurück, der ihn keinen Moment lang aus den Augen gelassen hatte.

In der Ferne, irgendwo in den Weiten des flachen Landes, bewegte sich ein Punkt, und niemand hätte mit Gewißheit zu sagen vermocht, ob es sich um einen Menschen oder um ein Tier handelte. Der Punkt kam in der Morgendämmerung rasch näher, als hätte er es eilig, irgendein Ziel zu erreichen, bevor die Sonne auf die flache Landschaft herabzusengen begann.

Nach einer Weile bestand für David kein Zweifel mehr, daß sich ihm ein Reiter näherte, und an der Richtung erriet er, daß es Alec sein mußte, der von der Oase kam. Er sprang in den Jeep und fuhr ihm entgegen.

Tatsächlich war es der Engländer. Sie ließen sich im Schatten des Fahrzeugs nieder, und David fragte aufgeregt: »Irgendeine Neuigkeit?«

»Nein, nichts«, erwiderte Alec kopfschüttelnd. »Ich mache mir große Sorgen wegen Razman und M'Taggart. Sie müßten längst zurück sein.«

»Wie lange sind sie schon überfällig?«

»Eine Woche. Sie haben gute Kamele, schnelle und ausdauernde *meharis,* und sie kennen sich beide in der Gegend aus.« Nervös steckte er sich eine Zigarette an. »Ich habe gestern Mario losgeschickt, um nach ihnen zu suchen. Er wird die Strecke in umgekehrter Richtung zurücklegen, also mit dem Haus von Zeda-el-Kebir beginnen. Leider ist jetzt unsere ganze Nordflanke bis Sidi-el-Numia unbesetzt. Zur Zeit sind nur Howard und ich auf Patrouille, und das Gebiet ist für zwei Männer viel zu groß.«

»Was denken Sie zu unternehmen?«

»Nichts. Wir können nur beten, daß Razman und Hugh bald zurückkommen und etwas Neues zu berichten wissen.« Alec versuchte, seine Stimme zuversichtlich klingen zu lassen. »Vielleicht haben sie etwas herausgefunden.«

»Sehr fest scheinen Sie nicht daran zu glauben.«

»Nein, natürlich nicht, aber wir haben in den Dörfern ein paar Informanten.«

David betrachtete ihn nachdenklich, dann gab er sich einen Ruck und fragte: »Wer finanziert das alles eigentlich?«

Alec warf ihm einen raschen Blick zu. »Interessiert Sie das wirklich?«

»Ja, sehr«, gab David zu.

Der Engländer ließ sich Zeit, und als er dann zu sprechen begann, schwang in seiner Stimme eine leise Traurigkeit mit. »Finanziert wird alles von einem alten Sklavenhändler«, sagte er. »Von einem Erzgauner, der mit dem Transport von Sklaven ein Vermögen verdient hat. Er hat Leute umbringen lassen, er war ein Betrüger, und er hat alles geklaut, was ihm zwischen die Finger kam. Sein Vermögen ist im Verlauf von zwei Jahrhunderten immer mehr angewachsen und fiel irgendwann an mich.«

Er blickte zu David auf und zwang sich zu einem Lächeln. »Eine Ironie des Schicksals, stimmt's?«

»Sie sind ein seltsamer Mensch«, erwiderte David ein wenig verwirrt. »Sie haben alles, was sich ein Mann wünschen kann, zum Beispiel auch eine wunderbare Frau, die Sie liebt. Trotzdem genießen Sie nicht, was das Leben Ihnen schenkt, sondern setzen alles daran, um Ihr Leben hier in dieser Hölle zu verlieren. Warum?«

»Das haben Sie mich schon viel zu oft gefragt, mein Freund. Sie suchen nach einer logischen Erklärung, aber die gibt es in diesem Fall nicht. Warum nehmen Bergsteiger das Risiko auf sich abzustürzen? Warum widmet ein Wissenschaftler fünfzig Jahre seines Lebens der Erforschung einer schwer faßlichen Mikrobe? Warum geht eine schöne junge Frau ins Kloster?«

Alec hatte angefangen, mit dem Stiel seiner Reitpeitsche Figuren in den Sand zu zeichnen. Ohne aufzublicken, fuhr er fort: »Wir Menschen sind seltsame Wesen, und glücklicherweise ähnelt keiner dem anderen. Für die meisten Leute liegt diese Wüste irgendwo am Rand ihrer Welt, und unseren Kampf würden sie für eine hirnrissige Spinnerei halten. Aber ich habe hier zu mir selbst gefunden, und ich weiß jetzt, daß ich für diesen Kampf geboren wurde. Dies ist ein stummer Krieg ohne Hoffnung, aber immerhin kann ich mir abends sagen, daß ich nicht nur dazu tauge, meinen eigenen Durst nach Wasser zu stillen.«

»Gut, aber die meisten Menschen werden so sehr vom Daseinskampf in Anspruch genommen, daß sie für nichts anderes Zeit haben«, wandte David ein. »Vielleicht muß man als reicher Mensch zur Welt kommen, um sich nach ganz anderen Lebensinhalten zu sehnen.«

»Stammen Sie aus einer reichen Familie?«

»Weder reich noch arm«, antwortete David achselzukkend.

»Empfinden Sie es als mühsam, sich Ihren Lebensunterhalt verdienen zu müssen?«

»Der Anfang war hart, sehr hart«, meinte David, und die Erinnerung ließ ihn lächeln. »O ja, es war mühsam, aber ich bin kein typischer Fall. Für mich war Photographieren immer eine von vielen möglichen Beschäftigungen, aber ich glaube, daß ich an dem Tag angefangen habe, die Welt zu entdecken, als ich sie zum ersten Mal durch das Objektiv einer Kamera erblickte. Mir bot sich die Möglichkeit, eine grandiose Landschaft auf ein Bild von Postkartengröße zu reduzieren. Alles, was ich dazu brauchte, war ein Weitwinkelobjektiv. Später, als ich mit Teleobjektiven zu arbeiten anfing, konnte ich die kleine Welt einer Spinne oder einer Ameise ins Riesenhafte vergrößern, fast auf Menschenmaß.« Er lachte leise, als machte er sich über sich selbst lustig. »Über ein Jahr lang habe ich die Blütenkelche von allerlei Blumen photographiert und gelangte schließlich zu der Überzeugung, daß sie allesamt ein kleines Universum bilden, das parallel zu unserer Welt existiert.«

Er unterbrach sich und schien in seinem Gedächtnis nach etwas zu kramen, das er noch gern in das Gespräch eingeflochten hätte. »Irgendwann habe ich einmal gelesen«, fuhr er fort, »die Fähigkeit der Menschen, über die Errungenschaften der Technik zu staunen, sei ausgeschöpft und es sei nun Zeit zu einer Kehrtwendung, um den entgegengesetzten Weg zur Wahrheit zu beschreiten. Wenn ich mich recht erinnere, schlug der Verfasser eine Art Rückkehr zur Natur vor. Er meinte, wir Menschen sollten unser Augenmerk auf die Tausende von kleinen Welten lenken, die uns umgeben und die wir bisher übersehen haben, weil wir von Dingen, die ganz offensichtlich zu groß für uns sind, geblendet waren.«

Alec nickte zustimmend. »Verstehe. Ich selbst habe hier in der Wüste schon lange genug zwischen ein paar Dornenbüschen oder auf einem Dünenkamm gelegen, um zu wissen, was Sie meinen. Der Blick fällt auf einen Käfer, man verfolgt ihn mit den Augen, und unversehens ist man mittendrin in seinem Leben und in der Welt, die zu ihm gehört. Man könnte ohne weiteres ein Buch von hundert Seiten über einen einzigen Käfer in der Wüste schreiben – über seine Lebensgewohnheiten, seine Nahrung, seine Behausung, sein Liebesleben, seine Feinde und seine Verbündeten.« Alec verstummte und blickte in das Blaue des Himmels hinauf. Bis zum Horizont war nicht die Spur einer Wolke zu sehen.

»Vielleicht ist es mir so mit der Welt der Sklaven ergangen«, ergriff er wieder das Wort. »Jahrelang wußte ich nicht einmal, daß es so etwas gibt, aber allmählich zog mich das Problem in seinen Bann, bis es zur Triebkraft meiner gesamten Existenz wurde.«

»Wollen Sie etwa so lange weitermachen, bis es Sie eines Tages selbst erwischt?«

»Manchmal sehe ich mich selbst im Traum am Ufer eines Meeres. Ich bin tot, das Wasser umspült meine Beine, und mein Blut wird von den Wellen davongespült.« Er stand auf und ging zu seinem Kamel. »Würde ich an Träume glauben, dann dürfte ich diese Wüste nie wieder verlassen . . . Los, auf die Beine, Zong!«

Zong brüllte mißmutig, versuchte, seinen Herrn in den Fuß zu beißen, und kam nach einigem Widerstreben doch noch auf die Beine.

Alec tippte sich mit dem Peitschenstiel an die Stirn. »Viel Glück! Und halten Sie die Augen offen!«

David machte eine wegwerfende Handbewegung. »Meine Augen tun mir schon richtig weh, so gut halte ich sie offen.«

Der Engländer setzte sich in Richtung Oase in Bewegung und drehte sich noch einmal im Sattel um. »Ich werde Sie auf dem laufenden halten«, rief er David zu.

David erwiderte nichts, kletterte in den Jeep, ließ den Motor an und fuhr ohne Eile zu der Stelle zurück, die er sich als Zuflucht während der heißen Mittagsstunden ausgesucht hatte.

Es war schon sehr heiß. David fühlte sich todmüde.

Als die Dunkelheit hereinbrach, war die Kolonne marschbereit. Amin, an dessen Schulter ein Gewehr baumelte, überprüfte routinemäßig die Schlösser der Ketten. Als er vor Nadia stehenblieb und nach ihren Handschellen tastete, konnte er kaum ihre Gesichtszüge erkennen. Dann war ein leises Klicken zu hören, und Nadias Herz klopfte heftig, als sie sich bewußt wurde, daß sie nicht mehr an die anderen Sklaven gefesselt war.

Ein letztes Mal ließ Amin den Blick in die Runde schweifen. Von Abdul war weit und breit nichts zu sehen, wahrscheinlich traf er letzte Vorbereitungen für den Aufbruch der Karawane – und die anderen Bewacher hockten irgendwo plaudernd beieinander. Entschlossen ergriff Amin das Ende der kurzen Kette, die von Nadias linkem Handgelenk herabbaumelte, und befahl leise: »Los, gehen wir!«

Instinktiv duckten sie sich, als sie lautlos zwischen den hohen Sträuchern und Dornenbüschen hindurchschlichen, in deren Mitte sie an diesem zweiten Tag das Lager aufgeschlagen hatten. Als sie endlich die Ebene erreicht hatten, ging es fast im Laufschritt nach Westen weiter. Wenige Minuten später umfing sie die tiefe Stille der Wüste.

Amin, der vor Nadia ging, ließ keinen Augenblick die Kette los und verlangsamte auch kaum den Schritt. Die Sterne und ein blasser Mond beleuchteten schwach ihren Weg, und sie fühlten sich ganz allein in der Unendlichkeit der Wüste.

»Wohin gehen wir?« Nadia wußte, wie töricht ihre Frage war, aber sie wollte den Klang ihrer eigenen Stimme hören und die Angst verscheuchen, die in ihr aufstieg.

»Nach Süden.« Amins Stimme verriet Besorgnis. »Abdul hat bestimmt schon unsere Flucht bemerkt und ist losgelaufen, um Suleiman Bescheid zu sagen. Dieser Sudanese gibt sich nie geschlagen!« Er hatte beim Reden dasselbe Tempo beibehalten.

»Die Sahara ist so groß . . .«

»Ja, aber nicht für einen *saharaui*.«

»Hast du etwa Angst?«

Amin tätschelte den Kolben seines Gewehres. »Nein, nicht damit. Niemand kann sich Amin unbemerkt nähern – oder vor ihm weglaufen.« Er war mit einer großspurigen Geste stehengeblieben. »Denk dran, daß ich mit diesem Ding auf fünfhundert Meter Entfernung eine Gazelle umlegen kann! Ich würde keinen Augenblick zögern, auf dich zu schießen, das schwöre ich dir! Lieber bring ich dich um, als daß ich dich entkommen lasse!«

»Ich weiß. Ich kenne dich.«

»Das will ich hoffen!«

Er ging weiter und schleppte sie fast hinter sich her, denn es kostete sie Mühe, mit ihm mitzuhalten. »Ich würde dich jederzeit einholen«, redete er weiter. »Amin läuft schneller als jeder andere. Erinnerst du dich an Mungo? Das war ein kräftiger Bursche, stark und ausdauernd.« Amin schlug sich vor die Brust. »Aber gegen Amin kommt niemand an! Das wirst du selbst erfahren. Morgen werd ich es dir beweisen!«

Sie spürte, wie es sie kalt überlief bei dem Gedanken an das, was er morgen mit ihr vorhatte, und sie fragte sich, ob es nicht doch besser gewesen wäre, bei der Karawane zu bleiben und abzuwarten, bis David sie gefunden hatte.

David konnte nicht mehr weit sein, er hatte ihre Spur aufgenommen, daran war nicht zu zweifeln. Zuerst die Sache mit dem Hubschrauber, dann die beiden unglückseligen Toten in dem »Masthaus«! Suleiman hatte ihr nicht sagen wollen, wer diese beiden Männer waren, aber sie war sich sicher, daß sie nach ihr gesucht hatten. Lange hatte sie sie nicht betrachten können, aber immerhin hatte sie festgestellt, daß mindestens einer der beiden Männer Europäer gewesen war.

Was immer es mit dem Zwischenfall auf sich hatte – der Besitzer des Hauses, jener kleine Wicht mit dem Aussehen einer männlichen Matrone, hatte eine Heidenangst ausgestanden und ihnen ständig die Ohren vollgejammert wegen der schlimmen Folgen, die der Tod der Fremden für ihn mit sich bringen würde.

Wie viele Menschen hatten schon ihr Leben lassen müssen? Der kleine Junge, die beiden Alten, die Männer im Hubschrauber, Mungo, die beiden Fremden, die Frau, die verblutet war . . . Wie viele noch, bis diese verdammte Karawane endlich Sawakin erreichte? Hatte Suleiman nicht immer wieder gesagt, er sei schon zufrieden, wenn nur die Hälfte der Gefangenen überlebte? Lohnten sich überhaupt für ein paar tausend Dollar all die Mühe, die Toten, die Gefahren?

In den Vororten von New York wurden ständig Leute wegen ein paar Dollar ermordet, und wenn man sich in manchen Stadtvierteln von Caracas weigerte, beim Überqueren bestimmter Straßen einen Bolivar als »Gebühr« an die Bande zu entrichten, die das Gebiet kontrolliert, riskierte man, daß einem ein Dolch mitten ins Herz gestoßen wurde. Das Leben eines Menschen zählte kaum noch! Wie sollten sich die Leute über die Vorgänge in Afrika empören, wenn sie sich nicht einmal über das aufregten, was in den angeblich so zivilisierten USA passierte?

Sie, Nadia, hätte in Harlem abends nicht alleine ausgehen können, ohne Gefahr zu laufen, vergewaltigt zu werden. Dieses Los blühte ihr nun morgen, sobald Amin beschloß, auf der Flucht eine kurze Verschnaufpause einzulegen. Der Unterschied war lediglich der, daß Nadia in Harlem wahrscheinlich nicht nur von einem, sondern gleich von zehn Kerlen vergewaltigt worden wäre und daß diese Kerle entweder betrunken gewesen wären oder unter dem Einfluß von Drogen gestanden hätten.

Welchen Unterschied gab es also zwischen den entgleisten Wilden der Großstädte und Amin, dem primitiven Wilden? Mag sein, daß Amin insgesamt besser abschnitt, denn er war das Ergebnis einer jahrhundertelangen Überlieferung, zu der auch die Jagd auf Menschen gehörte, und er gab lediglich einer Reihe von Impulsen nach, die zu beherrschen ihn niemand gelehrt hatte.

Für diesen schwarzen Afrikaner hatten Tod und Leben nicht mehr Gewicht als für seine Väter, seine Großeltern und alle seine Vorfahren. Der Starke, Listige und Tapfere überlebte; die anderen waren seine Opfer, Opfer seines Mutes, seiner Stärke und seiner Schlauheit. Und hier ging nun dieser Amin vor ihr her, zerrte an ihrer Kette wie einer jener urzeitlichen Höhlenbewohner, der gerade aus einer benachbarten Siedlung eine Frau geraubt hat und der sich jetzt darauf freut, sich irgendwo mit ihr hinzubetten und sie zu genießen, wie er ein frisch erlegtes Wild oder eine reife Frucht genossen hätte.

Nadia war erschöpft, aber sie betete dennoch zu Gott, daß diese Nacht und dieser lange Fußmarsch nie enden möchten, so daß nie der Moment käme, wo Amin sich kurzerhand das nehmen würde, was ihm seiner Meinung nach zustand.

Mario, genannt der Korse, liebte die Nächte in den Dünen. Was für andere Menschen eine Mischung aus Einsamkeit und Sehnsucht nach fernen Ländern dargestellt hätte, war für ihn eine Rückkehr in die glücklichste Zeit seines Lebens: Er hatte seine gesamte Kindheit zwischen solchen Sandbergen verbracht. Hier fühlte er sich an eine Reihe von Gerüchen, Geräuschen und Erlebnissen erinnert, an Dinge, die er schon längst vergessen geglaubt hatte, die jetzt jedoch erneut in ihm aufstiegen und in ihm allerlei Vorstellungen weckten.

Sein Vater, *il brigadiere,* wie ihn die anderen genannt hatten, hatte eines Tages das kalte Mailänder Klima satt gehabt und um Versetzung nach Libyen ersucht, damals, als jenes Land noch italienische Kolonie gewesen war. So hatte sich Mario im Alter von knapp neun Jahren in eine eintönige und irgendwie absurde Welt versetzt gesehen, eine Welt, in der es so weit und breit nichts als Sand gab und die aussah wie ein endloser, von einzelnen Büschen und Steinen gesprenkelter Strand. Auf den ersten Blick schien es die unwirtlichste und unangenehmste Gegend zu sein, die sich ein Mensch hätte vorstellen können.

Zwei Wochen lang hatte er untröstlich seinen verlorenen Freunden, dem Fußballspiel mit ihnen und den sonntäglichen Kinobesuchen nachgeweint, doch dann war ihm allmählich klargeworden, daß sich rings um ihn her ganz andere Formen des Lebens regten, und seine Augen hatten sich daran gewöhnt, schon von weitem eine Gazellenherde zu erkennen. Diese Tiere hatten ein so helles Fell, wirkten so zart und zerbrechlich, daß sie sich kaum vom Sand der Dünen und vom rötlichen Schotter abhoben. Mario lernte auch, die einzelnen Antilopenarten zu unterscheiden und sie genauso zu benennen wie die Eingeborenen: Da gab es die *mahor* mit kurzen, dicken Hörnern, die *lehma* mit langem, spitzem Geweih oder die *urg*, deren Gehörn spindelförmig gedreht war und einigen Beduinen die Lanzenspitzen lieferte.

Stundenlang prägte er sich die Fährten von Hyäne, Fuchs und Luchs ein, und am Ende vermochte er sogar zu sagen, wie alt diese Spuren schon waren. Es bekümmerte ihn nicht, wenn er sich ab und zu täuschte. Es machte ihm nichts aus, daß er bisweilen die Spuren des Luchses mit denen des *fahel*, also des gefürchteten Geparden, verwechselte. Er kam dahinter, wie man am leichtesten die Nester des Vogels Strauß entdeckte, und er brachte seiner Mutter die riesigen Eier, die daraus noch riesigere Pfannkuchen backte. Schließlich stellte er erfreut fest, daß seine neue Welt auch von Wildenten, Rebhühnern, Tauben, Störchen, Reihern und Flamingos bewohnt wurde.

In Wahrheit war diese Wüste nicht tot, sondern wimmelte von Leben und ähnelte in nichts jenem unermeßlichen »Strand«, den er anfänglich in ihr erblickt hatte. In der Einsamkeit seiner Kindheit und später seiner Jünglingsjahre wuchs in ihm eine große Liebe zu jenem Land heran, und seine neue Heimat wurde für sein ganzes Dasein so wichtig wie nichts sonst.

Sand und Wind, Hitze und Stille, flüchtiges Wild und eine glutheiße Sonne – das war gewiß nicht viel, um die kritischen Jahre eines jungen Menschen zu füllen, aber ihm genügte es. Er war davon überzeugt, daß das mehr war, als den meisten seiner Altersgenossen jemals zu erleben vergönnt war. Mailand, die Freunde von einst, das Fußballspiel und die Kinobesuche gerieten in Vergessenheit, und als dann der Krieg ausbrach und seine Familie zur Rückkehr nach Italien gezwungen war, nahm er die unerschütterliche Gewißheit mit sich, daß er sein verlorenes Glück eines Tages nur in den Weiten der Wüsten wiederfinden würde.

Es folgten mühsame, beschwerliche Jahre: der Krieg und die Nachkriegszeit, der Tod seines Vaters in Tobruk, die Lehrjahre als Möbeltischler und anschließend die Sorge für die Familie. Seine Tage, Wochen und Monate verbrachte er mit der Arbeit in einer der zahllosen Möbelfabriken zwischen Mailand und Como. Durch seine Hände gingen Hunderte von billigen Schlafzimmermöbeln, wertlosen Tischen und kitschigen Kleiderschränken.

Irgendwann erzählte ihm jemand von den Erdölfeldern in Libyen, aber was er dann dort erlebte, erinnerte ihn nicht im geringsten an die Jahre seiner Kindheit. Es fehlten die ziellosen Streifzüge durch das weite Land auf der Suche nach irgendeiner Tierart, und es gab auch keine Tuareg mehr, die ihm abends am Feuer ihre Geschichten erzählten. Im Camp der Erdölgesellschaft ging es fast so zu wie in Mailand, nur daß hier fünfzig Grad im Schatten herrschten.

Eines Nachmittags war am Horizont ein einzelner Reiter aufgetaucht, der sich selbst als Malik-el-Fasi vom »Volk des Schleiers« vorstellte und um etwas Wasser bat. Anschließend erzählte er Mario von der echten Wüste, in der er ganz allein sein Leben fristete, abgesehen von einer Handvoll Männer, die dort, irgendwo zwischen dem Tschad und dem Sudan, genau wie er ihr ganzes Leben dem Kampf gegen den Sklavenhandel gewidmet hatten.

Mario der Korse fand seine verlorene Kindheit wieder. Seine Augen lernten zum zweiten Mal, von weitem eine Gazellenherde zu erkennen und die Fährte des Fuchses von der der Hyäne zu unterscheiden. Die in Mailand verbrachten Jahre, die Fabriken und das Erdölcamp in Libyen schienen sich in Luft aufzulösen, und nach dem Tod seiner Mutter zerrissen auch noch die letzten Bande, die ihn an die »zivilisierte Welt« gekettet hatten – für immer.

»Viele Männer sind Kinder, die sich weigern, erwachsen zu werden«, heißt es. Ja, Mario der Korse war einer von diesen Männern. Am liebsten wäre es ihm gewesen, wenn er sich ab dem zehnten Lebensjahr nicht weiterentwickelt hätte. Wenn er hier mutterseelenallein auf seinem Mehari durch die Wüste ritt, nachts einer Karawane von Sklavenhändlern auflauerte oder in der Gluthitze des Tages irgendeine Spur verfolgte, wurde ihm manchmal schlagartig klar, daß sich all seine Kinderträume verwirklicht hatten und daß er zum »Helden« seines eigenen Daseins geworden war.

In dieser Nacht, unterwegs zum »Masthaus« von Zeda-el-Kebir, freute er sich darüber, daß man ihn damit betraut hatte, nach seinen vermißten Kameraden zu forschen. Er malte sich aus, was alles geschehen könnte, falls sie sich in Gefahr befanden und ihre Rettung von ihm abhing. Bei diesem Gedanken mußte er selbst über seine ausschweifende Phantasie lachen. Noch nie hatte er es über sich gebracht, einen anderen Menschen in diese Phantasievorstellungen einzuweihen, denn er mußte befürchten, daß seine Traumwelt nur Hohn und Spott ernten würde.

Eines Tages wirst auch du erwachsen sein, Mario, dachte er bei sich. Eines Tages bist auch du ein richtiger Mann, und dann wird dir all dies hier nichts mehr bedeuten, und das Leben wird sich nicht mehr lohnen ...

Die Schatten wurden länger, der Abend senkte sich herab. Sie schlug die Augen auf, schloß sie jedoch gleich wieder. Neben ihr döste Amin.

Und dann erinnerte sie sich an das, was sich in den Morgenstunden des Tages ereignet hatte.

Nie hätte sie geglaubt, daß ein Mensch sich derartig erniedrigt fühlen könnte. Klaglos hatte sie die Küsse und Zudringlichkeiten dieser widerwärtigen, schmutzigen Bestie über sich ergehen lassen müssen. O Gott! Wie sollte sie jemals wieder David in die Augen blicken, sofern es ihr überhaupt vergönnt war, ihn noch einmal wiederzusehen? Wie sollte sie mit einer solchen Erinnerung weiterleben?

Sie stützte sich auf einen Ellbogen, blickte an sich hinab und schämte sich ihres nackten Körpers. Als sie sich suchend umschaute, sah sie, daß ihre Kleidungsstücke noch dort lagen, wo Amin sie in seiner wilden Gier hingeschleudert hatte. Mechanisch streckte sie den Arm aus, ergriff ihr Höschen und zog es an.

Amin schlug die Augen auf. »Was machst du?« fragte er mit einem drohenden Unterton in der Stimme.

»Ich ziehe mich an.«

»Ich hab aber noch Lust auf dich!«

»Du willst noch mehr? Wir können hier aber nicht den ganzen Tag herumliegen und uns lieben! Vergiß nicht, daß Suleiman uns verfolgt.«

»Ich will aber!« erwiderte Amin trotzig. »Ich hab dir doch gesagt, daß ich stark bin wie kein anderer. Hat es dir schon mal ein anderer Mann so gegeben wie ich?«

Ohne zu antworten, knöpfte sie ihre Bluse zu, zog die Schuhe an und streckte die Hand nach der Feldflasche aus.

»Vorsicht mit dem Wasser!« warnte Amin. »Wir haben nur die eine Feldflasche, und der Weg ist noch lang.«

Sie nahm einen kleinen Schluck, schraubte den Deckel zu und legte die Flasche neben Amin.

»Was ist? Willst du nun oder nicht?« insistierte er. Sie blickte ihn von der Seite an. »Was meinst du?«

»Das weißt du genau. Antworte mir: Hat es dir schon jemals ein Mann so gemacht wie ich?« Plötzlich mußte er lachen: »Von wegen Jungfrau! Sie sei noch Jungfrau, hat sie gesagt!« Er wälzte sich auf den Rücken und hielt sich den Bauch vor Lachen. »Ich hab es nie geglaubt!« Unvermittelt schlug seine Heiterkeit in Wut um. »Los, antworte! Hast du schon mal jemanden im Bett gehabt wie mich?«

»Nein«, flüsterte sie kaum hörbar. »Noch nie.«

Er streckte einen Arm aus, packte ihr Haar, zog sie zu sich hinab und zwang sie, ihn zu küssen. »Na also!« grunzte er. »Los, machen wir weiter!«

»Es wird bald dunkel sein. Wir müssen uns auf den Weg machen.«

»Ein Stündchen haben wir noch Zeit.« Er zog sie noch näher an sich, küßte sie wild, biß sie in die Lippen und tastete mit der freien Hand nach ihrem Busen.

Sie ließ sich auf ihn sinken, und ihre Finger suchten verstohlen nach dem Gewehr, das Amin immer in Griffweite hatte. Während sie so tat, als erwiderte sie seine Küsse voller Inbrunst, tastete sie sich Zentimeter für Zentimeter am Lauf der alten Mauser-Flinte entlang, bis sie das Schloß und den Abzug spürte.

Amin wurde von Sekunde zu Sekunde immer wilder und erregter. »Na los, komm schon!« drängte er.

Nadia küßte ihn mit gespielter Leidenschaft und drückte dabei seinen Kopf so weit wie möglich nach hinten. »Gleich«, antwortete sie. »Warte noch ein bißchen! Laß uns noch ein bißchen Zeit!«

Ihre linke Hand machte sich an der Waffe zu schaffen, während sie Amin damit ablenkte, daß sie ihn mit der rechten zwischen den Beinen streichelte. Und dann zog sie ihr Knie plötzlich mit aller Kraft an. Amin stieß vor Schmerz einen Schrei aus und rang mit weit geöffnetem Mund nach Luft.

Nadia war geschmeidig aufgesprungen. Sie packte die Feldflasche, drehte sich um und rannte in die Wüste hinein.

Amin wälzte sich noch immer im Sand. »Ich bring dich um, du hinterlistige Schlange!« brüllte er. »Ich bring dich um!« Er preßte beide Hände gegen den Unterleib und rang keuchend um Fassung. Schließlich zog er aus seiner Hosentasche ein Magazin mit matt glänzenden Patronen, packte die Mauser, um sie zu laden, mußte jedoch feststellen, daß das Schloß fehlte. Halb von Sinnen vor Wut, schrie er der davonrennenden Nadia nach: »Hure! Verdammte Hure!« Er holte tief Luft und zog sich schwerfällig die Stiefel an. »Warte nur, dich schnappe ich mir!« stieß er zwischen den zusammengebissenen Zähnen hervor. »Ich hol dich ein, und dann drück ich dir ganz langsam die Kehle zu! Niemand läuft schneller als Amin, niemand darf sich über Amin lustig machen!« Er stand auf, machte ein paar Schritte und krümmte sich vor Schmerz. Dann hob er das nutzlose Gewehr vom Boden auf. Einen Moment überlegte er, ob er es mitnehmen oder dalassen sollte, aber nachdem er festgestellt hatte, daß Nadia schon fast verschwunden war, ließ er kurzentschlossen das Gewehr fallen. »Sie rennt verdammt schnell!« fluchte er. »Wirklich verdammt schnell . . .« Mit einer mechanischen Geste schnallte er seinen Gürtel zu und lief los. Mit jedem Meter, den er zurücklegte, steigerte er das Tempo.

Nadia rannte wie noch nie in ihrem Leben. Anfänglich hatte sie einen verrückten Sprint eingelegt, getrieben von dem Wunsch, so schnell wie möglich von Amin fortzukommen, aber nach zehn Minuten zwang sie sich, langsamer zu laufen, denn dieses scharfe Tempo konnte sie nicht lange durchhalten. Es war nur wichtig, den Abstand zwischen ihr und ihrem Verfolger so lange beizubehalten, bis es dunkel war. Sie wußte, daß Amin auch nachts seinen Weg zu finden verstand, aber es war eine Sache, im Finsteren der Spur einer Karawane zu folgen, und eine andere, die Spur eines einzelnen Flüchtenden nicht zu verlieren.

Jetzt kam es darauf an, daß sie ihren Atemrhythmus stabilisierte, daß sie den Vorsprung beibehielt oder vielleicht gar vergrößerte, daß sie mit entkrampften Muskeln lief und daß sie sich dabei vorstellte, sie befände sich auf der Tartan-Bahn und bereite sich auf einen Wettkampf vor.

Mit einem Blick über die Schulter stellte sie fest, daß Amin die Verfolgung bereits aufgenommen hatte. Da sie bemerkte, daß der Schwarze nichts in der Hand hielt, warf sie kurzentschlossen das Schloß des Gewehres in einen dichten Busch. Sie umklammerte die Feldflasche, zwang sich, ruhig zu atmen, und rannte im Dauerlauftempo weiter.

Vor ihrem inneren Auge erschien wie eine Vision Amins Gesicht, das sich über sie beugte, um sie zu küssen. Alle Haare an ihrem Körper sträubten sich bei der Erinnerung an die Berührung seiner Haut, an sein Keuchen, als er auf ihr gelegen hatte und ihr mit Schaum vor dem Mund Obszönitäten ins Ohr geflüstert hatte.

Er soll mich nicht einholen! gelobte sie sich. Ich werde mich nicht einholen lassen, und wenn mir die Lungen platzen! Sie blickte zur Sonne auf und sandte ein Stoßgebet zum Himmel, daß diese bald untergehen möge, aber noch hing die große helle Kugel über dem Horizont, und Nadia schien es, als müsse der Feuerball noch endlos lange dort schweben, weil eine unsichtbare Riesenfaust ihn festhielt, um Amin genügend Zeit für die Verfolgung zu geben.

Und Amin holte auf! Kaum merklich am Anfang, doch dann immer eindeutiger, Meter für Meter. Die Distanz zwischen ihm und Nadia wurde geringer, und auch er blickte immer wieder rasch zum Himmel auf und kalkulierte, wie lange es noch hell sein würde.

Bilder huschten ihm durch den Kopf: Er sah Nadias Gesicht vor sich, in den Augenblicken, als er sie besessen hatte. Mit dem ganzen Körper vermeinte er die Berührung ihrer dunklen, straffen Haut zu fühlen, noch einmal glaubte er ihren federnden, zuckenden Körper unter sich zu spüren. Unwillkürlich biß er grimmig die Zähne zusammen und verlangte seinen Lungen noch mehr Leistung ab.

Nadia wandte den Kopf und stellte fest, daß Amin immer näher kam. Wieder blickte sie zur Sonne auf, und dabei übersah sie einen kleinen, struppigen Dornenbusch. Sie stolperte und fiel der Länge nach hin. Sofort raffte sie sich wieder auf und rannte weiter, ohne auf die blutende Abschürfung am Bein und die schmerzhafte Quetschung am Arm zu achten.

Über Amins Gesicht huschte ein schadenfrohes Leuchten, als er sie stürzen sah, aber seine Miene verfinsterte sich rasch wieder, als er sah, wie schnell sie wieder auf den Beinen war und ihre Flucht fortsetzte. »Ich hol dich ein, du Miststück!« zischte er. »Lauf nur! Es ist alles vergebens, ich hol dich ein!«

Die Sonnenscheibe berührte schon die Linie des Horizontes, das Blaßblau des Himmels wich einer Unzahl von rötlichen Farbschattierungen, und in der Ferne jagte eine Gazellenherde durch die Wüste. Ein erster Lufthauch strich durch das kärgliche Gebüsch und kräuselte den Sand. Hyänen, Füchse und sogar der eine oder andere Gepard verließen ihre schattenspendenden Unterschlüpfe.

Und Amin holte noch immer auf! Als die Sonne ihre letzten Strahlen auf die Kuppe einer fernen Düne warf und sich die kurze Abenddämmerung der Tropen über die Sahara herabsenkte, trennten die beiden noch dreihundert Meter.

Nadia führte die Feldflasche an die Lippen, nahm einen kleinen Schluck und schlug noch einmal ein schärferes Tempo an.

Das Gesicht des schwarzen Sklaventreibers hinter ihr war vor Wut verzerrt. Er fuhr sich immer wieder mit dem Handrücken über den ausgedörrten Mund, benetzte die Lippen mit der Zunge und schrie: »Bleib stehen, verdammtes Weib! Bleib stehen, sonst erwürge ich dich!«

Doch als hätte seine Stimme sie noch mehr angestachelt, rannte sie weiter. Lange dauerte es jedoch nicht mehr, bis sie merkte, daß ihre Beine nachzugeben drohten und sie wie eine Betrunkene zu taumeln begann. »O Gott!« schluchzte sie. »Laß mich jetzt nicht stürzen! Bloß jetzt nicht!«

Zwar rannte sie weiter, aber es gelang ihr nicht mehr, einen geraden Kurs zu halten. Schwankend und stolpernd quälte sie sich vorwärts. Schließlich blieb sie keuchend stehen und riß den Mund weit auf, als preßte ihr eine Riesenfaust den Brustkorb zusammen und hinderte sie am Atmen. Ihre Knie gaben nach, und fast wäre sie zu Boden gestürzt. Sie wandte sich um. Nur noch zweihundert Meter lagen zwischen ihr und Amin, der seine letzten Kräfte aufbot und langsam auf sie zuwankte.

Nadia spürte, wie sich in ihrem Kopf alles drehte. Ihr war,

als würde der Erdboden unter ihr nachgeben. Im Geiste sah sie wiederum Amins Gesicht in jenen Augenblicken vor sich, als er sie genommen hatte. Ein Schrei, der nichts Menschliches mehr hatte, entrang sich ihrer Brust, und dieser Schrei schien ihr noch einmal Kraft einzuflößen. Mit einem Satz stürmte sie los, mitten hinein in die sich verdichtenden Schatten der Wüste.

Jetzt mußte Amin stehenbleiben und nach Luft ringen. Zornbebend starrte er Nadia nach, der es gelang, die Distanz wieder zu vergrößern.

»Ich hole dich ein!« stieß er zwischen zusammengebissenen Zähnen hervor. »Ich fange dich, und wenn es das letzte ist, was ich im Leben tue!«

Er machte sich wieder an die Verfolgung, doch jetzt mußte er die Augen schon sehr anstrengen, um Nadias Silhouette zu erkennen, die immer mehr mit der Abenddämmerung verschmolz. Nur ihre helle Bluse hob sich noch deutlich ab, und auf diese richtete Amin sein ganzes Augenmerk, bis Nadia anscheinend begriff: Ohne stehenzubleiben, zog sie das Kleidungsstück aus und lief mit nacktem Oberkörper weiter. Sie quälte sich noch ein paar Minuten lang weiter, bis sie sich plötzlich hinter einem großen Busch zu Boden warf und in die Richtung zurückblickte, aus der sie gekommen war.

Es war jetzt völlig dunkel. Von Amin war weit und breit keine Spur zu sehen. Angestrengt horchte sie in die Dunkelheit, aber sie hörte nur das Keuchen ihres eigenen Atems. Dann schraubte sie mit äußerster Vorsicht den Deckel von der Feldflasche ab und trank sie bis zum letzten Tropfen leer. Sie zwang sich zur Ruhe und wartete ab, bis sich ihre Atmung ein wenig normalisiert hatte und ihr Herz nicht mehr so wild pochte.

Wieder spitzte sie die Ohren, aber rings um sie herrschte tiefe Stille, als wäre die Welt ein großes Totenhaus.

Die Minuten verstrichen. Zaghaft begannen die Sterne am Himmel zu blinzeln, und Nadia fragte sich, wieviel Zeit ihr wohl noch bis zum Mondaufgang bliebe. Sie wußte, daß Amin nur das Licht der Mondsichel brauchte, um sich in der Wüste zurechtzufinden, und deshalb war ihr klar, daß sie weitermußte, bevor der Mond aufging. Das Problem war jedoch die Richtung, denn sie hatte völlig die Orientierung ver-

loren. Zwar war sie immer der sinkenden Sonne entgegengelaufen, also nach Westen, doch jetzt umgab sie tiefe Finsternis – und Totenstille.

Da wurde diese Stille durch ein Brüllen zerrissen: »Ich
weiß, daß du da irgendwo bist! Und ich werde dich finden,
auch wenn du dich in der Erde vergräbst! Und dann bring ich
dich um!«

Dann hörte sie, wie er langsam auf sie zukam, und fast
hätte sie vor Angst laut aufgeschrien. Er war höchstens noch
zwanzig Meter entfernt, und er kam immer näher; seine
schweren Stiefel zermalmten Büsche und traten knirschend
auf Steine. Instinktiv kauerte sie sich zusammen. Es war, als
wollte sie sich in sich selbst verkriechen. Klar und deutlich
vernahm sie das Keuchen ihres Verfolgers.

Amin war stehengeblieben. »Sie kann nicht weit sein«,
hörte sie ihn murmeln. »Ich weiß, daß die Hure irgendwo hier
sein muß, und ich muß sie finden.« Er verstummte kurz und
fuhr dann mit leiser, jammernder Stimme fort: »Ich habe
Durst, ich habe solchen Durst!«

Als sich seine Schritte nach links entfernten, atmete Nadia
erleichtert auf. Behutsam zog sie ihre Schuhe aus und schlich
in entgegengesetzter Richtung davon. Eine halbe Stunde lang
setzte sie lautlos Fuß vor Fuß, dann verfiel sie wieder in ein
zügiges Dauerlauftempo und lief mitten hinein in die Wü-
stennacht.

Es wurde die längste Nacht ihres Lebens. Undurchdringliche Dunkelheit umfing sie, und sie hatte das Gefühl, sich mitten auf einem fremden, feindlichen Meer zu befinden. Stets mußte sie fürchten, über einen Strauch zu stolpern, einem wilden Tier zu begegnen oder gar auf Amin zu treffen.

In der Ferne lachte eine Hyäne, und Nadia spürte, wie ihr ein Angstschauer den Rücken hinablief. Angeblich fielen einzelne Hyänen nur selten über Menschen her; meist scharten sie sich zuvor zu einer ganzen Rotte zusammen, aber Nadia hatte gehört, daß sie ähnlich wie Hunde in der Lage waren, den Geruch der Angst an einem wehrlosen Menschen wahrzunehmen und ihn deshalb anzugreifen.

Sie fühlte sich wehrlos, und sie hatte Angst, aber sie setzte entschlossen ihren Weg fort. Nachdem es ihr gelungen war, Amin zu entkommen, wollte sie sich nicht von einer stinkenden Hyäne einschüchtern lassen.

Wieder heulte die Hyäne, diesmal viel näher, und jetzt klang es nicht mehr wie ein tierisches, hysterisches Lachen, sondern wie ein hungriger Schrei voll wütender Gier.

Nadia tastete mit dem nackten Fuß nach einem großen Stein, hob ihn auf und schleuderte ihn ins Dunkle. Sie hörte den Aufprall, und für eine Weile herrschte Totenstille. Angestrengt starrte sie in die finstere Nacht hinein und entdeckte in einiger Entfernung zwei glutrote Punkte, die sich unruhig hin und her bewegten. Sie hob noch einen Stein auf und zielte sorgfältig. Der Wurf ging daneben, aber das Tier verschwand in der Finsternis.

Ein zaghafter Mond erschien am Himmel, eine willkom-

mene Hilfe, und sie beschloß, geradewegs auf die Sichel zu-
zulaufen, denn auf diese Weise würde sie zumindest vermei-
den, im Kreis herumzulaufen und sich vollends in der Wüste
zu verirren.

Morgen lasse ich mir etwas einfallen, um aus dieser Hölle
hier rauszukommen, dachte sie. Ich werde aufpassen, wo die
Sonne aufgeht und dann ein großes Kreuz mit den vier Him-
melsrichtungen in den Sand zeichnen. Danach warte ich ab,
bis es dunkel wird, suche mir ein Sternbild, das genau im Süden am Himmel steht, und gehe direkt darauf zu.

Als sie an die leere Feldflasche dachte, stieg Panik in ihr
auf. Sie zwang sich zur Ruhe, und da erinnerte sie sich an die
Worte eines Beduinen, den sie während der großen Dürre in
Mali getroffen hatte: »Manchmal, wenn es besonders
schlimm war, mußten wir unseren eigenen Urin trinken, um
zu überleben. Auf diese Weise kann ein Mensch ohne Trink-
wasser ein oder zwei Tage länger aushalten.«

Nadia war zum Äußersten entschlossen. Irgendwo im Süden, zwei Tagesmärsche entfernt, mußte der Rand der Wüste
sein, und sie wollte alles daransetzen, um die Steppe zu erreichen und aus eigener Kraft heimzukehren.

Sie war jung und stark – und eine ausgezeichnete Läuferin.
Sie liebte das Leben und würde sich von Sonne und Sand
nicht unterkriegen lassen, nachdem sie sogar den Sklavenhändlern getrotzt hatte . . .

Ein leiser Wind hatte sich erhoben. Bald würde es hier bitter kalt sein. Nichts schien sich in dem weiten, flachen Land zu rühren.

David fröstelte. Er wickelte sich enger in seine Decke und gab der Versuchung nach, eine Zigarette anzuzünden, zog aber vorher immerhin einen Zipfel der Decke über den Kopf, um die kleine Flamme zu verbergen.

»Ein Targi kann eine glimmende Zigarette noch aus einem Kilometer Entfernung erkennen«, hatte Alec ihn mehrmals gewarnt. »Und er ist imstande, den Geruch von Tabak bei günstigem Wind aus fünfhundert Meter Entfernung wahrzunehmen.«

Doch nach stundenlangem Betrachten des Mondes und der Sterne wurde das Verlangen übergroß, und innerlich war David ohnehin felsenfest davon überzeugt, daß in dieser weiten Öde jede Wachsamkeit überflüssig sei. Warum war er eigentlich hier?

Wie viele dieser ewig gleichen Nächte hatte er wohl schon hinter sich? Er hatte nicht mitgezählt. Allmählich verließ ihn sein ganzer Mut, und er begann zu glauben, daß es ein großer Irrtum war, hier weiter tatenlos herumzusitzen, während Nadia sich vielleicht immer mehr dem Ufer des Roten Meeres näherte.

»Machen Sie sich keine Sorgen«, hatte ihn Alec beruhigt, als sie sich wieder einmal in der Oase getroffen hatten. »Die Karawane ist noch nicht vorbei.«

»Wie können Sie das wissen?«

Alec hatte leise gelächelt. »Das sagt mir mein Instinkt. Vergessen Sie nicht, daß ich nicht zum ersten Mal einer Karawane auflauere.«

»Aber könnten wir nicht etwas anderes versuchen?«

»Was zum Beispiel?«

»Verdammt, ich weiß es selbst nicht, aber es muß doch irgend etwas geben!«

»Wir könnten uns höchstens bewegen, statt uns ruhig zu verhalten, aber dann würden wir riskieren, daß wir als erste entdeckt werden. Und wenn das geschieht, dann haben Ihre Frau und die anderen Gefangenen mit ziemlicher Sicherheit nur noch zehn Minuten zu leben.«

»Meinen Sie wirklich, daß die dazu in der Lage wären?« hatte David entsetzt gefragt.

»Dazu *wären* sie nicht nur in der Lage, sondern sie *sind* es! Vor Jahren versuchten die Engländer, den Sklavenhandel am Roten Meer mit Schnellbooten zu unterbinden, die ständig Patrouillen fuhren und alle Wasserfahrzeuge kontrollierten, die von Afrika nach Arabien übersetzen wollten.« Er hatte eine Pause gemacht, um seinen Worten Nachdruck zu verleihen. »Die Sklavenhändler verfielen rasch auf einen Trick, mit dessen Hilfe sie sich aus der Affäre zogen: Sie ließen sich Spezialkähne bauen, die beidseitig in der Bordwand Ausstiegsluken hatten. Wenn sich ihnen ein Patrouillenboot der Engländer näherte, machten sie die Luke auf der entgegengesetzten Seite ihres Kahns auf und stießen die gefesselten Sklaven mit schweren Steinen an den Füßen ins Wasser. Bei der Durchsuchung des Kahns fand die Polizei dann stets nur eine Anzahl von Getreidesäcken und ein paar harmlose Pilger, die unterwegs nach Mekka waren.«

Alec hatte sich erneut unterbrochen, um David Zeit zu geben, über seine Worte nachzudenken. »Nach einiger Zeit wurden die Patrouillen eingestellt, weil sie vielen Sklaven das Leben kosteten, statt ihnen die Freiheit wiederzugeben.«

»Aber hier, in der Wüste?«

»Hier kann es passieren, daß man die Sklaven einfach in einer tiefen Grube verschmachten läßt wie in einem Massengrab. Vor ein paar Jahren fand man im Sudan, nicht weit vom Ufer des Roten Meeres entfernt, vierundzwanzig Leichen in einer solchen Grube. Die armen Teufel waren stehend gestorben. Sie standen so dicht gedrängt und hielten sich so fest umklammert, daß sie sich erst voneinander lösten, als sie verwest waren.«

»Und wurde die Sache nicht untersucht?«

Alecs Antwort war von einem bitteren Lächeln begleitet worden. »Untersuchen ist ein sehr europäisches Wort, mein Freund.«

Zweifellos hatte Alec recht. In Afrika gab es zu viele Probleme, als daß sich jemand um eine »Untersuchung« gekümmert hätte. Hier lebte man aufs Geratewohl in den Tag hinein und beeilte sich zugleich, Schritt zu fassen mit der Moderne. Jahrhunderte der Entwicklung wurden innerhalb weniger Generationen übersprungen, von Pfeil und Bogen ging man direkt zu Panzern und Granaten über, vom Tamtam zum Fernsehen, vom Kamel zum Düsenjet. Wenn etwas passierte, dann war es eben passiert, und niemand schien die Zeit zu haben, sich über Gründe und Ursachen den Kopf zu zerbrechen. Eine Sekunde lang zurückzublicken bedeutete eine verlorene Sekunde für die heißersehnte »Zukunft«.

In Afrika spielte es keine Rolle, daß Menschen verschwanden und zugrunde gingen, denn in Afrika hatten die Menschen eigentlich keine richtige »Existenz«. Die meisten waren nirgends registriert, besaßen keinen Paß, keine Kennkarte, ja nicht einmal einen Familiennamen. Bestenfalls kannten sie den Namen ihres Dorfes und ihres Stammes.

Die »Weißen« hatten Jahrhunderte gebraucht, bis sie so weit waren, daß jedes einzelne Individuum erfaßt war, daß jede Person auf irgendeiner Liste eine Nummer hatte, eine Kennkarte und eine Personalakte, so daß jederzeit alle wichtigen Daten innerhalb weniger Minuten verfügbar waren und durch neue Daten ergänzt werden konnten. Die Folge: eine Massengesellschaft von homogener Beschaffenheit, die jedoch aus Einzelwesen besteht, und in der es einem erfahrenen »Fahnder« möglich ist, jederzeit jedes beliebige Individuum unter die Lupe zu nehmen. Der größte Teil der Afrikaner jedoch bildete einfach nur eine Masse, deren einzelne Mitglieder das Glück – oder das Unglück – hatten, noch nicht vom Räderwerk der Bürokratie erfaßt zu sein.

Vierundzwanzig schwarze Bewohner dieses Erdteiles waren in jener tiefen Grube, einem ehemaligen, längst versieg-

ten Brunnen, im Sudan erstickt, und niemand hatte sich auch
nur im entferntesten gefragt, woher sie gekommen waren,
wie viele Familien sie hatten zurücklassen müssen oder wer
an ihrem schrecklichen Tod schuld war.

Ja, Alec Collingwood hatte recht: *Untersuchen* war ein sehr
europäisches Wort.

Die Sonne stand schon hoch am Himmel, als sie von einem leisen Geräusch geweckt wurde. Sie weigerte sich, die Augen aufzuschlagen, hätte am liebsten weitergeschlafen, um nicht an ihren Durst, an Amin und den weiten, vor ihr liegenden Fußmarsch denken zu müssen. Aber als sich das leise Geräusch wiederholte, zwang sie sich, ihre Augen zu öffnen.

Fast blieb ihr das Herz stehen, denn ungefähr zwanzig Zentimeter neben ihrem Gesicht erblickte sie ein paar klobige, staubige Stiefel. Da zerriß ein ohnmächtiges Schluchzen ihr fast die Brust. Langsam, ganz langsam hob sie den Kopf. Sie sah zwei weit geschnittene, schmutzige Hosenbeine, einen breiten Gürtel, ein schmuddeliges Hemd, einen dichten Vollbart und schließlich die Augen von Suleiman. Der Sudanese grinste übers ganze Gesicht: »Sieh mal einer an! Schaut nur, wo unser Täubchen sich niedergelassen hat!«

Sie schloß die Augen und begann, lautlos zu weinen.

»Hör auf zu heulen, Schwarze! Sei lieber froh, daß wir dich gefunden haben. Du wärst mit Sicherheit verdurstet.« Zufrieden betrachtete der Sudanese seine Beute. »Du hast es geschafft, Amin zu täuschen!« staunte er. »Wer hätte geglaubt, daß du so schlau bist!« Dann wandte er sich den vier Männern zu, die noch auf ihren Kamelen saßen: »Los, sucht den Hundesohn«, befahl er. »Er kann nicht weit von hier sein.«

»Dieser verdammte Schwarze ist ein guter Schütze«, meinte einer der Sklaventreiber mißmutig. »Warum sollen wir seinetwegen unser Leben aufs Spiel setzen, statt ihn einfach der Wüste zu überlassen?«

»Ihr seid vier gegen einen«, bellte Suleiman. »Der Kerl ist

glatt in der Lage, sich bis nach Sawakin durchzuschlagen und mir dort aufzulauern. Solange er lebt, fühle ich mich nicht sicher. Also los, knöpft ihn euch vor!«

Die vier Männer ritten im Trott davon. Suleiman ging zu seinem Reitkamel und kam mit einer prall gefüllten *gerba* zurück. »Trink!« forderte er Nadia auf. »Ich will nicht, daß du stirbst.«

Während sie gierig trank, vergaß sie für ein Weilchen ihren anderen Durst, den kein Wasser zu stillen vermochte. Nachdem sie sich satt getrunken hatte, goß sie ein wenig Wasser in ihre hohle Hand und benetzte damit ihr Gesicht. »Wie habt ihr mich gefunden?« fragte sie leise.

Der Sudanese wies nach oben, wo ein Dutzend Geier kreisten. »Das sind die Leithammel der Wüste«, grinste er. »Diese Vögel sind so dumm, daß sie nicht zwischen einem Schlafenden und einem Toten unterscheiden können. Für sie ist alles Aas, was sich länger als eine Stunde nicht rührt.«

Nadia blickte stumm den vier Reitern hinterher, die schon fast außer Sichtweite waren. »Ein zweites Mal lasse ich mich von dir nicht lebendig begraben«, sagte sie schließlich. »Ich lasse mich nicht noch einmal in eine dieser Gruben pferchen, egal, was passiert. Lieber öffne ich mir die Schlagadern.«

Suleiman hatte für sie nur ein verächtliches Lächeln übrig. »Mach keine Dummheiten, Schwarze! Ich werde nicht zulassen, daß du dich umbringst, aber du sollst genau wie alle anderen unten in der Grube Blut und Wasser schwitzen. Wofür hältst du dich eigentlich? Du bist nur eine Sklavin, eine schmierige, stinkende Negerin, und du bist keinen Deut besser als die andern! Deine Jahre im Ausland und dein Studium bedeuten nichts. Mach dich endlich mit der Vorstellung vertraut, daß du eine Sklavin bist und daß du nicht über dein eigenes Leben verfügen kannst.«

»Amin hatte recht«, erwiderte sie voller Bitterkeit. »Er hätte dir vor unserer Flucht die Kehle durchschneiden sollen, dann wäre alles leichter gewesen, und außerdem hätte er die Welt von einem widerwärtigen Geschmeiß befreit.«

Suleiman hob den Arm und versetzte ihr einen solchen Faustschlag, daß sie mit blutender Nase zu Boden stürzte. »Ich habe es allmählich satt, mit dir solche Gespräche zu führen«, knurrte er. »Ich werde ich lehren, deinen Herrn zu respektieren, und der Scheich wird mir dafür dankbar sein. Paß gut auf, sonst erlaube ich meinen Männern, mit dir zu tun, wozu sie Lust haben! Vielleicht ist das eine gute Methode, um sie zufriedenzustellen.« Er kramte in einem Beutel, zog seine Wasserpfeife heraus und steckte sie an. Vor ihm lag Nadia zusammengekrümmt im Sand, und niemand hätte zu sagen vermocht, ob sie schlief oder lautlos weinte.

Quälend langsam verstrichen die Stunden. Suleiman schien sich mit einer schier unendlichen Geduld gewappnet zu haben. Offenbar war er entschlossen, so lange zu warten, bis man ihm Amin brachte.

Gegen Mitternacht gab Amin die Suche auf und legte sich schlafen, aber im Morgengrauen war er schon wieder auf den Beinen, fest entschlossen, Nadias Fußspuren zu finden und ihnen zu folgen. Als erstes beschrieb er einen großen Bogen, erfüllt von der Gewißheit, daß er früher oder später auf ihre Spuren treffen würde. Als er sie tatsächlich fand, blieb er verblüfft stehen. »Diese Idiotin!« fluchte er. »Sie läuft mitten in die Wüste hinein!«

Ein Weilchen zögerte er, ob er ihr trotzdem folgen oder ob er sich lieber nach Süden auf den Weg zur Steppe machen sollte, wo es Wasser gab. Er versuchte sich zu orientieren. Ungefähr zwei Tagemärsche nach Norden mußte sich irgendwo die Oase von Emi-Hazaal befinden, und ein bißchen weiter nach Nordosten der Brunnen von Sidi-el-Numia. Wenn er es bis dorthin schaffte, könnte er eine vorbeiziehende Karawane abwarten und mit ihr nach Guerada zurückkehren.

Zwei Tage ohne Wasser! Und ebenfalls zwei, falls er sich entschied, nach Süden zu gehen. Zum ersten Mal bekam er Angst. Diese Wüste war zu stark – sogar für ihn, der bisher mit allem fertig geworden war. Die Unendlichkeit der Sahara umgab ihn, und alles, was er hatte, war ein lächerlich kurzes Messer und eine unbändige Willenskraft.

Nach Norden zu gehen bedeutete das Risiko, die Wasserstellen zu verpassen und irgendwo in diesem weiten Land zu verdursten. Drehte er sich jedoch um und ging nach Süden, ohne Nadia, ohne Waffen und ohne Geld, dann wäre dies ein Eingeständnis seiner Niederlage, die ihn bis ans Ende seines

Lebens begleiten würde, denn kein Sklavenhändler würde ihm nach dem Verrat an Suleiman die Führung einer Karawane anvertrauen.

Plötzlich fiel es ihm leicht, die Entscheidung zu treffen. Die Augen starr auf den Boden geheftet, begann er Nadias Spuren zu folgen. Im Lauf des Vormittages hielt er nur ein einziges Mal an, nämlich, als er auf den Eingang zum Bau von Wüstenratten stieß. Mit den Händen und mit Hilfe seines Messers wühlte er den Sand beiseite, aber umsonst. Erst als er es wenig später bei einem anderen Bau noch einmal versuchte, hatte er Glück: Er fand zwei Rattenjunge, die wie von Sinnen quietschten und nach ihm schnappten. Mit einer schnellen Bewegung schnitt er ihnen die Köpfe ab und trank gierig ihr Blut. Dann setzte er seinen Weg fort. Unterwegs häutete er die jungen Ratten und verschlang sie roh.

Irgendwann blickte er auf und erkannte in der Ferne die Silhouette eines Reiters.

Sie entdeckten sich beide gleichzeitig, und während mehrerer Sekunden, die ihnen wie eine halbe Ewigkeit vorkamen, beobachteten sie sich von weitem. Dann setzte sich der Reiter wieder langsam in Bewegung, und Amin mußte bald erkennen, daß es sich um einen von Suleimans Sklaventreibern handelte. Der Mann hatte vor sich im Sattel eine lange Flinte. Aus sicherer Entfernung musterte er Amin aufmerksam, und erst als er zu der Überzeugung gelangt war, daß Amin keine Waffen hatte, spornte er sein Kamel an und galoppierte mit einem Freudenschrei auf den Flüchtigen zu.

Amin machte instinktiv kehrt, um davonzulaufen, aber schon nach wenigen Metern begriff er, wie sinnlos jeder Fluchtversuch war. Er hockte sich auf den Boden und blickte dem Beduinen entgegen. »Gib mir Wasser!« bat er.

Der Mann reichte ihm seine *gerba*: »Da, nimm, obwohl es die reinste Verschwendung ist. Suleiman wartet auf dich.«

»Hat er das Mädchen gefunden?«

»Ja, das hat er.«

Gierig trank Amin. Dann gab er dem Beduinen den Wassersack zurück: »Mach lieber gleich Schluß mit mir, und verpaß mir eine Kugel!«

»Nein, ich glaube, Suleiman hat sich etwas besonders Hübsches für dich ausgedacht.«

228

Wortlos machten sie sich auf den Weg. Nach kurzer Zeit erblickten sie am Horizont einen weiteren Reiter, woraufhin der Beduine seinen Turban abwickelte und ihn in der Luft schwenkte. Es war eine Art stummer Zeichensprache, und der andere Reiter winkte zurück – aber vielleicht galt sein Winken auch einem dritten Reiter, der sich noch außer Sichtweite befand. Jedenfalls hatten sich die vier schnell gefunden, und bevor der Tag zur Neige ging, sah sich Amin dem Sklavenhändler gegenüber.

Suleiman erhob sich bei seinem Anblick und befahl: »Nehmt ihm das Messer weg!«

Die vier Berittenen stiegen ab, entwaffneten Amin und stießen ihn grob zu Boden. Erst jetzt schien sich der Sudanese sicher zu fühlen. Er stand auf und trat Amin mit seinen schweren Stiefeln in die Rippen. »Ich hab dich gewarnt, du schwarzer Idiot!« knurrte er. »Keine Frau ist ein solches Risiko wert.« Er zeigte auf Nadia, die die Szene angstvoll und stumm verfolgte. »Sieh sie dir an! Das ist keine Frau, mit der man einfach so seinen Spaß haben kann, irgendwo mitten in der Wüste. Die braucht ein gutes Bad, Parfums, ein weiches, breites Bett . . . Du siehst ja selbst, wie es dir mit ihr ergangen ist: Gleich bei der ersten Unachtsamkeit hat sie dich reingelegt! Hast du etwa geglaubt, sie würde für immer bei dir bleiben, du Dummkopf?«

»Ich bin kein Dummkopf«, erwiderte Amin wütend. »Sie ist doppelt soviel wert, wie du gesagt hast. Irgendwann hätte ich sie verkauft.«

»Seht sie nur an, diese beiden Gauner!« rief Suleiman mit hämischem Lachen. »Sie schwört dir ewige Liebe, haut jedoch bei der ersten Gelegenheit ab, und du versprichst ihr die Freiheit mit dem Hintergedanken, sie zu verkaufen!« Triumphierend wandte er sich Nadia zu: »Siehst du, Schwarze, am Ende kommt niemand gegen mich an!« Er nahm die Wasserpfeife und verstaute sie behutsam in seinem Lederbeutel, während er nachdenklich Amin betrachtete. Dann fragte er seine Männer, ohne zu ihnen hinzublicken: »Welche Strafe verdient einer, der seinen Herrn verrät, ihm seinen wertvollsten Besitz stiehlt und sich an seiner schönsten Sklavin vergeht?«

Die vier antworteten nicht. Sie alle kannten die Antwort.

»Nun gut«, meinte Suleiman. »Ich werde dir die Hoden abschneiden und dir die Augen ausstechen, genau, wie ich es
versprochen habe. Aber damit du siehst, daß ich kein böser
Mensch bin, werde ich dich danach laufenlassen.«

»Bring mich lieber gleich um!«

Der Sudanese lächelte kalt. »Das wäre viel zu einfach,
Schwarzer, viel zu einfach! Nein, ich werde dir ein paar Liter
Wasser geben, damit du, wenn du blind durch die Wüste
irrst, dich noch eine Weile an mich erinnern kannst und Zeit
hast, um alle deine Sünden zu bereuen. Vielleicht kommst du
dann sogar ins Paradies.«

Er zog seinen rasiermesserscharfen Dolch aus dem Gürtel.

Amin machte einen Satz rückwärts und wollte davonlau-
fen, aber die vier Beduinen warfen sich auf ihn, zwangen ihn
zu Boden und hielten ihn fest.

Suleiman trat näher, hielt Amin den Dolch vor die Augen
und sagte: »Keine Sorge, es wird nicht weh tun. Ich stelle
mich bei dieser Art von Operation immer sehr geschickt an.
Am besten, du hältst still!«

Mit einer raschen Bewegung trennte er Amins Hose auf,
fuhr ihm mit der Hand zwischen die Beine, zog seinen Ho-
densack heraus, schnitt ihn geschickt mit der Spitze des Dolches auf, kramte mit zwei Fingern darin herum und machte
vorsichtig einen zweiten Schnitt.

Amin sagte kein Wort und gab auch keinen Klagelaut von
sich, aber sein Körper war in kalten Angstschweiß gebadet.
Während er mit zusammengebissenen Zähnen dalag, verzog
er nicht ein einziges Mal das Gesicht vor Schmerz.

Als Suleiman sich aufrichtete, lagen in seiner flachen Hand
zwei blutige Hoden. »Jetzt ist es aus mit der Männlichkeit!«
zischte er. »Nie wieder wirst du kleine Knaben vergewaltigen
und anderen Männern die Frau wegnehmen!« Er schleuderte
die beiden Hoden weit weg. »Die Welt kann aufatmen, ihr
wird manches erspart bleiben.« Er entnahm einer der Taschen
seiner weiten *djellabah* ein Stück dünne Schnur und band damit die Wunde ab. »Jetzt läufst du nicht mehr Gefahr zu ver-
bluten«, spottete er, während er den Dolch an Amins Hose
abwischte. Dann seufzte er und fuhr mißmutig fort: »Dir die
Augen auszustechen ist leider nicht ganz so angenehm.« Er

230

drehte sich zu einem seiner Männer um und fragte ihn: »Willst du das nicht übernehmen?«

»Warum bringst du ihn nicht lieber gleich um oder läßt ihn so, wie er ist?« schrie Nadia, die voller Entsetzen die Szene beobachtet hatte. »Hast du ihm denn nicht schon genug angetan?«

»Ein Versprechen ist ein Versprechen«, knurrte der alte Sklavenhändler. »Und du bist lieber still, denn du hast genauso viel Schuld wie er!« Er warf einen prüfenden Blick auf seine Männer und sah, daß niemand freiwillig den Henker spielen wollte. So stand er denn auf und zog eine zerknitterte Banknote aus der Tasche. »Zehn Dollar für den, der es macht!« köderte er die Sklaventreiber und schickte sich an, sein Reitkamel zu besteigen.

Fünf Minuten später waren sie alle zusammen unterwegs nach Nordosten.

Erst als er sich eingestehen mußte, daß er, blind und entmannt, ganz allein zurückgeblieben und rettungslos verloren war, entrang sich Amins Brust ein wilder, angstvoller Schrei der Verzweiflung.

Zeda-el-Kebir empfing ihn mit ausgebreiteten Armen und
zahllosen Ehrerweisungen.

»Willkommen in meinem Haus!« wiederholte er ein aufs
andere Mal. »Herzlich willkommen!«

Mario überließ Salomé, sein *mehari*, einem *bellah* und folgte
dem Männchen mit dem Matronengesicht in die Ecke des
Raumes, wo der Hausherr seine Gäste zu bewirten pflegte.
Ein buckeliges Weiblein beeilte sich, Tee und Gebäck herbei-
zuschaffen.

»Was verschafft mir die Ehre Ihres Besuchs, *effendi*?« erkundigte sich Zeda.

Mario war nie aus der absurden Sitte schlau geworden, daß
in dieser Gegend alle Weißen *effendi* genannt wurden. »Ich
suche nach zwei Kameraden«, antwortete er etwas irritiert.
»Einer ist Türke, der andere Engländer. Sind sie hier vorbeigekommen?«

»Hier? Bei mir?« wunderte sich Zeda. »Nein, nicht, daß ich
wüßte.« Aus seiner Stimme sprach unverhohlene Neugier,
als er fragte: »Hatten die Männer denn einen Besonderen
Grund, um mich zu besuchen?«

»O nein«, beschwichtigte ihn Mario. »Nichts Besonderes.
Ich hatte mir nur gedacht, daß ich sie hier antreffen oder hier
auf sie warten könnte.« Er machte eine wegwerfende Handbewegung. »Nichts von Bedeutung. Wahrscheinlich sind sie
in Guerada und amüsieren sich mit ein paar leichten Mädchen.«

»Ja, wahrscheinlich. Aber für Sie ist es schon zu spät, um
die Reise fortzusetzen. Erweisen Sie mir die Ehre, für eine

Nacht mein Gast zu sein. Morgen können Sie dann weiterreiten.«

Mario der Korse zögerte. Er blickte das Männchen lange an, doch am Ende meinte er kopfnickend: »Danke für die Einladung. Ich habe seit Tagen nichts Warmes im Bauch gehabt.«

»Ich werde sofort ein Huhn schlachten und einen leckeren *kuskus* zubereiten lassen.«

»Macht euch meinetwegen keine Umstände.«

»Das sind keine Umstände«, beteuerte Zeda. »Für ein Mitglied der Ébano-Gruppe ist keine Mühe zu groß. Für euch ist mir nichts gut genug, denn ihr schützt uns gegen diese Bande von Sklavenhändlern!«

Er klatschte in die Hände. »Yuba!« Als niemand auftauchte, wiederholte er wütend: »Yuba, du verdammter Neger! Wo steckst du?«

Der *bellah*, dem Mario sein Kamel überlassen hatte, erschien in der Tür. »Ja, Herr?«

»Schlachte sofort ein Huhn, und gib es der Alten! Sie soll für unseren Gast einen guten *kuskus* zubereiten ... Warte! Hab ich dir nicht immer wieder gesagt, du sollst mich nicht Herr nennen? Ich bin nicht dein Herr, sondern nur dein Arbeitgeber!«

Der Schwarze deutete eine Verbeugung an. »Jawohl, Herr«, murmelte er und verschwand.

Zeda-el-Kebir schüttelte den Kopf wie ein Mensch, der die Dummheit anderer satt hat. »Mit denen wird niemand fertig«, seufzte er. »Sie stammen aus einem Volk von Sklaven, und alles, was wir unternehmen, um sie zu ändern, ist vergeblich. Sie verstehen einfach nicht, nein, sie verstehen überhaupt nichts.«

Die beiden Männer schwiegen lange und hörten zu, wie Yuba draußen im Hof einer Henne nachjagte. Urplötzlich brach das laute Gegacker ab, und es herrschte wieder tiefe Stille.

Hat man hier irgend etwas von einer Sklavenkarawane gehört?« brach der Italiener das Schweigen.

»Eine Sklavenkarawane?« Zedas Verblüffung war meisterhaft geheuchelt. »Nein, nicht das geringste, *effendi*, wirklich nicht. Vor ein paar Tagen ist von hier aus eine Karawane aufgebrochen, aber ich kann versichern, daß sie sauber war. Ich habe persönlich die Ladung inspiziert: Natronsalz vom Tschad-See für den Sudan.«

»War eine Frau dabei?«

»Eine Frau? Nein.«

Mario verfiel wieder in Schweigen und überlegte sich genau, was er als nächstes sagen sollte.

»Hör gut zu, Zeda«, meinte er schließlich. »Uns ist zu Ohren gekommen, daß demnächst hier eine Karawane vorbeikommen wird – mit einer jungen, schönen Frau. Wenn du uns rechtzeitig informierst, gebe ich dir fünfhundert Dollar.«

Das Männchen pfiff bewundernd durch die Zähne. »Die Frau muß ja wirklich sehr wichtig sein!«

»Ja, das ist sie für uns.«

»Wieso?«

»Weil sie mit einem Freund verheiratet ist.«

»Mit einem Weißen?«

»Ja.«

»Sieh an!« wunderte sich Zeda. »Wie seltsam! Eine schwarze Sklavin, die mit einem Weißen verheiratet ist!«

»Woher weißt du, daß sie eine Schwarze ist?«

Zeda tat so, als wunderte er sich über die Frage. »Sie muß einfach eine Schwarze sein«, erklärte er. »Niemand würde es wagen, eine Weiße zu rauben und mit ihr durch halb Afrika zu ziehen. Außerdem: Wenn sie eine Weiße wäre, hättest du es mir doch von Anfang an gesagt, stimmt's?«

»Ja, natürlich«, gab Mario zu. »Sie ist tatsächlich eine Schwarze.«

»Und wer ist ihr Mann?«

»Ein Freund, das sagte ich doch schon.«

Sie sprachen nicht mehr, bis die buckelige Alte mit dem *kuskus* kam. Auch beim Essen schwiegen sie, und danach zündete Zeda die Wasserpfeife an und hielt Mario ein Mundstück hin.

Der Italiener machte eine abwehrende Handbewegung. »Nein, ich geh lieber schlafen.«

»Yuba wird dir deine Lagerstatt zeigen.«

»Danke, aber ich schlafe lieber unter freiem Himmel.« Mario ging zur Tür. »Also dann, bis morgen!«

»Möge Allah dich schützen!«

Mario ging hinaus und atmete genußvoll tief durch. Die Luft war schon merklich kühler geworden. Er vergewisserte sich, daß Salomé etwas zum Fressen erhalten hatte, nahm seine Decke und sein Gewehr und legte sich nicht weit vom Haus entfernt im Sand zum Schlafen nieder.

Auch an diesem Morgen hatte David noch eine Runde mit dem Jeep gedreht und bereitete nun alles vor, um sich schlafen zu legen. Ein letztes Mal ließ er den Blick über die Landschaft schweifen, die er mittlerweile bis in die kleinste Einzelheit kannte, und plötzlich hatte er das Gefühl, als würden sich sein Herz und sein Magen, ja sogar seine Eingeweide zusammenkrampfen.

Er fuhr sich mit der Hand über die Augen und versuchte, Ruhe zu bewahren, denn er wollte nicht ein weiteres Mal Opfer einer Täuschung werden, doch ein zweiter Blick beseitigte jeden Zweifel. Links vor ihm, nicht weit von der Gegend entfernt, die Pisaca überwachen sollte, war eine lange Reihe von Kamelen aufgetaucht: Eine Karawane, die nach Nordosten zog.

»Das sind sie!« murmelte David. »Lieber Gott, sollte es tatsächlich möglich sein?«

Er mußte sich zusammenreißen, um nicht in den Jeep zu springen und der Karawane entgegenzufahren. Alecs warnende Worte kamen ihm in den Sinn: »Gehen Sie nicht allein hin! Pisaca und ich müssen unbedingt dabeisein, wenn wir eine Karawane abfangen.« Es kostete ihn Überwindung, sich diesem Rat zu beugen, aber er begriff, daß er andernfalls alles aufs Spiel setzte.

Die Stunden verstrichen. Er lag oben auf einer Düne, beobachtete wie hypnotisiert die gemächlich dahinziehende Karawane und bemerkte auch, daß ab und zu eines der Kamele seine Ladung abwarf und dadurch einen kurzen Halt erzwang.

Im Zeitalter der Überschall-Jets und der atomkraftgetriebenen Schiffe kam es ihm lächerlich und absurd vor, daß noch immer auf diese Weise Waren transportiert wurden, doch angesichts der Trostlosigkeit dieser Landschaft und der Tatsache, daß die Wüste sich seit vielen Jahrtausenden nicht geändert hatte, mußte er zugeben, daß eine Karawane von Kamelen offenbar die beste, vielleicht sogar die einzige Möglichkeit bot, dieses Meer aus Sand zu durchqueren.

In der Wüste gab es keine Straßen und Wege. Und wenn in manchen Landkarten dennoch welche eingezeichnet waren, so stellten sie nicht viel mehr dar als Striche auf dem Papier, denn in der Stunde der Wahrheit, wenn man nach ihnen suchte, hatte der Sand sie unter sich begraben, oder sie waren vom Wind verwischt worden.

David vernahm von weitem das mißlaunige Brüllen eines Kamels und wenig später den schrillen Ruf eines wütenden Kameltreibers. Sosehr er seine Augen auch anstrengte, konnte er dennoch nicht unterscheiden, was für Waren diese Karawane transportierte und wie viele Reisende ihr angehörten.

Wenig später tauchte im Osten die deutlich erkennbare Silhouette von Cristóbal Pisaca auf. Da endlich rutschte David den Hang der Düne hinunter, stieg in den Jeep, ließ den Motor an und fuhr dem Spanier entgegen, ohne unterwegs die Karawane, die beim Erscheinen des Fahrzeugs stehengeblieben war, einen einzigen Moment lang aus den Augen zu lassen.

Die Kamele nutzten die Rast, um sich im Sand auszustrekken, während die Treiber aus den Sätteln sprangen und sich an der Spitze des Zuges sammelten, um die Ankunft des Jeeps und des Reiters abzuwarten.

Pisaca stieß zu David, als er nur noch fünfhundert Meter von der Karawane entfernt war. Der Spanier lenkte sein Kamel auf die linke Seite des Jeeps, und ohne anzuhalten rief er David zu: »Ich reite allein hin! Fahren Sie bis auf hundert Meter ran und bleiben Sie dann stehen! Geben Sie mir Feuerschutz, während ich die Ladung untersuche. Falls es Schwierigkeiten gibt, versuchen Sie nicht, mir zu helfen. Schießen Sie aus allen Rohren, und fahren Sie dann so schnell wie möglich zur Oase, um Alec zu informieren. Alles klar?«

»Ja, aber warum Sie und nicht ich?«

»Weil Sie sich mit solchen Leuten nicht auskennen. Bleiben Sie lieber hier!«

Widerwillig folgte David der Aufforderung, hielt den Jeep an, griff nach hinten und zog sein Gewehr aus dem Futteral. Die Waffe glänzte in der Sonne.

Unterdessen war Pisaca weitergeritten. Dicht bei der kleinen Menschengruppe, die ihn bewegungslos erwartete, zwang er sein Kamel in die Knie, stieg ab und grüßte. »Assalam aleikum!«

»Assalam aleikum!« wurde ihm geantwortet, und ein Sudanese, offenbar der Anführer dieser Karawane, erkundigte sich: »Was hat dies zu bedeuten?«

»Eine reine Routineangelegenheit«, antwortete Pisaca. »Wir wollen nur feststellen, ob ihr Sklaven transportiert.«

»Mit welchem Recht?«

Pisaca berührte den Lauf seines Gewehrs. »Mit diesem hier.«

Der Araber schien nicht sonderlich beeindruckt. »Ich habe acht Kameltreiber, und sie sind alle bewaffnet.«

»Weißt du, wieviel bewaffnete Männer ich hinter mir habe?« erwiderte der Spanier grinsend.

»Nein, natürlich nicht, aber ich will mich mit dir nicht streiten. Falls du nur nach Sklaven suchst, kannst du dir getrost meine Karawane ansehen. Ich habe nichts zu verbergen.« Er gab einem seiner Männer einen Wink. »Mach ein Feuer und bereite Tee für unsere Gäste! Und du da drüben – bau meine khaima auf!«

Pisaca ging die lange Reihe der Kamele entlang und vergewisserte sich, daß sie tatsächlich nichts anderes als eine Ladung Salz beförderten. Ihm fiel der elende Zustand der Tiere auf, aber er sagte nichts dazu. Als er fertig war, stand schon der Tee bereit, und auch das Nomadenzelt des Sudanesen war inzwischen aufgebaut worden. Pisaca sah, daß keiner der Kameltreiber bewaffnet war, und er gab David mit einem Wink zu verstehen, daß er jetzt näher kommen konnte. Dann setzte er sich auf den Teppich und legte sein Gewehr in Reichweite neben sich.

Der Sudanese wies auf die Waffe und meinte: »Die wirst du hier nicht brauchen. Meine Gäste sind mir heilig. Allah würde mir den Eintritt ins Paradies verweigern, würde ich die Gesetze der Gastfreundschaft mißachten.«

Der Spanier antwortete nicht. Gerade war David eingetroffen und grüßte die anderen mit einem Kopfnicken.

»Dies ist mein Freund David Alexander«, stellte Pisaca ihn vor. »Er spricht leider nicht Arabisch.«

»Oh, dafür spreche ich Englisch«, meinte der Sudanese. »Ich heiße Suleiman Ben-Koufra und bin auf dem Heimweg nach Al-Fasher. Hinter mir liegt eine lange Reise.«

»Ja, sie muß wirklich lang gewesen sein«, erwiderte Pisaca. »Deine Kamele sind in einem wirklich bedauernswerten Zustand.«

»Die Dürre ist die Geißel Afrikas«, stellte Suleiman lapidar fest. »Einige meiner besten Kamele sind auf der Strecke geblieben. Und was aus den anderen geworden ist, siehst du ja selbst.«

Er verstummte kurz. »Gehört ihr zufällig zu diesem geheimnisvollen Kampfverband, der sich Ébano-Gruppe nennt?« erkundigte er sich dann.

»Ich ja, mein Freund nicht«, antwortete Pisaca und blickte den Sudanesen durchdringend an. »Mein Freund ist auf der Suche nach seiner jungen Frau. Sie wurde von Sklavenhändlern im Kamerun geraubt. Hast du vielleicht von ihr gehört?«

David hätte schwören mögen, in den Augen von Suleiman ein erstauntes Blitzen wahrgenommen zu haben. Der Sudanese ergriff die Teekanne, und seine Hand zitterte nicht im geringsten, als er einschenkte. Erst als er damit fertig war, blickte er auf und fragte: »Warum soll ausgerechnet ich etwas über sie wissen? Ich bin ein schlichter Kaufmann und habe noch nie mit Sklavenhändlern zu tun gehabt.«

»Es war ja nur eine Frage.« Pisaca schlürfte seinen Tee. »Mein Freund bietet übrigens dem, der ihm seine Frau wiederbeschafft, eine Menge Geld.« Er wandte sich David zu: »Das stimmt doch, nicht wahr?«

David nickte wortlos und nahm einen Schluck. »Achtzigtausend Dollar. Alles, was ich auftreiben kann.«

Die Zahl schien in der Luft zu hängen und das kleine Zelt auszufüllen. Jetzt zitterte die Hand von Suleiman alias Suleiman Ben-Koufra unübersehbar. »Achtzigtausend Dollar?«

wiederholte er ungläubig. »Deine Liebe zu dieser Frau muß wahrhaft groß sein!«

»Ja, das ist sie«, gab David zu. »Aber sag, kannst du mir auf irgendeine Weise weiterhelfen, damit ich sie finde?«

»Es ist mehr Geld, als du hier in der Wüste mit deinen Geschäften in zehn Jahren verdienen könntest«, gab Pisaca zu bedenken.«

»O ja, viel mehr«, pflichtete ihm Suleiman bei. »Aber leider sehe ich jedoch nicht, wie ich mir das Geld verdienen könnte.« Er dachte kurz nach und meinte dann: »Für alle Fälle werde ich mich mit meinen Männern besprechen. Vielleicht hat einer von ihnen von einer Sklavenkarawane gehört. Wie, sagtest du, heißt deine Frau? Und wie sieht sie aus?«

»Sie heißt Nadia, ist zwanzig Jahre alt und eine *ashanti*.«

Der Sudanese stand auf, ging zum Eingang des Zeltes, rief seine Männer zusammen und ging mit ihnen zum anderen Ende der Karawane.

David wandte sich Pisaca zu. »Meinen Sie, daß wir das richtig gemacht haben?«

»Ich hoffe es. Sie haben einen hohen Betrag genannt, und das hat den Burschen sichtlich nervös gemacht. Es ist mehr, als ihm irgendein Käufer bezahlen würde. Wenn er Ihre Frau in seiner Gewalt hat, wird er sich irgend etwas einfallen lassen, um mit Ihnen handelseinig zu werden. Wahrscheinlich kommt er zurück und verkündet, daß einer seiner Männer einen kennt, dessen Vetter einen Mann kennt, der . . . und so weiter und so weiter.« Pisaca machte eine schwungvolle Handbewegung. »Wenn sich dieser Kerl als Vermittler anbietet, dann heißt das, daß wir auf der richtigen Spur sind.«

»Hoffentlich!«

»Haben Sie eigentlich so viel Geld?«

»Nein, aber ich kann es besorgen. Alec Collingwood will mir so viel leihen, wie ich benötige. Ich könnte ihm zwei Wochen später alles zurückzahlen.«

»Er hat mehr als genug. Machen Sie sich deswegen keine Sorgen.« Er verstummte, denn Suleiman kam zurück. Der Sudanese hielt den Kopf gesenkt, als machte ihm ein Problem schwer zu schaffen – und so war es auch. Achtzigtausend Dollar! Das war eine Summe, die einen Menschen durchaus zu einer Dummheit verleiten konnte. Suleiman hatte nur vorgeschützt, er müsse mit seinen Männern reden; in Wahrheit wollte er Zeit gewinnen, um über das Angebot nachzudenken. Achtzigtausend Dollar als Preis für einen Menschen, für den er nicht einmal zwanzigtausend zu bekommen hoffte, und obendrein ein Geschäft ohne Risiko!

Doch dann fielen ihm Amins Worte ein: »Sie weiß zu viel über uns. Wo könnten wir uns noch sicher fühlen, nachdem sie uns verraten hat?«

Ja, Amin hatte recht: Es hatte schon zu viele Tote gegeben. Wenn Nadia alles erzählte, was sie über ihn, Suleiman, wußte, dann würde man ihn bis ans Ende der Welt verfolgen, ein Kopfgeld auf ihn aussetzen, sein Haus in Sawakin dem Erdboden gleichmachen und ihn keinen Augenblick mehr ruhig schlafen lassen . . .

Er lächelte seine beiden Gäste an, nahm wieder Platz und schüttelte bedauernd den Kopf. »Tut mir leid, aber von meinen Leuten weiß auch niemand, wie man mit den Sklavenhändlern Kontakt aufnehmen könnte.«

»Wirklich?« fragte David enttäuscht.

»Du könntest dir als Vermittler eine hübsche Summe verdienen«, köderte Pisaca den Sudanesen, doch Suleiman erwiderte mit Bestimmtheit: »Meine Prinzipien gestatten mir nicht, an einem derartigen Geschäft auch nur einen Heller zu verdienen.« Seine Stimme nahm einen hochmütigen Klang an. »Es tut mir ehrlich leid, daß ich euch nicht weiterhelfen kann.«

Damit schien für ihn das Gespräch beendet, und David und Pisaca mußten sich wohl oder übel verabschieden. Der Spanier ergriff die Zügel seines Kamels und begleitete David bis zum Jeep, von wo aus sie zuschauten, wie das Nomadenzelt abgebaut und die Karawane marschfertig gemacht wurde.

Pisaca kaute geistesabwesend auf seiner Unterlippe herum. »Seltsam«, meinte er nach einer Weile. »Äußerst seltsam. Zum ersten Mal in meinem Leben habe ich einen sudanesischen Kaufmann kennengelernt, der sich die Möglichkeit entgehen läßt, einen Batzen Geld zu verdienen.« Er blickte David an. »Finden Sie das etwa normal?«

»Ich kenne mich mit solchen Leuten nicht gut aus.«

»Sie sind lauter Krämerseelen.« Wieder biß sich Pisaca so

heftig auf die Unterlippe, daß es fast schmerzen mußte. »Ich möchte wetten, daß er etwas weiß. Wahrscheinlich weiß er sogar zu viel.«

»Aber warum will er dann nicht mit uns verhandeln?«

»Das ist genau das, was mir Sorgen macht.«

Die Karawane hatte sich in Bewegung gesetzt und zog dicht an ihnen vorbei. Suleiman grüßte majestätisch von seinem Reitkamel herab.

David wandte sich Pisaca zu. »Und was machen wir jetzt?« wollte er wissen.

»Ab jetzt müssen wir die Augen noch weiter aufreißen als bisher. Ich glaube nach wie vor, daß hier irgendwo der Hund begraben liegt.«

»Was meinen Sie damit?«

»Daß an dieser Karawane irgend etwas stinkt!« Er steckte den Daumen seiner linken Hand in den Mund und kaute darauf herum. »Schauen Sie sich doch diese Kamele an!« sagte er nach einem Weilchen. »Das sind die klapprigsten Viecher, die ich in meinem ganzen Leben gesehen habe. Kein Sklavenhändler würde solche Klepper kaufen, aber zu einem Hungerleider von einem Salzhändler scheinen sie gut zu passen.« Nachdenklich blickte er der Karawane nach. »Ich glaube, Sie sollten jetzt besser auf Ihren Posten zurückkehren. Ich werde hierbleiben.«

»Wieso?«

»Für den Fall, daß eine zweite Karawane auftaucht, muß jemand dasein, der verhindert, daß sie von diesen Leuten gewarnt wird. Ich habe mehr Erfahrung als Sie mit solchen Dingen.«

»Am liebsten würde ich Sie begleiten.«

»Nein, Sie müssen auf Ihrem Posten bleiben und aufpassen. Fahren Sie morgen ganz früh zur Oase und unterrichten Sie Miranda. Sie wird die Nachricht an Alec weitergeben. Er entscheidet, was dann geschieht.« Pisaca streckte David die Hand hin. »Fahren Sie gleich los, bevor es dunkel wird.«

David ließ den Motor an. »Viel Glück!«

»Ja, viel Glück!«

Pisaca sah zu, wie sich der Jeep in einer Staubwolke entfernte. Er warf einen letzten Blick auf die Karawane, die im Norden nur noch ganz klein zu sehen war, überschlug rasch, wie lange es noch hell sein würde, und machte sich daran, sein *mehari* abzusatteln. »Na los, such dir was zu fressen, aber lauf nicht zu weit weg!« forderte er das Kamel auf. »Vielleicht kann ich dich schon bald gut gebrauchen.« Er legt ihm Fußfesseln an und überließ es sich selbst, damit es in der Umgebung graste. Dann vertrieb er sich die Zeit damit, sein mit einem Zielfernrohr ausgestattetes Gewehr besonders gründlich zu reinigen.

Der Mond erschien am Himmel und beleuchtete die Gestalt des Mannes, der im Sand schlief. Am Brunnen quakten ein paar Frösche.

Ein Schatten huschte geräuschlos auf den Schlafenden zu. Jedesmal, wenn das Quaken der Frösche für ein paar Sekunden aussetzte, verharrte die Gestalt wie angewurzelt und lauschte angestrengt in die nächtliche Stille.

Der Schlafende ließ ein kurzes, schnarchendes Geräusch vernehmen, drehte sich auf die andere Seite und kuschelte sich tiefer unter die Decke.

Das Quaken der Frösche hatte wieder eingesetzt, und der nächtliche Besucher war endlich neben dem Schlafenden angelangt. Ohne das leiseste Geräusch beugte er sich vor und streckte die Hand nach dem Kopf des vor ihm Liegenden aus, doch auf halbem Weg hielt die Hand plötzlich inne, denn der Mensch, zu dem sie gehörte, hatte verblüfft und erschrocken festgestellt, daß er in die dunkle Mündung eines Revolvers blickte.

Sekundenlang starrten sich der schwarze Yuba und Mario der Korse wortlos an, dann fragte der Italiener: »Was hast du hier zu suchen?«

Der *bellah* legte einen Finger auf die Lippen. »Nicht so laut!« flüsterte er. »Zeda hat Ohren wie ein Wüstenfuchs. Er hört alles, sogar im Schlaf. Ich muß mit dir reden!« Mit einer Handbewegung forderte er Mario auf, ihm zu folgen. Der Italiener packte sein Gewehr und schlich so leise wie möglich hinter dem Schwarzen her. Etwa hundert Meter vom Haus entfernt blieben sie in einem kleinen Gehölz stehen.

244

»Was ist los?« fragte Mario ungeduldig.

Yuba wies auf die Erde unter seinen Füßen. »Hier liegen deine Freunde begraben. Alle beide.«

Mario hatte das Gefühl, daß ihm der Bauch und das Gedärm mit einem Krummdolch aufgeschlitzt wurden, und ein heiseres Schluchzen brach aus ihm heraus. Es dauerte lange, bis er sich wieder in der Gewalt hatte. Yuba schwieg respektvoll. Endlich hob der Italiener den Kopf, wischte die Tränen mit dem Ärmel seines weiten Hemdes ab und fragte: »Wie konnte das geschehen?«

Der Schwarze antwortete achselzuckend: »Sie kamen hier an, als mein Herr gerade Gäste hatte – und eine Ladung Sklaven unten im Keller. Plötzlich knallten Schüsse, und als ich hinlief, lagen deine Freunde am Boden und waren tot.«

»War unter den Sklaven auch eine junge Frau? Eine *ashanti*?«

»Ja, ich hörte, wie mein Herr sagte, sie sei ein Vermögen wert.«

Mario der Korse blickte den Schwarzen an: »Warum tust du das?«

»Weil ich frei sein will. Ich hatte schon seit langem vor, Zeda und sein ›Masthaus‹ an euch zu verraten, aber ich hatte Angst vor seiner Rache. Aber jetzt kann er sich nicht mehr an mir rächen.« Yuba packte Marios Arm. »Du wirst ihn doch nicht mit dem Leben davonkommen lassen, oder?« fragte er angstvoll.

»Nein, natürlich nicht. Wenn es stimmt, was du erzählst, ist er so gut wie tot.«

»Wenn du willst, hole ich eine Schaufel, und wir graben die Toten aus. Ihre Kleidung und ihre Waffen sind in Zedas Zimmer, er bewahrt sie in einer Kiste unter seinem Bett auf.«

»Wo schläft Zeda?«

»Im hinteren Zimmer.«

»Gehört das Fenster an der Ecke dazu?«

Der Schwarze nickte.

Mario richtete sich entschlossen auf, überprüfte sein Gewehr und schob den Sicherungshebel zurück. »Danke«, sagte er. »Ich werde dich dafür belohnen.«

»Mir reicht die Freiheit als Belohnung«, erwiderte Yuba, aber Mario hörte seine Worte schon nicht mehr, denn er war aus dem kleinen Gehölz getreten und steuerte geradewegs auf das vom fahlen Mondlicht erhellte Haus zu. Zum ersten Mal in seinem Leben fühlte er, daß sich seiner so etwas wie Mordlust bemächtigte, und die Erinnerung an seine Kameraden ließ ihn sogar vergessen, daß er Zeda eigentlich lebendig brauchte.

Nur noch zwanzig Meter trennten ihn vom Haus, als er in dem Fenster an der Ecke etwas glänzen sah. Instinktiv warf er sich zu Boden. Da zerriß der Knall eines Schusses die Stille.

Die Detonation verhallte in den Weiten der Wüste. Die Frösche am Brunnen waren vor Schreck verstummt. Tiefes Schweigen schien sich über die Welt herabgesenkt zu haben, doch dann vernahm Mario hinter sich eine zaghafte Stimme: »Bist du tot, *effendi*?«

Die klägliche Stimme des zu Tode erschrockenen Schwarzen amüsierte Mario. Grinsend tastete er nach dem Gewehr, das ihm entglitten war. In diesem Augenblick knallte ein zweiter Schuß. Die Kugel pfiff über seinen Kopf hinweg, und dann ertönte klar und deutlich Zeda-el-Kebirs Stimme in der nächtlichen Stille: »Warte nur, du kommst auch noch dran, du schwarzer Verräter! Ich zieh dir das Fell über die Ohren!«

»Nicht sterben, *effendi*!« flehte Yuba in dem kleinen Gehölz. »Der tut immer, was er sagt!«

Marios Hand hatte endlich den Lauf des Gewehres gefunden. Er nahm die Waffe, warf sich auf die Seite und begann, fast ohne zu zielen, auf das Haus zu feuern.

Sofort wurden seine Schüsse erwidert, und Kugeln pfiffen über ihn hinweg. Er robbte zu einer kleinen Kuhle, die ihm ein bißchen Deckung bot, und schoß weiter. Erst nachdem er zehn oder zwölf Patronen vergeudet hatte, begriff er, daß er so nichts erreichte. Zeda-el-Kebir mußte dieselbe Überlegung angestellt haben, denn auch er hatte zu schießen aufgehört.

Mario beschloß, erst einmal abzuwarten. Die Erinnerung an das, was Razman und dem Engländer zugestoßen war, erfüllte ihn mit blinder Wut, und er mußte sich zusammennehmen, um nicht einfach auf das Haus loszustürmen und so lange aus vollem Rohr zu feuern, bis sich der elende Wicht, der sich hinter jenen Mauern verbarg, nicht mehr rührte. Zwei tapfere Männer, zwei Freunde, mit denen er, Mario, jahrelang die Wüste durchstreift hatte, waren kaltblütig er-

246

mordet worden, und Mario schwor sich, daß von Zeda-el-Kebirs »Masthaus« nichts übrigbleiben würde und daß dieser Racheakt allen zur Warnung dienen sollte, die es wagten, andere Menschen zu versklaven und zu verkaufen.

»Yuba!« rief er. »Wo bist du, Yuba?« Diesmal erhielt er keine Antwort von hinten, aber das erstaunte ihn nicht sonderlich, denn der *bellah* war bestimmt schon weit fort. Sicher rannte er, so schnell ihn seine Füße trugen, irgendwo durch die Wüste.

Etwas bewegte sich hinter dem Fenster. Sofort schoß Mario, aber der Schuß war sinnlos und wurde auch nicht erwidert.

»Der bleibt da drin, bis es hell wird«, brummte er. Vorsichtig versuchte er den Rückzug zu dem kleinen Gehölz anzutreten, aber zwei Kugeln pfiffen dicht über seinen Kopf hinweg und zwangen ihn, schleunigst wieder in Deckung zu gehen. Er wußte, daß er in der Falle saß. Wenn ich bei Sonnenaufgang noch lebe, wird er mich durchlöchern wie ein Sieb, dachte er. Der Scheißkerl wird seinen Spaß mit mir haben!

Plötzlich bemerkte er in dem eingezäunten Hof hinter dem Haus einen schwankenden Lichtschein, und er hätte schwören mögen, daß dort jemand versuchte, ihm etwas zu signalisieren. Er schaute genauer hin, und jetzt gab es keinen Zweifel mehr: Jemand hatte eine Petroleumlampe angezündet und schwenkte sie, Zedas Blicken entzogen, in Marios Richtung. Gleich darauf näherte sich das Licht dem Haus, und Mario erkannte Yuba, der auf allen vieren zu einem Fenster schlich. Er begriff die Absicht des Schwarzen, riß sein Gewehr an die Schulter und schoß dreimal kurz hintereinander auf das Fenster, hinter dem er Zeda vermutete.

Der *bellah* nutzte die Gelegenheit, um bis zur Hausecke zu huschen, mit dem linken Arm auszuholen und die brennende Petroleumlampe mit einer schwungvollen Bewegung ins Innere des Gebäude zu schleudern.

Mario wartete geduldig, bis Zeda aus dem Fenster sprang, und es bedurfte nicht der Aufforderung Yubas, der ihm zurief: »Bring ihn um, *effendi*! Bring ihn um!« Immer wieder zog Mario den Abzug seines Gewehres durch, bis sich das Männchen mit dem Matronengesicht nicht mehr rührte.

Hyänen, Geier und Schakale. Er spürte, daß sie in der Nähe waren; er konnte sie hören und sogar riechen. Ab und zu wagte sich eine der Hyänen besonders weit vor, knurrte und wollte sich auf ihn stürzen, mußte jedoch jedesmal zurückweichen, weil der Mann zu ihr herumfuhr und mit einem großen Steinbrocken, seiner einzigen Waffe, nach ihr schlug.

Es war ein verzweifelter, sinnloser Verteidigungskampf, denn der Mann war vom Blutverlust geschwächt, litt an Durst, besaß keine Waffen und hatte nicht einmal Augen in den Höhlen. Bloß Angst und Wut ließen ihn gegen die gierige Meute standhalten. Er wußte, daß er nur zu Boden stürzen mußte, damit eine der Hyänen ihm an die Kehle fuhr und sich die Geier auf ihn stürzten, um ihn bei lebendigem Leib zu zerfetzen.

Er schrie, und in diesem Schrei lag so viel Verzweiflung, daß die Aasfresser zusammenzuckten und für kurze Zeit von ihm abließen. Der Mann bot seine ganze Kraft auf und begann zu laufen, doch es war mehr ein Taumeln, und als er über einen Busch stolperte, fiel er der Länge nach hin. Eine kleine Weile blieb er so liegen und versuchte Kraft zu sammeln, aber er wußte, daß all seine Reserven erschöpft waren. Tastend suchte er mit der Hand nach dem Stein, der ihm entglitten war.

Er sog die Luft ein, und der Gestank sagte ihm, daß eine der Hyänen sich ganz nah an ihn herangewagt hatte. Er ballte die Fäuste, schlug wild um sich und traf die Hyäne. Das Tier schnappte nach ihm, erwischte ihn am Handgelenk und schüttelte heftig den Kopf hin und her, aber eben dies wurde der Hyäne zum Verhängnis: Amins andere Hand fuhr ihr an die Kehle und drückte mit solcher Kraft zu, daß sie seinen Arm freigeben mußte. Jetzt schlossen sich beide Hände Amins um den zottigen Hals und würgten ihn mit solch blinder Wut, daß das Genick knackend brach.

Amin schleuderte den Kadaver von sich, und sofort stürzten sich die anderen Hyänen auf die tote Artgenossin, um sie zu verschlingen.

Taumelnd kam Amin auf die Beine und setzte seinen Weg fort. Es war sein letzter Versuch, den gefräßigen Wüstenbewohnern zu entkommen, aber schon nach hundert Metern brach er erneut in die Knie. Er war am Ende.

Als von der toten Hyäne nur noch ein Haufen nackter Knochen übrig war, schloß sich der Kreis der Schakale, Geier und Hyänen erneut um Amin. Er hörte sie kommen, und er wußte, daß er ihnen ausgeliefert war. Blindlings tastete er den Sand um sich her ab, fand einen großen Stein und schlug immer wieder mit der Stirn dagegen, in der Hoffnung, ohnmächtig zu werden, damit alles rasch ein Ende hatte.

Ein Geier setzte sich auf seine Schulter. Eine Hyäne schnappte nach seinem Bein.

Da knallte ein Schuß, und die Tiere stoben auseinander. Verwundert hob Amin das blutüberströmte Gesicht, lauschte und vernahm das Geräusch eines sich im Trab nähernden *meharis*.

Wieder knallte ein Schuß. Nun trollten sich auch die frechsten der Hyänen und Schakale, die Geier erhoben sich in die Lüfte und zogen dort oben ihre Kreise.

Ohne abzuwarten, daß sein *mehari* vorne in die Knie ging, sprang der Reiter aus dem Sattel und lief zu dem Mann, der im Sand ausgestreckt lag. »Allah sei mir gnädig!« rief er. »Wer hat dir das angetan?«

»Wasser!« stöhnte Amin.

Der Reiter ging zu seinem Kamel zurück, holte eine große Feldflasche und hielt sie Amin an die Lippen, während er entsetzt die Wunden und die leeren Augenhöhlen des am ganzen Leibe zitternden Unbekannten betrachtete. »Beruhige dich!« redete er ihm zu. »Jetzt bist du in Sicherheit. Ich werde dich nach Guerada bringen.« Aber Amin schüttelte abwehrend den Kopf. »Allah möge es dir vergelten«, flüsterte er,

»aber es wäre vergebliche Mühe. Gib mir einen Gnadenschuß, und beerdige mich so, daß diese Bestien nicht an mich
herankommen.«

»Nein, ich werde dafür sorgen, daß du wieder gesund
wirst!«

Amin packte ihn am Arm. »Nein, bitte nicht!« flehte er.
»Sieh doch! Man hat mich kastriert und mir die Augen ausge-
stochen. Was kann mir das Leben noch bedeuten?«

»Wer hat das getan?«

»Suleiman, ein Sklavenhändler.« Er nahm noch einen
Schluck Wasser. »Versuch die Ébano-Gruppe zu finden. Sie
werden dir viel Geld für das geben, was ich dir jetzt sage.« Er
holte tief Luft. »Richte ihnen aus, daß ein gewisser Suleiman,
der sich manchmal auch Suleiman Ben-Koufra nennt, zwei
von ihren Leuten im Haus von Zeda-el-Kebir ermordet hat.
Sag ihnen auch, daß Suleiman die Frau in der Gewalt hat,
nach der sie suchen: eine *ashanti* namens Nadia. Suleiman
will nach Tazira. Dort wartet ein Lastwagen auf ihn, der ihn
und seine Karawane nach Al-Fasher bringen soll. Hast du verstanden?« fragte er voller Ungeduld.

»Ja, ich habe gut zugehört«, antwortete der Reiter beschwichtigend. »Dieser Suleiman will also nach Al-Fasher?«

»Ja, dieser Hundesohn träumt davon, sich in Sawakin zur
Ruhe zu setzen, aber ich will, daß man ihn erwischt und für
alles büßen läßt, was er angerichtet hat.« Amin dachte ein
paar Sekunden lang nach, bevor er fortfuhr: »Du sollst auch
nach einem gewissen Malik-el-Fasi suchen und ihm sagen,
daß es Suleiman war, der seine Frau und seine Söhne umgebracht hat. Sag es ihm, damit auch Malik Jagd auf diesen Suleiman macht!«

»Woher weißt du das?«

»Ich war selbst dabei.«

»Was wurde aus den Kindern?«

»Welche Kinder?«

»Die Söhne von diesem Malik.«

»Der Kleinere der beiden starb in Sawakin, kurz nachdem
man ihn kastriert hatte. Später erzählte mir jemand, daß sich
sein Bruder ins Rote Meer gestürzt hat. Suleiman hat an allem die Schuld! Reite los und suche diesen Malik! Erzähl ihm
alles!« Amins Hand krallte sich in das Hemd des Fremden

250

und zog ihn näher zu sich heran. »Schwöre, daß du es tun wirst! Schwör mir, daß du Malik finden wirst!«

Der andere entzog sich behutsam Amins Griff. »Ich bin Malik«, sagte er schlicht.

Danach sagten sie lange nichts. Unter der Wüstensonne, belauert von Aasfressern und nur mit einem geduldigen *mehari* als einzigem Zeugen, hüllten sich diese beiden Männer in Schweigen und rührten sich nicht, als wäre ihnen plötzlich aufgegangen, daß sie nichts weiter waren als zwei Figuren in einem Spiel, einer gigantischen Schachpartie des Schicksals, die sie nach so vielen Jahren zusammengeführt hatte.

»Du bist zu spät gekommen«, murmelte Amin schließlich. »Die ganze Zeit habe ich mich vor diesem Augenblick gefürchtet, aber nichts kann mir jetzt noch etwas anhaben.« Er schüttelte den Kopf. »Sag, was könntest du mir noch tun?«

Malik nickte, obwohl er wußte, daß der andere ihn nicht sehen konnte. »Nichts«, bestätigte er.

Er nahm die Feldflasche und stieg in den Sattel. *»Shiaaaa!«* rief er. »Los, auf die Beine!«

Das *mehari* stand gehorsam auf. Malik blickte sich um, versetzte dem Kamel mit dem Fuß einen Tritt in die Flanke und lenkte es nach Norden. Er drehte sich nicht ein einziges Mal um.

Amin hatte gehört, wie Malik davonritt. Jetzt hörte er nur noch den Flügelschlag der Geier, die sich langsam auf ihn herabsenkten, während die Hyänen und Schakale den Kreis wieder enger um ihn schlossen.

Selten hatte David einen so schönen Tagesanbruch erlebt. Als es zu dämmern begann, erhob sich seltsamerweise nicht wie üblich ein Wind, sondern es herrschte tiefes, friedliches Schweigen. Während in seinem Rücken der Himmel über dem Horizont immer heller wurde, konnte er vor sich eine Herde von Gazellen beobachten, die seelenruhig graste. Ein Wachtelschwarm, der auf der langen Reise gen Süden Zwischenstation gemacht hatte, nutzte die Frische der Stunde und setzte seinen Flug fort.

David hatte das Gefühl, ganz durchdrungen von der Ruhe dieser Landschaft zu sein, gleichzeitig spürte er, daß Nadia nicht fern war. Endlich erfüllte ihn die Gewißheit, auf dem richtigen Weg zu sein. Nun war es nur noch eine Frage der Zeit, bis er sie wiederhätte.

Alle Ängstlichkeit hatte ihn verlassen. Als er gestern nachmittag, das Gewehr in der Faust, zugeschaut hatte, wie sich Pisaca der Karawane genähert und ihre Fracht überprüft hatte, war ihm plötzlich aufgefallen, wie ruhig und gelassen er selbst war. Er hätte keinen Augenblick gezögert, es mit jener Handvoll Nomaden aufzunehmen, falls auch nur einer von ihnen irgendeine verdächtige Bewegung gemacht hätte. Er fürchtete diese Männer nicht, und er hätte sich auch vor hundert Gegnern nicht gefürchtet. Es war nicht die Aufregung oder die Wut, die ihm solchen Mut verlieh, sondern ein Zustand kühler Bewußtheit und die felsenfeste Überzeugung, daß er genau das tat, was er tun mußte.

Sogar die schlimmste seiner Ängste war verschwunden, nämlich das lähmende Gefühl, diesem bislang größten Problem seines Lebens nicht gewachsen zu sein. Daß es sich nicht so verhielt, dafür war er selbst der beste Beweis: Mit dem Gewehr in der Faust hatte er dagestanden und mitten in der Wüste eine ganze Karawane in Schach gehalten. Er befand sich genau an der Stelle, wo er hingehörte. Nach langen, verschlungenen Umwegen konnte er sich dies endlich eingestehen. Gewiß, er hatte Nadia nicht bei jener Karawane angetroffen, doch nach dieser langen, mit Wachen verbrachten Nacht wußte David, daß er fortan in der Lage sein würde, jede nur erdenkliche Situation zu meistern.

Rings um ihn her erstreckte sich die trostloseste und gefürchtetste Landschaft des Planeten Erde, doch er, David Alexander, war bereit, notfalls zehn Jahre lang die höllische Hitze und die tödliche Einsamkeit in dieser Wüste zu erdulden, falls dies die Bedingung war, damit er seine Nadia zurückerhielt. In seiner Seele vermengten sich der Wagemut des Schüchternen mit dem Durchhaltevermögen des Zauderers, und beim Gedanken an das Gesicht, das Jojó machen würde, gäbe es tatsächlich ein Leben nach dem Tode, so daß er ihn aus dem Jenseits beobachten könnte, mußte David unwillkürlich lächeln.

»Du bist nicht wiederzuerkennen, Langer«, würde Jojó wohl sagen. »So viele Jahre haben wir miteinander verbracht, und erst jetzt kommt dein wahrer Charakter zutage!«

Die Sonne erschien am Horizont. Nichts rührte sich in der trostlosen Weite. Die Gazellen waren fort, reglose Stille herrschte überall. David kletterte in den Jeep und machte sich auf den Weg zur Oase.

Miranda, die ihn von fern hatte kommen sehen, erwartete ihn. »Gestern ist eine Karawane vorbeigezogen«, informierte er sie. »Wir müssen Alec Bescheid sagen.«

Miranda nickte, nahm ein Gewehr, das in der Ecke ihres improvisierten Zeltes lag, schoß dreimal in die Luft, wartete eine Weile und feuerte noch drei Schüsse ab.

Als sie wieder neben ihm stand, wies David auf den Jeep. »Das Benzin geht zu Ende. Es würde mir leid tun, das Auto mitten in der Wüste stehenlassen zu müssen.«

»Wir haben noch einen Reservekanister«, sagte sie. »Aber den müssen wir uns aufheben, um zur nächsten Tankstelle zu fahren.«

253

»Wie weit ist es bis dorthin?«

»Zweihundert Kilometer.«

»Gibt es wirklich zweihundert Kilometer von hier eine Tankstelle?«

»Ja, in Tazira, und danach an der Strecke von Abeché nach Al-Fasher. Das ist die einzige Straße, die in dieser Gegend den Tschad mit dem Sudan verbindet. Am schnellsten kommt man dorthin, wenn man eine Abkürzung durch den Sudan macht.«

»Aber würde man an der Grenze keine Probleme bekommen?«

Sie mußte lächeln. »Grenze? Was für eine Grenze? Hier ist alles Wüste.«

Sie wollte noch etwas sagen, aber David hob die Hand und bedeutete ihr zu schweigen. »Da kommt jemand!«

»Wahrscheinlich ist es Alec.«

»Nein, jemand kommt von Süden her.« Er zwinkerte ihr spöttisch zu. »Wie Sie sehen, werde ich allmählich ein richtiger Experte.«

Sie erkletterten eine Düne, die Waffe in der Faust, und blickten dem sich nähernden Reiter entgegen. Bei ihnen angekommen, zwang er sein Reitkamel in die Knie und grüßte höflich: »*Assalam aleikum!*«

»*Assalam aleikum.*«

»Ich bin Malik-el-Fasi vom ›Volk des Schleiers‹«, stellte sich der *targi* vor.

»Malik der Einzelgänger?« fragte Miranda erstaunt.

»Ja, so nennt man mich wohl.«

Sie gingen zur Oase zurück, und die beiden Männer nahmen einander gegenüber im Schatten Platz, während Miranda Tee aufbrühte, wie es die Gesetze der Gastfreundschaft forderten. David betrachtete mit unverhohlener Neugier den *targi*, diese legendäre Gestalt, über die er in letzter Zeit so viel gehört hatte. »Alec Collingwood sucht nach Ihnen«, sagte er schließlich.

»Ich weiß«, erwiderte der andere. »Er ist schon unterwegs nach hier.«

Miranda lief zur nächsten Düne, kletterte hinauf, suchte den Horizont mit den Blicken ab und kehrte ratlos zurück. »Ich kann ihn nicht sehen«, gestand sie.

»Er ist unterwegs«, beharrte Malik. »Mein Kamel hat ihn gewittert.«

Schweigend tranken sie den kochendheißen Tee. Als sie die Tassen geleert hatten, erhob sich der *targi*, bedankte sich mit einem knappen Kopfnicken und entfernte sich etwa hundert Schritte. Dann kniete er nieder, das Gesicht nach Mekka gewandt, und begann, seine Gebete zu sprechen.

»Ein seltsamer Mensch, nicht wahr?« meinte David.

»Ja, eine lebende Legende. Er hat in seinem Leben angeblich schon so viele Menschen getötet, daß ich eigentlich auf das grausame Gesicht eines Mörders gefaßt war, aber er sieht einfach nur tieftraurig aus.«

»Es ist bestimmt auch traurig, allein durch die Wüste zu ziehen. Während der Nächte, die ich wach oben auf meiner Düne verbracht habe, ist mir klargeworden, daß ich hier in der Wüste auf die Dauer vor lauter Einsamkeit verrückt werden würde. Ich halte nur durch, weil ich Nadia retten will. Er hingegen hat niemanden mehr, und Rachedurst allein reicht nicht, um solch schlaflose Nächte zu füllen.«

»Vergessen Sie nicht, daß er hier geboren ist. Dies ist seine Welt.«

»In einer Welt, die nur aus Einsamkeit besteht, fühlt sich niemand zu Hause«, entgegnete David. »Schauen Sie sich ihn doch an! Vielleicht hat er seit Monaten mit niemandem gesprochen, aber wenn er dann jemanden trifft wie uns, geht er weg, um mit seinem Gott allein zu sein. Glauben Sie, daß dieser Gott ein Trost für ihn ist?«

»Und für Sie? Tröstet er Sie?«

»Nein.«

»Haben Sie es schon mal versucht?«

David schüttelte den Kopf. »Nein, ich habe den lieben Gott nie mit meinen Problemen behelligt. Dazu ist er viel zu weit fort. Aber wenn ich jetzt hier in der Wüste nachts all die Sterne betrachte, die so nah zu sein scheinen wie nirgends sonst, dann bin ich überzeugt, daß Gott, wenn überhaupt, hier in der Wüste wohnt.« Plötzlich lächelte er leise. »Haben Sie das Buch *Der kleine Prinz* von Saint-Exupéry gelesen?«

»Ja, vor vielen Jahren.«

»Neulich hatte ich kurz vor Tagesanbruch plötzlich das Gefühl, der kleine Prinz befände sich neben mir und würde mich gleich bitten, ihm ein Schaf zu zeichnen. Hier in der Wüste ist man auf alles gefaßt, man wäre nicht einmal sonderlich erstaunt, wenn ein kleiner Prinz auf einer Sternschnuppe dahergeflogen käme.«

»Oder ein Mensch, der schon zu Lebzeiten eine Legende ist«, ergänzte Miranda mit einem Blick auf Malik, der noch immer zu beten schien, in Wahrheit jedoch den Blick in unendliche Fernen, ins Jenseits gerichtet hielt. »Ist es nicht seltsam, daß dies auf dem Planeten Erde passiert, während anderswo vielleicht gerade ein paar Terroristen ein Flugzeug entführen?«

»Ja, das ist wirklich seltsam, aber zugleich ist es auch tröstlich. Zumindest wissen wir, daß es immer irgendwo in der Welt einen Winkel geben wird, wo man als Mensch seiner Phantasie freien Lauf lassen kann.«

»Darauf würde ich mich an Ihrer Stelle nicht allzu sehr verlassen. Unter dieser Wüste gibt es Erdöl, und das verträgt sich schlecht mit ungezügelter Phantasie.«

David wies mit dem Kinn auf den Betenden. »Was der wohl seinem Gott zu sagen hat?«

»Er stattet ihm Dank ab.«

»Dank wofür?«

Er erhielt keine Antwort, denn Miranda starrte gebannt auf einen kleinen Punkt, der sich auf die Oase zubewegte. David folgte ihrem Blick und erkannte Zong, Alecs *mehari,* das sich im Trott näherte. Belustigt wies er auf Malik. »Sein Kamel hat es gerochen! Wie finden Sie das?«

Zong ging dicht vor dem Kamel des *targi* in die Knie, und die Tiere begutachteten sich gegenseitig ohne allzu große Neugier. Alec sprang mit einer geschmeidigen Bewegung aus dem Sattel, lief zu Miranda, küßte sie, streckte David die Hand hin und ging dann zu Malik-el-Fasi, der seine Gebete beendet hatte und ihm schon entgegen kam.

Die beiden Männer begrüßten sich voller Zuneigung und Respekt, indem sie sich nach Art der Beduinen an den Handgelenken faßten.

»Ich habe dich lange nicht gesehen«, sagte Alec.

»Ja, aber ich war immer in der Nähe.«

»Ich weiß. Ich habe dich gespürt, ohne dich zu sehen.«

Sie setzten sich in den Schatten, und Malik ergriff als erster das Wort: »Ich habe Nachrichten für dich, wichtige Nachrichten.« Dann berichtete er das, was er an der Begegnung mit Amin für erzählenswert hielt, und verschwieg, was der Schwarze ihm über das Schicksal seiner Söhne erzählt hatte.

Alec war tief erschüttert, als er vom Tod Razmans und M'Taggarts erfuhr, und David war hin und her gerissen zwischen Freude und Schmerz – Freude, weil er endlich einen Weg gefunden hatte, der zu Nadia führte, und Schmerz, weil wieder zwei tapfere Männer ermordet worden waren.

»Der Sudanese, dem die Karawane gehört, die gestern vorbeikam, nennt sich Suleiman Ben-Koufra«, berichtete nun David.

»Und wo ist diese Karawane jetzt?«

»Sie ist weiter in Richtung Sudan gezogen, aber sie war sauber. Pisaca hat sie kontrolliert.«

»Ich möchte wetten, daß sie nur von einer zweiten Karawane ablenken soll«, murmelte Alec.

»Der Schwarze hat aber nur von einer Karawane geredet«, gab Malik zu bedenken. »Nein, ich glaube, daß die Sklaven in großem Abstand zu Fuß hinter dieser Karawane herlaufen. Vielleicht sind sie heute nacht ganz in der Nähe vorbeigekommen.«

»Pisaca ist dageblieben, um aufzupassen.«

Der *targi* stand sofort auf und ging zu seinem Kamel. »Los, kommt mit!« sagte er kurz und bündig.

Um zwei Uhr nachts erschien plötzlich einer von Suleimans Kameltreibern. Er beriet sich leise mit Abdul, und eine seltsame Nervosität packte den Libyer. »Los, rasch!« rief er seinen Männern zu. »Wir müssen uns beeilen!«

Wie von allen Hunden gehetzt, machten sie sich auf den Weg, vorne weg der Beduine, zu dem nach kurzer Zeit zwei weitere Kameltreiber stießen, die wie Gespenster aus der Nacht auftauchten.

Der Morgen graute, und Gefangene wie Bewacher wünschten nichts sehnlicher, als haltzumachen und sich irgendwo zu verkriechen, doch der Marsch ging weiter, während die Sonne am Horizont immer höher stieg. Am späten Vormittag sahen sie endlich Suleimans Karawane vor sich. Sie wurden schon erwartet.

Man hatte den Kamelen ihre Last abgenommen. Überall lagen Salzbrocken von der länglichen Form eines Brotlaibes. Der Sudanese empfing sie voller Ungeduld und begann sofort, die Gefangenen auf die Kamele zu verteilen. »Los, beeilt euch!« schimpfte er. »Wir haben keine Zeit zu verlieren.«

Nadia begriff, daß etwas Ernstes vorgefallen war, denn die alltägliche Routine wurde heute außer acht gelassen, und von Suleiman bis zum letzten Kameltreiber schienen alle vor etwas Angst zu haben.

Sobald der letzte Sklave auf einem Kamel hockte, setzte sich die Karawane in Bewegung. Suleiman wandte sich an Abdul, der eines der armseligen, in Guerada gekauften Kamele am Zaum führte. »Ich reite schon vor bis Tazira und komme euch dann mit dem Lastwagen entgegen.«

»Und wo treffen wir uns?«

»Zieh immer nach Osten, und halte nicht an, auch nachts nicht. Wir treffen uns bei Tagesanbruch.«

»Wenn uns die anderen bis dahin nicht eingeholt haben«, brummte der Libyer.

»Hör auf zu meckern! Was sollen wir denn sonst tun? Wir sind in einer schwierigen Lage.« Er gab seinem Kamel einen Tritt und rief: »*Shiaaaa*!!! Lauf!«

Abdul blickte dem Davonreitenden eine Weile nach und drehte sich dann kopfschüttelnd zu seinen Männern um. »Wir brechen auf!« befahl er. »Und zwar auf der Stelle!«

Sie zogen los. Die Kamele, von ihrer schweren Ladung befreit und mit einer leichteren Last auf dem Rücken, bewegten sich nicht mehr so lustlos wie zuvor, obwohl sie mit mürrischem Brüllen gegen die Schläge der Treiber protestierten. Wie sollten sie auch begreifen, warum sie nun zu einem solch hektischen Tempo angehalten wurden, nachdem man zuvor absichtlich ganz langsam durch die Wüste gezogen war?

Die Gefangenen waren so erschöpft, daß einer nach dem anderen trotz des Geschaukels auf dem Kamelrücken einschlief, glücklich darüber, daß sie heute offenbar den Tag nicht in einem Erdloch verbringen mußten.

Nadia versuchte mehrmals, einen der Beduinen zu sich heranzuwinken, doch der Mann gab ihr mit einer stummen Geste zu verstehen, daß er ihr nichts zu sagen hatte. Sie wartete ab, bis Abdul wieder einmal bei einer seiner Kontrollritte im Galopp an ihr vorbeikam. »Was ist los?« rief sie ihm zu. »Wozu diese Eile?«

Zuerst wollte der Libyer nicht antworten, doch dann besann er sich und lenkte sein Kamel neben das, auf dem Nadia saß. »Es ist wegen deinem Mann«, sagte er kopfschüttelnd und mußte dann grinsen. »Sagtest du nicht, du seist Jungfrau, Schwarze? Suleiman hat gestern deinen Mann kennengelernt. Ein Weißer ist er also!«

Nadia hatte das Gefühl, daß sich alles um sie her drehte. Sie wußte nicht, ob sie einen Freudenschrei ausstoßen sollte, weil David so nah war, oder ob sie vor ohnmächtiger Wut weinen sollte. »Wo ist er jetzt?« fragte sie.

Abdul wies mit einer Handbewegung nach hinten. »Er sonnt sich irgendwo in der Wüste.« Mit verändertem Tonfall fuhr er fort: »Hör mal, Schwarze, vergiß nicht, daß ich immer gut zu dir war, für den Fall, daß wir Probleme bekommen.«

Nadia machte eine beschwichtigende Geste. »Ja, ich werde daran denken, aber denk auch du dran, daß du jede Summe fordern könntest, wenn du mich laufen lassen würdest.«

Abdul schüttelte entschieden den Kopf. »Tut mir leid, Schwarze, aber ich will nicht so enden wie Amin. Ich kenne Suleiman. Er ist einer von denen, die nie verzeihen.« Er spornte sein Kamel an und ritt zur Spitze der Karawane. »Schneller!« schrie er. »Beeilt euch, ihr Nichtsnutze!«

Nadia blickte ihm nach und drehte sich dann um, als hoffte sie, in der Ferne Davids Gestalt zu erblicken. Ihr wurde plötzlich klar, daß ihre Liebe zu ihm gewachsen war und daß sie mit einem Gefühl der Dankbarkeit an ihn dachte. Sie hatte keinen Moment lang daran gezweifelt, daß er nach ihr suchte, doch die Gewißheit, daß er hier irgendwo in der Sahara ihren Spuren folgte, erfüllte sie mit einem seltsamen Glücksgefühl. Sich so geliebt zu wissen und zu erfahren, daß der Mann, dem sie sich so gänzlich hingegeben hatte, bereit war, sein eigenes Leben in Gefahr zu bringen, um sie zu befreien – diese Erfahrung war für sie eine Art Bestätigung dafür, daß ihr Leben, müßte sie jetzt sterben, einen Sinn gehabt hatte.

Sie fühlte sich erschöpft, äußerst erschöpft. Die Augen fielen ihr vor Müdigkeit zu, aber sie wehrte sich gegen den Schlaf, denn sie wollte unbedingt die neue Hoffnung genießen, die in ihr aufgekeimt war. Suleiman und David waren sich begegnet! Die Schlinge zog sich zusammen. Wenn David es geschafft hatte, sie hier aufzuspüren, dann würde er ihr notfalls bis in die Hölle folgen.

Welchen schmerzlichen Wandel mußte David während dieser Tage durchgemacht haben! Er, der so wenig dazu geschaffen schien, sein eigenes Leben in die Hand zu nehmen, der sich gegenüber den Dingen des Alltags so ungeschickt anstellte! Nun sah er sich auf einmal ungeahnten Verwicklungen gegenüber, er war verstrickt in gefahrvolle Verfolgungsjagden und undurchschaubare Machenschaften.

Sie versuchte ihn sich als Mann der Tat vorzustellen, im Sattel eines Kamels, den Karabiner in der Faust, aber es gelang ihr nicht. Dieser blonde Riese reagierte allzu empfindlich auf alles, was mit Grausamkeit, Schmutz und Brutalität zu tun hatte, und die Entdeckung jener anderen Welt voller grenzenloser Gewalttätigkeit und nicht zu überbietender Unmenschlichkeit mußte für ihn einen fürchterlichen Schock bedeutet haben.

David, den sie, Nadia, so gut kannte und den sie wegen eben dieser Eigenschaften liebte – dieser David hegte noch immer die romantische Vorstellung, daß in der Welt eigentlich alles schön und alle Menschen gut seien. Häßlichkeit und Bosheit waren für ihn nur kleine Pannen, Ausnahmen von der Regel, und die vielen Dinge, die er erlebt und gesehen hatte, während er jahrelang als Fotograf durch die Welt reiste, hatten ihn nicht hart werden lassen und ihm auch nicht die Augen geöffnet. In seinem Unterbewußtsein sträubte sich etwas gegen die Erkenntnis, daß Güte und Schönheit in dieser Welt und bei den Menschen nur eine untergeordnete Rolle spielen.

»Versuch auf keinen Fall, ihn zu ändern«, hatte ihr Jojó eines Tages geraten. »Nimm ihn so, wie er ist, oder laß es sein, aber versuch nicht, ihn zu ändern. Ich weiß, er spinnt, er ist ein großes Kind, das sich manchmal absurd benimmt, aber er ist trotzdem ein toller Kerl! Das sag ich dir, nachdem ich ihn fünf Jahre lang bemuttert habe.«

Jojó hatte ihr danach die Rolle der Mutter überlassen – und auch die Rolle der Ehefrau, der Geliebten . . .

Armer Jojó! Und armer David! Wie erschüttert war er gewesen, als er die Nachricht von Jojós Tod erhalten hatte!

Nadia spürte die Tränen in sich hochsteigen. Sie weinte um Jojó, um David und um sich selbst. Dann schlief sie auf dem schaukelnden Rücken des Kamels ein.

Cristóbal Pisaca kam ihnen auf seinem *mehari* entgegen, rief ihnen ohne abzusteigen zu: »Sie sind heute nacht zu Fuß vorbeigekommen! Ich hab sie nicht gesehen, weil sie nach Süden ausgewichen sind, aber ich habe heute morgen ihre Fußspuren entdeckt.«

»Wieviel Vorsprung haben sie?«

»Zehn bis zwölf Stunden – höchstens.«

Alec blickte prüfend zur Sonne hoch. Es war schon spät am Nachmittag, und bald würden die Spuren wegen der Dunkelheit nicht mehr zu erkennen sein. »Wir haben zwei Möglichkeiten: Entweder folgen wir den Spuren morgen früh, oder wir fahren jetzt direkt nach Tazira, wo ein Lastwagen auf die Sklavenkarawane wartet. Wann würden wir dort ankommen?«

Malik-el-Fasi überlegte kurz und meinte dann: »Mit dem Jeep sind wir morgen mittag da, falls wir problemlos die andere Seite der *seguia* erreichen.«

Alec sprang ohne zu zögern aus dem Sattel, zog sein Gewehr aus dem Futteral und reichte Pisaca die Zügel von Zong, seinem *mehari*. »Wir fahren mit dem Jeep nach Tazira«, sagte er. »Kümmre du dich um die Kamele! Reite zu unseren Leuten, die am nächsten sind, und folgt erst dann der Spur!«

Der Spanier nickte. »Wo treffen wir uns?«

»In Guerada, wenn alles vorbei ist.«

Auch Malik-el-Fasi war abgestiegen. Er überließ sein *mehari* ebenfalls Pisaca und kletterte hinten in den Jeep. Fünf Minuten später war Cristóbal Pisaca nur noch ein Punkt, der schnell kleiner wurde und schließlich ganz hinter der vom Jeep aufgewirbelten Staubwolke verschwand.

Sie fuhren die ganze Nacht und wechselten sich von Zeit zu Zeit am Steuer ab. Die Sonne lugte schon zu einem Viertel über den Horizont, als sie zu einer Stelle kamen, wo eine Anzahl großer, länglicher Salzbrocken im Wüstensand verstreut lagen. Malik untersuchte die Spuren, überprüfte die Temperatur des Kamelkots und meinte kopfschüttelnd: »Die scheinen es furchtbar eilig zu haben. Seht nur, wie groß der Abstand zwischen den einzelnen Hufspuren ist. Für solche Kamele ist das Tempo viel zu scharf.«

»Werden sie vor uns in Tazira ankommen?«

»Das kommt darauf an, wie lange wir brauchen, um die *seguia* zu überqueren – und ob ihre Kamele durchhalten.«

»Pisaca behauptet, er hätte noch nie in seinem Leben solche klapprigen Viecher gesehen«, warf David ein. »Ihm kam es nicht sehr wahrscheinlich vor, daß ein Sklavenhändler solche Tiere haben würde.«

»Und mir kommt es so vor, als wäre dieser Sklavenhändler der ausgekochteste Hurensohn, der jemals durch diese Wüste gezogen ist«, brummte Alec. »Man bekommt ihn so schwer zu fassen wie einen Aal. Außerdem: Wozu braucht er gute Kamele, wenn in Tazira ein Lastwagen auf ihn wartet?« Er gab Vollgas, und der Jeep jagte rumpelnd mit Höchstgeschwindigkeit durch die Wüste.

»Wenn eine Achse bricht, ist alles aus«, warnte ihn Miranda. »Halte dich lieber ein bißchen zurück!«

Dem Engländer schien dies einzuleuchten, denn er fuhr langsamer und strengte sich an, Steinen und Schlaglöchern auszuweichen. David, Miranda und der *targi* blickten angestrengt nach vorn und hielten nach einer Spur der Karawane am Horizont Ausschau.

»Die werden sich nicht kampflos ergeben«, meinte Alec. »Zahlenmäßig sind sie uns überlegen. Unsere Taktik muß darin bestehen, ihnen den Weg zu verstellen und sie so lange aufzuhalten, bis Pisaca mit Verstärkung kommt. Zu dritt kommen wir gegen sie nicht an.«

»Zu viert«, sagte Miranda mit Nachdruck.

Alec drehte sich kurz zu ihr um, und in seiner Stimme lag etwas, das keinen Widerspruch duldete, als er sagte: »Ich möchte, daß du dich da raushältst! Diese Leute machen zwischen Männern und Frauen keinen Unterschied, wenn es ums Töten geht. Und sie sind verdammt gute Schützen!«

»Das bin ich auch.«

»Trotzdem sage ich nein«, sagte er entschieden, aber ohne kränkenden Unterton. »Wir drei können die Karawane so lange aufhalten, wie wir wollen. Vielleicht lassen die sogar mit sich verhandeln. Wenn sie die Sklaven freilassen, kommt es nicht zum offenen Kampf.« Alec wandte sich an Malik-el-Fasi: »Bist du einverstanden?«

Der *targi* nickte, blickte jedoch unverwandt geradeaus. »Meine Rache kann warten«, sagte er. »Immerhin weiß ich jetzt, nach wem ich suche und wo ich ihn finden kann.«

David schaute verblüfft zu ihm hin. »Willst du damit sagen, daß dieser Sudanese . . .«

»Ja – falls alles stimmt, was mir dieser Schwarze erzählt hat.«

Er wollte noch etwas sagen, brach jedoch ab. Sie hatten gerade ein Gebiet mit niedrigen Dünen durchquert, und nun erblickten sie vor sich das, was vor Jahrhunderten das Bett eines wasserreichen, breiten Flusses gewesen sein mußte, und das jetzt trocken wie ein langgestrecktes Tal mit fast senkrechten Uferböschungen vor ihnen lag.

»Das ist die *seguia*«, erklärte der *targi*. »Da drüben beginnt der Sudan.«

»Wie weit ist es noch bis Tazira?«

»Vom anderen Ufer aus sind es noch vier Stunden, vielleicht auch fünf.«

Sie hielten am Rand der tiefen Senke und betrachteten die steile Böschung.

»Das ist schwieriger, als ich erwartet hatte«, sagte Alec und wandte sich dann an den *targi*: »Sieht es überall so aus?«

»Ja, mehr oder weniger. Dieser trockene Fluß wird auch ›Der Kameltöter‹ genannt.«

Sie fuhren in südlicher Richtung am Rand des Flußbettes entlang und achteten darauf, der Kante nicht zu nahe zu kommen, denn allzu leicht konnte der lockere Sand nachgeben und in die Tiefe rutschen. Auf diese Weise legten sie ungefähr zwanzig Kilometer zurück und kamen immer mehr von ihrer eigentlichen Route ab, aber trotzdem fanden sie keine

264

Stelle, an der eine Überquerung des Flußbettes weniger abenteuerlich und riskant gewesen wäre. Wieder hielten sie an.

»Das kann so weitergehen, bis wir in der Hölle landen«, murmelte David, der sich zusammenreißen mußte, um nicht die Ruhe zu verlieren. »Wir müssen es irgendwo versuchen, egal was passiert.«

»Hier?« Alec war verblüfft. »Genausogut könnten wir einen Kopfsprung in einen Abgrund machen!«

David zeigte auf die Winde mit dem dicken Stahlseil vorne am Jeep. »Wir könnten ja das Seil an einem Felsen festmachen und uns ganz langsam rückwärts den Abhang hinunterlassen.«

Sie schauten sich die Stelle genauer an. Das Risiko bestand darin, daß möglicherweise das Stahlseil unter dem Gewicht des Jeeps zerriß und das Fahrzeug in die Tiefe stürzte, aber es gab keine andere Wahl.

»Wir können es meinetwegen versuchen«, meinte Alec achselzuckend, »aber was passiert, wenn das andere Ufer genauso schwierig ist? Sitzen wir dann nicht in der Falle?«

David drehte sich zu Malik um, als erwartete er von ihm eine Antwort, doch der *targi* hob nur ratlos die Schultern. »Das wird sich zeigen, wenn wir unten sind.«

Alec machte eine resignierende Geste, ergriff das Ende des Seils und ging damit zu einem großen schwarzen Felsbrocken, der sich gut für ihr Vorhaben eignete. Miranda half ihm, das Seil an dem Felsen zu befestigen, und als Alec aufblickte, sah er, daß David schon hinter dem Steuer des Jeeps saß und im Rückwärtsgang langsam an den Rand der Böschung fuhr. Alec wollte dagegen protestieren, aber Miranda schnitt ihm mit einer Handbewegung das Wort ab. »Laß ihn«, sagte sie. »Für ihn ist es wichtig, daß er es tut.«

Alec trat wortlos an den Rand der Böschung und beobachtete gespannt, wie sich die hinteren Räder des Fahrzeuges immer mehr dem Abgrund näherten. Gleich darauf hingen sie in der Luft, und dann kippte das Heck des Jeeps nach unten. Sekundenlang wurde das Fahrzeug nur von dem Stahlseil gehalten, das sich knirschend spannte, doch dann berührten alle vier Räder den steilen, sandigen Hang und David betätigte vorsichtig die Winde, so daß das Stahlseil sich langsam abwickelte.

Sie fühlte sich wie an Bord eines Segelbootes, das immer wieder von einer Welle in die Höhe gehoben wird, sich dabei ein Stück um die Längsachse dreht und anschließend mit Schlagseite ins nächste Wellental hinabtaucht. Sie hätte nicht zu sagen vermocht, wie lange dieser ermüdende Ritt schon dauerte. Manchmal schlief sie trotz des Geschaukels ein, doch meist döste sie vor sich hin oder blickte angestrengt über die Schulter zum Horizont, als hoffte sie, daß dort David auftauchte, um sie wie ein moderner Ritter aus der Gefangenschaft zu befreien.

Doch am Horizont rührte sich nichts, und dann kam der Nachmittag, und wenig später brach die Dämmerung herein. Ihre Hoffnung schwand und wurde gänzlich zunichte gemacht, als die Karawane das Ufer einer tiefen *seguia* erreichte und jemand ausrief: »Da drüben ist der Sudan!«

Beim Abstieg bestand ständig Gefahr, daß die ausgemergelten Kamele strauchelten und in die Tiefe stürzten. Nach qualvollen Minuten kamen sie unten an, überquerten das steinige Flußbett und zogen ein Stück in südlicher Richtung weiter, bis Abdul auf eine Stelle wies, wo die Kante der steilen Böschung abgebrochen war und einen kleinen Erdrutsch verursacht hatte. Dort quälten sie sich mühsam hinauf und standen dabei größere Ängste aus als beim Abstieg. Erst als alle Kamele heil oben angekommen waren und wieder flaches Land vor ihnen lag, konnten sie erleichtert aufatmen.

Vor ihnen erstreckte sich eine von Felsbrocken und Gestrüpp bedeckte Ebene, und in der Ferne erblickten sie die Flanken des Hochplateaus von Marrah, aus dem kahle, windgepeitschte Gipfel emporragten, die bis zu dreitausend Meter hoch waren.

Das Plateau von Marrah war berüchtigt für die Geräusche, die man dort nachts vernahm, wenn die Steine und Felsen wegen der abrupten Temperaturunterschiede auseinanderplatzten wie eine Walnuß, die man knackt. Der Boden, unwegsam, karg und von messerscharfen Steinen bedeckt, die in der Sonne funkelten, daß einem die Augen schmerzten, war sogar für die Hufe der Kamele eine Gefahr, denn die Tiere waren an weichen Sand oder feste Erde gewöhnt.

Nadia versuchte sich auf etwas zu konzentrieren, aber es gelang ihr nicht. In der vergangenen Nacht war das Wasser ausgegangen. Nun war ihr Mund ausgedörrt und ihre Augen gerötet. Sie ließ alles mit sich geschehen, als wäre sie ein Stück Fleisch ohne Lebenswillen. Halb betäubt nahm sie wahr, wie die Sonne immer höher über den Horizont stieg. Ihr Durst wurde allmählich so quälend, daß sie in einen Zustand tiefer Apathie versank.

Einmal glaubte sie den Klang einer Hupe zu vernehmen. So hatte David immer gehupt, wenn er draußen auf der Straße auf sie wartete. Und dann lief sie im Sturmschritt die Treppe hinunter, stieß unten wie stets mit der dicken Portiersfrau zusammen, lief auf die Straße hinaus und eilte auf das Auto zu, das mit offener Tür und laufendem Motor auf sie wartete.

»Wo fahren wir hin?«

»Ins Kino.«

»Gibt's einen guten Film?«

»Ja, *Straw Dogs* von Sam Peckinpah.«

»Zuviel Blutvergießen und zuviel Gewalt für mich. Ich finde, daß Peckinpah es mit der Gewalttätigkeit übertreibt.«

»Aber es gibt nun mal in der Welt viel Grausamkeit und Gewalt.«

»Nein, das glaube ich nicht. Mir sind Filme lieber wie *Schwester Sonne, Bruder Mond* . . .«

Schwester Sonne . . . Schwester Sonne . . .! Nadia zwang sich, die Augen zu öffnen, aber die Sonne ließ es nicht zu. Wieder hörte sie eine Hupe, und diesmal träumte sie nicht. Sie strengte sich an, wieder in ihren Traum zurückzukehren, sie sehnte sich nach dem dunklen, kühlen Kino, wo sie Davids Hand halten und sich in aller Ruhe einen schönen Film voll Liebe und Zuversicht anschauen konnte. Doch das Brummen eines Motors war unüberhörbar. Die Kamele waren stehengeblieben und legten sich trotz der ärgerlichen Rufe der Treiber auf den steinigen Boden. Stille verbreitete sich in der Welt ringsumher, und schon nach kurzer Zeit spürte Nadia, wie das Gefühl von Übelkeit nachließ, doch da wurde sie grob am Arm gepackt, und eine Stimme sagte: »Na los, Schwarze, steig schon ab! Da hinten kommt der Lastwagen mit Wasser.«

Das Zauberwort riß sie aus ihrer Betäubung. Sie blinzelte, beschattete ihre Augen mit den Händen und erkannte in einiger Entfernung eine dunkle, eckige Silhouette, der die Gefangenen und die Sklaventreiber entgegenliefen.

Da fing auch Nadia an zu laufen. Wenig später stand sie vor Suleiman, der ihr eine Feldflasche hinhielt und sie aufforderte: »Trink, Schwarze!«

Sie trank und trank und achtete nicht darauf, daß ihr das Wasser über Gesicht und Brust lief. Als sie sich endlich satt getrunken hatte, goß sie sich sogar ein wenig Wasser in die hohle Hand und benetzte damit ihr Gesicht.

»Sei nicht unverschämt, Schwarze!« warnte Suleiman. »Der Weg ist noch weit!«

Nadia kauerte sich in den Schatten des Lastwagens, und hier, der Sonne und dem Funkeln der Steine für ein Weilchen entzogen, fühlte sie sich wie im Paradies. Die anderen Gefangenen kamen herbei, drängten sich neben sie und machten sich gegenseitig den kleinen, rechteckigen Schattenfleck streitig. Einige erbrachen das Wasser, das ihr durchgeschüttelter Magen nicht bei sich behalten wollte.

Die Verschnaufpause dauerte nur wenige Minuten. Während Suleiman den Horizont im Westen mit den Augen absuchte, fragte er Abdul: »Irgendeine Neuigkeit?«

»Nein. Ich glaube, daß wir einen ganz schönen Vorsprung herausgeholt haben.«

»Mag sein, aber sie haben ein schnelles Fahrzeug. Wir brechen sofort auf, und wir nehmen den kürzesten Weg zur Sandpiste, die nach Al-Fasher führt!«

»Willst du etwa mit einem Lastwagen voll Sklaven die Piste entlangfahren?« fragte Abdul verblüfft.

»Was bleibt uns anderes übrig? Diese Leute sind uns auf den Fersen. Vielleicht hat die *seguia* sie eine Weile aufgehalten, aber falls sie es irgendwie geschafft haben, die andere Seite zu erreichen, haben wir sie bald im Nacken. Die Piste nach Al-Fasher ist unsere einzige Chance.«

»Und die Polizei?«

»Welche Polizei? Hast du schon mal von hier bis Khartoum einen einzigen Polizisten gesehen?« Suleiman ging nach vorne zur Führerkabine, wo ein schwarzer Fahrer hinter dem Steuer saß. »Außerdem habe ich lieber mit der Polizei zu tun als mit den Leuten, die hinter uns her sind!« rief er über die Schulter Abdul zu. »Die Polizei kann uns ins Gefängnis werfen, aber die anderen« – Suleiman fuhr sich mit der Handkante über die Kehle – »die anderen würden uns . . . Na ja, du weißt schon, was die mit uns machen würden.« Er stieg ein und schlug die Tür hinter sich zu. »Los, alle Mann einsteigen!« befahl er durch das offene Fenster. »Es geht weiter!«

Die Bewacher zwangen die Gefangenen mit Peitschenhieben und groben Knüffen, auf die Ladefläche des Lastwagens zu klettern, während Abdul es sich auf dem Dach des Fahrerhäuschens bequem machte. Als alles soweit war, klopfte er auf das Blechdach und rief: »Fertig!«

Der schwarze Fahrer legte den ersten Gang ein, und die alte Klapperkiste setzte sich langsam in Bewegung. Im Vorbeifahren betrachtete Suleiman die lange Reihe der Kamele, die ihnen verständnislos nachblickten und jetzt, wo sie im Stich gelassen wurden, nichts mit sich anzufangen wußten. Bald waren sie nur noch ein rasch kleiner werdender Fleck in der Wüste, und dann verschwanden sie ganz in der Staubwolke, die der Lastwagen hinter sich herzog.

Sechsmal hatten sie einen Reifenschaden. Auf dieser mit messerscharfen Gesteinsplittern übersäten Strecke platzten die Schläuche wie Luftballons, und jedesmal stieß Suleiman die unflätigsten Verwünschungen aus, während er sich den Schweiß von der Stirn wischte und den Horizont nervös mit den Augen absuchte.

Der Fahrer, seit langem an die Monotonie solcher Zwischenfälle gewöhnt, beschränkte sich darauf, ohne viele Worte auszusteigen, seine Werkzeuge zu holen, das betreffende Rad abzuschrauben, sich auf der Schattenseite des Lastwagens aufs Trittbrett zu setzen und den beschädigten Schlauch zu flicken, der schon so oft repariert worden war, daß er unter lauter Gummiflicken kaum noch zu erkennen war. Anschließend pumpte er den Reifen mit Hilfe einer alten Handpumpe auf, schraubte das Rad wieder an, verstaute seine Werkzeugkiste und kletterte hinters Steuer. Die Fahrt konnte weitergehen.

Das langwierige Verfahren dieser Reparaturen ging Suleiman, Abdul und den anderen Sklaventreibern auf die Nerven, wohingegen sich Nadia und die Gefangenen jedesmal freuten, wenn es wieder knallte und der Lastwagen schlingernd zum Stehen kam. Dann konnten sie sich nämlich ungehindert von der Staubwolke ganz auf den hinter ihnen liegenden Horizont konzentrieren, doch – mochten sie ihre Augen noch so sehr anstrengen – sie waren allein in der weiten Wüste, und sie kamen sich vor, als wären sie die einzigen menschlichen Wesen, die sich jemals in diese steinige Landschaft verirrt hätten.

Am späten Nachmittag erreichten sie die Piste. Sie bestand eigentlich nur aus der Spur, die andere Fahrzeuge hinterlassen hatten, und diese Spur hatte der Wind an manchen Stellen verwischt. Nach Einbruch der Nacht mußten sie langsamer fahren, denn da der alte Lastwagen nur schwache Scheinwerfer hatte, hätten sie leicht von der Piste abkommen können, und es wäre schwer gewesen, sie in der Finsternis wiederzufinden. Später, als der fast volle Mond aufgegangen war, kamen sie wieder etwas schneller voran.

Abdul nutzte eine weitere Reifenpanne, um auszusteigen und zu Suleiman zu gehen, der immer wieder ängstlich nach hinten schaute, als fürchtete er, daß ihn plötzlich etwas aus der Dunkelheit ansprang. »Beruhige dich!« meinte Abdul beschwichtigend. »Wenn sie uns noch nicht eingeholt haben, dann bedeutet das, daß sie überhaupt nicht hinter uns her sind. Wer hat dir eigentlich diese alte Kiste angedreht?«

»Ich hatte in Tazira einen Lastwagen bestellt, der uns entgegenkommen sollte. Konnte ich ahnen, daß man mir solch ein Ding schicken würde?«

»Wenn alles gutgeht, sind wir im Morgengrauen in Al-Fasher. Was willst du dann mit den Sklaven machen? Sie brauchen nur die Arme zu heben, damit jeder ihre Ketten sieht.«

»Sobald es hell wird, sollen sie in die Säcke kriechen, die . . .«

»Willst du sie etwa so bis Sawakin transportieren?« fiel Abdul ihm ins Wort.

»Kümmer dich um deine eigenen Angelegenheiten!« erwiderte Suleiman gereizt. »Vergiß nicht, daß wir hier im Sudan sind und daß ich mich hier gut auskenne!«

Und er kannte sich wirklich gut aus. Während der Nachtstunden überquerten sie das Plateau von Marrah, und als der Morgen graute, ging es wieder hinab ins Tiefland. In der Ferne waren schon die ersten aus Stein und Lehm gebauten Häuser von Al-Fasher zu erkennen. Wie es ihm befohlen worden war, zwang Abdul die Gefangenen, in die bereitliegenden Säcke zu kriechen und sich auf dem Boden des Lastwagens hinzulegen. Nachdem er ein paar leere Säcke, die einen dumpfigen Fäulnisgeruch verströmten, über den Haufen gebreitet hatte, setzten sich die Kameltreiber und Bewacher scherzend und grinsend darauf, ja einige legten sich auf dieser weichen Unterlage, die das Rumpeln und Schaukeln des Lastwagens verminderte, zum Schlafen.

Am Weg tauchten die ersten Akazien und Mimosen auf, und die karge Wüste wich allmählich der belebteren Steppe. Hier lieferten sich die beiden Landschaften einen zähen Kampf, den die Steppe wohl eines Tages endgültig verlieren würde, denn auf die Dauer konnte die spärliche Vegetation der Hitze und dem Wind nicht standhalten.

Wieder eine Reifenpanne, und wieder fluchte Suleiman vor Wut. Während der Fahrer zum x-tenmal den Reifen flickte, kletterte Suleiman auf einen kleinen Hügel und blickte die Piste entlang in die Richtung, aus der sie gekommen waren. Man sah ihm seine Verblüffung an, als auch jetzt weit und breit nichts vom Jeep der Verfolger zu sehen war.

Zurück beim Lastwagen inspizierte er dessen Ladung. Selbst die flüchtigste Kontrolle hätte an den Tag gebracht, daß die Fracht, die sich unter jenen Säcken verbarg, aus einer Anzahl Menschen bestand, aber Suleiman schien sich darüber keine Sorgen zu machen. Längst hatte er seine eigene Situation gründlich überdacht: Die »Ware«, die er von dieser Reise mitbrachte, war viel Geld wert, mehr, als er jemals bei einer ähnlichen Aktion verdient hatte, und um diese Sklaven heil nach Port-Sudan zu schaffen, war er ausnahmsweise bereit, zusätzliche Kosten in Kauf zu nehmen. Wenn alles klappte, wie er es sich vorstellte, würde er künftig nicht mehr solche Risiken eingehen, aber jetzt kam alles darauf an, Al-Fasher zu erreichen. Danach konnte ihm nichts mehr passieren.

Der schwarze Fahrer hupte zum Zeichen, daß die Fahrt weitergehen konnte, und eine halbe Stunde später erreichten sie die ersten armseligen Hütten in den Außenbezirken der kleinen Stadt. Auf Suleimans Geheiß fuhren sie nicht auf der Hauptstraße weiter, sondern quälten sich durch ein Gewirr von schmalen Gassen und hielten nach vielen Kreuzungen und Abzweigungen schließlich vor einem großen Tor, hinter dem ein Innenhof lag, wo ein Kamel unermüdlich eine alte, rostige Palmölmühle antrieb.

Der Fahrer des Lastwagens setzte vorsichtig zurück, so daß das große Tor vom hinteren Teil des Fahrzeugs verdeckt wurde, aber weit und breit war eh keine Menschenseele zu sehen. Auf Suleimans Anordnung hin ließ Abdul die Gefangenen aussteigen und führte sie in den Hof. Die Haustür ging auf, und es erschien ein riesiger, schmuddelig aussehender Kerl, der auf Suleiman zueilte, und ihn geräuschvoll abzuküssen begann.

»Geliebter Vetter! Geliebter Vetter!« rief er immer wieder mit dröhnender Stimme. »Möge Allah dich mit seinen Segnungen überhäufen! Wie lange habe ich dich nicht gesehen, geliebter Vetter!«

»Dies ist mein Vetter Yoluba«, sagte der Sudanese zu Abdul, und zu dem Hünen gewandt stellte er den Libyer vor: »Dies ist Abdul, mein Vertrauensmann. Sind wir in deinem Haus sicher?«

»Oh, gewiß! Absolut!« versicherte der Riese. »Ist alles gut gelaufen?«

»Nein, schlecht«, antwortete Suleiman, trat ins Haus und nahm in der Ecke eines schmutzigen, unaufgeräumten Zimmers Platz. Die Gefangenen hatte man schon in den Nebenraum geführt. »Sie sind hinter uns her«, fuhr Suleiman fort, und nach einer effektvollen Pause fügte er hinzu: »Wir werden von Leuten der Ébano-Gruppe verfolgt!«

»Die *Gruppe*?« Yoluba war anscheinend beeindruckt und

verblüfft. »Diese Leute betreten nie sudanesisches Gebiet. Warum sollten sie diesmal eine Ausnahme machen?«

»Das ist eine lange Geschichte, und sie spielt jetzt keine Rolle«, erwiderte Suleiman. »Wo kann ich den Griechen finden?«

»Den Griechen?« wiederholte der Hüne perplex. »An deiner Stelle würde ich den Griechen aus dem Spiel lassen. Er ist teuer und sehr, sehr gefährlich.«

»Was ich mitgebracht habe, ist ein Vermögen wert. Ich kann bezahlen, was er verlangt.« Er unterbrach sich und nutzte die Gelegenheit, um seinen Turban abzuwickeln und sich wieder seinem Lieblingssport zu widmen: Flöhe zu fangen und zu zerquetschen. »Und was das Risiko angeht – nun, wenn ich der Ébano-Gruppe in die Hände falle, ist mein Leben keinen Pfifferling mehr wert. Meinst du, daß der Grieche jetzt zu Hause ist?«

»Ich denke schon.«

Suleiman wandte sich an Abdul: »Kümmer du dich um die Gefangenen! Besorg etwas zu essen und gib ihnen zu trinken. Ich bin bald zurück.«

Gefolgt von seinem Vetter, verließ er das Haus. Rasch durchquerten sie das Zentrum der kleinen Stadt und schlugen den Weg zum »Europäer-Viertel« ein, von dem niemand wußte, warum es so genannt wurde. Wenig später betraten sie eine schäbige Werkstatt, deren Fassade gelblich angestrichen war und an der in großen arabischen Lettern geschrieben stand: ADONIS PAPAPOULOS – REPARATUREN.

Adonis Papapoulos war gewiß einer der schmutzigsten Menschen der Welt. Eine dicke Schicht Maschinenöl bedeckte seinen Körper, so daß man ihn ohne weiteres für einen Schwarzen hätte halten können, und sein Haar, von Fett und Öl derartig verklebt, daß es hart wie Borsten war, fiel ihm in die Stirn und verdeckte fast die kleinen, flinken Rattenaugen, die den Eindruck erweckten, als befände sich der Mann, zu dem sie gehörten, ständig in Alarmbereitschaft, um notfalls sofort fliehen zu können. Dieser Adonis stank nach ranzigem Schweiß, Kerosin und Mundfäule, mußte ständig niesen und wischte sich dann die Nase mit dem Rücken seiner schorfigen Hand ab.

Als Yoluba ihn anrief, stocherte er gerade unter der Motorhaube eines Autos herum. Er hob den Kopf und warf den beiden Männern einen beunruhigten Blick zu. »Was wollt ihr?« erkundigte er sich schlechtgelaunt.

»Dies hier ist mein Vetter, er braucht dich für einen Spezialtransport.«

Der Grieche taxierte Suleiman ein paar Sekunden lang und schüttelte dann entschieden den Kopf. »Ich bin zu teuer für dich. Außerdem hast du das Gesicht von einem Geizhals.«

»Ich habe das Gesicht eines Menschen, der quer durch die Wüste gezogen ist! Was verlangst du für einen Transport nach Port-Sudan?«

Papapoulos hatte registriert, mit welcher Entschlossenheit der alte Sklavenhändler gesprochen hatte. »Wie viele sind es?« fragte er lakonisch.

»Zwanzig.«

»Hundert sudanesische Pfund pro Kopf. Macht zweitausend.« Er hob eine Hand und fügte warnend hinzu: »Ich kassiere nur in Dollar! Das wären also . . .«

». . . sechstausend Dollar«, kam ihm Suleiman zuvor.

»Genau. Hast du die?«

»Ich gebe dir die Hälfte bei der Abreise und den Rest bei der Ankunft in Port-Sudan.«

Wieder taxierte Adonis Papapoulos den Sudanesen, als wollte er sich davon überzeugen, daß der Mann es ernst meinte. Nach einigen Augenblicken des Zögerns streckte er schließlich die Hand aus und sagte: »Fünfhundert Dollar jetzt gleich!«

Suleiman kramte in seinen geräumigen Taschen herum, zog eine abgewetzte Börse hervor, zählte fünf Einhundertdollarscheine ab und hielt sie dem anderen hin. »Wann?«

»Ich muß vorher noch ein paar Reparaturen durchführen«, knurrte der Grieche und fügte nach kurzem Nachdenken hinzu: »Übermorgen.«

»Ist die Sache riskant?«

»Riskant?« wiederholte Adonis irritiert. »Glaubst du etwa, daß ich mich auf ein Risiko einlassen würde?«

Zwei Tage später sollte Suleiman bitter bereuen, nicht auf seinen Vetter gehört zu haben, denn die alte Junkers, die am Ende der kurzen Landepiste stand und deren Motoren so laut dröhnten, daß die Erde zitterte, war schon während des Zweiten Weltkrieges eine Veteranin gewesen und als fluguntauglich ausgesondert worden. Ihre Wellblechverkleidung, die einst grau gewesen war, hatte jetzt keine bestimmte Farbe mehr, was an den zahllosen Ausbesserungen lag, zu denen man die unterschiedlichsten Materialien verwendet hatte: das Blech alter Ölkanister, aufgeschnittene und mit dem Hammer geradegeklopfte Konservendosen und sogar ein paar Holzlatten.

Um unentdeckt zu bleiben, hatten die Gefangenen im Schutz der Nacht an Bord gehen müssen, und nun hockten sie schon seit mehr als einer Stunde im Frachtraum. Man hatte sie an den Unterbau der ehemaligen Sitze gekettet, denn die Sitze selbst waren schon vor langer Zeit ausgebaut worden, um mehr Platz für die Ladung zu schaffen, mochte es sich bei der Fracht nun um Mais, geschmuggeltes Vieh aus dem Tschad oder um Menschen auf dem Weg in die Sklaverei handeln.

Adonis Papapoulos lümmelte vorn in der Kanzel auf dem Pilotensitz herum und trank ein lauwarmes Bier nach dem anderen. Von dem Gebräu, das wie Eselpisse schmeckte, hatte er eine ganze Kiste mitgebracht. Die leeren Flaschen warf er einfach aus dem Fenster, und das Risiko, daß sie gegen den linken Propeller prallen könnten, schien ihn nicht zu bekümmern.

Suleiman zwängte sich grob durch die dicht zusammengepferchten Sklaven, indem er nach links und rechts Fußtritte austeilte, aber die meisten der Getroffenen waren so geschwächt, daß sie nur noch leise wimmern konnten. In der Kanzel des Flugzeugs angekommen, packte er den Griechen an der Schulter und fragte aufgebracht: »Was geht hier vor? Warum starten wir nicht?«

»Die Motoren sind noch zu kalt, und außerdem sollten wir besser bis zum Morgengrauen warten.«

»Wenn wir so weitermachen, wecken wir die ganze Stadt auf! Ich will aber nicht, daß wir unnötig auffallen!«

»Oh, keine Sorge«, übertönte der Grieche den Motorenlärm. »Hier ist man an solche Dinge gewöhnt.« Er hielt dem Sudanesen eine Flasche Bier hin. »Da, trink einen Schluck!« Doch dann besann er sich darauf, daß er es mit einem Muslim zu tun hatte, dessen Religion keinen Alkoholverzehr duldete. »Um so besser für mich!« meinte er achselzuckend.

Suleiman sah ihm ein Weilchen argwöhnisch beim Trinken zu und zählte nach, wie viele Flaschen noch voll waren. »Du wirst dich doch hoffentlich nicht besaufen?« fragte er beunruhigt.

Der Grieche warf ihm von der Seite einen Blick zu und antwortete todernst: »Glaubst du etwa, daß ich im nüchternen Zustand diese alte Kiste fliegen würde? Man muß verrückt oder besoffen sein, um sich ans Steuer einer Junkers Baujahr 33 zu setzen.«

»Aber du hast doch selbst gesagt, daß es nicht riskant ist!« protestierte Suleiman, aufs äußerste gereizt.

»Habe ich das?« meinte der andere achselzuckend. »Da war ich wohl betrunken.«

Er schleuderte eine leere Flasche durch das Fenster in die finstere Nacht hinaus und griff nach der nächsten.

Das ausgetrocknete Flußbett erwies sich als Falle, in der die Sonne noch unbarmherziger auf sie herabbrannte; die Hitze hatte schlagartig zugenommen, die Steine schienen wie in einem Ofen zu glühen, und die Luft flimmerte derartig, daß die Umrisse einer menschlichen Gestalt bereits in einer Entfernung von nur zehn Metern verschwamm.

Fünfzig Grad Celsius, und nirgends ein Fleckchen Schatten oder der Hauch einer Brise. Die ausgedörrten Kehlen brannten wie Feuer, die Luft schien die Lungen zu versengen, die Schleimhäute in Mund und Nase trockneten aus, die Lippen wurden brüchig.

Überall nur spitze, scharfe, glühendheiße Flußkiesel. Nirgends eine Eidechse, ein Skorpion oder eine Ameise. Diese *seguia* war eine feurige Hölle ohne Ausweg. Seit zwei Stunden fuhren sie nun schon in dem Flußbett hin und her, zuerst nach Süden, dann nach Norden und dann wieder zurück zu ihrem Ausgangspunkt, doch sie fanden an dem steilen Ufer, das sich in der Ferne verlor, keine Stelle, die der Jeep hätte bezwingen können.

»Da drüben sind die Kamele hochgeklettert!« rief Malik und wies nach vorn. »Aber wir kommen da nicht hoch.«

Sie hielten an. David sprang aus dem Auto und inspizierte die trockene, lose Erde, die bei der leisesten Berührung in die Tiefe rieselte, aber auch hier war die Böschung so steil, daß der Jeep keine Chance hatte. Mit dem Auto würden sie diesen tiefen Graben irgendwo in der Sahara niemals verlassen können.

»Vielleicht sollten wir es noch einmal weiter im Süden versuchen«, meinte Alec. »An der Stelle, wo die Straße nach Al-Fasher das Flußbett kreuzt, muß es doch eine Möglichkeit geben.«

»Das Benzin würde nicht bis dorthin reichen, und außerdem würden wir den Jeep auf der Fahrt über dieses Schotterbett in seine Einzelteile zerlegen.«

»Was schlägst du also vor?«

»Daß wir zu Fuß weitergehen!«

Die andern warfen David einen verblüfften Blick zu. »Zu Fuß durch diese Wüste?« fragte Miranda erstaunt.

»Ja, was denn sonst? Diese Leute haben Nadia in ihrer Gewalt. Ich muß hinterher, notfalls auf allen vieren.« Davids Stimme verriet eine durch nichts zu erschütternde Entschlossenheit. »Ich schaffe es bestimmt bis Tazira und komme von dort irgendwie weiter. Der Sudan ist sehr groß. Bis zum Roten Meer ist es noch weit.«

Alec blickte fragend Malik an, und der *targi* nickte zustimmend. »Wir würden anderthalb, vielleicht auch zwei Tage brauchen, aber wir könnten es bis Tazira schaffen.«

»Ich könnte alleine gehen und Hilfe holen«, schlug David vor. »Ihr habt sowieso schon zu viel für mich getan.«

Malik schüttelte nachdrücklich den Kopf. »Nein, allein würdest du dich nie zurechtfinden. Es nützt nichts, wenn wir uns jetzt trennen.«

Alec blickte Miranda an, und in seinen Augen lag tiefe Besorgnis. »Glaubst du, daß du durchhalten würdest?«

Sie schenkte ihm ein aufmunterndes Lächeln. »Wenn Nadia zu Fuß durch halb Afrika läuft, warum sollte ich dann nicht zwei Tage lang durchhalten?«

Für David schien die Diskussion damit abgeschlossen. Er öffnete die hintere Tür des Jeeps und nahm die absolut unumgänglichen Ausrüstungsgegenstände heraus.

»Nur Wasser, Waffen, eine Decke für jeden und ein bißchen Essen«, bestimmte der *targi*. »Vor allem Wasser. Falls noch andere Schuhe da sind, nehmt sie mit. Die Schuhe, die ihr tragt, werden die Steinwüste von Marrah nicht überstehen.«

Zehn Minuten später erklommen sie keuchend und fluchend an jener Stelle die Uferböschung, wo vor ihnen die Kamele hochgeklettert waren. Oben angekommen, holten sie erleichtert tief Luft, als befänden sie sich nicht irgendwo mitten in der Sahara, sondern auf dem kühlen Gipfel eines Berges. Sie drehten sich um und warfen einen letzten Blick auf den Jeep, der aller Wahrscheinlichkeit nach für alle Zeiten dort unten bleiben und den spärlichen Reisenden, die hier vorbeikamen, ein Rätsel aufgeben würde.

»Vielleicht finden ihn unsere Leute und holen ihn irgendwie raus«, sagte Alec hoffnungsvoll. »Mit einem Dutzend Kamelen könnte man es schaffen.«

David lächelte Miranda aufmunternd zu. »Wenn wir hier jemals rauskommen, kauf ich euch den besten Jeep von Afrika«, versprach er.

Sie machten sich auf den Weg. Malik ging mit kraftvollen, federnden Schritten voran, und David folgte ihm dicht auf den Fersen. Ein Übermaß an Energie beflügelte ihn sichtlich, und seine nervöse Ungeduld schien es ihm nicht zu gestatten, auch nur einen einzigen Gedanken an den langen Weg zu verschwenden, der vor ihnen lag und der jede übermäßige Eile nicht ratsam erscheinen ließ. Hinter ihm ging Miranda, der die anderen möglichst wenig zu tragen gegeben hatten. Alec bildete das Schlußlicht. Er wirkte so kühl und gleichmütig, als machte er gerade an den Ufern der Themse einen Spaziergang.

Sie hatten noch keine drei Kilometer zurückgelegt, als Malik plötzlich stehenblieb und angestrengt nach vorn schaute. Sie folgten der Richtung seines Blickes, konnten jedoch nichts erkennen. Der *targi* wies auf den Horizont: »Kamele, viele Kamele.«

»Ich sehe nichts.«

»Da drüben, zwei Stunden Fußmarsch von hier. Ich glaube, die Tiere sind gesattelt.«

»Könnte das die Karawane sein?«

»Ich sehe keine Menschen.« Malik hatte im Brustton der Überzeugung gesprochen, aber etwas schien ihn dennoch zu verwirren. »Das verstehe ich nicht«, murmelte er. »Dies ist kein Weideland, hier gibt es nur Steine.«

Sie zogen im Eiltempo weiter, und Miranda, die vor Anstrengung keuchte und fast am Ende ihrer Kräfte war, wäre wohl zurückgefallen, hätte Alec sie nicht hinter sich hergezogen. Nach einer halben Stunde waren die Kamele deutlich zu erkennen. Wie Malik vorausgesagt hatte, befanden sie sich rund zwei Stunden später knapp fünfhundert Meter von rund dreißig Lastkamelen entfernt, die sich in der Wüste verstreut hatten und an der spärlichen, dornigen Vegetation dieser Gegend herumkauten. Tatsächlich waren einige der Tiere gesattelt. Das hatte Malik trotz der unglaublichen Entfernung richtig erkannt.

»Die gehören zu der Karawane, daran gibt es keinen Zweifel«, sagte der *targi* zu Alec. »Anscheinend sind sie mit einem Lastwagen abgehauen.« Er schüttelte den Kopf. »Die müssen viel Angst haben, wenn sie die Kamele hier einfach zurücklassen, denn die Tiere sind eine Menge Geld wert.« Er musterte jedes einzelne der Tiere. »Den kräftigsten hat man die Vorderbeine zusammengebunden, damit sie nicht zu weit weg können.«

»Und was hat das zu bedeuten?«

»Daß jemand vorhat, zurückzukommen und sie zu holen.«

»Wann?«

Der *targi* hob die Schultern. »Wenn sie mit dem Lastwagen wiederkommen, wird es nicht lange dauern. Aber falls sie zu Fuß sind oder andere Kamele auftreiben, können drei bis vier Tage vergehen.«

»Wir könnten ihnen hier auflauern, aber vielleicht verlieren wir dann nur eine Menge Zeit und fallen noch weiter zurück.« David zeigte auf die Reifenspuren im Sand, die sich in der Ferne verloren. »Falls sie überhaupt zurückkommen, folgen sie doch bestimmt ihren eigenen Spuren, oder?«

»Ja, sehr wahrscheinlich«, bestätigte Malik. »Dann können wir ihnen genausogut entgegenreiten.«

Sie machten sich an die nicht leichte Aufgabe, vier der besten Kamele einzufangen, und Minuten später war alles bereit. Die Verfolgung konnte weitergehen.

Vor ihnen zeichnete sich im Hitzedunst das Hochplateau von Marrah ab, und je näher sie kamen, desto ferner erschien es ihnen, als machte sich ein Riese den Spaß, es wie eine gigantische Theaterkulisse immer weiter von ihnen fortzurücken. Die paar Menschen kamen sich angesichts solcher Berge winzig klein vor.

Am Nachmittag zogen sich dichte Wolken über dem Plateau zusammen, verhüllten zuerst die höchsten Gipfel der Berge, breiteten sich dann dunkel und drohend über den Himmel aus: Die Verheißung eines erfrischenden Regens hing über der Wüste. Ein Donnerschlag ließ die Luft erzittern, und sein Echo wurde von den fernen Ausläufern des Gebirges zurückgeworfen. Zuckend entlud sich über den Köpfen der Reiter ein Blitz. Mit himmelwärts gewandten Gesichtern beobachteten sie das grandiose Schauspiel eines Wüstengewitters.

Schon öffneten sich die Wolken, und dort oben begann es zu regnen. Aus großer Höhe sahen sie den Regen herabstürzen und erwarteten ungeduldig seine Ankunft, aber kein Tropfen erreichte sie. Allmählich verblaßte die große schwarze Wolkendecke und verflüchtigte sich schließlich, als wäre eine überirdische Zauberei am Werk.

David spornte sein Kamel an, bis er neben Miranda war, und rief ihr zu: »Was ist los? Warum bekommen wir nichts ab?«

»Die Luft ist zu warm«, erklärte sie. »Warm und trocken. Der Regen verdampft, bevor er unten ankommt.«

»Funktioniert denn in dieser Hölle nichts wie anderswo? Hier regnet es, aber zugleich regnet es auch nicht!« schimpfte David.

»Nicht ärgern«, tröstete ihn Miranda. »Manchmal wird ein solches Gewitter von einem Sturm begleitet, der einen Menschen glatt zu Boden schleudert, so daß er keinen Schritt vorwärts kommt. Ich verzichte gern darauf.«

Alec hatte angehalten und wartete auf die anderen. »Malik sagt, daß wir mit ziemlicher Sicherheit heute nacht die Piste erreichen. Mit ein bißchen Glück könnten wir morgen früh in Al-Fasher sein.«

»Mit ein bißchen Glück? Ich glaube nicht, daß es auf unserer Seite ist, sonst hätte ich schon meine Frau wieder«, meinte David grimmig.

»Immerhin wissen wir jetzt, wo sie ist und wohin man sie bringen will. Es kommt jetzt nur darauf an, daß wir es irgendwie bis Port-Sudan oder Sawakin schaffen, um sie dort abzufangen. Sie dürfen sich nicht geschlagen geben!«

»Das tue ich auch nicht! Von mir aus können wir direkt in die Hölle reiten, aber reden Sie mir nicht von Glück! Wenn es überhaupt so etwas gibt, dann für andere, aber nicht für mich.«

Die Nacht brach so rasch herein, als hätte sich ein riesenhafter Vogel herabgesenkt und seine dunklen Schwingen über die Welt gebreitet. Malik ließ anhalten, stieg vom Kamel und wartete, bis die anderen ihn eingeholt hatten. »Wir wollen hier ausruhen, bis der Mond aufgeht«, sagte er. »In der Dunkelheit sind die Spuren nicht zu erkennen.«

Sie aßen von dem spärlichen Proviant, den sie mitgebracht hatten – Kekse, Käse und Datteln –, wickelten sich dann in ihre Decken und legten sich auf den steinigen Boden.

Später, als der fast volle Mond aufgegangen war, sah die Wüste mit ihrem viele Jahrtausende alten Gestein selbst wie eine Mondlandschaft aus, als hätten Erde und Mond die Rollen getauscht.

Als David, verschlafen und fast genauso erschöpft wie zuvor, die Augen aufschlug, durchzuckte ihn der Gedanke, daß diese Landschaft so wirkte, als erblickte er sie auf einem Fernsehschirm. Das metallisch kalte Licht brach sich auf den Felsen, hob die Grate der Berge scharf hervor und bewirkte, daß die nadelspitzen Granitzinnen tiefe Schlagschatten warfen. Die saubere Luft war von vollendeter Transparenz, und nicht das leiseste Geräusch war in diesem leblosen Szenarium zu hören.

Ein Stück weiter vorn bewegte sich etwas: Es war Malik der Einzelgänger, der aufgestanden war und, in seine Decke gehüllt, reglos dastand. Man hätte ihn ohne weiteres mit einem der großen Felsbrocken verwechseln können. David hätte gern gewußt, woran der *targi* gerade dachte. Während der gemeinsam verbrachten Tage hatten sie kaum ein Dutzend Worte gewechselt, und David war immer wieder jener geistesabwesende Ausdruck in Maliks Augen aufgefallen, als wäre jener in seiner Phantasie weit fort und nur von einem einzigen Gedanken beherrscht.

Es mußte bitter sein, nur für die Rache zu leben, und David fragte sich, was wohl an dem Tag geschehen würde, an dem Malik den Mann fände, der seine Frau getötet und seine Söhne entführt hatte. Maliks Dasein wäre danach noch leerer als jetzt und gänzlich ohne Sinn, denn es würde ihm schwerlich gelingen, wieder so zu leben wie einst. Wahrscheinlich

würde er weiterhin ziellos durch die grenzenlose Wüste streifen, schon zu Lebzeiten eine Legende, ein Mensch, der es
über sich gebracht hatte, auf alles zu verzichten, auf Stand
und Namen, um sich selbst »der Diener« zu taufen.

David war so in Gedanken versunken, daß er das Näher-
kommen des *targi* gar nicht bemerkt hatte. Nun ging Malik
neben ihm in die Hocke, berührte ihn an der Schulter und
sagte leise: »Aufwachen! Wir müssen weiter.«

»Ich bin wach«, murmelte David. »Schläfst du eigentlich
nie?«

Der *targi* schaute ihn durchdringend und wortlos an. Ein
paar Meter weiter bewegte sich Miranda im Schlaf. Alec wik-
kelte sich gerade aus seiner Decke, und er wirkte ganz so wie
jemand, der die ganze Nacht kein Auge zugetan hat. Zum x-
tenmal fragte sich David, was für Männer das eigentlich waren. Sie machten Gewaltmärsche und kamen anscheinend
trotzdem ohne Schlaf aus. Bestimmt halten ihre Rachegelüste
sie wach, dachte er, während er seine Decke zusammenfaltete
und zu seinem Kamel ging. Vielleicht geht es mir genauso,
wenn ich Nadia nicht wiederfinde.

Sie ritten weiter, und während die Stunden verstrichen und
sich die Erde immer mehr abkühlte, wich das nächtliche
Schweigen allmählich einem immer lauter werdenden Knak-
ken und Knistern, als wären nicht nur die vielen Steine in der
Wüste, sondern der ganze Planet Erde dicht davor, in tausend
Stücke zu zerbersten. Irgendwann erhob sich eine leichte
Brise, die rasch zu einem Wind wurde, und wenig später
dämmerte es am Horizont. Die Reiter stellten fest, daß das
Hochplateau dicht vor ihnen lag, und sein Anblick ließ sie die
empfindliche Morgenkälte vergessen.

Die Hitze der Morgenstunden steigerte sich bis zur Mittagszeit zu sengender Glut, die Schatten der Männer auf den
Kamelen wurden kürzer, bis sie ganz unter den Hufen ihrer
Reittiere verschwanden. Langsam zerrannen die Nachmittagsstunden, der Abend kündigte sich an, und dann war es
wieder einmal Nacht. Niemand sprach ein Wort. Sprechen
wäre zu anstrengend gewesen, und vor allem Miranda ähnelte eher einer großen Puppe mit schlenkernden Gliedern
als einem menschlichen Wesen. Als Rast gemacht wurde,
verweigerte sie das Essen und ließ sich todmüde zu Boden

sinken. Die anderen warteten darauf, daß der Mond aufging, doch bevor es so weit war, erblickten sie in der Ferne ein Lichterpaar, das vom Hochplateau herab aus Osten auf sie zukam. »Die kommen aus Al-Fasher«, stellte Alec fest.

»Egal, woher sie kommen – wir müssen sie auf jeden Fall anhalten«, sagte David.

Sie blickten sich nach etwas um, womit sie den Weg verbarrikadieren konnten, aber sie konnten nichts finden. Die Felsbrocken waren entweder zu groß oder zu klein. Schließlich hatte Malik den rettenden Einfall. »Die Kamele!«

Sie zwangen die Tiere, sich mitten auf der Sandpiste hinzulegen, und knoteten die straffen Zügel um dicke Steine, damit die Kamele nicht beim Herannahen des Fahrzeugs aufspringen und weglaufen konnten. Dann suchten sie sich selbst neben der Piste eine Deckung und warteten ab, das Gewehr im Anschlag. Aus der Nacht tauchte ein alter Lastwagen auf. Der Fahrer mußte das Hindernis im letzten Moment erkannt haben, denn er machte eine Vollbremsung, so daß das klapperige Gefährt kaum fünf Meter von den Kamelen entfernt zum Stehen kam.

Zwei Männer tauchten wie Gespenster aus der Finsternis auf und zielten mit ihren Gewehren durch die offenen Seitenfenster ins Innere des Fahrerhäuschens, während ein dritter die Ladefläche im Auge behielt.

»Alle Mann raus!« befahl eine Stimme.

»Guter Gott, Banditen!« ertönte es ängstlich von drinnen. Der Fahrer des Lastwagens, ein Schwarzer, stieg zuerst aus, danach zwei Beduinen mit erschrockenen Gesichtern. »Was wollt ihr von uns?« jammerte der Schwarze. »Wir sind arm, wir haben nichts!«

Die drei mußten sich vor dem Laster mit erhobenen Händen ins grelle Scheinwerferlicht stellen. Blinzelnd bemühten sie sich vergeblich, jene zu erkennen, die sie im Schutz der Dunkelheit mit der Waffe bedrohten.

»Wo wollt ihr hin?« fragte Alec.

Die drei blickten sich an und wußten wohl nicht so recht, was sie antworten sollten. Am Ende gab sich der Fahrer einen Ruck und sagte: »Zur Grenze.«

»Was wollt ihr da?«

»Wir sollen eine Ladung abholen«, erklärte der Mann.

Plötzlich hatte er einen Einfall. »Eine Ladung Vieh aus dem Tschad«, fügte er rasch hinzu.

David trat ins Licht und näherte sich einem der Beduinen. Sorgfältig inspizierte er den Mann von Kopf bis Fuß, nickte schließlich und meinte: »Dieser hier gehörte zu Suleimans Karawane. Er war es, der den Tee serviert hat.«

Der Beduine machte eine Bewegung, als wollte er weglaufen, aber der Lauf von Maliks Karabiner bohrte sich in seine Rippen. »Schön ruhig!« sagte der *targi* drohend. »Wo sind die anderen?«

Die drei gaben sich geschlagen. »In Al-Fasher«, gestand einer der Beduinen. »Suleiman hat uns nach Guerada zurückgeschickt, und wir dachten, daß wir unterwegs die Kamele mitnehmen könnten.«

David wandte sich dem Fahrer zu: »Warum hat er dich weggeschickt?«

»Weil er mich nicht mehr braucht.«

»Hat er jetzt einen anderen Lastwagen?«

»Nein, er hat den Griechen angeheuert.«

»Welchen Griechen?«

»Na ja, den Griechen eben«, antwortete der Mann achselzuckend. »Er hat ein Flugzeug und bringt die anderen nach Port-Sudan.«

»Wann?«

»Bei Tagesanbruch.«

»Bei Tagesanbruch?« Fast hätte sich Davids Stimme überschlagen. »Schaffen wir es bis dahin?«

Die Frage war an den Fahrer gerichtet, der wieder die Achseln zuckte. »Das weiß man nie. Kommt darauf an, wieviel Pannen wir haben.«

Darauf kam es tatsächlich an. Wieder einmal schien es, als sei ihnen das Glück nicht gewogen, denn es dauerte kaum jemals länger als eine Stunde, bis einer der Reifen erneut platzte und ihre Nerven auf eine weitere Probe stellte.

David, von einer mörderischen Wut gepackt, drohte dem Fahrer, ihm eine Kugel in den Kopf zu schießen, wenn er sich nicht beeilte, doch der Mann versuchte ihm immer wieder klarzumachen, daß er Ruhe bewahren und abwarten müsse, bis der Klebstoff unter dem Flicken trocken sei, sonst sei der ganze Aufwand vergebens und sie hätten bald wieder einen

Platten. Miranda hatte sich todmüde im Laderaum des Lastwagens auf einem Haufen alter Säcke schlafen gelegt, und Alec saß neben ihr wie ein Wachhund, der keinen Augenblick die Beduinen aus dem Auge ließ. Malik wirkte teilnahmslos und abwesend wie immer. Ihm schienen die ständigen Pannen nicht an den Nerven zu zehren, denn er wußte inzwischen, daß drei der Männer, nach denen er jahrelang gefahndet hatte, tot waren – und er kannte den Namen des vierten. Jetzt war alles nur noch eine Frage der Geduld. Zum ersten Mal war er von der Gewißheit beseelt, dem Tag der Rache nahe zu sein, und es war ihm gleichgültig, ob es noch in dieser Nacht oder erst in einem Jahr geschah. Das Warten auf jenen Augenblick war zu einem festen Bestandteil seines Lebens geworden, und er hatte es nicht eilig damit, sich davon zu trennen.

David hingegen hatte seine Nerven kaum noch unter Kontrolle, denn jede Minute, die verstrich, konnte darüber entscheiden, ob er Nadia jemals wiedersehen oder sie für immer verlieren sollte. *Nadia, Nadia, Nadia . . .* Sein Inneres hallte von ihrem Namen wider, es war wie das rhythmische Stampfen einer alten Maschine, die ein Schwungrad antrieb – und mit jeder Umdrehung kam David ihr näher. *Nadia, Nadia, Nadia . . .*

Zwei Uhr nachts. Drei Uhr. Vier Uhr – und wieder eine Panne! Am liebsten wäre er ausgestiegen und zu Fuß weitergelaufen. Mit dem Gewehr in der Faust hätte er sich dem verdammten Flugzeug entgegengestellt, das irgendwo auf den Anbruch des neuen Tages wartete, um für immer mit Nadia zu entschwinden.

Warum dauerte diese Nacht nur so endlos lange? Und warum verstrichen jedesmal die Minuten so schnell, wenn sie wieder irgendwo auf dieser von Steinen übersäten Sandpiste stehenblieben und einen Flicken auf einen Schlauch klebten, auf dem eigentlich gar keine Flicken mehr Platz hatten?

Und dann erwachte der Wind. David spürte auf seinem Gesicht den ersten Lufthauch, und schreckensstarr lauschte er dem ersten Klagelaut. Ein Schauer lief ihm über den Rükken. Unmißverständlicher als jede Uhr verkündete der Wind die schlechte Nachricht: Der Tag bricht an.

»Los, beeil dich! Hörst du nicht den Wind?«

»Ja, aber was soll ich machen, *effendi*? Seit Jahren will ich mir einen Satz neuer Reifen anschaffen, aber wissen Sie, was man dafür in Al-Fasher bezahlen muß?«

»Ach, sei still! Halt den Mund und beeil dich!«

Der Mann drückte den Flicken fest, wartete ab, daß der Klebstoff trocknete, montierte das Rad an, holte die Pumpe und machte sich lustlos daran, den Reifen aufzupumpen.

»Gib her! Laß mich das machen!«

»Nicht so hastig! Immer mit der Ruhe, *effendi*!«

Das Seufzen des Windes wurde lauter. Die Fahrt ging weiter. Der Motor brummte monoton.

Noch eine Stunde. Sie kamen über eine Anhöhe, und vor ihnen, ganz weit, blinzelten die ersten Lichter von Al-Fasher. Noch war es dunkel.

Der Wind strich heulend über die Ebene. *Nadia, Nadia, Nadia...* Schneller, immer schneller, klarer und hoffnungsvoller wiederholte er im stillen ihren Namen.

Dann schien ein gigantischer Pinsel das Schwarz der Nacht mit einem dünnen, wäßrigen Grau zu übertünchen. Der Lastwagen flog geradezu über die holprige Piste. Die Lichter kamen näher. Himmel und Erde, durch die Finsternis vereint, lockerten ihre Umarmung. Noch zwei Kilometer, höchstens... Ein lauter Knall. Der Lastwagen schlingerte, kam ein paar Meter von der Piste ab und blieb stehen. Fluchend stieg der schwarze Fahrer aus.

David lehnte die Stirn an die Windschutzscheibe und weinte.

Der Wind trug ein dröhnendes Motorengeräusch herüber. Der Himmel hatte sich milchig weiß gefärbt: Der Tag brach an. Innerhalb weniger Minuten hatte sich die Nacht verflüchtigt.

Das Flugzeug, eine alte Junkers, setzte sich in Bewegung, wurde langsam schneller, machte ein paar Hopser, versuchte zweimal vergeblich abzuheben, erreichte das Ende der kurzen Startbahn und löste sich mit schwerfälligem Ächzen von der Erde. Fast hätte es das Dach eines armseligen Hauses gestreift, als es Kurs nach Osten nahm. Minuten später war es nur noch ein kleiner Punkt, flog einer Sonne entgegen, die noch nicht aufgegangen war.

Es war der schönste Ort, auf dem Suleimans Blick jemals geruht hatte, und er konnte sich nicht daran satt sehen.

In dem langen, schmalen Wasserbecken, das für Goldfische gebaut worden war, sprudelten zahllose Fontänen, die ständig Form und Farbe wechselten. Die geräumigen Arkaden, die das Becken säumten, waren mit Mosaikkacheln verkleidet, deren Farbschattierungen so exakt und gleichmäßig waren, als hätte ein Künstler die Bausteine einzeln ausgewählt und zusammengestellt. Auf der einen Seite öffneten sich die Arkaden zu einem weitläufigen Garten, wo zahllose Rosen wuchsen, die unter den riesigen Palmen winzig wirkten. Am anderen Ende dieser Pracht führte ein mit kunstvollen Eisenbeschlägen verziertes Tor aus Eichenholz in den Bereich der Innenhöfe.

Zur klassischen Schönheit gesellte sich hier die Bequemlichkeit und Funktionalität der Moderne: Eine geräuschlose Klimaanlage sorgte hinter den dicken Mauern dafür, daß die tropische Hitze draußen blieb.

Wirklich, man hätte sich kaum einen schöneren Ort vorstellen können, an dem man gern sein Leben verbracht hätte.

Irgendwo wurde eine Tür geöffnet, und aus dem dämmerigen Inneren des Hauses näherten sich leichte Schritte, begleitet vom Rascheln seidener Gewänder, die schwere Möbel aus Palisander und Ebenholz sowie große Schalen aus getriebenem Silber streiften.

Und dann erschien die Person, die diese Geräusche verursacht hatte. Sie trug eine reich bestickte Tunika, die typisch

arabische, von einem Band zusammengehaltene Kopfbedek-
kung und – auf einer Adlernase – eine Brille mit dicken Gläsern. Der Mund mit den allzu dünnen Lippen verbarg sich in
einem schütteren schwarzen Bart.

Suleiman verbeugte sich tief und küßte dem Mann demü-
tig die Hand. »Der Segen Allahs begleite dich, o Herr!« murmelte er.

Der vornehme Araber nahm die Unterwürfigkeit seines
Gastes als Selbstverständlichkeit hin. Er setzte sich in einen
bequemen Korbstuhl und sagte: »Du warst lange fort. Was ist
der Grund für deine Verspätung?«

»Ich habe die schlimmste, gefährlichste und beschwerlich-
ste Reise meines Lebens hinter mir, Exzellenz«, rechtfertigte
sich Suleiman. »Ihr würdet mir kaum Glauben schenken,
wenn ich euch berichtete, wie viele widrige Umstände ich
überwinden mußte, doch zum Glück hat Allah alles zum Guten gewendet.« Suleiman lächelte salbungsvoll. »Im übrigen
wollte ich euch die Ware erst vorführen, nachdem alle Spuren
der strapaziösen Reise beseitigt worden sind.«

»Ist denn etwas dabei, das die Mühe gelohnt hat?« fragte
der andere gelangweilt.

»O Exzellenz, ich habe etwas wirklich Außergewöhnliches
mitgebracht!« versicherte Suleiman. »Euer erlauchter Onkel,
seine Hoheit Abdallah Ibn Aziz, den Allah schützen möge,
wird entzückt sein. Noch nie hatte ich ihm etwas Vergleichba-
res zu bieten.«

»Gut. Wo ist die Ware?«

»Der Lastwagen wartet draußen auf der Straße, Exzellenz.«

Hassan Ibn Aziz klatschte einmal in die Hand, und augenblicklich erschien wie herbeigezaubert ein Diener. »Laßt Suleimans Lastwagen herein!« befahl der Hausherr.

Der Diener verschwand ebenso blitzschnell, wie er gekommen war, und gleich darauf machte sich in dem so stillen
Haus eine gewisse Unruhe bemerkbar.

»Woher sind die Sklaven, die du mitgebracht hast?« fragte
Hassan Ibn Aziz.

»Von überall her, Herr – *ibos, kalabares, fulbés, fangs* und
auch eine *ashanti*.«

»Eine *ashanti*?« fragte Hassan interessiert. »Ist sie jung und
schön?«

289

»Ich will und kann sie jetzt nicht beschreiben, Exzellenz. Es ist besser, daß Ihr selbst urteilt.«

Am hinteren Ende des Gartens wurde ein Tor aufgestoßen, und ein schwerer geschlossener Lastwagen rollte langsam den breiten Weg entlang. Als er zum Stehen gekommen war, schlug Suleiman hinten die Plane auseinander, gab mit leiser Stimme eine Anweisung und kehrte zu seiner Hoheit, dem Prinzen Hassan Ibn Aziz zurück.

Schon stiegen die ersten Gefangenen aus: sauber, gepflegt, wohlgenährt und mit neuen, glänzenden Ketten gefesselt. Der Prinz begutachtete sie der Reihe nach und mit großer Sorgfalt; bei den Männern prüfte er das Gebiß, bei den Frauen die Festigkeit der Brüste, bei den Knaben die Glätte der Haut . . . Mit einem der Knaben befaßte er sich ein wenig länger, und aus seinen Augen sprach dabei eine gewisse Lüsternheit. Schließlich schüttelte er den Kopf, als machte er sich von einer unwillkommenen Anwandlung frei, ließ den Blick über die zu einer langen Reihe angetretenen Gefangenen schweifen und seufzte mit einer Geste des Überdrusses: »Nicht schlecht, aber wo ist die *ashanti*?«

Suleiman lächelte wie ein Zauberer, der sich anschickt, seinen raffiniertesten Trick vorzuführen, klatschte in die Hände, und prompt erschien Abdul aus dem Inneren des Lastwagens. Der Libyer zog Nadia an der Hand hinter sich her. Sie trug nur einen langen, bis zur Hüfte geschlitzten Rock und am linken Fußgelenk einen schweren Goldreif. Ihre schwarze Haut glänzte wie poliertes Ebenholz, und die Spitzen ihrer straffen Brüste wippten bei jedem Schritt.

Seine Exzellenz Prinz Hassan Ibn Aziz mußte sich zusammennehmen, um den äußeren Anschein teilnahmsloser Würde zu wahren. Ohne Hast ging er zu ihr, doch als er die Hand ausstreckte, um ihren Hals, ihre Brust und ihre Hüften zu betasten, trat Nadia einen Schritt zurück. »Rebellisch?« fragte der Prinz mit spöttischem Lächeln.

»Ja, sehr, Exzellenz«, gestand Suleiman ein. »Sie ist eben eine *ashanti,* und außerdem wurde sie in Paris und London erzogen. Sie spricht fünf Sprachen, einschließlich unserer.«

»Sieh an!« staunte der Prinz. »Wieviel willst du für sie?«

Suleimans Stimme verriet keine Spur von Unsicherheit, als er sagte: »Dreißigtausend Dollar.«

»Für alle?«

»Nur für sie, Exzellenz.«

Der Fürst drehte sich zu Suleiman um, blickte ihn ein paar Sekunden lang unverwandt an, betrachtete erneut Nadia und nickte: »Sie ist den Betrag wert. Laß die Sklaven mit dem Brandzeichen markieren! Mein Sekretär wird dich auszahlen.«

»Die *ashanti* auch?« fragte der Sudanese erschrocken. »Es wäre schade, wenn sich die Brandwunde entzünden und ihre Haut verunstalten würde.«

»Mein Onkel wünscht, daß alle Sklaven sein Brandzeichen tragen«, erklärte der Prinz, doch dann dachte er kurz nach und fügte hinzu: »Nun gut, soll er selbst entscheiden.« Wieder näherte er sich Nadia. »Stimmt es, daß du in Paris erzogen worden bist?« Und als sie stumm nickte, fuhr er fort: »Einer meiner Söhne studiert an der juristischen Fakultät der Sorbonne. Er heißt Hussein Ibn Aziz. Kennst du ihn zufällig?«

»Nein, ich kenne ihn nicht. Ich habe politische Wissenschaften studiert.«

»Politik? Seltsam!« Der Prinz ergriff behutsam ihren Arm und spazierte mit ihr gemächlichen Schrittes unter den Arkaden am Wasserbecken entlang, als wäre Nadia keine Sklavin, die er gerade für seinen alten Onkel gekauft hatte, sondern irgendeine junge, interessante Frau, deren Bekanntschaft er erst kürzlich gemacht hatte. »Und was hältst du von der Politik?« erkundigte er sich. »Was denkst du beispielsweise über den heroischen Kampf des palästinensischen Volkes für die Befreiung seines Landes von der israelischen Tyrannei?«

»Was ich davon halte? Wenn die Araber, die mehr Geld haben als sonst jemand auf der Welt, ihre Schätze nicht in Schweizer Banktresoren verschwinden lassen würden, wenn sie nicht riesige Summen in Spielcasinos verspielen, für goldene Cadillacs oder Sklaven ausgeben würden, dann müßten die Palästinenser nicht all das Elend erdulden, sondern sie könnten in Frieden leben und müßten sich nicht mit den Israelis um ein armseliges Stückchen Wüste streiten.«

Der Prinz dachte lange über ihre Worte nach. »Meine Tochter«, meinte er schließlich, »ich rate dir, daß du dir diese Sympathien für die Zionisten aus dem Kopf schlägst, bevor du das Rote Meer überquerst, sonst kann es dir drüben übel ergehen. Mein Onkel ist nicht so geduldig und verständnisvoll wie ich, wenn es um die Juden geht.«

»Ich sympathisiere nicht mit den Juden«, stellte Nadia richtig. »Sie bedeuten mir wenig. Wir Afrikaner haben genug eigene Probleme, als daß wir uns noch um andere Länder kümmern könnten.«

»Das freut mich zu hören«, erwiderte Hassan Ibn Aziz mit Nachdruck. »Diese Einstellung wird dir viel Kummer ersparen.« Sein Gesicht hellte sich auf. »Kennst du in Paris ein Kabaret namens Lido?« Er wartete ihre Antwort nicht ab, sondern lächelte gedankenverloren und fuhr fort: »Ich war mit einer Tänzerin aus dem Lido verheiratet. Sie war eine prachtvolle Frau, aber leider ein bißchen verrückt. In den beiden Jahren unserer Ehe weigerte sie sich hartnäckig, mein Land zu besuchen. Irgendein Dummkopf hatte ihr eingeredet, sie würde es nie wieder verlassen.«

»Und stimmte das nicht?«

»Nein, natürlich nicht! Wie kann man so etwas behaupten?«

»Werde ich denn Ihr Land verlassen dürfen?«

Er blieb stehen, schaute sie an und meinte bedauernd: »Bei dir liegen die Dinge anders, teure Freundin. Du bist eine Sklavin, und wir haben für dich viel Geld bezahlt. Es wäre nicht gerecht, wenn wir dieses Geld wegen einer Laune abschreiben müßten.«

»Und mit welchem Recht habt ihr mich gekauft?«

»Das, meine Kleine, ist ein kniffliges juristisches Problem. Wir selbst entführen und versklaven ja keine anderen Menschen. Das hätte gerade noch gefehlt! Nein, diese Rechnung müßte Suleiman mit den Behörden begleichen, falls ihn die Polizei erwischt. Ich kaufe lediglich im Auftrag meines Onkels Sklaven, die schon Sklaven sind, wenn sie die Schwelle meines Hauses überqueren. Und wenn ich sie nicht kaufe, kauft sie ein anderer. Woher sie kommen und wer sie sind, ist nicht mein Problem. Mich interessiert nur, daß sie wirklich *Sklaven* sind.«

»Niemand wird als Sklave geboren!«

»Glaubst du wirklich?« Der Prinz schüttelte bedächtig den Kopf. »In den Zeiten, in denen wir leben, besteht das Problem nicht darin, als freier Mensch auf die Welt zu kommen, sondern *nicht* als Sklave geboren zu werden. Welchen Unterschied gibt es zwischen einer Haremsklavin und einer Fabriksklavin? Mein Onkel ist ein alter Kauz, er wird sich mit dir ein paar Tage lang amüsieren, und dann läßt er dich in Ruhe. Du wirst unbehelligt in einem großen Garten leben und alles besitzen, was sich eine Frau nur wünschen kann.« Er gab ihr einen väterlichen Klaps auf den Arm. »Wirklich, es wird dir gutgehen, das versichere ich dir! Du mußt dich nur sanft und gelehrig anstellen, dann ist alles ganz leicht. Wenn zweihundert Frauen das schaffen, warum dann nicht auch du?«

»Weil ich nur einen Wunsch habe, nämlich zu meinem Mann zurückzukehren!«

»Sieh an! Du bist also verheiratet? Das hat mir der alte Fuchs verschwiegen.«

»Ja, ich bin verheiratet, und mein Mann ist Europäer. Er sucht mich, und wenn er mich nicht findet, wird er die Weltpresse mobilisieren, um diesen skandalösen Sklavenhandel anzuprangern.«

»Das bereitet mir kaum Sorge, meine Liebe«, erwiderte der Prinz, kaum merklich lächelnd. »Die Presse hat schon längst alles geschrieben, was über uns zu schreiben ist. In Wirklichkeit interessieren sie sich nur für Erdöl-Embargos und Rohölpreise, aber nicht für Kleinigkeiten wie das Problem der Sklaverei. Im übrigen kontrollieren wir einen genügend großen Sektor des Pressewesens, um derartigen Anschuldigungen wirksam entgegentreten zu können. Du würdest staunen, wenn du wüßtest, wie viele ausländische Wirtschaftsunternehmen von unserem Kapital abhängig sind.«

»Ihr glaubt, ihr seid die Herren der Welt, nicht wahr?«

»Noch nicht«, gestand der Prinz freimütig ein. »Aber eines Tages werden wir es sein. *Das Jahrhundert der Araber* – hast du schon einmal dieses Schlagwort gehört?«

»Ja, ich kenne es.«

»Nun, es trifft zu. Wie ein neuer Mohammed, aus dem Wüstensand geboren, ist das Erdöl ein Werk Allahs und Ausdruck seines Willens, daß wir Araber den Glanz vergangener Zeiten neu beleben. Wir werden die Herrschaft über die Welt ohne Blutvergießen erringen, und eines versichere ich dir: Wir werden sie nicht schlechter regieren als die jetzigen Machthaber.« Er kramte in den weiten Taschen seines Gewandes, zog eine Handvoll Karamelbonbons hervor, bot Nadia einen an und wickelte dann selbst mit sparsamen Bewegungen einen Bonbon aus, während er ohne anzuhalten mit ihr um das Zierbecken schlenderte. »In Wahrheit«, fuhr er, an dem Karamelbonbon lutschend, fort, »beherrschen wir jetzt schon die wichtigsten Firmen der Welt, und wir bräuchten unser Kapital nur von einem Land zu einem anderen zu transferieren, in die eine oder die andere Industrie zu investieren oder bei der einen oder anderen Bank zu deponieren, damit das gesamte Weltwirtschaftssystem ins Wanken gerät und eine Panik ausbricht.«

»Und das macht Ihnen Spaß?«

»Ja, bis zu einem gewissen Maß. Findest du es nicht auch lustig, wenn die großen Manager, Politiker und Diplomaten wie aufgescheuchte Hühner herumrennen? England, Frankreich, Deutschland, die USA – jahrhundertelang waren wir nur Spielzeuge in ihren Händen. Sie machten uns zu Kolonien und teilten uns nach Belieben unter sich auf: Ägypten für dich, Sudan für mich, Algerien für dich, Indien für mich . . .« Der Prinz lächelte amüsiert. »Aber jetzt sind *wir* an der Reihe! Jetzt sagen wir: Dir geben wir Erdöl, dir nicht. Dich lassen wir am Leben, dich ruinieren wir . . .«

»Und welche Schuld habe ich an alledem?«

»So gut wie keine. Aber in Zeiten, in denen wir Firmen, Regierungen und ganze Länder aufkaufen – was zählt es da schon, wenn wir uns auch ein paar schwarze Sklaven leisten?« Hassan Ibn Aziz zeigte auf die Tür, hinter der Suleiman mit seinen Gefangenen verschwunden war. »Den meisten von ihnen wird es bei uns besser ergehen, als es ihnen jemals ergangen ist. Dein Fall liegt natürlich ganz anders, aber was zählt schon ein Einzelfall!«

Damit schien für ihn das Gespräch beendet, denn er ließ sie stehen und verschwand, begleitet vom Rauschen seiner seidenen Gewänder und vom leisen Geräusch seiner Sandalen, im Inneren des Hauses.

Unter den wachsamen Blicken Abduls, der irgendwo weit hinten so reglos an einer Mauer lehnte, daß man ihn für eine schmückende Statue hätte halten können, blieb Nadia allein in dem weitläufigen Garten zurück. Aufmerksam betrachtete sie die hohen Umfassungsmauern und die mächtigen Türen des herrschaftlichen Hauses, das etwas von einer uneinnehmbaren Festung hatte. Auf der anderen Seite, keine hundert Meter entfernt, fuhren Autos vorbei und schlenderten Menschen, ganz wie es ihnen beliebte, die Straße entlang. Sie hätten genausogut in Paris sein können, so weit war ihre Welt von der der Sklaven entfernt. Eine Schiffssirene klang dröhnend vom Hafen herüber, und in großer Höhe zog ein Jet seine Bahn über den Himmel.

Dort draußen, jenseits dieser Mauern, gab es Polizisten, Soldaten, Taxifahrer, Straßenhändler, Kinder auf dem Schulweg, Hausfrauen, Bettler ... Dort draußen, jenseits dieser Mauern, begann das 20. Jahrhundert, mit seiner Größe und seinem Elend, seiner Not und seiner Verschwendung, seiner Tyrannei und seiner Freiheit. Dort draußen, jenseits dieser Mauern, mußte irgendwo David sein!

Nadia schaute sich um: ein Wasserbecken, ein Garten, hohe Mauern ... So also sollte ihr Leben aussehen, bis man sie, gealtert und rundlich, weiterverkaufte, weil man ihrer überdrüssig war.

Und dann erinnerte sie sich an ihr Gelübde: »Ich werde mich ins Rote Meer stürzen oder so lange den Atem anhalten, bis meine Lunge platzt.«

Wann?

Vielleicht in einer Stunde, vielleicht morgen ... Port-Sudan war die letzte Station auf dieser Reise, das war ihr klar. Dies war gewissermaßen das Vorzimmer zum Harem.

Ich muß mich bereitmachen, sagte sie sich. Ich muß die Vergangenheit vergessen, ich muß vergessen, was für ein schönes Leben ich geführt und wie sehr ich David geliebt habe. Ja, ich muß alles vergessen, weil ich sonst nicht die Kraft haben werde, um Schluß zu machen. Ich darf nicht zurückblicken, sondern nur nach vorn, damit keine Erinnerung mich an dieses Leben bindet.

Sie setzte sich in einem Winkel des Gartens auf den Boden, zog die Beine an und legte den Kopf auf die Knie, ein Bild einsamer Verlassenheit in diesem prachtvollen Rahmen mit seinen Mosaiken, Arkaden, glasklaren Wasserbecken, Eichenportalen mit Bronzebeschlägen, blühenden Beeten und schattigen Palmen.

Irgendwo in der Ferne tutete dreimal eine Schiffssirene.

Irgendwo in der Ferne tutete dreimal eine Schiffssirene ...
David blickte aufs Meer hinaus, und er mußte an die Worte
denken, die der amerikanische Konsul im fernen Douala zu
ihm gesagt hatte: »Befreien Sie Ihre Frau, bevor man sie über
das Rote Meer schafft! Sonst verschwindet sie für immer.«

Fast hätte er es geschafft, zweimal war sie so nah gewesen,
daß er nur die Hand nach ihr auszustrecken brauchte, aber
zweimal war sie ihm entglitten. Jetzt stand er hier, und obwohl die anderen glaubten, daß alles verloren war, gab er sich
noch immer nicht geschlagen.

Nein, er würde weiterkämpfen, jenseits dieses Meeres in
einer neuen, unbekannten Wüste. Er würde sich nicht darum
scheren, was bedächtige Menschen für unmöglich und Wirr-
köpfe für möglich hielten, denn er war fest entschlossen, niemals aufzugeben, solange er lebte. Ja, er würde sogar Mittel
und Wege finden, damit andere die Suche nach Nadia fort-
setzten, falls er selbst daran zugrunde ginge.

»Nadia wird nicht den Rest ihres Lebens in einem Harem
verbringen«, gelobte er. »Ich werde es nicht zulassen.«

David fühlte sich seiner selbst absolut sicher; er wußte
jetzt, was es zu tun galt. Er hatte halb Afrika durchquert, und
er würde notfalls durch die halbe Welt ziehen, um Nadia zu
finden, gleich, wo man sie versteckt hielt.

Alles schien zu Ende an dem Tag, an dem sich die verdammte Junkers in die Luft erhob und in der Ferne verschwand; doch obwohl die anderen resignierten, hatte David
den Kopf nicht hängenlassen. »Ich mache weiter!« hatte er
verkündet. »Ich werde nach diesem Suleiman in Sawakin,

Port-Sudan oder sonstwo suchen, bis ich ihn finde, und ich werde ihn zwingen, mir zu sagen, wo Nadia ist.«

»Ich gehe mit«, hatte der *targi* gesagt. »Ich habe mit dem Sudanesen eine Rechnung zu begleichen.«

Alec war ebenfalls der Meinung gewesen, daß sie zusammenbleiben sollten, und so kam es, daß sie schon am darauffolgenden Tag mit einer altersschwachen DC 3 von Al-Fasher nach Khartoum und von dort weiter nach Port-Sudan geflogen waren, von wo aus sie sich in einem klapprigen Taxi ins hundert Kilometer entfernte Sawakin hatten fahren lassen. Dort hatten sie zwar das Haus von Suleiman gefunden, aber die Tür war verschlossen gewesen.

»Er ist wahrscheinlich in Port-Sudan«, hatte ihnen ein Nachbar erzählt. »Wenn er nicht auf Reisen ist, hält er sich meist dort auf und macht Geschäfte mit Perlen.«

»Perlen?«

»Ja, wußten Sie das nicht? Suleiman ist Perlenhändler, deshalb reist er so viel.«

Doch auch in Port-Sudan war er nicht zu finden gewesen. Vergeblich hatten sie im Hafen, in den Straßen, auf den Marktplätzen, in Läden und Caféhäusern nach ihm gesucht. Suleiman, seines Zeichens Perlenhändler, blieb spurlos verschwunden.

Vielleicht war er nach Mokalla, Mascate oder Socotora gefahren, um Ware einzukaufen. Oder war er nach Kairo, Mekka oder Beirut gereist, um seine »Ware« an den Mann zu bringen?

»Vielleicht«, hatte ihnen ein Ladenbesitzer hinter vorgehaltener Hand zugeraunt, »vielleicht wickelt er ein Geschäft mit Sklaven ab. Es wäre nicht das erste Mal . . .«

Ein Schiff steuerte auf die Hafenausfahrt zu und nahm Kurs auf Mekka. Hunderte von weißgekleideten Pilgern verabschiedeten sich winkend von Afrika, erfüllt von der glücklichen Erwartung, daß sie schon in wenigen Stunden die vom Propheten auferlegte Verpflichtung erfüllen würden, einmal im Leben die heilige Stadt zu besuchen. Manche von ihnen würden nie von dort zurückkehren, denn listige Geschäftemacher würden dafür sorgen, daß sie sich hoch verschuldet als Diener verdingen mußten und sich, um ihre Schuld zu tilgen, wie echte Sklaven verkaufen ließen . . .

Alles war möglich in einem Land, wo einem Menschen die Hand abgehackt wurde, weil er ein wenig Brot gestohlen hatte, oder wo man einem Lügner die Zunge herausschnitt. Alles war möglich in dem Land, in das Nadia verschleppt werden sollte.

»Warum kann ich nicht einer von diesen Pilgern sein?« hatte David gefragt. »Ich werde Suleiman finden, ihn zwingen, mir den Namen von Nadias Käufer zu nennen, und als Pilger verkleidet übers Meer fahren.«

»Mit blonden Haaren, blauen Augen, einer Körpergröße von fast zwei Metern, ohne arabische Sprachkenntnisse und ohne die geringste Ahnung vom Islam?« Alec hatte mit skeptischer Miene den Kopf geschüttelt. »Was glauben Sie wohl, wie lange es dauern würde, bis man Ihnen auf die Schliche käme?«

»Ich könnte mir das Haar färben, eine dunkle Brille tragen, die Sprache lernen und mich über den Islam informieren.«

»Nein, wir fahren zusammen rüber, und Sie halten einfach den Mund«, hatte Malik gesagt.

David hatte sich überrascht zu ihm herumgedreht. »Sie würden wirklich mitkommen?«

»Ja, sobald ich diesen Suleiman getötet habe«, hatte Malik mit fester Stimme geantwortet. »Wenn er uns sagt, wer Ihre Frau hat, helfe ich Ihnen, sie zu finden.«

Miranda hatte den Kopf geschüttelt, als hätte sie es mit zwei Verrückten zu tun. »Wißt ihr eigentlich, was ihr da sagt? Ihr werdet niemals nach Arabien reinkommen, und wenn ihr's doch schafft, kommt ihr nie wieder raus!«

Und nun stand David hier, schaute unverwandt dem Schiff nach, das langsam seinen Blicken entschwand, und fragte sich, wie groß seine Chancen wohl wären, unerkannt zwischen der bunt gewürfelten Menge der aus allen Teilen Afrikas stammenden Pilger auf die andere Seite des Roten Meeres überzusetzen. Wahrscheinlich war seine Chance gleich Null, aber versuchen wollte er es trotzdem.

Langsam ging er in die Stadt zurück, ohne auf das *balak! balak!* der Lastenträger zu achten, die auf diese Weise um Durchlaß baten. Er hatte auch keine Augen für die Straßenhändler, die Obst, allerlei Tand, Zigaretten oder Drogen feilboten, und er überhörte die Lockrufe der alten Prostituierten, die von Kopf bis Fuß in weiße Gewänder gehüllt waren, so daß nur noch ihr schwarzes Gesicht herausschaute, wie es im Sudan allenthalben üblich zu sein schien.

Beim Überqueren der Avenue El Mahdi mußte sich David mit einem Satz in Sicherheit bringen, sonst hätte ihn fast ein riesiger Lastwagen überfahren, dessen Ladung sich unter einer sorgsam geschlossenen Plane verbarg.

Langsam schlenderte er ins Eingeborenenviertel, wo Malik in einer übelriechenden, schmutzigen, lauten Straße ein Häuschen gemietet hatte, das ihnen als Unterschlupf diente, denn schließlich befanden sie sich hier im Sudan ohne Einreisepapiere und Aufenthaltsgenehmigung.

Miranda las *O Jerusalem!*, und Alec reinigte mal wieder sein Gewehr. Beide warfen David einen fragenden Blick zu, aber er schüttelte den Kopf und ließ sich niedergeschlagen in einen wackeligen Korbsessel sinken. »Nichts. Ich habe hundertmal geglaubt, ihn wiederzuerkennen, aber die Sudanesen sehen sich so verdammt ähnlich!«

»Vielleicht hat Malik mehr Glück.«

»Es kann Monate dauern, bis wir ihn finden.« David blickte die anderen unverwandt an, und sie hielten seinem Blick stand. »Wollt ihr nicht lieber zurückkehren?« fragte er schließlich. »Ihr habt für mich getan, was ihr konntet. Ich mache mir Vorwürfe, weil ihr euch hier verkriechen müßt und vielleicht sogar in Gefahr seid.«

»Von Gefahr kann keine Rede sein, und es macht uns nichts aus, uns hier zu verstecken«, erwiderte Alec. »Außerdem hatten Miranda und ich seit langem nicht mehr so viel Zeit füreinander.«

»Wir bleiben bei dir bis zum Ende!« pflichtete ihm Miranda bei.

David lächelte dankbar, machte jedoch gleichzeitig eine Geste, die sein Gefühl der Ohnmacht ausdrückte. »Bis zum Ende?« fragte er. »Was für ein Ende? Hier gibt es nur noch eines zu tun: Wir müssen Suleiman finden. Aber ich möchte nicht, daß ihr euch an ihm die Hände schmutzig macht.«

Alec legte sein Gewehr beiseite und wischte sich die Hände an einem öligen Lappen ab. »Falls ihr wirklich rüber auf die andere Seite wollt, werdet ihr vielleicht irgend jemanden gebrauchen können, der sich für euch einsetzt. Ich habe in Arabien zu einer Menge Leute gute Beziehungen, und ich bin mir sicher, daß diese Leute bereit wären, euch zu helfen.«

»Araber?« wunderte sich David. »Das bezweifle ich.«

»Es ist aber so, wie ich sage. Die meisten Menschen dort drüben sind gegen jede Art von Sklaverei, aber sie kommen ebensowenig dagegen an, wie wir das Problem des Hungers, der Korruption oder des Drogenhandels in unseren Ländern bewältigen können.«

»Die Regierungen der arabischen Länder gestatten die Sklaverei.«

»Nein, sie ist nirgends offiziell erlaubt.« Alec wedelte mit dem öligen Lappen in der Luft herum. »Es ist wie mit der Folter: Sie ist verboten, aber im Grunde wissen wir alle, daß es in jedem Land Polizisten gibt, die andere Menschen foltern. Glaubt ihr etwa, daß die Brasilianer oder die Chilenen Schuld an den unmenschlichen Quälereien haben, die manche Folterknechte begehen? Sind etwa die Bürger der Vereinigten Staaten für das verantwortlich, was der CIA anstellt? Oder die Russen für das, was Alexander Solschenizyn in seinem Buch *Der Archipel Gulag* angeprangert hat?«

»Die Deutschen waren also auch nicht schuld an dem, was in den Konzentrationslagern passiert ist?« fragte David irritiert zurück.

»Meinst du *alle* Deutschen?« erwiderte Alec verblüfft.

»Jawohl, alle!« sagte David mit Nachdruck. »Und wir sind auch alle dafür verantwortlich, daß es die Folter, die Sklaverei und den Hunger gibt. Wir wissen, daß es diese Dinge gibt, und werden dauernd an sie erinnert, aber wir stellen uns lieber blind und taub. Als der Weltkrieg zu Ende war, fragte sich die Menschheit, wie es möglich gewesen war, daß die Deutschen die Barbarei des Hitlerregimes widerstandslos hingenommen haben. Jeden Tag werden ähnlich barbarische Taten begangen, aber wir weisen jede Schuld von uns.«

»Weil wir sonst vor lauter Schuldgefühlen wahnsinnig würden! Sklaverei, Folter, Erschießungen, Drogen, Hungersnöte, Epidemien – wir müssen uns einfach dagegen panzern, um nicht selbst zerstört zu werden.«

David wollte darauf antworten, doch er unterließ es, denn wie aus dem Nichts herbeigezaubert stand plötzlich Malik-el-

Fasi mitten im Zimmer. »Heute abend findet unten am Strand in einem Caféhaus eine Versteigerung von Perlen statt«, verkündete er.

»Und?«

»Der Schwarze, der mir hier als Führer dient, behauptet steif und fest, daß alle Perlenhändler dieser Gegend da sein werden.«

Die Dunkelheit war erfüllt vom leisen Rauschen des Meeres. Noch war der Mond nicht aufgegangen, und der sandige Boden gab noch immer die tagsüber gespeicherte Wärme ab. Aus dem Innern des Caféhauses, einem flachen, geräumigen Gebäude aus Lehm, drang kein Lichtstrahl ins Freie, und nichts wies darauf hin, daß hier Perlen aus dem Roten Meer und dem Persischen Golf, die besten, größten und schönsten Perlen der Welt, versteigert werden sollten.

Von Zeit zu Zeit tauchte eine schattenhafte Gestalt aus der Dunkelheit auf und pochte an die geschlossene Tür des Hauses. Dann ging ein Fensterchen auf und ein Hindu steckte seine Hakennase heraus, als wollte er sich mittels dieses riesigen Riechorgans vergewissern, um wen es sich bei dem Neuankömmling handelte. Gleich darauf wurde die Tür geöffnet, die schattenhafte Gestalt verschwand im Inneren des Hauses, und es herrschte wieder Dunkelheit.

Drinnen hatten sich schon an die hundert Menschen in einem kleinen Saal versammelt. Die Luft war geschwängert vom Rauch der Wasserpfeifen, es roch nach Haschisch und Marihuana. Kleine Gruppen hatten sich gebildet, und es herrschte ein gedämpftes Stimmengewirr. Wenn man genau hinhörte, vernahm man eine Vielzahl von Sprachen, vor allem natürlich Arabisch, aber auch Englisch, Französisch, Italienisch, Griechisch, Hindi und eine Unmenge von afrikanischen Mundarten. Dies war eine bunt zusammengewürfelte Schar, wie auf einem seltsamen brasilianischen Karnevalsfest; es überwogen zwar die Sudanesen in ihren weißen Gewändern, aber es gab auch eine Menge Ägypter mit dem roten Fez auf dem Kopf, Saudis in langer, wallender *djellabah,* hochgewachsene Somalis, elegant gekleidete Türken, kupferhäutige Hindus, Japaner, Chinesen, Weiße...

Alle zwei bis drei Monate trafen sich Schmuck- und Perlenhändler aus dem ganzen Orient hier in Port-Sudan in einem unauffälligen Haus, um unter sich die besten Perlen zu verteilen, die ihnen das Meer in jüngster Vergangenheit beschert hatte, und diese Verteilung vollzog sich im stillen, außerhalb des Machtbereichs von Regierung, Gewerkschaften und Steuereintreibern.

Noch hatte die Versteigerung nicht begonnen, doch die Anwesenden waren so in ihre Gespräche vertieft, daß sie nicht auf die drei Männer und die Frau achteten, die im Gefolge eines dunkelhäutigen Sudanesen eintraten und sich in der Ecke des kleinen Saales ohne viel Aufheben an einen Tisch setzten.

Davids unruhiger Blick wanderte von Gesicht zu Gesicht. Er versuchte den Sklavenhändler wiederzuerkennen, den er ein einziges Mal in der Wüste gesehen hatte. »Kennst du einen gewissen Suleiman?« fragte er den schwarzen Sudanesen, der ihnen als Führer diente.

Malik antwortete an seiner Statt: »Nein, er kennt ihn nicht. Ich habe ihn schon gefragt.«

»Falls er wirklich mit Perlen handelt, wird er heute abend kommen«, versicherte der Schwarze. »Angeblich wird heute besonders gutes Material verkauft.«

»Davon ist noch nichts zu sehen.«

»Es ist noch zu früh.«

Der Saal füllte sich weiter, und bald waren auch die letzten Plätze besetzt. Im Raum herrschte eine Backofenhitze. Es roch nach Schweiß, Rauch und abgestandenem Essen. Das Stimmengewirr war lauter geworden, doch plötzlich trat schlagartig Stille ein. Jemand stellte einen Tisch und einen Stuhl auf die grobe hölzerne Theke, und ein Greis mit einem großen Turban und einem Ziegenbart, der ihm bis auf die Brust reichte, kletterte mühsam hinauf. Nun knisterte die Luft geradezu vor spannungsgeladener Erwartung.

Der Alte warf einen langen Blick auf die Anwesenden, streckte sodann einen Arm aus und nahm ohne hinzublicken ein rotes, zusammengefaltetes Taschentuch entgegen, das ihm einer der Männer reichte. Er legte es auf den Tisch, breitete es aus und prüfte den Inhalt: rund dreißig Perlen von ansehnlicher Größe. Nachdem der Alte mit dem Mann, der ihm die Perlen gegeben hatte, ein paar Worte gewechselt hatte, nickte er und verkündete: »Fünfunddreißig Perlen von den Inseln Abd-el-Kurl und Socotora. Mein Schätzwert: dreitausend sudanesische Pfund.« Sein Blick schweifte durch den Saal. Dann nahm er aufs Geratewohl eine der Perlen, hob sie zwischen Zeigefinger und Daumen in die Höhe und zeigte sie den Versammelten. »Zweitausendneunhundert... zweitausendachthundert... zweitausendsiebenhundert... zweitausendsechshundert...«

»Hier!« Ein Ägypter in der dritten Tischreihe hatte die Hand gehoben. Der Greis hielt augenblicklich inne und knüpfte das Taschentuch mit den Perlen bedächtig zusammen. Der Käufer trat zu ihm, zählte das Geld ab, legte es auf den Tisch und entfernte sich mit der Ware. Der Alte griff nach dem Bündel Geldscheinen, steckte ein paar von ihnen in die weite Tasche seiner *djellabah* und streckte wiederum die Hand aus, um ein weiteres Päckchen mit Perlen in Empfang zu nehmen.

»Wer ist das?« erkundigte sich Alec flüsternd bei dem schwarzen Sudanesen.

»Der Alte? Er heißt Isa-ben-Isa und versteht mehr von Perlen als jeder andere Mensch auf der Welt. Mit einem einzigen Blick kann er den Wert von fünfhundert Perlen einschätzen, und wenn nur eine einzige falsche dabei ist, entdeckt er sie sofort. Das Amt des Versteigerers wird vom Vater auf den Sohn weitervererbt, aber niemand darf es ausüben, wenn er nicht vorher mindestens vierzig Jahre lang einem Meister als Gehilfe gedient hat.«

»So schwer ist es, Perlen zu taxieren und echte von falschen zu unterscheiden?«

»Ja. Es ist leichter, Küken auseinanderzuhalten, die gerade aus dem Ei geschlüpft sind. Isa-ben-Isa kann nicht nur unter Hunderten von Perlen eine falsche herausfinden, sondern er weiß sogar zu sagen, ob die Perlen daher stammen, wo sie angeblich gefischt worden sind.«

Die Versteigerung ging weiter: »Fünftausenddreihundert... fünftausendzweihundert...«

»Hier!«

»Und niemand stellt seinen Schätzwert in Zweifel?« fragte Alec weiter.

»Isa-ben-Isa ist über jeden Zweifel erhaben. Wer anderer Meinung ist, sollte sich lieber aus dem Geschäft mit Perlen zurückziehen.«

»Viertausend . . . dreitausendneunhundert . . . dreitausendachthundert . . .«

»Da ist er!« David hatte sich zusammennehmen müssen, damit sein Ausruf nicht durch den ganzen Saal hallte. Malik-el-Fasi packte ihn am Arm, denn er sah aus, als wollte er sich auf den weißgewandeten Sudanesen stürzen, der, an einen Pfeiler gelehnt, aufmerksam dem alten Versteigerer lauschte und angestrengt auf die Perle blickte, die jener in die Höhe hielt.

»Ruhig!« flüsterte Alec. »Bitte jetzt Ruhe bewahren!«

»Aber er ist es! Ich bin mir absolut sicher!« murmelte David.

»Hier können wir uns ihn nicht vorknöpfen. Wir müssen abwarten.«

Sie mußten lange warten. Der Singsang, der die Versteigerung begleitete, während ein Posten Perlen nach dem anderen den Besitzer wechselte, schien kein Ende nehmen zu wollen. Suleiman kaufte schließlich Perlen im Wert von viertausend Pfund. Er steckte das zusammengeknüpfte Tuch in die Tasche, suchte sich einen Stuhl, lehnte den Kopf an den Pfeiler und war gleich darauf eingeschlafen.

Er war nicht der einzige. Viele andere Käufer hatten es sich ebenfalls irgendwo bequem gemacht und schnarchten unüberhörbar.

»Was ist denn da los? Warum bleiben die zum Schlafen hier?« erkundigte sich David.

»Sie warten darauf, daß es hell wird. Niemand wagt sich nachts mit einem Vermögen in der Tasche auf die Straße. Hier haben sich auch eine Menge Diebe eingeschlichen, die jetzt genau wissen, wer Geld und Perlen hat. Wer das Haus verläßt, spielt mit seinem Leben.«

Die Warterei ging weiter. Langsam verstrichen die Stunden. Sie saßen am Tisch, schliefen manchmal ein Weilchen, den Kopf auf die Arme gelegt, oder dösten mit nickenden

Köpfen vor sich hin, um dann und wann erschrocken aus dem Halbschlaf hochzufahren. Endlich sperrte der hakennasige Kerl die Tür auf, und milchiges Licht ergoß sich in den Raum, gefolgt von einem Windstoß, der ihnen Sand in die Augen blies.

Die Leute gähnten, reckten sich und warfen sich Scherzworte zu. Stühle und Tische wurden geräuschvoll gerückt, und jeder strebte dem Ausgang zu.

Sie folgten Suleiman und richteten es so ein, daß sie ihn nicht aus den Augen verloren, ihm jedoch auch nicht zu nahe kamen. Als sie die ersten Häuser von Port-Sudan erreichten, dessen Bewohner noch schliefen, entlohnten sie ihren schwarzen Führer, der sich schleunigst aus dem Staub machte.

Nach und nach verliefen sich die Gruppen der Perlenkäufer. Suleiman ging zielstrebig durch das Gewirr schmaler Gassen, bis er an der Ecke des Platzes, der früher einmal nach General Gordon benannt gewesen war, eine Art billige Herberge oder Pension erreichte und eintrat.

»Und jetzt?« wollte David wissen.

»Ich glaube, ich bin der einzige, der sich ohne aufzufallen ein Zimmer nehmen kann«, meinte Malik. »Geht nach Hause und wartet auf mich!« Er drehte sich zu Alec um. »Ich brauche deinen Revolver.«

Der Engländer zog die Waffe aus der Tasche und legte sie in Maliks Hand. »Vergiß nicht, daß wir ihn lebendig brauchen. Nur er weiß, wer Nadia gekauft hat.«

Der *targi* machte eine zustimmende Bewegung, steckte die Waffe ein, überquerte mit elastischen Schritten den Platz und betrat die schäbige Herberge. Dort weckte er den Besitzer, einen Schwarzen, der in der Vorhalle unter einem Tisch geschlafen hatte, und hielt ihm eine Pfundnote vor die Nase. »Ich brauche ein Zimmer. Ich war die ganze Zeit bei einer Versteigerung und bin todmüde.«

Der Schwarze gab ihm einen großen Schlüssel und nahm die Banknote. »Nummer sieben. Auf der anderen Seite vom Hof. Hast du was gekauft?«

»Nein, nichts, ein gewisser Suleiman ist mir im letzten Augenblick zuvorgekommen. Vierzig wunderschöne Perlen aus Bahrein!«

»Ich hab sie gesehen!« meinte der Schwarze grinsend. »Suleiman hat sie mir gezeigt. Er wohnt hier, in Zimmer Nummer vier. Dieser Suleiman ist wirklich der schlaueste von allen.« Das Grinsen verschwand vom Gesicht des Hotelbesitzers. »Du bist doch nicht etwa gekommen, um ihn zu berauben?« fragte er besorgt. »Suleiman ist ein alter Kunde – und außerdem ist er sehr gefährlich. Er hat immer eine Waffe bei sich.«

»Sehe ich etwa aus wie ein Dieb?«

Der Schwarze betrachtete Malik aufmerksam, zuckte schließlich die Achseln, kroch wieder unter den Tisch und sah Malik nach, der auf den Hof hinaustrat und zu seinem Zimmer ging.

Bevor Malik eintrat, blieb er kurz stehen und blickte zur Nummer vier hinüber. Dann drückte er leise die Tür seines Zimmers ins Schloß, zückte seinen Dolch und bohrte ein kleines Loch ins Holz. Anschließend zog er sich einen Stuhl heran, setzte sich darauf, lehnte den Kopf an die Tür und beobachtete unverwandt durch die kleine Öffnung den Eingang des Zimmers, in dem sich Suleiman befand.

Als es klopfte, klappte Miranda ihr Buch zu und öffnete die Tür. Zu ihrer Verblüffung sah sie sich Suleiman gegenüber, der sich, ebenso verblüfft wie sie, zu dem hinter ihm stehenden Malik-el-Fasi umblickte. Der *targi* gab ihm einen beruhigenden Klaps auf die Schulter und schob ihn mit den Worten »Na los, geh nur rein!« vor sich her ins Zimmer.

Suleiman, den Mirandas Anblick mit sichtlicher Unruhe erfüllt hatte, kam zögernd der Aufforderung nach.

Malik schloß die Tür hinter ihnen. »Mach dir ihretwegen keine Sorgen«, sagte er zu dem Sudanesen. »Sie ist eine Freundin. Tritt näher, damit ich dir die Perlen zeige.«

Malik ging zu einer Truhe, bückte sich und tat so, als wühlte er darin herum, doch als er sich wieder aufrichtete, hielt er den entsicherten Revolver in der Faust. »Ich rate dir, jetzt keine Scherereien zu machen!« Suleiman war blaß geworden. Sein Gesicht spiegelte eine Mischung aus Angst und Wut wider, als ihm dämmerte, daß man ihn hereingelegt hatte. Er nahm sich zusammen und sagte mit einer Stimme, die kaum merklich bebte: »Du verschwendest deine Zeit. Ich habe kein Geld von der Bank abgehoben, sondern meine Perlen deponiert. Nichts, was ich bei mir habe, ist mehr als ein Pfund wert.« Seine Hand fuhr in die Tasche, aber Malik packte ihn am Gelenk.

»Ich glaube dir«, sagte der *targi*. »Und ich weiß auch, daß du in die Bank gegangen bist, um deine Perlen zu verwahren, aber ich habe mich sowieso nicht für sie interessiert.« Er drehte sich zu Miranda um. »Wo sind die anderen?«

Der Bambusvorhang, der zum angrenzenden Zimmer

führte, wurde beiseite geschoben. Zuerst erschien die Mündung einer Flinte, dann Alec und schließlich David. Als Suleiman letzteren erblickte, wollte er zur Tür stürzen, aber Miranda versperrte ihm den Weg, und Malik packte ihn am Kragen.

»Die Habgier ist dein Verderben, Suleiman«, sagte der *targi*. »Sehe ich wirklich so dumm aus, daß ein Mensch wie du glauben könnte, ich würde meine Perlen verschleudern?«

Alec gab dem Sudanesen mit dem Lauf seines Gewehres einen Stoß und zwang ihn, sich auf einen wackeligen Stuhl zu setzen. »Du bist also Suleiman alias Suleiman Ben-Koufra, Sklavenhändler, Mörder meiner Kameraden und Entführer der Söhne von Malik-el-Fasi?«

Als Suleiman Maliks Namen hörte, begann er am ganzen Körper zu zittern. »Meinst du Malik den Einzelgänger?« erkundigte er sich ängstlich.

»So nennt man mich«, antwortete der *targi*.

»Ich hatte mit dieser Sache nichts zu tun«, beteuerte Suleiman. »Ich schwöre dir, daß es ohne mein Wissen geschah!«

»Dein Karawanenführer, der Schwarze, den du in der Wüste zurückgelassen hast, behauptete das Gegenteil.«

Suleiman zuckte zusammen, als hätte er einen Schlag erhalten. »Amin – du hast Amin gefunden?«

»Ja, und er nannte deinen Namen.«

Suleiman schüttelte den Kopf und sank auf dem Stuhl in sich zusammen. »Dieser verdammte Neger! Ich habe geahnt, daß er mein Untergang sein würde. Dabei war er doch schon halb tot! Verfluchter Neger!« Gequält blickte er auf. »Er hat dich angelogen«, versicherte er. »Ich weiß, wer deine Söhne geraubt hat, ich weiß es von diesem Schwarzen. Es waren drei Männer, und alle drei sind tot, aber ich schwöre dir, daß mich keine Schuld trifft. Warum sollte ich dich jetzt anlügen?«

Malik schien zu spüren, daß der Sudanese die Wahrheit sagte. Er schwieg eine Weile und dachte nach. »Wo ist Nadia?« fragte er schließlich.

»Das sage ich dir nicht«, erwiderte der alte Sklavenhändler trotzig. »Du wirst es nie von mir erfahren!«

David schob Malik mit sanftem Druck beiseite und stellte sich vor dem Sudanesen auf. »Hör mir gut zu, du Schwein!« preßte er zwischen den Zähnen hervor. »Du wirst es mir sagen, sonst ziehe ich dir bei lebendigem Leib die Haut ab!« Er ließ ein paar Sekunden verstreichen. »Sag es mir lieber gleich, dann ersparst du dir viele Unannehmlichkeiten. Was nützt es dir zu schweigen?«

»Was es mir nützt? Es verschafft mir immerhin die freudige Gewißheit, daß ich dir das Leben verleide, wenn ich selbst aus dieser Welt scheide! Du wirst deine Negerin nie wiedersehen! Übrigens würdest du sie nicht wiedererkennen. Wir haben uns nämlich die ganze Zeit hübsch mit ihr amüsiert – ich und alle meine Männer. Sie ist wirklich heißblütig, deine Negerin! Ja, sie ist nicht nur schön, sondern auch hitzig!«

Suleiman stieß einen schrillen Schrei aus, denn Alec hatte kaltblütig eine Zigarette in seinem Nacken ausgedrückt. Der Engländer warf den Stummel fort, holte eine Schnur und machte sich daran, den Sudanesen zu fesseln. »Geh lieber ein bißchen spazieren«, wandte er sich an Miranda. »Dies wird kein appetitlicher Anblick.«

Malik-el-Fasi zog seelenruhig seinen Dolch aus dem Gürtel, trennte das Gewand des Sudanesen an der Brust auf, ritzte dessen Haut so, daß der Schnitt aussah wie ein umgekehrtes U, löste die Haut an dieser Stelle mit dem Daumennagel und riß mit einem Ruck einen Hautlappen von ungefähr zwanzig Zentimeter Länge ab. Suleiman wand sich vor Schmerz. »Na los!« drängte David. »Sag es uns, sonst machen wir weiter!«

»Warte!« flehte Suleiman. »Warte nur einen Augenblick!« Er riß sich zusammen und blickte David in die Augen. »Ich hab sie an Prinz Hassan Ibn Aziz verkauft, aber sie ist für dessen Onkel, Scheich Abdallah bestimmt.«

»Wann?«

»Vorgestern.«

Der Schatten einer Hoffnung huschte über Davids Gesicht. »Ist sie schon drüben?«

»Das weiß ich nicht.«

»Wo hast du sie abgeliefert?«

»Im Haus des Prinzen, im Viertel der Reichen. Man findet leicht hin. Es ist ein großes Haus hinter einer roten Mauer am Ende der Avenue Nasser.«

Malik packte Suleiman am Schopf, bog seinen Kopf nach hinten und zückte den Dolch. David gebot mit einer Handbewegung Einhalt. »Noch eine letzte Frage. Für wieviel hast du sie verkauft?«

»Für dreißigtausend Dollar.«

»Dreißigtausend!« Er schüttelte bekümmert den Kopf. »Ich hätte dir alles Gold der Welt für sie gegeben!« Er nickte Malik zu. Miranda wandte das Gesicht ab. Mit einer raschen Bewegung schnitt der *targi* dem Sudanesen die Kehle durch.

Alec reichte jedem eine Waffe. »Los, gehen wir!«

Der Kapitän nahm Haltung an und verkündete: »Alles bereit zum Auslaufen, Exzellenz!«

»Sind die Schwarzen gut untergebracht?«

»Jawohl, Exzellenz.«

»Wie sind die Wetterverhältnisse?«

»Gut, Exzellenz. Es wird keine Probleme geben.«

»Das sagten Sie auch das letzte Mal, und mir wurde trotzdem speiübel.« Der Prinz zündete seine Wasserpfeife an. »Schicken Sie dieses schwarze Mädchen zu mir! Vielleicht vergesse ich im Gespräch mit ihr dieses Geschaukel.«

»Sehr wohl, Exzellenz.«

Der Kapitän verließ die Kabine, und Prinz Hassan Ibn Aziz betrachtete nachdenklich den Sonnenuntergang über Port Sudan, den Strand in der Ferne und die lange Hafenmole, an der die schöne Jacht vertäut lag, die sein Onkel Abdallah einst seiner großen Liebe gekauft hatte. Schade, daß sich die Jugoslawin umgebracht hatte.

Der alte Abdallah! Er ließ sich mit dem Sterben viel Zeit, allzu viel Zeit, um ehrlich zu sein. Wirklich schade, daß die dumme Blondine einfach Schluß gemacht hatte, denn als sie noch lebte, hatte sie den Alten mit jeder Liebesnacht dem Grab ein Stück näher gebracht. Wäre das noch ein paar Monate so weitergegangen, dann hätte der Alte bestimmt das Zeitliche gesegnet, doch nach dem Tod der Jugoslawin hatte er sich erholt und neue Kräfte geschöpft. Seitdem hütete er sich vor Ausschweifungen, obwohl er an die zweihundert Sklavinnen sein eigen nannte.

Vielleicht schafft es dieses schwarze Mädchen! dachte der

Prinz. Die unverwüstliche Gesundheit seines Onkels bereitete ihm Sorgen. Wenn er so weitermachte, würde er sie alle überleben! Prinz Hassan hatte die Rolle des ewigen Erbprinzen gründlich satt, er wollte nicht mehr von den Brosamen leben, die vom reichgedeckten Tisch seines Onkels abfielen. Dieser Onkel war Herr über ein Stück Wüste mit großen Erdölvorkommen, die ihm nach Einführung der neuen Tarife eine Million Dollar am Tag einbringen würden, das Fünffache der bisherigen Ausbeute. Der Schweiß brach Prinz Hassan aus, wenn er sich ausmalte, daß all dieses Geld eines Tages in seine Taschen fließen würde.

Oh, er würde dieses ganze Geld mit vollen Händen ausgeben und es nicht wie sein alter Onkel in den Tresoren der Banken verschwinden lassen oder es in Perlen und Diamanten anlegen. Der Alte hatte keine einzige Reise nach Europa gemacht, sondern es damit bewenden lassen, zahlreiche Frauen und Sklaven zu kaufen.

Nadia erschien auf Deck, gezogen von einem Matrosen, der ihr nun dem Prinzen gegenüber einen bequemen Sessel zurechtrückte und die Kette, die von ihrem Handgelenk hing, mittels eines Vorhängeschlosses an einem eisernen Stab der Reling befestigte.

»Wollen Sie mich etwa wie einen Kettenhund behandeln?« empörte sie sich.

»Tut mir leid, meine Liebe«, entschuldigte sich der Prinz, »aber es kommt immer wieder vor, daß sich einer der Sklaven ins Meer stürzt, und ich würde dich ungern auf diese Weise verlieren.« Er wandte sich dem Matrosen zu: »Sag dem Kapitän, daß wir auslaufen können!«

Der Mann händigte ihm den Schlüssel für das Vorhängeschloß aus, grüßte und entfernte sich.

Der Prinz betrachtete ein Weilchen den Sonnenuntergang. »Ein hübsches Schauspiel«, meinte er schließlich und drehte sich zu Nadia um. »Sag mir: Wie würdest du eine Million Dollar am Tag ausgeben?«

»Eine Million? Am Tag?« wiederholte sie ohne sonderliches Interesse.

»Ja. Seit langem winkt mir dieser Reichtum, aber obwohl es scheint, daß ich nur die Hand danach auszustrecken bräuchte, komme ich nicht daran.« Er unterbrach sich und blickte sie lange an. »Vielleicht könnten du und ich uns einig werden und ein Abkommen schließen?«

»Ein Abkommen? Was soll das heißen?«

»Nun, es würde dir die Freiheit einbringen, du könntest nach Hause zurückkehren und obendrein ein hübsches Geschenk mitnehmen.« Der Prinz lächelte. »Ich bin großzügig, sehr großzügig – besonders, wenn ich über eine Million Dollar am Tag verfügen kann.«

»Ich verstehe nicht.«

»Es ist leicht erklärt: Du bist jung, intelligent und schöner als alle Frauen, die ich bisher sah. Du hast in Paris studiert, hast Kultur, bist verheiratet und vermutlich nicht unerfahren in der Liebe. Du bist mit andern Worten alles andere als ein Bauerntrampel, sondern kennst dich in den raffinierteren Dingen des Lebens aus.« Wieder unterbrach sich der Prinz, und ein listiges Lächeln umspielte seine Lippen. »Nehmen wir einmal an, du bringst deine raffinierten Kenntnisse ins Spiel und du überwindest eine Zeitlang deinen Ekel, so daß du dich mit Leib und Seele der Aufgabe widmen kannst, einen armen alten Mann glücklich, sehr glücklich zu machen.« Der Prinz verstummte, um seine Worte auf Nadia wirken zu lassen. Rasselnd wurde die Ankerkette eingezogen, und ein Zittern fuhr durch das Schiff, als die Motoren angeworfen wurden. Nach einer Weile fragte der Prinz bedächtig: »Was glaubst du wohl, wie lange dir ein Greis, der schon mit einem Bein im Jenseits ist, standhalten würde?«

Nadia antwortete nicht gleich, doch als sie sprach, verriet ihre Stimme eine solche Entschlossenheit, daß an der Ernsthaftigkeit ihrer Worte nicht zu zweifeln war: »Das werde ich nicht tun, verstehen Sie? Ich werde Ihrem Onkel nichts zuleide tun, weil er mich nie anrühren wird! Sie müssen von jetzt ab sehr gut auf mich aufpassen, weil ich mich nämlich umbringen werde! Irgendwie werde ich es schaffen. Ich weiß noch nicht genau, wie, aber es wird mir gelingen. Notfalls halte ich die Luft an, bis ich tot umfalle. Ich bin eine *ashanti*, vergessen Sie das nicht! Wir machen immer, was wir sagen.«

»Sei nicht dumm! Es geht doch nur um ein paar Monate! Danach wärst du frei und reich.«

»Nein!«

Der Prinz schien zu begreifen, daß sich jede Antwort auf

dieses Nein erübrigte. Er versank in Schweigen und beobachtete geistesabwesend die Seeleute, die die Taue lösten. Langsam legte das schöne Schiff von der Mole ab. »Schade!« sagte der Prinz wie zu sich selbst. »Wirklich schade! Es wäre für alle Beteiligten das beste gewesen. Unser Land braucht eine neue politische Linie, seine Bewohner eine neue Lebensform. Mein Wunschtraum ist, von den mittelalterlichen Verhältnissen, an die sich mein Onkel klammert, direkt ins 21. Jahrhundert zu springen. Wir würden Schulen und Krankenhäuser bauen, Sklaven und politische Gefangene freilassen. Ich würde mein Land industrialisieren und sogar ausländische Touristen hereinlassen. Es wäre wie im Paradies – und all das würden wir dir verdanken . . .«

Er brach ab. Ein Auto war am Anfang der Mole mit quietschenden Reifen zum Stehen gekommen, und die vier Türen flogen gleichzeitig auf. Nadia folgte dem Blick des Prinzen und fuhr wie elektrisiert in die Höhe. »David!« schrie sie. »David!«

Kein Zweifel, auch er rief nach ihr, aber seine Stimme wurde vom Dröhnen der Motoren übertönt.

Was folgte, war ein verzweifelter, aussichtsloser Wettlauf mit der Zeit, denn es war von Anfang an klar, daß David es nicht schaffen würde. Immer größer wurde der Abstand zwischen Jacht und Mole, und als David endlich die Stelle erreichte, trennten ihn schon zehn Meter von Nadia.

Nadia riß und zerrte an ihrer Kette, und als sie in Tränen ausbrach, weinte sie nicht aus Schmerz, sondern aus Ohnmacht, denn dort drüben winkte die Freiheit, dort stand David – und nur ein Stück Eisen hielt sie zurück! »David!« schluchzte sie. »David! O Gott!«

Das Schiff nahm Fahrt auf. Malik riß die Flinte hoch und zielte, aber David gebot ihm mit einer Bewegung Einhalt. »Ich werde dich finden, Nadia!« schrie er. »Ich finde dich! Jetzt weiß ich, wo ich suchen muß!«

Die Jacht nahm Kurs aufs offene Meer. Auf der Mole wurden die menschlichen Gestalten immer kleiner. Prinz Hassan Ibn Aziz, der mit unbewegter Miene die Szene beobachtet hatte, schüttelte resigniert den Kopf. »Wer weiß, was für Scherereien mir dein Mann macht, wenn er erst weiß, wer ich bin«, seufzte er. »Dieser verdammte Suleiman! Er hat mich reingelegt, der Dreckskerl!« Er griff in die Tasche, zog einen kleinen Schlüssel hervor und steckte ihn in das Schloß an Nadias Kette. »Auf niemanden kann man sich verlassen!«

Das Schloß sprang auf. Der Prinz faßte Nadia unters Kinn und zwang sie, ihn anzusehen. »Eine Zeitlang habe ich geglaubt, du seist eine Million Dollar am Tag wert«, flüsterte er, »aber jetzt bin ich mir nicht mehr so sicher.« Er wandte sich ab. »Spring!« befahl er.

Und Nadia sprang!

Alberto Vázquez-Figueroa

Manaos
8821

Vendaval
9169

Yubani
8951

Viracocha
9204

Tuareg
9141

El Perro
9429

Ébano
9181

GOLDMANN

Literatur aus Brasilien

Jorge Amado
Herren des Landes
8624

Jorge Amado
Das Land der goldenen
Früchte   8842

Moacyr Scliar
Die Ein-Mann-Armee
9604

Jorge Amado
Tocaia Grande
9320

GOLDMANN

ALICE WALKER

Meridian
8855

Roselily
9186

Freu dich nicht zu früh
9640

Auf der Suche nach den
Gärten unserer Mütter.
Beim Schreiben der Farben
Lila   9442

Die Erfahrung des Südens.
Good Morning Revolution
9602

GOLDMANN

GOLDMANN TASCHENBÜCHER

Fordern Sie das kostenlose Gesamtverzeichnis an!

Literatur · Unterhaltung · Bestseller · Lyrik

Frauen heute · Thriller · Biographien

Bücher zu Film und Fernsehen · Kriminalromane

Science-Fiction · Fantasy · Abenteuer · Spiele-Bücher

Lesespaß zum Jubelpreis · Schock · Cartoon · Heiteres

Klassiker mit Erläuterungen · Werkausgaben

****

Sachbücher zu Politik, Gesellschaft,

Zeitgeschichte und Geschichte; zu Wissenschaft,

Natur und Psychologie

Ein Siedler Buch bei Goldmann

****

Esoterik · Magisch reisen

****

Ratgeber zu Psychologie, Lebenshilfe,

Sexualität und Partnerschaft;

zu Ernährung und für die gesunde Küche

Rechtsratgeber für Beruf und Ausbildung

Goldmann Verlag · Neumarkter Str. 18 · 8000 München 80

Bitte senden Sie mir das neue Gesamtverzeichnis.

Name: _____

Straße: _____

PLZ/Ort: _____